Diogenes Taschenbuch 64/XII

LES ENFANTS
DU
CAPITAINE GRANT
VOYAGE AUTOUR DU MONDE
PAR
JULES VERNE
DESSIN DE RIOU
GRAVURES DE PANNEMAKER
VOYAGES EXTRAORDINAIRES

# Jules Verne

# *Die Kinder des Kapitäns Grant*

*Band II*

*Übersetzt von Walter Gerull*
*Mit vierundsiebzig Illustrationen von Riou und Pannemaker und zwei Landkarten*

Diogenes

Der Titel des Originals lautet
›Les Enfants du Capitaine Grant‹ (J. Hetzel, Paris 1868)
Die Illustrationen sind der französischen
Erstausgabe entnommen
Die Benutzung der Übersetzung erfolgt
mit freundlicher Genehmigung des Verlages
Neues Leben, Berlin
Die Erstausgabe dieser vollständigen Neuübersetzung
erschien 1970 im Diogenes Verlag

Veröffentlicht als Diogenes Taschenbuch, 1977

100/77/E/1
ISBN 3 257 20405 1

# INHALT

## Fortsetzung ZWEITER TEIL



## DRITTER TEIL

FORTSETZUNG II. TEIL

XIII. KAPITEL

# EIN ERSTER PREIS IN GEOGRAPHIE

Am Horizont zeigten sich die Umrisse einer langgestreckten Hügelkette, welche die Ebene in zwei Meilen Entfernung von der Eisenbahn begrenzte. Sehr bald gelangte der Karren in enge Schluchten, die sich in eigenwilligen Windungen hinzogen. Sie führten in eine bezaubernde Landschaft, in der verstreute Gruppen von schönen Bäumen ihre Äste ausbreiteten. Die schönsten unter ihnen waren die Kasuarinen, die anscheinend von der Eiche den kräftigen Stamm, von der Akazie die duftenden Schoten und von der Pinie das rauhe grünliche Nadelkleid entliehen haben. Zwischen ihren Zweigen hingen die so merkwürdigen Zapfen der ›Banksia Latifolia‹ herab, die schlank und zierlich wirkten. Dichte Büsche mit herabhängendem Laub glichen grünen Wasserkaskaden, die aus übervollen Kübeln hervorquollen. Diese Wunder der Natur zogen die Blicke der Reisenden auf sich, die gar nicht wußten, wohin sie zuerst schauen sollten.

Die kleine Gesellschaft hatte für einen Augenblick angehalten. Ayrton hatte auf Lady Helenas Bitte sein Gespann zum Stehen gebracht. Das Quietschen der Wagenräder war verstummt. Unter den Baumgruppen erstreckten sich längliche grüne Teppiche, einige gleichmäßig verteilte Bodenerhebungen unterteilten diese Grasteppiche in einzelne Felder, so daß das Ganze wie ein riesiges Schachbrett wirkte.

Paganel erkannte sogleich in diesen zur ewigen Ruhe

einladenden grünen Vierecken Gräber, deren letzte Spuren heutzutage, vom Gras überwuchert, bereits getilgt sind und die der Reisende daher so selten in der australischen Landschaft zu Gesicht bekommt.

»Das sind Totenhaine«, verkündete er.

Tatsächlich lag hier vor den Blicken der Reisenden ein Friedhof der Eingeborenen, so frisch, so schattig, von munteren Vogelschwärmen belebt und so anmutig, daß kein Gedanke an Trauer aufkommen konnte. Man hätte die Landschaft für den Garten Eden halten können, aus der Zeit, da es noch keinen Tod auf Erden gab. Er schien für Lebende geschaffen. Doch die Gräber, die von den Eingeborenen mit so frommer Sorgfalt gepflegt worden waren, verschwanden bereits unter wucherndem Grün. Die Eroberung des Landes durch die Europäer hatte die Australier weit von den Gebieten vertrieben, in denen die Gebeine ihrer Ahnen ruhten. Die Kolonisation, die immer weitere Kreise zog, würde diese Totenhaine sehr bald den weidenden Herden überliefern. So sind diese Hügel selten anzutreffen, unter denen eine ganze Generation ruht, und wie viele sind bereits von den Füßen achtloser Reisender zertreten!

Indessen ritten Paganel und Robert im Schatten der kleinen Baumgruppen zwischen den Grabhügeln voraus. Sie plauderten und belehrten einander, denn der Geograph behauptete, er lerne sehr viel bei der Unterhaltung mit dem jungen Grant. Sie hatten jedoch noch keine halbe Meile zurückgelegt, als Lord Glenarvan sie anhalten sah; sie stiegen von ihren Pferden und beugten sich zum Erdboden hinab. Wenn man ihre ausdrucksvollen Gesten richtig deutete, so schienen sie einen äußerst seltsamen Gegenstand zu betrachten.

Ayrton trieb sein Gespann an und holte die Gefährten bald ein. Die Ursache für ihr Anhalten und ihre Verwunderung wurde allen sogleich klar. Im Schatten einer prächtigen Banksia schlummerte friedlich ein kleiner achtjähriger Knabe, ein Eingeborener in europäischer Kleidung. Die für seine Abstammung charakteristischen Merkmale waren nicht zu verkennen; die krausen Haare, die fast schwarze Hautfarbe, die plattgedrückte Nase, die dicken Lippen und die ungewöhnlich langen Arme ließen auf den ersten Blick einen der Ureinwohner aus dem Innern des Landes erkennen. Er hatte einen intelligenten Gesichtsausdruck, und gewiß hatte die Erziehung diesen jungen Wilden über seine niedrige Herkunft emporgehoben.

Lady Helena, die der Anblick des Kindes neugierig machte, war rasch ausgestiegen, und sogleich wurde der fest schlafende kleine Eingeborene von der ganzen Schar umringt.

»Armes Kind«, sagte Mary Grant, »hat er sich etwa in dieser Einöde verirrt?«

»Ich vermute, das Kind ist von weither gekommen, um diesen Totenhain zu besuchen«, meinte Lady Helena. »Hier mögen die begraben sein, die ihm nahestehen.«

»Wir dürfen ihn aber nicht seinem Schicksal überlassen«, sagte Robert, »er ist allein, und ...«

Roberts mitleidige Worte wurden durch eine Bewegung des jungen Eingeborenen unterbrochen, der sich umdrehte, ohne aufzuwachen. Alle waren höchst erstaunt, auf seinem Rücken eine Tafel mit einer Inschrift zu entdecken, die besagte:

TOLINÉ

TO BE CONDUCTED TO ECHUCA

CARE OF JEFFRIES SMITH, RAILWAY

PORTER PREPAID[1].

[1] Toliné, nach Echuca zu bringen, unter der Obhut von Jeffries Smith, Fahrgeld vorausbezahlt.

»Das sieht den Engländern ähnlich. Sie transportieren ein Kind wie ein Gepäckstück! Sie registrieren es wie ein Paket!« rief Paganel. »Man hat mir davon schon erzählt, ich wollte es aber nicht glauben.«

»Armes Kind«, sagte Lady Helena. »Ob er wohl in dem entgleisten Zug war? Vielleicht sind seine Eltern dort umgekommen, und er steht jetzt allein in der Welt.«

»Das glaube ich nicht, gnädige Frau; diese Tafel beweist vielmehr, daß er allein gereist ist.«

»Er wacht auf!« rief Mary Grant.

Und wirklich, das Kind erwachte und schlug langsam die Augen auf, schloß sie aber, vom Tageslicht geblendet, sogleich wieder. Lady Helena nahm seine Hand. Der Junge richtete sich auf und blickte die Reisenden erstaunt an; zuerst kam ein ängstlicher Ausdruck in sein Gesicht, doch als er Lady Helena sah, beruhigte er sich gleich.

»Verstehst du Englisch, mein Kind?« fragte die junge Frau.

»Ja, ich verstehe und spreche Englisch«, antwortete das Kind in der Muttersprache der Reisenden, aber mit einem fremdartigen Akzent.

Die Aussprache des kleinen Eingeborenen erinnerte an die der Franzosen, wenn sie sich der Sprache des Vereinigten Königreichs bedienen.

»Wie heißt du?« fragte Lady Helena.

»Toliné«, erwiderte der kleine Eingeborene.

»Ach, Toliné«, rief Paganel, »wenn ich nicht irre, bedeutet das auf australisch ›Baumrinde‹.«

Toliné nickte. Dann wanderte sein Blick wieder zu den Frauen. »Woher kommst du, mein Junge?« fragte Lady Helena.

»Aus Melbourne, mit der Eisenbahn, die nach Sandhurst fährt.«

»Du warst also in dem Zug, der an der Camden-Bridge entgleiste?« fragte Glenarvan.

»Jawohl, mein Herr«, erwiderte Toliné, »doch der Gott aus der Bibel hat mich beschützt.«

»Bist du allein gereist?«

»Ja, allein. Pfarrer Paxton hatte mich Jeffries Smith anvertraut. Leider ist der arme Gepäckmeister getötet worden.«

»Kanntest du außer ihm niemanden, der in dem Zug fuhr?«

»Niemanden, mein Herr. Aber Gott schützt die Kinder und verläßt sie niemals.«

Toliné sagte das alles mit einer sanften, zu Herzen gehenden Stimme. Wenn er von Gott sprach, wurde er ganz feierlich, und seine Augen leuchteten.

Die religiöse Begeisterung in so zartem Alter war leicht zu erklären. Toliné war ein von englischen Missionaren in strengem Methodistenglauben erzogenes Kind; mit seinen ruhigen Antworten, seinem sicheren Benehmen und seiner dunklen Kleidung glich der Junge bereits einem kleinen Geistlichen.

Doch wohin reiste er durch diese einsamen Gegenden, und weshalb hatte er Camden-Bridge verlassen? Lady Helena befragte ihn darüber.

»Ich kehre zu meinem Stamme im Lachlangebiet zurück«, erwiderte der Junge. »Ich möchte meine Familie wiedersehen.«

»Australier?« fragte John Mangles.

»Australier von Lachlan«, erwiderte Toliné.

»Hast du noch Eltern?« fragte Robert Grant.

»Ja, mein Bruder«, sagte Toliné und reichte dem

jungen Grant die Hand, den die Bezeichnung Bruder merklich rührte. Robert umarmte den kleinen Australier, und die beiden Kinder wurden Freunde.

Die Reisenden, die an den Antworten des kleinen Wilden lebhaftes Interesse zeigten, hatten sich nach und nach um ihn geschart und hörten ihm zu. Schon ging die Sonne hinter den hohen Bäumen unter. Da der Ort für eine Rast geeignet erschien und es nicht wichtig war, vor Einbruch der Nacht noch ein paar Meilen zurückzulegen, gab Glenarvan den Befehl, alles für das Nachtlager vorzubereiten. Ayrton spannte die Zugochsen aus, legte ihnen mit Mulradys und Wilsons Hilfe Fußfesseln an und ließ sie ungehindert weiden. Das Zelt wurde aufgeschlagen. Olbinett bereitete das Abendessen, und Toliné willigte ein, daran teilzunehmen, nicht ohne zuvor einige Einwände gemacht zu haben, obwohl er Hunger hatte. Man setzte sich zu Tisch, die beiden Kinder nebeneinander, Robert suchte für seinen neuen Freund die besten Bissen aus, die Toliné mit schüchterner Anmut entgegennahm.

Die Unterhaltung wurde angeregt fortgesetzt. Alle interessierten sich für das Kind und befragten es. Ein jeder wollte seine Geschichte hören. Sie war sehr einfach. Seine Vergangenheit war die eines jener armen Eingeborenen, die vom zartesten Alter an von den der Siedlung benachbarten Stämmen in die Hände wohltätiger Gesellschaften gegeben wurden. Die Australier sind von sanfter Gesittung; sie kennen nicht den wilden Haß gegen die Eindringlinge, der für die Neuseeländer und vielleicht für einige kleine Völker in Nordaustralien typisch ist. Man trifft sie in den großen Städten Adelaide, Sydney, Melbourne, wo sie sogar in primitiver Kleidung umhergehen. Sie handeln dort mit kleinen Gegenständen eigener Herstellung, Jagdinstrumenten, Geräten für den Fischfang und Waffen, und einige ihrer Häuptlinge lassen gern – gewiß aus Ersparnisgründen – ihre Kinder eine englische Erziehung genießen.

So hatten es auch Tolinés Eltern gemacht, Eingeborene aus dem Lachlan-Distrikt, einem weiten, jenseits des Murrays liegenden Gebiet. In den fünf Jahren, die das Kind in Melbourne verbracht hatte, war es mit keinem seiner Angehörigen zusammengekommen, und dennoch hatte sich das unausrottbare Zugehörigkeitsgefühl zu seinem Stamm im Herzen des Jungen erhalten; um seinen Stamm, der vielleicht verstreut war, und die zweifellos nicht mehr vollzähligen Familienmitglieder wiederzusehen, hatte Toliné den mühsamen Weg in die Einöde angetreten.

»Wenn du deine Eltern umarmt hast, wirst du doch nach Melbourne zurückkehren, mein Kind?« fragte Lady Glenarvan.

»Ja, gnädige Frau«, erwiderte Toliné und blickte Lady Helena mit aufrichtiger Zärtlichkeit an.

»Und was willst du eines Tages werden?«

»Ich will meine Brüder von dem Elend der Unwissenheit befreien. Ich will sie belehren, will sie dazu bringen, Gott zu kennen und zu lieben. Ich will Missionar werden.«

Diese von einem achtjährigen Jungen energisch geäußerten Ansichten hätten leichtfertig urteilende Menschen zum Lachen stimmen können. Doch die Schotten mit ihrem ernsten Sinn begriffen und achteten sie. Sie bewunderten den Eifer dieses Jungen, der schon bereit war, für seinen Glauben zu kämpfen. Paganel ward durch diese Antwort bis ins tiefste erschüttert und empfand aufrichtige Sympathie für den kleinen Eingeborenen. Offen gestanden hatte ihm dieser Wilde in europäischer Kleidung bis dahin mißfallen. Der Geograph war ja nicht nach Australien gekommen, um Eingeborene in städtischem Anzug zu sehen. Er wollte nackte tätowierte Wilde vorfinden. Die gesittete Kleidung des Jungen verwirrte seine Vorstellungen. Doch nachdem Toliné mit so viel Wärme gesprochen hatte, war er ausgesöhnt und bewunderte das Kind. Der Schluß des Gespräches sollte den wackeren Geographen zum besten Freunde des kleinen Australiers machen.

Als Antwort auf eine Frage Lady Helenas hatte Toliné nämlich erklärt, er erhalte seinen Unterricht auf der Normalschule in Melbourne, die von dem Geistlichen Paxton geleitet werde.

»Und was lernst du in dieser Schule?« fragte Lady Helena.

»Ich lerne biblische Geschichte, Mathematik, Geographie ...«

»So, Geographie!« rief Paganel, der an seiner empfindlichsten Stelle getroffen worden war.

»Ja, mein Herr«, erwiderte Toliné. »Ich habe sogar im Januar vor den Ferien einen Ersten Preis in Geographie bekommen.«

»Du hast einen Preis in Geographie bekommen, mein Junge?«

»Hier ist er, mein Herr«, und er zog ein Buch aus der Tasche.

Es war eine schön gebundene Bibel in Zweiunddreißigerformat. Auf der Rückseite des ersten Blattes stand:

*Normalschule Melbourne.*
*Erster Preis in Geographie.*
*Toliné aus Lachlan.*

Nun konnte sich Paganel nicht länger beherrschen. Ein Australier, der in der Geographie gut bewandert war, das überwältigte ihn. Er umarmte Toliné und küßte ihn auf beide Wangen, als sei der Kleine der Geistliche Paxton in höchsteigener Person am Tage der Preisverteilung. Paganel hätte allerdings wissen müssen, daß solch eine Kenntnis in den australischen Schulen keine Seltenheit ist. Die jungen Eingeborenen sind für geographische Tatsachen sehr empfänglich; sie erlernen sie sehr leicht und zeigen dagegen im Rechnen einen widerspenstigen Sinn.

Toliné hatte Paganels plötzliche Zärtlichkeit absolut nicht verstanden; und Lady Helena mußte ihm erklären, Paganel sei ein berühmter Geograph und, wenn es nötig sei, auch ein hervorragender Lehrer.

»Ein Lehrer für Geographie? Oh, mein Herr, stellen Sie mir Fragen!« rief Toliné.

»Fragen soll ich dir stellen, mein Junge, ich wünsche mir nichts Besseres. Auch ohne deine Bitte hätte ich das getan. Ich bin begierig zu erfahren, wie auf der Normalschule von Melbourne Geographie gelehrt wird.«

»Und wenn Toliné nun Sie in die Enge treibt?« fragte MacNabbs.

»Nicht so stürmisch«, rief der Gelehrte, »den Sekretär der Geographischen Gesellschaft Frankreichs in die Enge treiben zu wollen . . .!«

Er rückte die Brille zurecht, richtete sich zu seiner vollen Größe auf und begann in strengem Ton, wie es einem Lehrer zukommt, seine Fragen zu stellen.

»Schüler Toliné, steh auf!« sagte er.

Da Toliné bereits stand, konnte er dieser Aufforderung nicht folgen. Er erwartete daher in bescheidener Haltung die Fragen des Gelehrten.

»Toliné«, begann Paganel, »wie heißen die fünf Erdteile?«

»Ozeanien, Asien, Afrika, Amerika und Europa«, erwiderte Toliné.

»Ausgezeichnet. Sprechen wir zuerst von Ozeanien, da wir uns gegenwärtig hier befinden. Aus wie vielen Teilen besteht es?«

»Aus Polynesien, dem Malaiischen Archipel, Mikronesien und Melanesien. Die Hauptinseln sind Australien, das den Engländern gehört, Neuseeland, das den Engländern gehört, Tasmanien, das den Engländern gehört, die Inseln Chatham, Auckland, Macquarie, Kermadec, Makin, Maraki und andere, die den Engländern gehören.«

»Gut«, erwiderte Paganel, »aber Neukaledonien, die Sandwich-, Mendana- und Pomotu-Inseln?«

»Das sind Inseln, die unter dem Protektorat von Großbritannien stehen.«

»Wie denn, unter dem Protektorat von Großbritannien?« rief Paganel, »mir scheint, daß im Gegenteil Frankreich . . .«

»Frankreich?« unterbrach der Kleine erstaunt.

»So, so, das also lernt ihr auf der Normalschule in Melbourne?«

»Ja, mein Herr, und ist das nicht richtig?«

»Doch, doch«, rief Paganel. »Ganz Ozeanien gehört den Engländern, versteht sich. Fahren wir fort.«

Paganel machte bei den Antworten und Fragen des Jungen einen halb verärgerten, halb verwunderten Eindruck, der dem Major viel Spaß bereitete.

Das Examen ging weiter.

»Gehen wir zu Asien über«, sagte der Geograph.

»Asien«, antwortete Toliné, »ist ein riesengroßer Erdteil. Die Hauptstadt ist Kalkutta, die bedeutendsten Städte sind Bombay, Madras, Calicut, Aden, Malakka, Singapore, Pegu, Colombo. Die Lakediven und Maladiven sowie die Tschagos-Inseln gehören den Engländern.«

»Gut, gut, Schüler Toliné, und Afrika?«

»Afrika besteht aus zwei Hauptkolonien, im Süden die Kapkolonie mit der Hauptstadt Kapstadt, im Westen die englischen Niederlassungen mit der größten Stadt: Sierra Leone.«

»Gut geantwortet«, sagte Paganel, der langsam begann, sich in diese phantasievolle proenglische Geographie zu finden. »Gut gelehrt. Was nun Algerien, Marokko und Ägypten anbelangt, die sind nicht im britischen Atlas verzeichnet. Jetzt würde ich doch gerne etwas über Amerika hören.«

»Amerika besteht aus Nordamerika und Südamerika«, fuhr Toliné fort, ohne zu zögern. »Das erstere gehört den Engländern durch den Besitz von Kanada, Neu-Braunschweig, Neu-Schottland und der Vereinigten Staaten unter der Verwaltung des Gouverneurs Johnson.«

»Gouverneur Johnson«, rief Paganel, »der Nachfolger des großen und gütigen Lincoln, der von einem wahnsinnigen Fanatiker ermordet wurde, weil er gegen die Sklaverei auftrat. Ausgezeichnet! Besser geht es nicht! Südamerika hingegen, mit Guayana, den Malewinen, dem Shetland-Archipel, Georgien, Jamaika und Trinidad usw. usw. gehört ebenfalls den Engländern. Ich will darüber nicht streiten. Doch nun möchte ich deine Ansicht über Europa kennenlernen oder besser die deiner Lehrer.«

»Europa?« sagte Toliné, der die Erregung des Gelehrten nicht begriff.

»Ja, Europa! Wem gehört Europa?«

»Europa gehört den Engländern«, sagte das Kind in überzeugtem Ton.

»Das bezweifle ich«, rief Paganel, »inwiefern denn? Das möchte ich gern wissen!«

»Durch England, Schottland, Irland, Malta, die Inseln Jersey und Guernsey, die Ionischen Inseln, die Hebriden, die Shetland-Inseln, die Orkney . . .«

»Gut, gut, Toliné, es gibt aber andere Staaten, die du zu erwähnen vergaßest, mein Sohn.«

»Welche denn, mein Herr?« fragte das Kind, das nicht aus der Fassung zu bringen war.

»Spanien, Rußland, Österreich, Preußen, Frankreich!«

»Das sind Provinzen, aber keine Staaten«, sagte Toliné.

»Na, so etwas!« rief Paganel, der sich die Brille von den Augen gerissen hatte.

»Natürlich, Spanien mit der Hauptstadt Gibraltar.«

»Wunderbar, ausgezeichnet, großartig. Und Frankreich, denn ich bin Franzose, und ich würde gern erfahren, wohin ich gehöre.«

»Frankreich ist eine englische Provinz mit der Hauptstadt Calais.«

»Calais!« rief Paganel. »Du glaubst also wirklich, Calais gehöre den Engländern?«

»Ja, gewiß.«

»Ist das die Hauptstadt von Frankreich?«

»Ja, mein Herr, und es ist der Wohnsitz des Gouverneurs Lord Napoleon . . .«

Die letzten Worte brachten Paganel in Wut. Toliné wußte nicht, was er davon halten sollte. Er war gefragt worden und hatte nach bestem Wissen geantwortet. Das Ungewöhnliche seiner Antworten konnte ihm nicht zur Last gelegt werden; er fühlte sich auch ganz frei von Schuld und geriet keineswegs aus der Fassung; mit ernsthafter Miene erwartete er den Ausgang dieses ihm unverständlichen Examens.

»Sehen Sie«, sagte lachend der Major zu Paganel, »hatte ich nicht recht, anzunehmen, der Schüler Toliné werde Sie in die Enge treiben?«

»Gewiß, Freund MacNabbs«, erwiderte der Gelehrte. »So wird in Melbourne Geographieunterricht erteilt. Die Lehrer der Normalschule verstehen ihre Sache. Europa, Asien, Afrika, Amerika und Ozeanien – die ganze Welt gehört den Engländern! Bei dieser einfallsreichen Belehrung verstehe ich, daß die Eingeborenen sich unterwerfen. Potzwetter, Toliné! Und der Mond, mein Sohn, gehört der auch den Engländern?«

»Er wird es eines Tages«, erwiderte der junge Eingeborene ernsthaft.

Nach diesen Worten konnte Paganel nicht mehr ruhig bleiben. Er mußte aus vollem Herzen lachen, und zu diesem Zweck entfernte er sich eine viertel Meile von dem Lager.

Glenarvan hatte inzwischen aus der kleinen Reisebibliothek ein Buch geholt. Es war ein *Leitfaden für Geographie* von Samuel Richardson, ein in England geschätztes Werk, das eher mit der Wissenschaft übereinstimmte als der Unterricht der Lehrer von Melbourne.

»Hier, mein Kind, nimm dieses Buch. Du darfst es behalten. Du hast in der Geographie einige irrige Vorstellungen; es wäre besser für dich, sie richtigzustellen. Ich schenke es dir zur Erinnerung an unsere Begegnung.«

Toliné nahm das Buch, ohne etwas zu erwidern. Er betrachtete es aufmerksam und schüttelte dabei ungläubig den Kopf, ohne sich entschließen zu können, es in die Tasche zu stecken.

Inzwischen war es zehn Uhr abends geworden, und da man sehr frühzeitig aufstehen mußte, war es Zeit, ans Schlafen zu denken. Robert erbot sich, mit seinem Freund Toliné das Lager zu teilen, und der kleine Eingeborene ging bereitwillig darauf ein.

Lady Helena und Mary Grant zogen sich in ihren Karren zurück, die übrigen Reisenden streckten sich im Zelt aus, während Paganels Gelächter sich noch mit den sanften und leisen Rufen der wilden Elstern vermischte.

Als am Morgen um sechs Uhr ein Sonnenstrahl die Schläfer weckte, suchten ihre Blicke vergebens das australische Kind. Toliné war verschwunden. Wollte er das Gebiet des Lachlan ohne Zeitverlust erreichen? Hatte ihn Paganels Gelächter verletzt? Keiner wußte es.

Doch Lady Helena fand beim Erwachen auf ihrer Brust einen Strauß frischgepflückter Mimosen, und Paganel fand in seiner Jacke den *Geographischen Leitfaden* von Samuel Richardson.

## XIV. KAPITEL

# DIE GOLDGRUBEN IM ALEXANDERGEBIRGE

Im Jahre 1814 hatte Sir Roderik Impey Murchison, der damalige Präsident der Königlichen Geographischen Gesellschaft in London, beim Studium der Gebirgsformationen festgestellt, daß die Gebirgskette, die sich unweit der Südküste Australiens von Norden nach Süden hinzieht, eine auffallende Ähnlichkeit mit dem Uralgebirge aufweist.

Da nun der Ural eine goldhaltige Gebirgskette ist, fragte sich der gelehrte Geologe, ob dieses kostbare Metall nicht auch in den australischen Bergen zu finden sei. Er hatte sich nicht getäuscht.

Tatsächlich wurden ihm zwei Jahre darauf einige Goldproben aus Neusüdwales zugesandt, und er beschloß, eine große Zahl von Bergleuten aus Cornwall in den goldreichen Gebieten von Neu-Holland anzusiedeln.

Francis Dutton war es, der die ersten Goldklumpen in Südaustralien fand, und Forbes und Smyth entdeckten die ersten Goldvorkommen in Neusüdwales.

Nachdem der Anstoß einmal gegeben war, strömten Goldsucher aus allen Erdteilen herbei: Engländer, Amerikaner, Franzosen, Deutsche, Chinesen. Doch erst am 3. April 1851 stieß Hargraves auf wirklich ergiebige Goldvorkommen und schlug Sir Ch. Fitz-Roy, dem Gouverneur der Niederlassung Sydney, vor, ihm die Abbaustelle, die er entdeckt hatte, für die bescheidene Summe von fünfhundert Pfund Sterling zu überlassen.

Sein Angebot wurde abgelehnt, doch das Gerücht von der Entdeckung hatte sich rasch verbreitet. Goldsucher strömten nach Summerhill und Lenis' Pond. Die Stadt Ophir wurde gegründet; sie machte infolge der reichen Ausbeute ihrem biblischen Namen bald alle Ehre.

Früher war von den Gruben in der Provinz Victoria kaum gesprochen worden. Jetzt jedoch stellte es sich heraus, daß sie alle anderen Gruben an Goldreichtum übertrafen.

Tatsächlich fand man etliche Monate später, im August 1851, in der Provinz Victoria die ersten Goldklumpen, und schon nach kurzer Zeit wurden die Vorräte in vier Bezirken in größtem Ausmaße abgebaut. Es waren die Bezirke Ballarat, Ovens, Bendigo und der des Alexandergebirges. Samt und sonders boten sie eine reiche Ausbeute, doch am Ufer des Ovens-Flusses machten die Wassermassen die Arbeit schwierig. In Ballarat war das Gold so ungleich verteilt, daß die Berechnungen der Goldsucher sich oft als falsch erwiesen, und in Bendigo war der Boden für die Bearbeitung denkbar ungeeignet. Im Alexandergebirge jedoch trafen alle Erfolgsaussichten zusammen: ein gleichmäßiges Terrain und ein kostbares Metall, dessen Wert bis zu 1441 Francs pro Pfund betrug und den höchsten Kurswert auf allen Märkten der Welt erreichte.

In diese an verheerenden Unglücksfällen und an unerwarteten Glücksfällen so reiche Gegend führte die Straße längs des 37. Parallelkreises die Reisenden auf der Suche nach Kapitän Harry Grant.

Nachdem sie am 31. Dezember durch ein sehr zerklüftetes Gebiet gezogen waren, das Pferde und Ochsen stark ermüdete, erblickten sie in der Ferne die runden Kuppen des Alexandergebirges. Das Lager wurde in einer engen Schlucht am Fuß dieser kleinen Gebirgskette aufgeschlagen, die Tiere an den Beinen gefesselt und ausgeschickt, um zwischen den Quarzblöcken, die den Boden übersäten, ihr Futter zu suchen. Das waren noch nicht die eigentlichen Gebiete der Goldminen. Erst am folgenden Tage, dem ersten des Jahres 1866, grub der Ochsenkarren seine Radspuren tief in das Erdreich dieses an Gold so überaus reichen Landstrichs ein.

Jacques Paganel und seine Gefährten waren höchst erfreut, im Vorüberkommen den berühmten Berg zu sehen, der in der australischen Landessprache Geboor genannt wird. Zu ihm fluteten Scharen von Abenteurern, Diebesgesindel und ehrliche Menschen, solche, die an den Galgen bringen, und solche, die an den Galgen gehören. Als im Goldjahre 1851 die ersten Gerüchte von dem großen Fund durch das Land eilten, entvölkerten sich die Städte, die Felder, die Schiffe; Squatters wie Seeleute strömten herbei. Das Goldfieber griff um sich wie eine Seuche; es war ansteckend wie die Pest. Und wie viele, die bereits gehofft hatten, ein Vermögen zu erraffen, gingen daran zugrunde! Die verschwenderische Natur hatte, wie es hieß, über ein Gebiet von mehr als fünfundzwanzig Breitengraden, in diesem Wunderlande Australien, Gold im Werte von Millionen ausgestreut. Jetzt war die Zeit der Ernte gekommen, und diese neuartigen Schnitter beeilten sich, sie einzubringen. Der Beruf des ›Diggers‹, des Goldgräbers, stellte alle anderen in den Schatten; und wenn es auch wahr ist, daß viele bei ihrem Vorhaben zugrunde gingen, daß sie vor Übermüdung zusammenbrachen, so erwarben doch einige von ihnen mit einem einzigen Spatenstich ein Riesenvermögen. Von den Fehlschlägen wurde nicht gesprochen, die Kunde von gewonnenen Reichtümern hingegen flog von Mund zu Mund. Solche Glücksfälle fanden in allen fünf Erdteilen lautes Echo. Sehr bald fluteten die Habgierigen aller Gesellschaftsklassen in Scharen zur Küste Australiens. Während der letzten Monate des Jahres 1852 mußte allein Melbourne ungefähr 54 000 Einwanderer aufnehmen, eine ganze Armee, aber eine Armee ohne Führer und ohne Disziplin, eine Armee am Morgen eines Sieges, der noch nicht errungen worden war, mit einem Wort, 54 000 Räuber von der schlimmsten Sorte.

Während dieser ersten Jahre des trunkenen Wahnsinns herrschte eine unbeschreibliche Verwirrung. Es gelang jedoch den Engländern mit ihrer gewohnten Tatkraft, die Situation zu meistern. Die eingeborenen Polizisten und Gendarmen hielten sich von den Räubern fern und nahmen die Partei der ehrlichen Leute. Es trat eine Wendung zum Besseren ein. So fand Glenarvan keine Spuren der Gewalttaten von 1852 mehr vor. Dreizehn Jahre waren seitdem verflossen; jetzt wurde der Abbau der Goldgruben systematisch und nach den Vorschriften einer straffen Organisation betrieben.

Übrigens verringerten sich die Fundstellen bereits; durch den intensiven Abbau erschöpfte man die Vorräte. Und wie sollten diese von der Natur angehäuften Reichtümer nicht versiegen, nachdem die Goldsucher in der Zeit von 1852 bis 1858 aus dem Boden von Victoria dreiundsechzig Millionen hundertsiebentausendvierhundertachtundsiebzig Pfund Sterling[1] geraubt haben. Die Goldsucher haben in einem bemerkenswerten Umfange an Zahl abgenommen und sich auf die noch unausgebeuteten Gebiete gestürzt. So werden auch die ›Gold fields‹, die kürzlich in Otago und Marlborough in Neuseeland neu entdeckten Goldfelder, jetzt von Tausenden zweiarmiger, ungefiederter Termiten durchlöchert[2].

[1] 1 577 686 950 Francs, d. h. eineinhalb Milliarden.

[2] Es ist jedoch möglich, daß die Goldsucher sich geirrt haben. Tatsächlich sind die Goldnester bei weitem nicht er-

Gegen elf Uhr langten die Reisenden mitten im Golddistrikt an. Dort befanden sie sich in einer richtigen Stadt mit Fabriken, Bankhäusern, Kirchen, Kasernen, Einfamilienhäusern und Zeitungsredaktionen. Auch Hotels, Farmen und vornehme Villen fehlten nicht. Es gab sogar ein Theater, in dem der Platz zehn Schilling kostete und das guten Zulauf hatte. Mit großem Erfolg spielte man dort ein Lokalstück mit dem Titel: *Francis Obadiag oder Der erfolgreiche Goldgräber.* Das Stück endete damit, daß der Held in höchster Verzweiflung noch einen letzten Spatenstich machte und ein ›Nugget‹ von unvorstellbarem Gewicht zu Tage förderte.

Glenarvan, begierig, die riesigen Goldgruben auf dem Alexanderberg kennenzulernen, ließ den von Ayrton und Mulrady gelenkten Ochsenkarren vorausfahren. Er wollte ihm einige Stunden später nachfolgen. Paganel war begeistert von diesem Vorschlag, und wie gewöhnlich übernahm er es, die kleine Schar zu führen.

Seinem Rate folgend, begab man sich zur Bank. Die Straßen waren breit, asphaltiert und reichlich mit Wasser gesprengt. Riesige Schilder mit den Inschriften

schöpft. Nach den letzten Nachrichten aus Australien schätzt man, daß die Fundstellen von Victoria und Neusüdwales fünf Millionen Hektar umfassen; das ungefähre Gewicht des goldhaltigen Quarzes wird auf zwanzigtausendsechshundertfünfzig *Milliarden* Kilogramm geschätzt; mit den vorhandenen Möglichkeiten der Ausbeutung würde man für die Erschöpfung der Fundstellen die Hilfe von hunderttausend Arbeitern während dreier Jahrhunderte brauchen. Insgesamt schätzt man den Goldreichtum Australiens auf sechshundertvierundsechzig Milliarden zweihundertfünfzig Millionen Francs.

*Golden Company Limited, Digger's General Office, Nugget's Union* und andere Namen zogen die Blicke auf sich. An die Stelle des einzelnen Goldsuchers waren hier kapitalkräftige Kompanien getreten. Überall war der Lärm von Maschinen zu hören, die den goldhaltigen Sand auswuschen oder den kostbaren Goldquarz zerkleinerten.

Jenseits der Wohnstätten erstreckten sich die Fundstellen, besser gesagt, die weiten Ländereien, die für die Ausbeutung vorgesehen waren. Dort schaufelten die für die Grubengesellschaften angeworbenen und gut bezahlten Bergarbeiter. Die Schürfstellen, an denen das Erdreich immer wieder durchwühlt wurde, waren nicht zu zählen. Das Eisen der Spaten funkelte in der Sonne, und es strahlte und blitzte pausenlos. Unter den Arbeitern gab es Angehörige aller Nationen, die sich gut vertrugen und schweigend als bezahlte Arbeitskräfte ihr Werk verrichteten.

»Man darf jedoch nicht glauben«, sagte Paganel, »daß es auf australischem Gebiet keine einzelnen Goldsucher mehr gibt, die in dem fieberhaften Drang, ihr Glück zu machen, in den Minen nach Gold suchen. Ich weiß wohl, daß die meisten ihre Arbeitskraft den Grubengesellschaften verkaufen. Das geht nicht anders, weil das gesamte goldhaltige Terrain von der Regierung an einzelne Personen verkauft oder in eigener Regie erschlossen wird. Doch dem, der nichts besitzt, um etwas pachten oder kaufen zu können, bleibt immer noch eine Chance, reich zu werden.«

»Welche wäre das?« fragte Lady Helena.

»Die Chance, es mit dem sogenannten Jumping zu versuchen. Wir zum Beispiel, die wir kein Anrecht auf Goldvorkommen haben, wir könnten trotzdem – allerdings mit sehr viel Glück – ein Vermögen erwerben.«

»Auf welche Weise denn?« fragte der Major.

»Durch das Jumping, wie ich bereits die Ehre hatte, Ihnen zu erklären.«

»Und was ist das Jumping?« fragte der Major.

»Es handelt sich um ein stillschweigendes Abkommen zwischen den Goldgräbern, das zwar häufig zu

Gewalttaten und Unordnung führt, das aber von den Behörden doch nie ganz ausgerottet werden kann.«

»Fahren Sie fort, Paganel«, sagte MacNabbs. »Sie machen uns neugierig.«

»Nun also, es gilt als zulässig, daß jedes Gebiet innerhalb des Abbaudistrikts, das für vierundzwanzig Stunden nicht bearbeitet wurde – die offiziellen Feiertage ausgenommen –, der Allgemeinheit zufällt. Jeder, der sich des Gebietes bemächtigt und dort gräbt, kann, wenn der Himmel ihm beisteht, Reichtümer erwerben. Hörst du, Robert, versuche ein solches herrenloses Stück Land zu entdecken, und es gehört dir.«

»Monsieur Paganel«, warf Mary Grant ein, »bringen Sie meinen Bruder nicht auf solche Gedanken.«

»Ich scherze ja, liebe Miss Grant«, erwiderte Paganel, »und Robert weiß das genau. Er sollte nach Gold suchen? Nie im Leben! Das Erdreich umgraben, es umpflügen, es bebauen, den Samen ausstreuen und für diese Mühe eine Ernte erwarten dürfen, schön und gut! Aber wie ein Maulwurf im Erdboden herumwühlen, blind wie sie, nur um ihm ein wenig Gold zu entreißen, das ist ein trauriger Beruf. Man muß ganz von Gott und den Menschen verlassen sein, um so etwas zu unternehmen.«

Nachdem die Reisenden das Hauptgebiet der Goldgruben besichtigt hatten und über Strecken gewandert waren, die mit Quarz, Tonschiefer, Kies und Resten von verwittertem Felsengestein bedeckt waren, gelangten sie zu dem Bankgebäude.

Es war ein riesiger Bau, von dessen First die Nationalflagge wehte. Lord Glenarvan wurde von dem Generalinspektor empfangen, der die Gäste in den Räumen umherführte.

Dort deponierten die Grubengesellschaften gegen eine Quittung das Gold, das den Eingeweiden der Erde entrissen worden war. Die Zeiten, in denen die ersten Goldgräber von den Händlern in der Kolonie ausgebeutet wurden, liegen weit zurück. Die Händler bezahlten für die Unze Gold an Ort und Stelle 53 Schilling und verkauften sie in Melbourne für 65 Schilling. Allerdings mußten sie das Risiko des Transports tragen. Massenweise lauerten ihnen Wegelagerer auf, und das Gold gelangte oft nicht an seinen Bestimmungsort.

Der Inspektor erzählte interessante Einzelheiten über die verschiedenen Methoden bei der Goldgewinnung und zeigte ihnen merkwürdige Goldproben.

Man findet es gewöhnlich in zwei Formen, als Berggold und als Waschgold. Es kommt als Erz mit Schwemmsand vermischt oder in Quarzgängen eingeschlossen vor. Daher führt man zu seiner Gewinnung je nach Bodenbeschaffenheit Oberflächen- oder Tiefenschürfungen durch.

Berggold findet sich auf dem Grunde der Sturzbäche, der Täler und der Schluchten; je nach Größe und Form sind es Goldkörner oder Plättchen.

Wenn sich hingegen das goldhaltige Gestein unter dem Einfluß der Luft zersetzt hat, sammelt sich das kostbare Gold in Haufen an einer Stelle und bildet das, was die Goldgräber eine ›Pochette‹, ein Täschchen, nennen. Es gibt vielfach solche Täschchen, die ein ganzes Vermögen enthalten.

Auf dem Alexanderberg wird das Gold zumeist in Tonschichten und zwischen Schieferlagen gefunden. Es gibt dort ganze Nester mit Goldklumpen, und manch ein glücklicher Digger hat hier ergiebige Vorkommen des begehrten Metalls entdeckt.

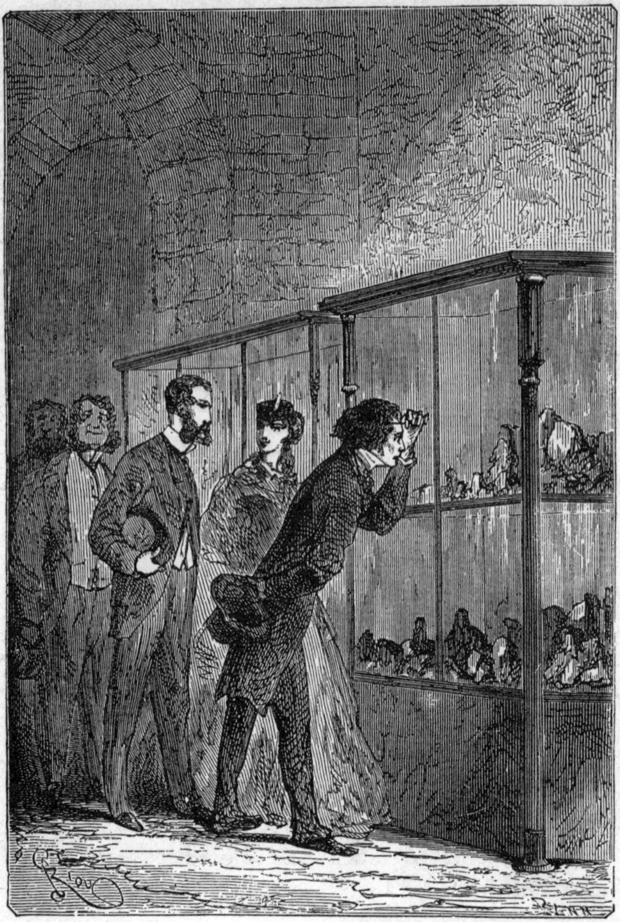

Nachdem die Besucher die verschiedenen Goldarten geprüft hatten, durchstreiften sie das mineralogische Museum der Bank. Sie betrachteten alle geordneten und beschrifteten Bestandteile des australischen Bodens. Das Gold ist nicht der einzige Reichtum; der

Boden kann mit Recht als ein riesiger Schrein angesehen werden, in dem die Natur ihre kostbarsten Kleinode einschließt. In den Vitrinen funkelte der weiße Topas, ebenbürtig den brasilianischen Topasen, der almadinische Granatstein, der Thallit, eine Art Kieselerde mit schöner grüner Färbung, der blaßrote Rubinballaß, vertreten durch scharlachrote Rubinspinelle und durch eine rötliche Abart der größten Kostbarkeit, der hellblauen und dunkelblauen Saphire, ähnlich dem Diamantspat und ebenso begehrt wie der aus Malabar oder Tibet; glänzende Rutile und schließlich ein kleines Diamantkristall, das am Ufer des Turon gefunden worden war. Nichts fehlte an dieser funkelnden Sammlung von Edelsteinen, und man brauchte nicht weit zu gehen, um das nötige Gold für die Fassung zu finden. Es blieb wirklich nichts zu wünschen übrig: man brauchte nur alles zu verarbeiten.

Glenarvan verabschiedete sich von dem Inspektor der Bank, nicht ohne ihm für sein Entgegenkommen zu danken, von dem er so reichlich Gebrauch gemacht hatte. Anschließend setzten sie die Besichtigung der Goldgruben fort.

So wenig es Paganel auch nach den Gütern dieser Erde gelüstete, so tat er doch nicht einen Schritt, ohne den an Schätzen so reichen Erdboden genau zu mustern. Der Forscherdrang hatte ihn erfaßt, und die Neckereien seiner Gefährten konnten ihn nicht zurückhalten. Jeden Augenblick bückte er sich, las einen Kieselstein, einen mineralhaltigen Fels- oder Quarzbrocken auf. Er betrachtete die Funde aufmerksam und warf sie dann enttäuscht fort. So benahm er sich währen des ganzen Spazierganges.

»Na, Paganel, was ist mit Ihnen, haben Sie etwas verloren?« fragte der Major.

»Es scheint so«, erwiderte Paganel. »Im Lande des Goldes und der kostbaren Steine hat man stets das verloren, was man nicht gefunden hat. Ich weiß nicht weshalb, aber es würde mir Freude machen, ein paar

Unzen Gold, im Werte von wenigstens zwanzig Pfund Sterling, mit nach Hause zu bringen.«

»Und was würden Sie damit anfangen, mein würdiger Freund?« fragte Glenarvan.

»Lassen Sie das nur meine Sorge sein«, erwiderte Paganel. »Ich würde es meinem Vaterlande zum Geschenk machen, es in der Bank von Frankreich deponieren . . .«

»Würde die es annehmen?«

»Selbstverständlich, in Form von Eisenbahnaktien.«

Paganel wurde für die Art und Weise beglückwünscht, in der er seinem Vaterland einen Goldfund ›verehren‹ wollte. Lady Helena wünschte ihm, er möge den größten Goldklumpen der Welt finden.

Unter solchen Neckereien besichtigten die Reisenden den größten Teil des Abbaudistrikts. Überall ging die Arbeit gleichmäßig, mechanisch, aber ohne Begeisterung vor sich.

Nachdem sie zwei Stunden umhergewandert waren, machte Paganel seine Begleiter auf eine äußerst einladende Gaststätte aufmerksam; er schlug vor, dort abzuwarten, bis es Zeit war, zu dem Ochsenkarren zurückzukehren. Lady Helena war einverstanden, und da in der Herberge eine Erfrischung genommen werden mußte, bestellte Paganel bei dem Wirt einige ortsübliche Getränke.

Es wurde für jeden Gast ein ›Nobler‹ gebracht. Ein ›Nobler‹ ist ganz einfach ein Grog, nur in umgekehrter Mischung. Anstatt ein kleines Glas Branntwein in ein großes Glas Wasser zu gießen, wird ein kleines Glas Wasser in ein großes Glas Branntwein gegossen; das Getränk wird gezuckert und so getrunken. Das war doch etwas zu australisch, und zur großen Verwunderung des Wirtes wurde der ›Nobler‹ durch eine große Karaffe Wasser in einen britischen Grog verwandelt.

Dann sprach man über die Goldgruben und die Goldgräber. Hier war eine einmalige Gelegenheit dazu. So befriedigt Paganel auch von dem Erlebten war, so glaubte er doch, es müsse früher, in den ersten Jahren der Goldsuche, auf dem Alexanderberg viel merkwürdiger zugegangen sein.

»Damals«, meinte er, »war die Erde geradezu durchlöchert und von Milliarden arbeitsamer Ameisen bevölkert – und was für Ameisen! Alle Goldgräber hatten zwar ihre Emsigkeit, nicht aber ihre Voraussicht! Das Gold wurde töricht vertan. Es wurde vertrunken und verspielt, und die Gaststätte, in der wir sind, war, wie es damals hieß, eine ›Hölle‹. Dem Würfelspiel folgten Messerstechereien. Die Polizei war machtlos, und es kam unzählige Male vor, daß der Gouverneur der Kolonie mit regulären Truppen gegen die zügellosen Goldgräber vorgehen mußte. Es gelang ihm jedoch, sie zur Vernunft zu bringen. Er führte ein Gesetz ein, nach dem jeder Goldgräber eine Patentgebühr zahlen mußte, und verschaffte ihm nicht ohne Härte Geltung. Im großen und ganzen war die Unordnung hier nicht so schlimm wie in Kalifornien.«

»Kann denn jeder das Gewerbe eines Goldgräbers ausüben?« fragte Lady Helena.

»Gewiß, gnädige Frau. Dazu bedarf es keines Diploms. Es genügen kräftige Arme. Die von der Not hergetriebenen Abenteurer langten meist ohne Barmittel bei den Goldgruben an, die reichsten brachten einen Spaten mit, die ärmsten höchstens ein Messer; aber alle waren von einer Arbeitswut erfüllt, die sie für ein ehrliches Gewerbe niemals aufgebracht hätten. Der

Anblick eines solchen Goldgebietes war höchst seltsam. Der Boden war mit Zelten, mit baufälligen Schuppen, Lehm-, Holz- und Laubhütten übersät. In der Mitte ragte das Regierungszelt empor, auf dem die britische Flagge wehte, umgeben von den blauen Leinenzelten der Polizisten und den Hütten der Wechsler, der Goldaufkäufer, der Händler, die diese Mischung aus Reichtum und Armut für Spekulationen nutzten. Diese Leute sind bestimmt reich geworden. Aber man muß die Goldgräber gesehen haben, Leute mit langen Bärten in roten Wollhemden. Sie vegetierten im Wasser und im Schlamm. Unaufhörlich ertönte der Lärm der Spatenstiche. Die Luft war erfüllt von dem fauligen Gestank verwesender Tierleichen. Erstickende Staubwolken umhüllten diese Unseligen, von denen viele starben. In einem weniger gesunden Klima wären diese Menschenmassen vom Typhus dezimiert worden. Und wenn wenigstens alle diese Abenteurer Erfolg gehabt hätten! Doch all das geduldig ertragene Elend wurde nicht belohnt. Und wenn man es richtig betrachtet, wird man feststellen, daß auf einen reich gewordenen Goldgräber hundert, zweihundert, ja vielleicht tausend kamen, die arm und verzweifelt dahinstarben.«

»Können Sie uns erzählen, Paganel, wie bei der Goldsuche vorgegangen wurde?« fragte Glenarvan.

»Es gab nichts Einfacheres«, erwiderte Paganel. »Die ersten Goldsucher betätigten sich als Goldwäscher, wie es noch in einigen Gebieten der Cevennen in Frankreich gebräuchlich ist. Heutzutage haben die Grubengesellschaften eine andere Arbeitsweise eingeführt; sie dringen bis zu den Goldquellen vor, bis zu den Goldvorkommen, die Blattgold, Goldkörner oder auch Goldklumpen enthalten. Früher begnügten sich die

Goldwäscher damit, den goldhaltigen Sand einfach auszuwaschen. Sie gruben das Erdreich auf, sammelten die ertragreich scheinenden Erdschichten und durchwässerten sie, um das kostbare Metall von dem Lehm zu trennen. Dieses Auswaschen wurde mit Hilfe eines ursprünglich amerikanischen Werkzeuges, ›craddle‹ oder Wiege genannt, vorgenommen. Es handelte sich um eine fünf bis sechs Fuß lange Kiste – eine Art offenen Sarg –, die in zwei Abteilungen geteilt war. In der ersten befand sich ein grobes Sieb, unter dem andere, feinmaschigere Siebe angebracht waren, die zweite Abteilung verengte sich im Innern. Der Sand wurde auf das obere Sieb geschüttet, dann wurde Wasser darauf gegossen und der ganze Kasten mit der Hand in Bewegung gesetzt, sozusagen gewiegt. Im ersten Sieb blieben die Steine zurück, im zweiten, je nach Größe, Mineralien und Sandkörner, die aufgelöste Erde wurde ganz unten vom Wasser weggespült. Das war der im allgemeinen zur Goldwäsche verwendete Apparat.«

»Aber man mußte ihn ja auch besitzen«, meinte John Mangles.

»Er wurde den reich gewordenen oder den ruinierten Goldgräbern abgekauft, je nachdem«, erwiderte Paganel, »oder man verzichtete auch darauf.«

»Was nahm man denn an seiner Statt?« wollte Mary Grant wissen.

»Eine Schüssel, meine liebe Mary, eine ganz einfache Blechschüssel. Die Erde wurde in der Schwinge gereinigt, wie man das Korn reinigt, nur daß man anstatt der Getreidekörner zuweilen Goldkörner fand. Während des ersten Jahres hat mehr als ein Goldgräber ein Vermögen verdient, ohne daß es ihn etwas kostete. Sehen Sie, liebe Freunde, das war eine gute Zeit, obgleich ein Paar Stiefel hundertundfünfzig Francs kostete und man für ein Glas Limonade zehn Schilling bezahlen mußte. Die zuerst Gekommenen machten das Rennen. Gold gab es an der Erdoberfläche überall in Mengen. Die Bäche flossen über ein Bett aus dem kostbaren Metall. Die Straßen waren mit Gold asphaltiert. Bis in die Straßen von Melbourne hinein war Gold zu finden. So wurde das kostbare Metall vom 26. Januar bis zum 24. Februar 1852 unter dem Schutz der Regierung vom Alexanderberg nach Melbourne gebracht, und sein Wert belief sich auf acht Millionen zweihundertachtunddreißigtausendsiebenhundertfünfzig Francs, was einen Durchschnitt von einhundertvierundsechzigtausendsiebenhundertfünfundzwanzig Francs täglich ergibt.«

»Beinahe die Zivilliste des russischen Zaren«, sagte Glenarvan.

»Der arme Mann!« erwiderte der Major.

»Kennt man Fälle plötzlichen Reichtums?« fragte Lady Helena.

»Einige schon, Madame.«

»Und Sie wissen welche?« fragte Glenarvan.

»Und ob!« antwortete Paganel.

»Im Jahre 1852 fand man im Bezirk von Ballarat einen Goldklumpen im Gewicht von fünfhundertunddreiundsiebzig Unzen, einen anderen im Gippsland von siebenhundertzweiundachtzig Unzen und 1861 einen Barren von achthundertvierunddreißig Unzen. Schließlich fand ein Goldsucher, ebenfalls in Ballarat, einen Goldklumpen, der fünfundsechzig Kilogramm wog, was bei einer Berechnung von siebzehnhundertzweiundzwanzig Francs für das Pfund zweihundertdreiundzwanzigtausendachthundertsechzig Francs ausmacht! Einen Spatenstich, der elftausend Franken einbringt, nenne ich einen guten Spatenstich!«

»In welchem Maße ist die Goldproduktion seit der Entdeckung dieser Goldgruben gewachsen?« fragte John Mangles.

»In einem gewaltigen Maßstab, mein lieber John. Diese Produktion betrug zu Beginn des Jahrhunderts nur siebenundvierzig Millionen jährlich, und gegenwärtig, die Produktion der Goldgruben Europas, Asiens und Amerikas mitgerechnet, kommt man auf neunhundert Millionen, also etwa eine Milliarde!«

»Demnach befindet sich hier unter unseren Füßen sehr viel Gold?« fragte Robert.

»Ja, mein Junge, viele Millionen. Wir schreiten darüber hin; aber während wir das tun, verachten wir es.«

»Australien ist also ein gelobtes Land?«

»Nein, Robert«, erwiderte der Geograph, »die goldhaltigen Länder sind nicht gelobt. Sie bringen nur eine träge Bevölkerung hervor, niemals starke und fleißige Menschen. Denke an Brasilien, Mexiko, Kalifornien, Australien. Was bedeuten diese Länder im neunzehnten Jahrhundert? Das beste Land, mein Sohn, ist nicht das goldhaltige, sondern das eisenhaltige Land.«

XV. KAPITEL

## DIE ›AUSTRALIAN- AND NEW-ZEALAND-GAZETTE‹

Am 2. Januar überschritten die Reisenden bei Sonnenaufgang die Grenze des goldhaltigen Gebiets und gelangten in die Grafschaft Talbot. Die Hufe ihrer Pferde trabten über die staubigen Pfade der Grafschaft Dalhousie. Einige Stunden darauf wurden durch eine Furt die Flüsse Colban und Campaspe unter 144° 35′ und 144° 45′ Länge durchquert. Damit lag die Hälfte der Reiseroute hinter ihnen. Verlief die Reise weiterhin so erfolgreich, dann würde die kleine Gruppe in vierzehn Tagen den Strand der Twofold-Bucht erreicht haben.

Die Reisenden befanden sich alle wohl. Paganels Zusicherungen, das gesunde Klima betreffend, hatten sich bestätigt. Die Feuchtigkeit war kaum zu spüren und die Hitze durchaus erträglich. Pferde und Ochsen litten nicht unter der Witterung, ebensowenig die Menschen.

Eine einzige Änderung der Marschordnung hatte seit Camden-Bridge stattgefunden. Der verbrecherische Anschlag auf die Eisenbahn hatte Ayrton veranlaßt, bestimmte Vorsichtsmaßnahmen zu ergreifen, die bis dahin für unnötig gegolten hatten. Die Jäger durften den Ochsenkarren nicht aus den Augen verlieren, und während der Raststunden wurde stets eine Wache ausgestellt.

Morgens und abends wurden neue Zündhütchen in die Waffen eingelegt. Es galt als sicher, daß ein Trupp von Bösewichtern sich in der Gegend umhertrieb; und wenn auch nichts eine unmittelbare Gefahr befürchten ließ, so mußte man doch auf alles gefaßt sein.

Diese Vorsichtsmaßnahmen wurden natürlich ohne Wissen von Lady Helena und Mary Grant getroffen, die Glenarvan nicht unnötig beunruhigen wollte.

Im Grunde war es richtig, so zu handeln. Eine Unvorsichtigkeit, ja eine bloße Nachlässigkeit konnte schlimme Folgen haben. Glenarvan war nicht der einzige, dem diese Lage der Dinge Sorge bereitete. Auch in einsam gelegenen Ortschaften und Siedlungen schützten sich die Bewohner und Squatter vor unliebsamen Überraschungen und Angriffen. Bei Anbruch der Dämmerung wurden dort die Häuser verschlossen und die Hunde innerhalb der Palisaden losgemacht; sie bellten bei der geringsten Annäherung. Die Hirten, die abends ihre zahlreichen Herden zusammentrieben, hatten am Sattelknauf eine Flinte hängen. Die Nachricht von dem an der Camden-Bridge verübten Verbrechen veranlaßte zu dieser Vorsicht; viele Ansiedler, die bis dahin bei offenen Fenstern und Türen geschlafen hatten, riegelten sich ein.

Sogar die Verwaltung der Provinz zeigte sich besorgt. Abteilungen eingeborener Polizisten wurden aufs Land hinausgeschickt. Der Depeschendienst war besonders gesichert worden. Bis zu diesem Zeitpunkt hatten die Postkutschen die größeren Verbindungswege ohne Begleitmannschaft befahren. An jenem Tage aber, genau in dem Augenblick, als Glenarvan mit seinen Leuten die Straße von Kilmore nach Heathcote überquerte, brauste die Post, eine Staubwolke hinterlassend, vorüber, so schnell die Pferde laufen konnten. So rasch sie auch entschwunden war, hatte Glenarvan doch die Gewehre der Polizisten glänzen sehen, die neben der Kutsche galoppierten. Man glaubte in die finsteren Zeiten zurückversetzt zu sein, in denen die Entdeckung der ersten Goldfunde den australischen Kontinent mit dem Abschaum der europäischen Völker überflutet hatte.

Eine Meile nach der Überquerung der Straße nach Kilmore tauchte der Ochsenkarren in den Schatten riesiger Baumgruppen, und zum ersten Male seit der Abreise vom Kap Bernouilly durchquerten die Reisen-

den ein Waldgebiet, das ein Areal von mehreren Graden des Erdumfanges bedeckt.

Angesichts der Eukalyptusbäume von zweihundert Fuß Höhe, deren schwammige Rinde bis zu fünf Zoll dick war, erscholl ein Ruf der Bewunderung. Die Stämme, die zwanzig Fuß im Umfang maßen und von

den duftenden Harzausscheidungen zerfurcht waren, erhoben sich bis zu fünfzig Fuß über den Erdboden. Kein Ast, kein Zweig, kein eigenwilliger Trieb, nicht einmal ein Knorren entstellte ihr Profil. Wären sie in der Hand eines Drechslers entstanden, so hätten sie nicht glatter sein können. Es waren so viele Baumsäulen gleichen Umfanges, daß sie nach Hunderten zählten. Sie entfalteten sich in riesiger Höhe zu Kapitellen aus Zweigen, die an ihren Enden mit wechselständigen Blättern geschmückt waren; an den Blattachseln hingen vereinzelt Blüten, deren Kelche die Form einer umgestürzten Urne hatten.

Unter dieser immergrünen Decke bewegte sich die Luft ungehindert; eine ständige Ventilation sog die Feuchtigkeit des Bodens auf. Die Pferde, die Rinderherden und die Karren konnten mühelos zwischen den weit auseinanderstehenden Bäumen hindurchfahren, die wie Absteckpfähle eines Holzschlags angeordnet waren. Das war kein dichtes, durch Gestrüpp versperrtes Gehölz, kein Urwald mit umgestürzten Baumstämmen und unentwirrbaren Lianen, durch den nur Messer und Feuer einen Weg bahnen können.

Ein Grasteppich am Fuß der Bäume, eine Laubdecke an ihrem Gipfel, in langer Reihe kühne Säulen, im Grunde wenig Schatten, wenig Frische, eine seltsame Beleuchtung, etwa wie ein Lichtschimmer, der durch ein zartes Gewebe dringt, regelmäßige Lichtflecken, scharf begrenzte Spiegelungen auf dem Boden – all das bot ein eigenartiges, an neuen Eindrücken reiches Schauspiel. Der Wald des ozeanischen Kontinents erinnert in keiner Weise an die Wälder der Neuen Welt, und der Eukalyptus, der ›Tara‹ der Urbevölkerung, gehört zur Familie der Myrten, deren verschiedene Abarten kaum zu zählen sind. Der Eukalyptus ist der charakteristischste Baum der australischen Flora.

Wenn unter diesem grünen hohen Laubdach der Schatten nicht dicht und die Finsternis nicht undurchdringlich ist, so liegt das daran, daß die Bäume eine seltsame Anomalie in der Anordnung ihrer Blätter aufweisen; keines wendet seine Oberfläche der Sonne zu, sondern dafür seine scharfe Kante. Das Auge unterscheidet in diesem seltsamen Licht nur die Profile der Blätter, und die Sonnenstrahlen gleiten wie durch die hochgestellten Latten eines Fensterladens zur Erde.

Jedermann machte diese Feststellung und war überrascht. Weshalb diese eigenartige Anordnung? Natürlich war diese Frage an Paganel gerichtet; er antwortete wie einer, den nichts in Verlegenheit bringen kann:

»Was mich hier erstaunt, ist nicht die Launenhaftigkeit der Natur; die Natur weiß, was sie tut, aber die Botaniker wissen nicht immer, was sie sagen. Die Natur hat, indem sie diesen Bäumen diese besonderen Blätter gab, keinen Irrtum begangen, aber die Menschen haben sich geirrt, als sie ihnen den Namen ›Eukalyptus‹ gaben.«

»Was bedeutet dieses Wort?« fragte Mary Grant.

»Es kommt von εὐ. χαλὐπτω und bedeutet *ich bedecke gut*. Man hat dafür gesorgt, den Irrtum auf griechisch zu begehen, damit er weniger offensichtlich wird, es ist jedoch nicht zu übersehen, daß der Eukalyptusbaum schlecht bedeckt.«

»Einverstanden, mein lieber Paganel«, antwortete Glenarvan, »und jetzt erklären Sie uns bitte, weshalb die Blätter so wachsen.«

»Aus einem rein physikalischen Grund, liebe Freunde«, antwortete Paganel, »den Sie leicht begreifen werden. In diesem Lande, wo die Luft trocken ist und der Regen selten, wo der Boden ausgetrocknet ist, brauchen die Bäume weder Wind noch Sonne. Dort, wo die Feuchtigkeit fehlt, fehlt auch der Saft. Daher diese schmalen Blätter, die sich selbst gegen das Licht und gegen eine zu große Verdunstung zu schützen suchen. Das ist der Grund, weshalb sie sich im Profil und nicht mit ihrer ganzen Fläche der Wirkung der Sonnenstrahlen aussetzen. Es gibt nichts Intelligenteres als ein Blatt.«

»Und nichts Egoistischeres«, erwiderte der Major. »Diese Blätter haben nur an sich gedacht, aber überhaupt nicht an die Reisenden.«

Jedermann war mit MacNabbs' Meinung einverstanden, bis auf Paganel, der, während er sich den Schweiß auf der Stirn trocknete, doch froh war, unter schattenlosen Bäumen zu wandern. Trotzdem war diese Anordnung des Blattwerks höchst unangenehm; der Weg durch diese Wälder ist oft sehr lang und folglich mühsam, da nichts die Reisenden gegen die Glut des Tages zu schützen vermag.

Während des ganzen Tages rollte der Karren unter den endlosen Reihen der Eukalyptusbäume hindurch; es begegnete ihnen weder ein Tier noch ein Eingeborener. In den Baumwipfeln lebten einige Kakadus, doch in dieser Höhe konnte man sie kaum erkennen, und ihr Schwatzen wurde zu undeutlichem Murmeln. Gelegentlich flog ein Schwarm Wellensittiche durch eine entfernte Baumreihe und belebte sie flüchtig mit seinem vielfarbigen Schimmer. Doch eigentlich herrschte tiefe Stille in diesem riesigen grünen Dom, und der Hufschlag der Pferde, einige Worte aus einer abgerissenen Unterhaltung, das Knarren der Karrenräder und von Zeit zu Zeit ein aufmunternder Ruf Ayrtons, der das träge Gespann antrieb, waren die einzigen Unterbrechungen in dieser ungeheuren Einsamkeit.

Am Abend wurde unter Eukalyptusbäumen Rast

gemacht, an denen die Spuren eines kürzlich entzündeten Feuers entdeckt wurden; die Stämme wirkten wie riesige Fabrikschornsteine, denn das Feuer hatte ihr Inneres förmlich ausgehöhlt. Obwohl ihnen nur die Rinde geblieben war, gediehen sie so gut wie zuvor. Diese üble Angewohnheit der Squatter und der Eingeborenen wird dazu führen, diese prächtigen Bäume zu zerstören. Sie werden ebenso verschwinden wie die vierhundertjährigen Zedern auf dem Libanon, die von den Flammen der Lagerfeuer unbesonnener Wanderer verzehrt werden.

Dem Rat Paganels folgend, entzündete Olbinett das Feuer für das Abendessen in einem der hohlen Baumstämme; es hatte sofort die nötige Zugluft, und der Rauch verlor sich in der dunklen Masse des Laubwerkes. Man traf die üblichen Vorsichtsmaßnahmen für die Nacht, und Ayrton, Mulrady, Wilson und John Mangles wachten abwechselnd bis zum Morgengrauen.

Während des ganzen 3. Januars zog die Gesellschaft durch die langen gleichmäßigen Baumalleen, die kein Ende zu nehmen schienen. Gegen Abend jedoch lichteten sich die Baumreihen, und in einer Entfernung von einigen Meilen tauchte in einer kleinen Mulde eine Gruppe Häuser auf.

»Das ist Seymour!« rief Paganel. »Es ist die letzte Ortschaft, auf die wir vor dem Verlassen der Provinz Victoria treffen müssen.«

»Eine wichtige Ortschaft?« fragte Lady Helena.

»Gnädige Frau«, erwiderte Paganel, »es ist nur eine kleine Gemeinde, die aber im Begriff ist, eine Bezirksstadt zu werden.«

»Werden wir dort ein anständiges Gasthaus vorfinden?« fragte Glenarvan.

»Ich hoffe es«, erwiderte der Geograph.

»Dann wollen wir dort einkehren; denn ich meine, unsere tapferen Frauen werden froh sein, wenn sie für eine Nacht in einem richtigen Bett schlafen können.«

»Mein lieber Edward«, erwiderte Lady Helena, »Mary und ich sind einverstanden; aber nur unter der Bedingung, daß es uns weder aus der Ordnung bringt noch eine Verzögerung bedeutet.«

»Das tut es in keiner Weise«, erwiderte Lord Glenarvan. »Übrigens sind unsere Zugtiere müde. Morgen, in aller Frühe, werden wir wieder aufbrechen.«

Es war jetzt neun Uhr abends. Der Mond näherte sich dem Horizont und warf nur noch schräge, im Nebel verfließende Strahlen. Nach und nach wurde es finster. Unter Paganels Führung, der sich auch dort, wo er noch nie gewesen war, immer gut auszukennen schien, betraten die Reisenden die breiten Straßen der Ortschaft Seymour. Sein Instinkt führte sie direkt zu dem Gasthof ›Campbell's North British Hotel‹.

Die Pferde und die Zugochsen wurden im Stall untergebracht, der Karren in einem Schuppen untergestellt und die Reisenden in recht behagliche Stuben geführt. Um zehn Uhr nahmen alle am Speisetisch Platz, den Olbinett vorher mit dem Blick des Kenners überprüft hatte. Paganel hatte in Roberts Begleitung die Ortschaft durchforscht; kurz und bündig berichtete er von seinen nächtlichen Eindrücken; er hatte absolut nichts gesehen.

Allerdings hätte ein weniger zerstreuter Mensch in den Straßen von Seymour wohl eine gewisse Unruhe bemerken müssen. Gruppen, die sich nach und nach vergrößerten, hatten sich hier und dort gebildet. Vor den Haustüren wurden Gespräche geführt. Mit offensichtlicher Besorgnis stellten die Leute einander Fragen. Man las mit lauter Stimme einander aus den Tageszeitungen vor und tauschte dann die Meinungen über das Gehörte aus. Diese Anzeichen konnten auch dem unaufmerksamsten Beobachter nicht entgehen. Nur Paganel war nichts aufgefallen.

Der Major hingegen hatte, ohne den Gasthof überhaupt zu verlassen, festgestellt, welche Befürchtungen die Einwohner der kleinen Ortschaft mit Recht hegten. Ein zehn Minuten währendes Gespräch mit Dickson, dem geschwätzigen Wirt des Hotels, hatte genügt, ihn davon in Kenntnis zu setzen.

Doch verlor er kein Wort über das Gehörte. Erst als das Abendessen beendet und Lady Glenarvan, Mary und Robert Grant auf ihre Zimmer gegangen waren, hielt der Major seine Gefährten zurück und sagte zu ihnen:

»Es ist bekannt, wer die Verbrecher sind, die den Anschlag auf die Sandhurst-Eisenbahn verübt haben.«

»Sind sie verhaftet worden?« fragte Ayrton hastig.

»Nein«, erwiderte MacNabbs. Er schien die Wißbegierde des Bootsmaats nicht zu bemerken, die ja in diesem Falle auch völlig berechtigt war.

»Um so schlimmer«, fügte Ayrton hinzu.

»Und wen bezichtigt man des Verbrechens?« fragte Glenarvan.

»Lesen Sie«, erwiderte der Major und reichte dem Lord eine Nummer der *›Australian- and New-Zealand-Gazette‹*, »und Sie werden sehen, daß der Polizeiinspektor sich damals nicht geirrt hat.«

Glenarvan las mit lauter Stimme den folgenden Artikel vor:

»Sydney, den 2. Januar 1866. – Wie erinnerlich, ereignete sich in der Nacht vom 29. zum 30. Dezember bei Camden-Bridge, fünf Meilen jenseits der Station Castlemaine, auf der Strecke von Melbourne nach Sandhurst, eine Eisenbahnkatastrophe. Der Nachtexpreß von 11 Uhr 45 stürzte in voller Fahrt in den Lutton-Fluß.

Die Camden-Bridge war bei Annäherung des Zuges nicht geschlossen.

Die zahlreichen nach dem Unglück begangenen Räubereien sowie der Leichnam des Brückenwärters, der in einer halben Meile Entfernung von der Camden-Bridge gefunden wurde, beweisen, daß diese Katastrophe durch ein Verbrechen herbeigeführt worden ist.

Aus dem Bericht des Untersuchungsrichters geht hervor, daß dieses Verbrechen einer Gruppe von Sträflingen zugeschrieben werden muß, die vor sechs Monaten aus der Strafanstalt Perth in Westaustralien ausgebrochen ist, als sie nach der Insel Norfolk[1] gebracht werden sollte.

Es handelt sich dabei um neunundzwanzig Sträflinge unter der Führung eines gewissen Ben Joyce, eines der gefährlichsten Übeltäter, der vor einigen Monaten mit einem Schiff, dessen Name nicht bekannt ist, nach Australien gebracht wurde und auf den das Gesetz bisher nicht die Hand hat legen können.

Die Bewohner der Städte, die Ansiedler und die Squatter werden aufgefordert, auf der Hut zu sein und dem Generalinspektor alle Nachrichten zu über-

[1] Norfolk ist eine östlich von Australien gelegene Insel, auf der die Regierung rückfällige und unverbesserliche Sträflinge gefangenhält. Sie sind einer besonderen Bewachung unterstellt.

mitteln, welche die Suche nach den Verbrechern erleichtern könnten.

J. P. Michell, Generalinspektor.«

Als Glenarvan die Mitteilung gelesen hatte, wandte sich MacNabbs an den Geographen und sagte zu ihm:

»Sie ersehen daraus, Paganel, daß es auch in Australien Sträflinge geben kann.«

»Flüchtige Sträflinge, ja, das ist selbstverständlich«, erwiderte Paganel, »aber ordnungsgemäß hierher transportierte nicht. Diese Leute haben nicht das Recht, hier zu sein.«

»Sie sind aber hier«, warf Glenarvan dazwischen. »Ich glaube jedoch nicht, daß ihre Anwesenheit unsere Pläne ändern oder unsere Reise verzögern kann. Was meinen Sie, John?«

John Mangles antwortete nicht sogleich. Er zögerte einerseits beim Gedanken an den Schmerz, den ein Aufgeben der Nachforschungen den beiden Kindern des Kapitäns Grant verursachen mußte, und andererseits in der Sorge, die Reisegesellschaft nicht zu gefährden.

»Hätten wir nicht Lady Glenarvan und Miss Grant bei uns«, sagte er, »wäre mir diese Bande von Übeltätern höchst gleichgültig.«

Glenarvan begriff, was er meinte, und fügte hinzu: »Es versteht sich von selbst, daß ein Aufgeben unseres Planes nicht in Frage kommt. Vielleicht wäre es aber wegen unserer weiblichen Reisegefährten das vernünftigste, in Melbourne auf die *Duncan* zurückzukehren und Harry Grants Fährte erst an der Ostküste wieder aufzunehmen. Was halten Sie davon, MacNabbs?«

»Ehe ich mich äußere«, erwiderte der Major, »würde ich gern Ayrtons Meinung hören.« Der angesprochene Matrose sah Glenarvan fragend an.

»Ich vermute«, sagte er, »daß wir zweihundert Meilen von Melbourne entfernt sind und daß eine Gefahr, sofern sie besteht, auf der großen Straße im Süden ebenso groß ist wie auf der nach dem Osten. Beide Straßen werden wenig benutzt, und eine taugt so viel wie die andere. Außerdem glaube ich nicht, daß dreißig Verbrecher acht gutbewaffneten und entschlossenen Männern Angst einjagen können. Ich meine, wenn kein besserer Rat gegeben wird, sollten wir ruhig weiterziehen.«

»Gut gesprochen, Ayrton«, erwiderte Paganel. »Im Weiterziehen könnten wir Kapitän Grants Fährte kreuzen, während wir im Süden davon abkommen würden. Daher bin ich Ihrer Meinung. Ich bin nicht sehr besorgt wegen der ausgebrochenen Sträflinge, die ein tapferer Mann wohl in Schach halten sollte.«

Daraufhin wurde über den Vorschlag, nichts an dem Reiseprogramm zu ändern, abgestimmt, und er wurde einstimmig angenommen.

»Nur noch ein Einwand, Mylord«, sagte Ayrton in dem Augenblick, als alle auseinandergehen wollten.

»Sprechen Sie, Ayrton.«

»Wäre es nicht ratsam, der *Duncan* Nachricht zu geben, sich in der Nähe der Küste zu halten?«

»Wozu soll das nützen?« fragte John Mangles. »Sobald wir die Twofold-Bucht erreicht haben, wird es an der Zeit sein, diesen Befehl zu übermitteln. Wenn ein unvorhergesehenes Ereignis uns veranlassen sollte, Melbourne aufzusuchen, könnten wir es bedauern, die *Duncan* dort nicht mehr anzutreffen. Übrigens dürfte die Havarie noch nicht behoben sein. Aus diesen Gründen halte ich es für richtiger, abzuwarten.«

»Gut«, sagte Ayrton, ohne auf seiner Meinung zu beharren.

Am nächsten Morgen verließ die kleine Gruppe, gut bewaffnet und auf jeden Zwischenfall vorbereitet, Seymour. Nach einer halben Stunde erreichten sie den im Osten wieder beginnenden Eukalyptuswald. Glenarvan wäre es lieber gewesen, durch waldloses Gebiet reisen zu können; denn eine baumlose Ebene eignet sich weniger für Überfälle aus dem Hinterhalt als ein dichter Wald. Doch es blieb den Reisenden keine Wahl, und der Karren schlängelte sich während des ganzen Tages zwischen den eintönigen Baumreihen hindurch. Am Abend wurde an der Nordgrenze der Grafschaft Anglesey der 146. Meridian überschritten und an der Grenze des Murray-Gebiets für die Nacht Rast gemacht.

XVI. KAPITEL

## DER MAJOR BEHAUPTET, MAN HABE ES MIT AFFEN ZU TUN

Am Morgen des 5. Januars erreichten die Reisenden das weite Murray-Gebiet, das nicht genau abgegrenzt und unbewohnt ist und sich bis zu der hohen australischen Alpenkette erstreckt. Dieses Gebiet wurde von der Zivilisation noch nicht in einzelne Grafschaften eingeteilt. Es ist der wenig bekannte und wenig bereiste Teil der Provinz. Doch eines Tages werden auch diese Wälder unter den Axthieben der Siedler fallen und die Prärien den Herden der Squatter überliefert werden. Aber bis jetzt ist der Boden hier so unberührt, wie er aus dem Indischen Ozean auftauchte, eine Wüste.

Das gesamte Gebiet führt auf den englischen Landkarten den bezeichnenden Namen: ›Reserve for the blacks‹, Reservat für die schwarze Bevölkerung. Bis dorthin sind die Eingeborenen von den Ansiedlern auf brutalste Weise abgedrängt worden. Man hat ihnen in entlegenen Ebenen und in undurchdringlichen Wäldern bestimmte Landstriche zugewiesen, in denen sie, die Ureinwohner, nach und nach zugrunde gehen müssen. Jeder Weiße, jeder Ansiedler, Einwanderer, Squatter oder Buschmann kann die Grenzen dieser Reservate überschreiten; der Schwarze jedoch darf sie niemals verlassen.

Im Dahinreiten erörterte Paganel dieses ernste Problem der eingeborenen Stämme. Es gab hierüber nur eine Meinung: Die britische Kolonisation gab die unterjochten Völker der Vernichtung preis. Sie sollten aus den von ihren Vorfahren bewohnten Landstrichen verjagt und vertilgt werden. Dieses verhängnisvolle Vorgehen machte sich überall bemerkbar, in Australien aber stärker als in den anderen Kolonialländern.

Zu Beginn der Kolonisierung betrachteten die Deportierten und die Ansiedler die Schwarzen als wilde Tiere. Sie hetzten sie, streckten sie mit Gewehrschüssen nieder und schlachteten sie ab. Rechtsgelehrte wurden damit betraut, den Beweis zu erbringen, daß die Australier außerhalb der Gesetze stünden und daß die Tötung dieser Unglücklichen nicht als Verbrechen anzusehen sei. Die Zeitungen in Sydney schlugen sogar ein wirksames Mittel vor, um sich der Eingeborenenstämme am Huntersee zu entledigen: Sie sollten in Massen vergiftet werden.

Wie man sieht, bedienten sich die Engländer bei der Eroberung und der Kolonisation der Länder des Mordes. Die Grausamkeit, die sie verübten, war ungeheuerlich. Sie benahmen sich in Australien genauso grausam wie in Indien, wo fünf Millionen Inder vom Erdboden verschwanden, und ebenso wie im Kapland, wo die Hottentottenbevölkerung von einer Million auf hunderttausend gesunken ist. So schwindet die Urbevölkerung, die durch schlechte Behandlung und Säufertum zusammengeschmolzen ist, allmählich vom Kontinent und macht einer menschenfeindlichen Zivilisation Platz. Einige der Gouverneure sind, wie zugegeben werden muß, mit Gesetzen gegen die blutrünstigen Siedler vorgegangen. Die Weißen, die einem Schwarzen die Nase, die Ohren oder den kleinen Finger abgehackt hatten, »um sich damit einen Spaß zu erlauben«, bekamen ein paar Peitschenschläge. Doch das waren leere Drohungen. Der Menschenmord wurde in großem Stil betrieben und ganze Stämme vernichtet. Man braucht nur die Insel Van Diemen zu nennen, auf der zu Beginn des Jahrhunderts fünftausend Eingeborene lebten, im Jahre 1863 nur noch sieben. Kürzlich konnte der *Merkur* die Ankunft des letzten Tasmaniers in Hobart-Town ankündigen.

Weder Glenarvan noch der Major oder John Mangles konnten Paganel widersprechen. Selbst wenn sie Engländer gewesen wären, hätten sie ihre Landsleute nicht verteidigen können. Die Tatsachen waren zu bekannt, um sie abstreiten zu können.

»Noch vor fünfzig Jahren«, fügte Paganel hinzu, »wären wir auf unserem Wege auf manchen Eingeborenenstamm gestoßen, und bis jetzt ist uns nicht ein einziger Wilder begegnet. In hundert Jahren wird dieser Erdteil von der schwarzen Rasse gänzlich entvölkert sein.«

Das Reservat schien tatsächlich völlig menschenleer. Von Lagerplätzen oder Hütten war keine Spur zu entdecken. Ebenen und große Wälder wechselten miteinander ab, und nach und nach bekam die Landschaft ein wildes Aussehen. Es schien sogar, als hause kein lebendes Wesen, weder Mensch noch Tier, in diesen entlegenen Gebieten, als Robert vor einem Eukalyptusgebüsch haltmachte und schrie:

»Ein Affe, da ist ein Affe!«

Dabei wies er auf eine große schwarze Gestalt, die sich erstaunlich behende von Ast zu Ast gleiten ließ und sich dann von einem Wipfel zum anderen schwang, als werde sie in den Lüften in der Schwebe gehalten. Konnten in diesem seltsamen Lande die Affen etwa fliegen, wie gewisse Fuchsarten, denen die Natur Fledermausflügel verliehen hat?

Inzwischen hatte der Ochsenkarren angehalten, und alle verfolgten mit den Blicken das seltsame Tier, das in den Eukalyptuswipfeln verschwunden war. Bald sah man die Gestalt mit blitzartiger Geschwindigkeit wieder hinuntergleiten und unter tausenderlei Verrenkungen in großen Sätzen über den Erdboden jagen; dann umschlang das Geschöpf mit seinen langen Armen den Stamm eines Gummibaumes. Man fragte sich, wie es sich an dem glatten, schlüpfrigen Stamm festhalten konnte. Doch der Affe, der mit einem beilähnlichen Werkzeug gegen den Baum schlug, hackte kleine Kerben in den Stamm, und auf diesen regelmäßigen Stufen gelangte er bis zur Gabelung hinauf. Binnen weniger Sekunden war er im dichten Laub verschwunden.

»Was ist denn das für eine Affenart?« fragte der Major.

»Dieser ›Affe‹ ist ein waschechter Australneger.«

Die Gefährten des Geographen hatten noch nicht einmal Zeit gehabt, zweifelnd die Schultern hochzuziehen, als in geringer Entfernung Schreie ertönten, die phonetisch etwa so klangen wie kooh-eeh! kooh-eeh! Ayrton stachelte seine Ochsen zu schnellerer Gangart an, und hundert Schritt weiter trafen die Reisenden unvermutet auf ein Eingeborenenlager.

Ein trostloser Anblick bot sich ihnen! Etwa zehn Zelte waren auf dem nackten Erdboden errichtet. Diese ›Gunyos‹, aus ziegelförmig übereinandergeschichteten Stücken Baumrinde, boten den armseligen Insassen nur auf einer Seite Schutz. Diese vom Elend erniedrigten Geschöpfe wirkten abstoßend. Die erste Regung der etwa dreißig mit gänzlich zerfetzten Känguruhfellen bekleideten Männer, Frauen und Kinder war, beim Nahen des Karrens die Flucht zu ergreifen. Jedoch einige von Ayrton in einer unverständlichen Mundart gerufene Worte schienen sie zu beruhigen; halb zutraulich, halb ängstlich wie Tiere, denen man einen Leckerbissen hinhält, kehrten sie zurück.

Die Hautfarbe dieser Eingeborenen, die fünf Fuß vier Zoll bis fünf Fuß sieben Zoll groß waren, war bräunlich wie alter Ruß; sie hatten lange Arme und vorstehende Bäuche. Ihre Körper waren mit Narben bedeckt, die teils von Tätowierungen, teils von Schnitten herrühren mochten, die sie sich bei den Trauerzeremonien beigebracht hatten. Es gab nichts Abscheulicheres als ihre mißgestalteten Gesichter mit dem gro-

ßen Mund, der breiten, plattgequetschten Nase, ihrem vorstehenden Unterkiefer mit den weißen, aber schiefstehenden Zähnen. Kein menschliches Wesen hat je stärker den Eindruck des Tierhaften hervorgerufen.

»Robert hat sich nicht getäuscht«, sagte der Major, »es sind Affen.«

»MacNabbs«, entgegnete Lady Helena mit sanfter Stimme, »geben Sie etwa denjenigen recht, die sie wie wilde Tiere hetzen? Diese armen Geschöpfe sind doch Menschen.«

»Menschen?« rief MacNabbs, »es sind höchstens Geschöpfe, die eine Zwischenstufe zwischen dem Menschen und dem Orang-Utan bilden. Beim Messen ihrer Kopfform würde sich wohl herausstellen, daß sie ebenso gedrungen ist wie die der Affen.«

In dieser Hinsicht hatte MacNabbs recht. Der Gesichtswinkel des Australnegers ist spitz und gleicht mit etwa sechzig bis zweiundsechzig Grad auffallend dem des Orang-Utan. Daher war Herr de Rienzi im Recht, als er vorschlug, diese unglücklichen Geschöpfe einer besonderen Rasse, den ›Pithecomorphen‹, das sind Menschen mit Affenmerkmalen, zuzuordnen.

Aber Lady Helena war mehr im Recht als MacNabbs, als sie diesen auf der niedrigsten Stufe der Menschheitsentwicklung stehenden Wesen eine menschliche Seele zuerkannte. Zwischen der Bestie und dem Australneger gibt es eine überaus tiefe Kluft. Pascal hat zu Recht erklärt, daß der Mensch nirgends in der Welt ein Tier ist. Freilich fügt er ebenso treffend hinzu: »Aber auch kein Engel.«

Doch gerade Lady Helena und Mary Grant bewiesen, wie unrichtig dieser Nachsatz des großen Denkers war. Die beiden mitleidigen Frauen waren von dem Karren heruntergeklettert. Sie reichten den elenden Geschöpfen liebevoll die Hände, sie boten ihnen Speisen an, die von den Wilden mit Gier verschlungen wurden. Die Eingeborenen mußten Lady Helena schon deswegen für eine Göttin halten, weil nach ihrer Religionsauffassung die Weißen Geister ehemaliger

Schwarzer sind, die nach ihrem Tode eine weiße Farbe angenommen haben.

Vor allem waren es die Frauen der Eingeborenen, die das Mitleid der beiden weiblichen Reisenden erregten. Nichts läßt sich mit den Daseinsbedingungen einer Australierin vergleichen. Sie ist eine Sklavin, die mit roher Gewalt in Besitz genommen wird; die einzige Hochzeitsgabe, die sie kennt, sind Schläge mit dem ›Waddie‹, dem Prügel, den ihr Herr und Gebieter nicht aus der Hand legt. Von dem Augenblick der Verheiratung an ist sie zu frühzeitigem Altern verurteilt, da alle mühseligen Arbeiten des Nomadenlebens ihr aufgebürdet werden. Sie schleppt mit ihren Kindern in einem aus Binsen geflochtenen Bündel Fisch- und Jagdgerät einen Vorrat an ›Phormium tenax‹, aus dem sie Netze flicht. Sie muß die Nahrungsmittel heranschaffen. Bis in die Baumspitzen hinauf jagt sie nach Eidechsen, Opossums und Schlangen; sie spaltet das Holz für die Feuerstelle; sie löst die Rinde zum Zeltbau von den Bäumen. Sie ist ein armes Lasttier, das keine Ruhe kennt und das, nachdem sein Gebieter sich gesättigt hat, die unappetitlichen Reste, die er nicht essen wollte, verschlingen darf.

Soeben waren einige dieser elenden Geschöpfe, die vielleicht schon lange gehungert hatten, damit beschäftigt, Vögel mit Körnern anzulocken.

Regungslos, wie tot, warteten sie darauf, stundenlang auf dem heißen Erdboden ausgestreckt, daß ein argloser Vogel sich in die Reichweite ihrer Hände niederließ. Weiter reichten ihre Möglichkeiten, Fallen herzustellen, nicht, und man mußte schon ein australischer Vogel sein, um sich so fangen zu lassen.

Inzwischen hatten die durch die entgegenkommende

Haltung der Fremden zutraulich gewordenen Eingeborenen die Reisenden umringt, und man mußte vor ihren ausgeprägten diebischen Instinkten auf der Hut sein. Ihre Sprache war ein durch Zungenschläge entstehendes Zischen und Pfeifen, das Ähnlichkeit mit den Tierstimmen aufwies. Und doch konnten ihre Stimmen oft etwas ungeheuer Weiches und Einschmeichelndes haben. Sehr oft wurden die Worte »noki, noki« wiederholt, die durch die begleitenden Gesten leicht verständlich waren. Sie bedeuteten: »Gebt, gebt!« und bezogen sich auf die geringfügigsten Dinge, die die Reisenden mit sich führten. Mr. Olbinett hatte seine liebe Not, um den Gepäckraum und vor allem die Nahrungsmittel der Reisegesellschaft zu schützen. Die armen ausgehungerten Geschöpfe warfen furchterregende Blicke auf den Karren und fletschten dabei ihre spitzen Zähne, die sich an Menschenfleisch geschärft haben mochten. Zu friedlichen Zeiten sind die meisten australischen Stämme keine Menschenfresser; es gibt aber wenig Wilde, die sich weigern würden, das Fleisch eines besiegten Feindes zu verspeisen.

Hingegen gab Glenarvan auf Lady Helenas Bitte den Befehl, einige Nahrungsmittel unter die Eingeborenen zu verteilen; sie hatten rasch begriffen, was er wollte, und zeigten ihre Freude so lärmend, daß sich das härteste Herz hätte erweichen lassen. Dabei stießen sie Schreie aus wie wilde Tiere im Käfig, wenn der Wärter ihnen ihr tägliches Futter bringt. Ohne dem Major recht geben zu wollen, konnte man dennoch nicht leugnen, daß diese Rasse vom Tierischen nicht weit entfernt war.

Als galanter Mann hatte Mr. Olbinett die Frauen zuerst versorgen wollen. Doch diese unglücklichen Geschöpfe wagten nicht, etwas anzurühren, ehe ihre grimmigen Gebieter zugegriffen hatten. Die Männer stürzten sich heißhungrig auf die Zwiebäcke und das Dörrfleisch.

Mary Grant traten bei dem Gedanken, daß ihr Vater möglicherweise der Gefangene solch roher Eingeborener war, die Tränen in die Augen. Sie stellte sich vor, was ein Mann wie Harry Grant als Sklave dieser nomadisierenden Stämme an Hunger und Mißhandlungen erdulden mußte. John Mangles, der das junge Mädchen aufmerksam und besorgt beobachtete, erriet die Gedanken, von denen ihr Kopf voll war, und kam Marys Wünschen mit einer Frage zuvor, die er an den Bootsmaat richtete.

»Ayrton«, fragte er, »waren es solche Eingeborene, deren Händen Sie entronnen sind?«

»Ja, Kapitän«, erwiderte Ayrton. »Alle Volksstämme im Innern des Landes gleichen einander. Nur sehen Sie hier kaum eine Handvoll dieser armen Teufel, während es an den Ufern des Darlings zahlreiche Stämme gibt, die von Häuptlingen geführt werden, deren Macht gefürchtet ist.«

»Was kann ein Europäer inmitten dieser Naturgeschöpfe anfangen?« fragte John Mangles.

»Er kann das tun, was ich getan habe«, sagte Ayrton, »er jagt, er fischt gemeinsam mit ihnen, er nimmt an ihren Kriegszügen teil, er wird, wie ich Ihnen schon sagte, seinen Diensten entsprechend behandelt; und wenn es sich um einen intelligenten und tapferen Menschen handelt, nimmt er innerhalb des Stammes eine bedeutende Stellung ein.«

»Aber er bleibt ein Gefangener«, sagte Mary Grant.

»Und er wird so bewacht«, fügte Ayrton hinzu,

»daß er weder am Tage noch des Nachts auch nur einen Schritt unbeaufsichtigt tun kann.«

»Dennoch ist es Ihnen gelungen, zu entkommen, Ayrton«, sagte der Major, der herangetreten war und sich in das Gespräch mischte.

»Ja, Mr. MacNabbs; anläßlich eines Kampfes zwischen meinem und einem benachbarten Stamm ist es mir gelungen. Ich bedauere es nicht. Wenn sich mir aber noch einmal die gleiche Gelegenheit bieten sollte, so glaube ich, daß ich eine ewige Sklaverei den Qualen vorziehen würde, die ich durchgemacht habe, während ich die verödeten Gebiete im Innern durchquerte. Gott bewahre Kapitän Grant davor, sich auf ähnliche Weise retten zu wollen.«

»Ja, gewiß, Miss Mary, wir wollen hoffen, daß Ihr Vater von Eingeborenen festgehalten wird. Wir werden dann eher auf seine Spur stoßen, als wenn er in den Wäldern dieses Erdteils umherirrte.«

»Sie haben also immer noch Hoffnung?« fragte das junge Mädchen.

»Ich hoffe noch immer, Miss Mary, Sie mit Gottes Hilfe eines Tages glücklich zu sehen«, sagte John.

Ein Blick aus Marys tränennassen Augen dankte dem jungen Kapitän.

Während dieses Gesprächs waren die Eingeborenen in ungewöhnliche Bewegung geraten; sie stießen gellende Schreie aus, liefen in verschiedene Richtungen auseinander, griffen nach ihren Waffen und schienen von wilder Wut gepackt.

Glenarvan wußte nicht, wo das hinführen sollte, als der Major Ayrton anrief und zu ihm sagte:

»Da Sie lange mit den Australiern zusammengelebt haben, verstehen Sie vermutlich ihre Sprache?«

»Ungefähr«, erwiderte der Bootsmaat, »wenn es auch ebenso viele Mundarten wie Stämme gibt. Ich glaube jedoch zu erraten, daß diese Wilden Seiner Gnaden ihre Dankbarkeit beweisen wollen, indem sie ihm ein Scheingefecht vorführen.«

Das war tatsächlich der Grund für die ganze Aufregung. Ohne weitere Vorbereitung überfielen die Wilden einander mit vorzüglich gespieltem Zorn; sie machten das so gut, daß man, ohne eingeweiht zu sein, diesen Schein hätte ernst nehmen können. Doch nach den Berichten der Reisenden sind die Australier ausgezeichnete Schauspieler. Bei diesem Anlaß zeigten sie ihr bemerkenswertes Talent.

Ihre Angriffs- und Verteidigungswaffe waren ein Streitkolben, eine Art Holzhammer, mit dem sie den härtesten Schädel einschlagen können, und eine Art ›Tomahawk‹, ein scharf geschliffener, sehr harter Stein, der mit Klebeharz zwischen zwei Holzgriffen befestigt ist. Diese Axt hat einen zehn Fuß langen Stiel. Sie ist eine gefährliche Kriegswaffe und in Friedenszeiten ein nützliches Werkzeug; denn sie dient gleichermaßen dazu, Äste und Köpfe abzuschlagen und Menschenleiber ebenso wie Bäume zu spalten.

Diese Waffen wurden wie rasend und mit lautem Gebrüll geschwungen. Die Kämpfer stürzten sich aufeinander. Einige sanken wie tot zu Boden, andere stießen Siegesschreie aus. Die Weiber, besonders die älteren, die von einer wahren Kriegsfurie ergriffen schienen, stachelten die Kämpfer an. Sie fielen über die ›Leichname‹ her und täuschten deren Verstümmelung mit so gut gespielter Wildheit vor, daß sie auch echt nicht gräßlicher hätte sein können. Lady Helena fürchtete, das Spiel werde jeden Augenblick in einen

ernsthaften Kampf ausarten. Die Kinder, die ebenfalls an dem Kriegsspiel teilnahmen, meinten es durchaus ernst. Die kleinen Jungen und die noch zornigeren kleinen Mädchen versetzten sich in höchster Wut heftige Ohrfeigen.

Das Scheingefecht dauerte schon etwa zehn Minuten,

als die Kämpfer plötzlich innehielten. Die Waffen entfielen ihren Händen. Tiefe Stille folgte dem lärmenden Tumult. Gleich Figuren in einem lebenden Bild verharrten die Eingeborenen wie versteinert in ihrer letzten Stellung.

Was war die Ursache für diesen Wandel, und weshalb diese jähe Reglosigkeit von Marmorstatuen? Die Reisenden sollten es bald erfahren.

Ein Schwarm Kakadus flog in diesem Augenblick über den Wipfeln der Gummibäume auf; sie erfüllten die Luft mit ihrem Geschwätz und glichen mit ihrem farbenfrohen Gefieder einem fliegenden Regenbogen. Der Anblick dieser glänzenden, gefiederten Wolke hatte den Kampf unterbrochen. Die Jagd, die ergiebiger war als der Kampf, sollte folgen.

Einer der Wilden griff nach einem rotbemalten Werkzeug von seltsamer Form. Er verließ seine Gefährten, die immer noch regungslos dastanden, und schlich zwischen Bäumen und Sträuchern auf den Kakaduschwarm zu. Beim Vorwärtskriechen war er bemüht, keinerlei Geräusch zu verursachen; er streifte nicht ein Blatt und berührte keinen Kieselstein. Lautlos wie ein Schatten glitt er dahin.

In angemessenem Abstand schleuderte er sein Werkzeug in horizontaler Richtung, zwei Fuß hoch über dem Erdboden; es sauste etwa vierzig Fuß weit, dann stieg es plötzlich, ohne den Boden zu berühren, jäh im rechten Winkel hundert Fuß in die Höhe und traf ein Dutzend Vögel tödlich, dann beschrieb es einen Bogen und fiel zu Füßen des Jägers nieder. Glenarvan und seine Gefährten waren höchst verblüfft, sie wollten ihren Augen nicht trauen.

»Es ist ein ›Bumerang‹«, sagte Ayrton.

»Der Bumerang!« rief Paganel. »Der australische Bumerang?«

Und neugierig wie ein Kind ging er das merkwürdige Gerät aufheben, um zu sehen, was darinnen sei.

Man hätte annehmen können, ein darin verborgener Mechanismus, eine plötzlich losschnellende Feder habe seinen Flug bestimmt. Doch das war nicht der Fall.

Der Bumerang war nichts anderes als ein etwa dreißig bis vierzig Zoll langes, gebogenes Stück hartes Holz; in der Mitte mochte er drei Zoll dick sein, die beiden Enden liefen in scharfe Spitzen aus. Sein konkaver Teil war um sechs Lignes[1] nach innen gewölbt, und sein konvexer Teil wies zwei sehr scharfe Kanten auf. Das Ganze war ebenso einfach wie unbegreiflich.

»Das ist also der berühmte Bumerang«, sagte Paganel, nachdem er das merkwürdige Gerät sorgfältig untersucht hatte. »Ein Stück Holz, weiter nichts. Wieso weicht es in einem bestimmten Augenblick von seiner horizontalen Bahn ab und steigt steil in die Höhe, um dann in die Hand dessen zurückzukehren, der es geschleudert hat? Weder die Wissenschaftler noch die Forschungsreisenden haben für dieses Phänomen jemals eine Erklärung gefunden.«

»Ist die Wirkung nicht ähnlich wie bei einem Reifen, der, wenn man ihn auf eine bestimmte Art wirft, zu seinem Ausgangspunkt zurückkehrt?« fragte John Mangles.

»Oder vielmehr«, setzte Glenarvan hinzu, »ein Rücklaufeffekt wie bei einer an einem bestimmten Punkt getroffenen Billardkugel?«

»Keineswegs«, antwortete Paganel. »In diesen bei-

[1] Altes französisches Längenmaß.

den Fällen gibt es einen Stützpunkt, der für die Reaktion entscheidend ist: Das ist der Boden für den Reifen und der Filz für die Billardkugel. Hier jedoch fehlt der Stützpunkt, das Instrument berührt nicht den Boden und erreicht doch eine bedeutende Höhe!«

»Wie erklären Sie sich dann diese Erscheinung, Monsieur Paganel?« fragte Lady Helena.

»Ich erkläre sie nicht, gnädige Frau, ich stelle sie nur wieder einmal fest. Sicher ist lediglich, daß der Flug des Bumerangs die Folge der Art und Weise ist, in der er geschleudert wird, das ist aber immer noch ein Geheimnis der Australier.«

»Jedenfalls ist das Gerät höchst sinnreich erdacht ... für Affen«, fügte Lady Helena bedeutsam hinzu und sah den Major an, der nicht sehr überzeugt den Kopf schüttelte.

Indessen verging die Zeit, und Glenarvan wollte die Weiterreise nicht länger aufschieben. Er bat daher die beiden Frauen, ihren Karren wieder zu besteigen, als einer der Eingeborenen hastig angelaufen kam und aufgeregt einige Worte hervorsprudelte.

»Ach«, sagte Ayrton, »sie haben Kasuare gesehen.«

»Wie denn, wird es eine Jagd geben?«

»Das müssen wir sehen«, rief Paganel. »Das wird interessant werden. Vielleicht tritt der Bumerang dabei wieder in Aktion!«

»Was meinen Sie dazu, Ayrton?«

»Es wird rasch gehen, Mylord«, meinte der Bootsmaat.

Die Eingeborenen hatten keinen Augenblick Zeit verloren. Für sie bedeutet das Erlegen eines Kasuars einen besonderen Glücksfall. Der Stamm ist dann für einige Tage mit Nahrung versorgt. Daher verwandten die Jäger ihre ganze Geschicklichkeit darauf, ein solches Tier zu erlegen. Wie konnten sie aber ein so schnelles Tier, noch dazu ohne Gewehre und Jagdhunde, zur Strecke bringen? Das machte das von Paganel gewünschte Schauspiel so interessant.

Der Emu oder unbehelmte Kasuar, von den Eingeborenen ›Mureuk‹ genannt, beginnt in der australischen Ebene selten zu werden. Das Fleisch dieser großen, zweieinhalb Fuß hohen Vögel ist weiß und erinnert stark an das des Truthahns. Den Kopf bedeckt eine Hornplatte; die Augen sind hellbraun, der schwarze Schnabel gebogen, die Zehen mit kräftigen Krallen bewehrt; seine zu Stummeln zurückgebildeten Flügel sind zum Fliegen unbrauchbar. Sein Gefieder, um nicht zu sagen sein Fell, ist am Halse dunkler als auf der Brust. Aber wenn der Kasuar auch nicht fliegt, so läuft er doch und würde es bei einem Rennen mit dem schnellsten Pferd aufnehmen. Man kann ihn daher nur mit List fangen, und auch dabei muß man noch besonders geschickt zu Werke gehen.

Auf den Ruf des Australiers schwärmten etwa zehn Eingeborene in einer Art Schützenkette aus. Die Szene spielte sich auf einer Ebene ab, auf der Indigopflanzen wild wuchsen und den Boden mit ihrem blauen Blütenmeer bedeckten. Die Reisenden machten am Rande eines Mimosenwäldchens halt.

Beim Nahen der Wilden erhoben sich ein halbes Dutzend Emus und ergriffen die Flucht; in einiger Entfernung ließen sie sich nieder. Als einer der Jäger des Stammes erkundet hatte, wo sie sich befanden, gab er seinen Gefährten ein Zeichen, anzuhalten. Sie streckten sich flach auf dem Erdboden aus, während der Jäger seinem Netz zwei Kasuarbälge entnahm, die höchst geschickt zusammengenäht waren. Er streifte sie rasch über den Kopf, hielt den Arm in die Höhe und ahmte die Bewegungen eines Emus auf der Futtersuche nach.

Auf diese Weise näherte er sich den Vögeln. Bald blieb er stehen und tat, als pickte er Körner vom Boden auf, bald wirbelte er mit den Füßen das Erdreich auf und umgab sich mit einer Staubwolke. Dieses Gebaren war vollkommen. Er ahmte den Emu wirklich täuschend nach. Dabei ließ der Jäger das charakteristische dumpfe Knurren vernehmen, so daß selbst die Vögel getäuscht wurden. Sehr bald befand sich der Australier inmitten der ahnungslosen Kasuare. Plötzlich schwang er mehrmals seine Keule, und fünf von den sechs Vögeln stürzten neben ihm zu Boden.

Die Jagd war geglückt.

Nach einer Weile verabschiedeten sich Glenarvan und die beiden Frauen von den Eingeborenen, denen diese Trennung nicht sehr naheging. Die geglückte Jagd auf die Kasuare hatte sie wohl den soeben befriedigten Heißhunger vergessen lassen. Sie zeigten nicht einmal die Dankbarkeit des Magens, die bei unzivilisierten Völkern und Tieren immerhin stärker ausgeprägt ist als die des Herzens.

Dennoch konnte man nicht umhin, ihre Intelligenz und Geschicklichkeit in gewissen Dingen zu bewundern.

»Jetzt werden Sie doch zugeben, MacNabbs«, rief Lady Helena, »daß die Australneger keine Affen sind!«

»Weil sie das Verhalten eines Tieres gut nachzuahmen vermögen?« fragte der Major. »Im Gegenteil – es rechtfertigt meine Behauptung.«

»Mit Scherzen ist die Frage noch nicht beantwortet«,

sagte Lady Helena. »Ich möchte, Major, daß Sie Ihre Meinung ändern.«

»Nun gut, einverstanden, liebe Cousine, oder eigentlich nein. Nicht die Australier sind Affen – die Affen sind Australier!«

»Was soll denn das wieder heißen?«

»Nun, erinnern Sie sich, was die Neger hinsichtlich der interessanten Rasse der Orang-Utans behaupten?«

»Was behaupten sie?« fragte Lady Helena.

»Sie behaupten«, sagte der Major, »die Affen wären Schwarze wie sie selbst, nur schlauer: ›Nicht sprechen, dann muß man auch nicht arbeiten‹, sagte ein Neger, der es einem zahmen Orang-Utan neidete, daß er von seinem Herrn für Nichtstun ernährt wurde.«

XVII. KAPITEL

# DIE MILLIONENSCHWEREN VIEHZÜCHTER

Nach einer unter 146° 15′ Länge ruhig verlaufenen Nacht setzten die Reisenden am 6. Januar um sieben Uhr früh ihren Weg durch das weite Gebiet fort. Sie gingen geradewegs der aufsteigenden Sonne entgegen, und die Spuren ihrer Schritte hinterließen auf der Ebene eine schnurgerade Linie. Zweimal kreuzten sie die Spuren von Squattern, die nach Norden gezogen waren. Hätten nicht die Hufe von Glenarvans Pferd im Erdboden den Abdruck der beiden Kleeblätter hinterlassen, so wären die verschiedenen Fährten durcheinandergeraten.

Launische, von Buchsbaum umsäumte Wasserläufe,

die nur zeitweilig Wasser führten, durchzogen zuweilen die Ebene. Diese Bäche entsprangen auf den Abhängen der ›Buffalos-Ranges‹, einer mittelhohen Gebirgskette, die sich malerisch vom Horizont abzeichnete.

Es wurde beschlossen, noch an diesem Abend dort Rast zu machen. Ayrton trieb sein Gespann an, und nach einer Tagesreise von fünfunddreißig Meilen langten die Ochsen etwas ermattet am Fuße der Bergkette an. Unter den hohen Bäumen wurde das Zelt aufgeschlagen. Die Nacht brach herein, und das Abendessen wurde hastig eingenommen. Nach einem solchen anstrengenden Tagesmarsch dachten alle mehr ans Schlafen als ans Essen.

Paganel, der die erste Wache übernommen hatte, legte sich nicht nieder. Um seiner Müdigkeit leichter Herr zu werden, ging er, den Karabiner geschultert, auf und ab.

Obwohl der Mond nicht schien, wurde die Nacht vom Glanze der südlichen Sternbilder ziemlich erhellt. Der Gelehrte unterhielt sich damit, in dem gewaltigen Buche des Firmaments zu lesen, das für jeden, der Verständnis dafür hat, so außerordentlich interessant ist. Die tiefe Stille der schlafenden Natur wurde nur durch das Klirren der Fesseln an den Beinen der Pferde unterbrochen.

Paganel gab sich ganz seinen astronomischen Betrachtungen hin und war weit mehr mit himmlischen als mit irdischen Dingen beschäftigt, als von ferne her eigenartige Laute an sein Ohr drangen.

Er horchte aufmerksam und vermeinte zu seiner größten Verwunderung Töne eines Klaviers zu hören. Der Schall einiger zitternder Akkorde drang an sein Ohr. Eine Täuschung war ausgeschlossen.

›Ein Klavier in der Einöde‹, sagte sich Paganel, ›das kann ich nie und nimmer gelten lassen.‹

Es war tatsächlich sehr merkwürdig, und Paganel hätte eher angenommen, daß irgendein seltsamer australischer Vogel die Töne eines Pleyel- oder Erard-Flügels nachahmte, wie es ja Vögel gibt, die das

Ticken der Uhren oder das Geräusch des Scherenschleifens täuschend wiedergeben.

Doch in diesem Augenblick schwang sich eine klangvolle Stimme in die Lüfte. Zu dem Klavierspieler gesellte sich ein Sänger. Paganel lauschte ungläubig. Nach einigen Sekunden jedoch erkannte er die erhabene Melodie, die an sein Ohr drang. Es war *Il mio tesoro tanto* aus *Don Giovanni*.

›Potzwetter‹, überlegte der Geograph, ›so ungewöhnlich die australischen Vogelstimmen auch sein mögen, und wären es die musikalischsten Papageien der Welt, Mozart könnten sie doch nicht singen‹.

Dann hörte er diese herrliche Arie des Meisters zu Ende an. Die Wirkung dieser lieblichen, durch die klare Nachtluft herangetragenen Melodie war unbeschreiblich. Lange lauschte Paganel, wie von einem unerklärlichen Zauber gebannt. Dann schwieg die Stimme, und alles wurde wieder still.

Als Wilson kam, um Paganel abzulösen, fand er ihn in tiefes Sinnen versunken. Paganel sagte dem Matrosen nichts von dem Erlebten, sondern behielt sich vor, am Morgen Glenarvan von diesem seltsamen Vorfall zu unterrichten. Er ging ins Zelt und legte sich nieder.

Am Morgen wurde die Gesellschaft durch unerwartetes Gebell geweckt. Sogleich erhob sich Glenarvan. Zwei prächtige, hochbeinige ›Pointer‹, Musterexemplare der Vorstehhunde englischer Rasse, sprangen am Saum eines Wäldchens entlang. Als sie die Reisenden witterten, bellten sie noch lauter und verschwanden hinter den Bäumen.

»Es gibt also in dieser Einöde eine menschliche Siedlung und Jäger, denn das waren ja Jagdhunde«, sagte Glenarvan.

Schon wollte Paganel von seinen Erlebnissen während der vergangenen Nacht berichten, als zwei junge Männer auftauchten; sie ritten zwei englische Jagdpferde von ausgesuchter Schönheit, richtige ›Hunter‹.

Die beiden Herren in eleganten Jagdanzügen hielten beim Anblick der nach Zigeunerart lagernden Reisenden an. Sie schienen sich zu fragen, was die Anwesenheit bewaffneter Personen hier wohl bedeuten sollte; dann erblickten sie die beiden Frauen, die soeben aus dem Ochsenkarren stiegen.

Sogleich glitten sie von ihren Pferden herab und näherten sich, den Hut in der Hand.

Lord Glenarvan ging ihnen entgegen und nannte ihnen als Fremder zuerst Namen und Stand. Die jungen Leute verneigten sich, und der ältere von beiden sagte:

»Mylord, meine Damen, wollen Sie und Ihre Gefährten uns nicht die Ehre erweisen, sich in unserer Behausung auszuruhen?«

»Meine Herren ...?« fragte Glenarvan.

»Michel und Sandy Patterson, Besitzer der Hottam-Farm. Sie befinden sich bereits auf unserem Besitztum. Das Haus liegt nur eine Viertelmeile von hier entfernt.«

»Meine Herren«, erwiderte Glenarvan, »ich möchte Ihre liebenswürdig angebotene Gastfreundschaft nicht mißbrauchen.«

»Mylord«, sagte Michel Patterson, »wenn Sie einwilligen, verpflichten Sie arme Verbannte, die nur allzu glücklich wären, Sie in dieser Einöde gastlich aufnehmen zu können.«

Glenarvan verbeugte sich zum Zeichen der Einwilligung.

»Mein Herr«, fragte nun Paganel, »wäre es unbescheiden von mir, wissen zu wollen, ob Sie es waren, der gestern abend die göttliche Melodie von Mozart gesungen hat?«

»Ich war es, mein Herr«, erwiderte der Gefragte, »und mein Vetter Sandy hat mich begleitet.«

»Nun, mein Herr, dann gestatten Sie mir als einem leidenschaftlichen Bewunderer dieser Musik, Ihnen meine volle Anerkennung auszusprechen.«

Paganel reichte dem jungen Manne die Hand, der sie aufs herzlichste drückte. Dann bezeichnete Michel Patterson die zur Rechten liegende Straße, der die Reisenden folgen sollten. Die Pferde wurden Ayrton und den Matrosen überantwortet. Von den beiden jungen Leuten geführt, begab sich die Gesellschaft plaudernd und die Landschaft bewundernd zu Fuß zum Wohngebäude der Hottam-Farm.

Es war in der Tat ein prächtiger, streng im Stil englischer Parks angelegter Besitz. So weit der Blick reichte, erstreckte sich von grauen Zäunen umgebenes Weideland, auf dem Rinder zu Tausenden und Schafe zu Millionen grasten. Zahlreiche Hirten und noch mehr Hunde hüteten diese widerspenstige Armee. Zwischen dem Brüllen und Blöken ertönte das Bellen der Doggen und das Knallen der Peitschen.

Im Osten wurde der Blick von einem Wald australischer Akazien und Gummibäume gefesselt, der den ungefähr 7500 Fuß hohen imposanten Gipfel des Hottam-Berges krönte. Lange Baumalleen mit immergrünem Laub führten in alle Richtungen. Hier und dort wucherte das dichte Gestrüpp der etwa zehn Fuß hohen Grasbäume, einer Art Zwergpalme mit einem reichen Schopf von langen, schmalen Blättern. Die

Luft war durchtränkt vom Duft der Lorbeerminze, deren weiße, voll entfaltete Blüten ein zartes Aroma verbreiteten.

Zu den anmutigen Gruppen einheimischer Baumsorten gesellten sich hierher verpflanzte europäische Gewächse. Pfirsichbäume, Birnbäume, Apfelbäume, Feigen- und Orangenbäume und sogar Eichen konnten die Reisenden mit begeisterten Rufen begrüßen. Wenn es Lord Glenarvan und die Seinen auch nicht allzusehr in Erstaunen setzte, unter Bäumen, die sie aus ihrer Heimat kannten, zu wandeln, so verursachte der Anblick der in den Zweigen flatternden Vögel doch wahres Entzücken. Da gab es Atlasvögel mit seidigem Gefieder und Seidenreiher in einem Federkleid, das teils wie Gold, teils wie schwarzer Samt schimmerte. Unter anderem hatten sie zum erstenmal Gelegenheit, den Leierschwanz zu bewundern, dessen Schwanzfedern die Form von Orpheus' lieblichem Instrument haben. Wenn er zwischen den baumhohen Farnen aufflog und sein Schwanz die Zweige streifte, wunderte man sich beinahe, nicht die harmonischen Akkorde zu vernehmen, die Amphion halfen, die Mauern von Theben wieder zu errichten. Paganel hatte Lust, auf dieser Leier zu spielen.

Lord Glenarvan begnügte sich jedoch nicht damit, die wunderbare Märchenpracht dieser in der australischen Einöde geschaffenen Oase zu bestaunen; er hörte sich die Erlebnisse der beiden jungen Leute an. In England, inmitten seiner gepflegten Bauernhöfe, hätte der Neuankömmling zunächst seinem Gastgeber berichtet, woher er kam und wohin er wolle. Hier jedoch glaubten sich Michel und Sandy Patterson mit feinem Taktgefühl verpflichtet, sich den Reisenden, denen sie

Gastfreundschaft anboten, bekannt zu machen. So erzählten sie also ihre Geschichte.

Sie war nicht viel anders als die der meisten intelligenten und strebsamen jungen Engländer, die nicht glaubten, daß Reichtum von der Pflicht zu arbeiten entbindet. Michel und Sandy Patterson waren die

Söhne von Londoner Bankiers. Als sie zwanzig Jahre alt waren, hatte das Familienoberhaupt erklärt: »Hier habt ihr ein paar Millionen, Jungen. Wandert damit in eine entlegene Kolonie aus, legt das Geld dort nutzbringend an. Schöpft aus der Arbeit Lebenserfahrung. Wenn ihr Erfolg habt, um so besser, wenn nicht, ist es kein Unglück. Wir werden den Millionen, die euch zu Männern gemacht haben, nicht nachtrauern.« Die beiden jungen Leute hatten gehorcht und die Kolonie Victoria in Australien gewählt, um dort die väterlichen Banknoten auszustreuen, und sie brauchten es nicht zu bereuen. Nach drei Jahren hatte das Unternehmen zu gedeihen begonnen.

In den Provinzen Victoria, Neusüdwales und in Südaustralien gibt es schätzungsweise über dreitausend Niederlassungen, von denen ein Teil von Squattern geleitet wird, die sich als Viehzüchter betätigen, der übrige Teil von Siedlern, deren Haupterwerb im Ackerbau besteht. Bis zur Ankunft der beiden Engländer war die Niederlassung eines Herrn Jamieson die größte gewesen; sein Besitz umfaßte eine Fläche von hundert Quadratkilometern und wurde auf der einen Seite fünfundzwanzig Kilometer weit vom Paroo, einem Nebenfluß des Darlings, begrenzt.

Jetzt hatte der Hottam-Besitz den seinen sowohl an Größe wie an Einträglichkeit überflügelt. Die beiden jungen Leute waren gleichzeitig Squatter und Siedler. Sie verwalteten ihren riesigen Besitz mit ungewöhnlichem Geschick und, was noch seltener vorkommt, mit erstaunlicher Energie.

Wie leicht zu erkennen ist, lag die Niederlassung fernab von den großen Städten inmitten der schwach besiedelten Einöde des Murraygebiets. Sie erstreckte sich zwischen 146° 48′ und 147° Länge, also über ein Areal von fünf Meilen Länge und fünf Meilen Breite zwischen den Buffalos-Ranges und dem Hottam-Berg. Dieses ungeheure Viereck wurde im Norden vom Aberdeenberg und dem High Barven begrenzt. Viele Bäche und Nebenflüsse des Ovens, der im Norden in den Murray mündet, sorgten für reichliche Bewässerung und verschönerten das Landschaftsbild. Viehzucht und Ackerbau waren in dieser Gegend gleichermaßen erfolgreich. Zehntausend Hektar gut bewirtschafteten Bodens trugen einheimische und fremdländische Früchte, während sich mehrere Millionen Stück Vieh auf dem grünen Weideland mästeten. Die Produkte der Hottam-Farm standen auf den Märkten von Castlemaine und Melbourne hoch im Kurs.

Michel und Sandy Patterson hatten kaum alle Einzelheiten ihres betriebsamen Daseins erzählt, als am Ende einer Kasuarinenallee das Wohnhaus auftauchte.

Es war ein ansehnlicher, aus Holz und Ziegeln errichteter Bau, der sich hinter Emerophilisbüschen verbarg und an ein hübsches Chalet erinnerte. Eine Veranda, in der chinesische Lampions angebracht waren, führte wie eine antike Galerie um das ganze Haus. Farbenfrohe Markisen entfalteten sich wie ein Blütenflor vor den Fenstern. Man konnte sich nichts Anmutigeres, aber auch nichts Behaglicheres vorstellen. Auf den Rasenflächen und in den Gebüschen der Umgebung standen Bronzekandelaber mit eleganten Laternen; bei Einbruch der Nacht erstrahlte der ganze Park in blendendem Gaslicht, das aus einem hinter Myrtenhecken und Farnbäumen versteckten Gasometer kam.

Übrigens sah man weder Gesindehäuser, noch Ställe,

noch Schuppen; nichts deutete auf einen landwirtschaftlichen Betrieb hin. Alle diese Nebengebäude – ein richtiges Dorf mit mehr als zwanzig Hütten und Häusern – befanden sich in einer Entfernung von einer Viertelmeile am Ende eines kleinen Tals. Elektrische Drähte stellten jederzeit raschestens eine Verbindung zwischen dem Dorf und dem Herrenhaus her, das fern von jedem Lärm in einem exotischen Wald zu träumen schien.

Bald war die Kasuarinenallee durchschritten; über einen murmelnden Creek führte eine geschmackvolle eiserne Brücke in den Privatpark. Sie wurde überquert. Ein sehr vornehm aussehender Verwalter kam ihnen entgegen; die Tore des Anwesens öffneten sich, und die Gäste der Hottam-Farm betraten die hinter Mauern von Ziegelsteinen und Blumen verborgenen Gemächer.

Alles, was den Luxus einer künstlerischen und eleganten Lebensführung ausmacht, fanden die Reisenden im Innern des Hauses vor. Durch ein Vorzimmer, das mit malerischen Szenen aus dem Renn- und Jagdsport geschmückt war, gelangte man in einen großen fünffenstrigen Salon. Dort stand ein Piano, auf dem ganze Stöße von Partituren alter und neuer Musik lagen. Auf die Leinwand hingeworfene Skizzen standen auf Staffeleien, daneben Sockel mit Marmorbüsten. An den Wänden hingen einige Gemälde flämischer Meister. Der Fuß versank in den kostbaren Teppichen wie in dichtem Rasen. Gestickte Wandbehänge mit heiteren Szenen aus der Mythologie, ein antiker Kronleuchter, wertvolle Fayencen und kostbare, höchst geschmackvolle Nippes, tausenderlei kostspielige und zierliche Kleinigkeiten, die in einem australischen Wohnhause vorzufinden Erstaunen erregte, bewiesen einen vollendeten Sinn für alles Künstlerische und für größte Behaglichkeit. Alles, was Wohlgefallen erregen oder dieser freiwilligen Verbannung die Langeweile nehmen konnte, alles, was den Sinn auf europäische

Erinnerungen und Gewohnheiten zu lenken vermochte, war in diesem zauberhaft schönen Raum vereinigt. Man fühlte sich in ein fürstliches Schloß in Frankreich oder England versetzt.

Durch das feine Gewebe der Markisen drang gedämpftes Licht herein. Als Lady Helena zu einem der fünf Fenster trat, bot sich ihr ein entzückendes Bild. Auf dieser Seite hatte man die Aussicht auf ein breites Tal, das sich bis zum Fuß der östlichen Berge erstreckte. Wiesen, die mit Wäldern abwechselten, hier und dort große Lichtungen, sanft gerundete Bergkuppen und wellige Hügel boten einen unbeschreiblich schönen Anblick. Keine andere Gegend der ganzen Welt konnte mit dieser wetteifern, nicht einmal das so berühmte Paradies-Tal in der norwegischen Landschaft Telemark. Das weite Panorama, in große Schatten- und Lichtflächen aufgeteilt, bekam stündlich, je nach dem Stand der Sonne, ein anderes Gesicht. Die Einbildungskraft konnte sich nichts Schöneres vorstellen, und dieser zauberhafte Anblick erfüllte alles, was das Auge wünschen mochte.

Auf einen Wink Sandy Pattersons hatte der Haushofmeister ein improvisiertes Frühstück auftragen lassen, und kaum eine Viertelstunde nach ihrem Eintreffen konnten sich die Reisenden an einer üppig gedeckten Tafel niederlassen. Die Speisen und die Weine waren vorzüglich. Was aber neben diesen ausgesuchten Genüssen am meisten beglückte, war die unverhohlene Freude der beiden jungen Siedler, den Fremden unter ihrem Dach eine so großzügige Gastfreundschaft bieten zu können.

Sehr bald erfuhren sie den Grund für die Expedition und nahmen an Glenarvans Nachforschungen regen

Anteil. Sie ermunterten die Kinder des Kapitäns, ihre Hoffnung nicht aufzugeben.

»Da er nicht in den Siedlungen an der Küste aufgetaucht ist«, meinte Michel, »ist Harry Grant offenbar den Eingeborenen in die Hände gefallen. Wie das Dokument ja bestätigt, hat er genau gewußt, wo er sich befand. Da er nicht bis zu einer britischen Kolonie gelangt ist, muß er beim Landen sogleich von Eingeborenen gefangen worden sein.«

»So ist es seinem Bootsmaat Ayrton ergangen«, erwiderte John Mangles.

»Und Sie, meine Herren«, fragte Lady Glenarvan, »Sie haben also niemals von dem Schiffbruch der *Britannia* gehört?«

»Niemals, gnädige Frau«, erwiderte Michel.

»Und wie haben die Australier Ihrer Meinung nach Kapitän Grant behandelt?«

»Die Australier sind keine grausamen Menschen, gnädige Frau«, erwiderte der junge Squatter, »und Miss Grant kann in dieser Hinsicht ganz beruhigt sein. Es gibt zahlreiche Beispiele für ihre sanfte Gemütsart. Einige Europäer haben lange Zeit unter ihnen gelebt und haben sich nie über Grausamkeiten beklagt.«

»Zum Beispiel King«, warf Paganel ein, »der einzige Überlebende der Expedition von Burke.«

»Nicht nur dieser kühne Forscher«, fuhr Sandy fort, »sondern auch ein britischer Soldat namens Buckley, der 1803 an der Küste bei Port-Philippe desertierte und von Eingeborenen gefangen wurde. Er hat dreiunddreißig Jahre unter ihnen gelebt.«

»Und eine der letzten Nummern des *Australasian* berichtet«, fügte Michel Patterson hinzu, »daß ein gewisser Merill vor kurzem, nach sechzehn Jahren der

Sklaverei, seinen Landsleuten zurückgegeben worden sei. Seine Erlebnisse müssen denen des Kapitäns gleichen; denn er wurde 1846, nach dem Schiffbruch der *Péruvienne*, von Eingeborenen gefangengenommen; später wurde er von ihnen in das Innere des Landes verschleppt. Daher glaube ich, daß Sie Ihre Hoffnungen nicht aufgeben dürfen.«

Diese Worte lösten bei den Zuhörern des jungen Squatters die größte Freude aus. Sie verstärkten den Eindruck, den Paganels und Ayrtons Mitteilungen bereits gemacht hatten.

Dann, nachdem die Frauen sich zurückgezogen hatten, wurde von den Sträflingen gesprochen. Die Squatter wußten von der Katastrophe bei der Camden-Bridge, doch das Vorhandensein eines Trupps entsprungener Sträflinge flößte ihnen keinerlei Besorgnis ein. Die Verbrecher würden es nicht wagen, eine Niederlassung anzugreifen, auf der sich über hundert Personen befanden. Außerdem war kaum anzunehmen, daß sie sich in die Einöde des Murraygebiets wagen würden. Was konnten sie von hier aus unternehmen? Ebensowenig kam das Gebiet von Neusüdwales für ihre Raubzüge in Betracht, da dort die Straßen streng überwacht wurden. Das war auch Ayrtons Meinung.

Glenarvan konnte den liebenswürdigen Gastgebern die Bitte, einen ganzen Tag auf der Niederlassung von Hottam zu verbringen, nicht abschlagen. Das bedeutete zwölf Stunden Verspätung, die zu zwölf Ruhestunden wurden. Die Pferde und die Ochsen konnten in den bequemen Stallungen der Niederlassung während dieses Tages neue Kräfte sammeln.

Nachdem dies abgemacht war, unterbreiteten die

beiden jungen Leute ein Tagesprogramm, dem alle begeistert zustimmten.

Mittags stampften sieben kräftige Jagdpferde vor der Haustür. Ein eleganter Break war für die Damen bestimmt. Der Kutscher konnte seine Geschicklichkeit beim Lenken eines ›four in hand[1]‹ zeigen. Die mit Jagdflinten ausgerüsteten Reiter, denen Piköre vorausritten, saßen auf und galoppierten zu beiden Seiten des Breaks, während die Meute der Pointer laut bellend unter den Büschen herjagte.

Vier Stunden lang ritt die Reiterschar durch die Alleen dieses Parks, der so groß war wie ein kleines deutsches Fürstentum. Der Besitz der Fürsten Reuß-Schleitz oder derer von Sachsen-Coburg-Gotha hätte vollständig darin Platz gehabt. Wenn man auch wenigen Menschen begegnete, so gab es doch Schafe in großer Zahl; und was die Menge des Wildes anbelangte, so hätte eine ganze Armee von Treibern den Jägern nicht mehr vor den Lauf hetzen können. Bald wurden die friedlichen Bewohner dieser Wälder durch das fortgesetzte Knallen beunruhigt. Der junge Robert vollbrachte an der Seite des Majors MacNabbs wahre Wunder. Dieser beherzte Junge war trotz der Vorhaltungen seiner Schwester immer allen anderen voraus und, wenn es zu schießen galt, der erste. Doch zu Mary Grants Beruhigung hatte John Mangles es übernommen, den Jungen zu beaufsichtigen.

Während der Treibjagd wurden einige in diesem Lande beheimatete Tiere erlegt, von denen Paganel bisher nur die Namen gekannt hatte, unter anderen der Wombat und der Bandikut. Der Wombat ist ein Pflanzenfresser, der nach Art des Dachses unterirdische

[1] Englischer Ausdruck für Viergespann.

Gänge gräbt; er hat die Größe eines Schafes, und sein Fleisch ist sehr wohlschmeckend.

Der Bandikut ist eine Art Beuteltier, das dem europäischen Fuchs weit überlegen ist und ihn im Plündern von Hühnerhöfen unterrichten könnte. Dieses recht abstoßende Tier von anderthalb Fuß Länge erlag den Schlägen Paganels, der es aus Jägerstolz hübsch fand. »Ein zauberhaftes Tier«, sagte er. Neben anderen wichtigen Beutestücken erlegte Robert mit großer Geschicklichkeit ein ›Dasyure Viverrin‹, eine kleine Abart des Fuchses, dessen schwarzes Fell mit weißen Tupfen ebenso wertvoll ist wie das des Marders, ferner ein Opossumpaar, das sich im dichten Laub der großen Bäume versteckt hatte.

Der Höhepunkt der Jagd jedoch war eine Känguruhhatz. Gegen vier Uhr stöberten die Hunde ein Rudel dieser seltsamen Beuteltiere auf. Die Jungen krochen schleunigst in die mütterlichen Taschen, und das ganze Rudel flüchtete, ein Tier hinter dem anderen. Es gibt keinen merkwürdigeren Anblick als die Sprünge des Känguruhs, seine Hinterbeine sind doppelt so lang wie die Vorderbeine. Sie schnellen hoch wie Sprungfedern.

An der Spitze des flüchtenden Rudels befand sich ein fünf Fuß hohes Männchen, ein Prachtexemplar des *Macropus giganteus*, ein ›alter Mann‹, wie die Buschmänner sagen würden.

Die Tiere wurden vier bis fünf Meilen weit gehetzt, ohne daß sie ermattet wären. Die Känguruhs wurden nicht müde, und die Hunde, die nicht ohne Grund die mit einem spitzen Nagel bewehrte Pfote fürchteten, hüteten sich, in ihre Nähe zu kommen. Schließlich machte das Rudel, von der Hetzjagd erschöpft, halt, und der ›alte Mann‹ suchte an einem Baumstamm

Rückendeckung. Er bereitete sich zur Verteidigung vor. Einer der Hunde wagte sich in seinem Jagdeifer zu dicht an ihn heran; im nächsten Augenblick wurde der unglückliche Hund in die Luft geschleudert und fiel mit aufgeschlitztem Leib zu Boden. Selbst die ganze Meute hätte mit diesen gewaltigen Beuteltieren nicht fertig werden können. Die Gewehre mußten in Aktion treten; denn diese riesigen Tiere können nur mit der Kugel erlegt werden.

In diesem Augenblick wäre Robert beinahe ein Opfer seiner Unbesonnenheit geworden. Um besser treffen zu können, kam er einem der Känguruhs zu nahe. Mit einem Satz schnellte das Tier nach vorn, und Robert stürzte zu Boden. Ein Aufschrei ertönte. Mary Grant streckte entsetzt und fast wie von Sinnen ihre Hände nach dem Bruder aus. Keiner der Jäger wagte zu schießen, weil der Schuß auch den Jungen hätte treffen können.

Doch plötzlich stürzte sich John Mangles, auf die Gefahr hin, selbst aufgeschlitzt zu werden, mit gezücktem Jagdmesser auf das Tier und durchbohrte ihm das Herz. Robert war unverwundet. Einen Augenblick später lag er in den Armen seiner Schwester.

»Danke, Monsieur John, oh, ich danke Ihnen!« rief Mary Grant und reichte dem jungen Kapitän die Hand.

»Ich trage die Verantwortung für ihn«, sagte John Mangles und drückte die zitternden Hände des Mädchens.

Dieser Zwischenfall beendete die Jagd. Nachdem der Anführer getötet worden war, hatte sich das Rudel zerstreut. Der Kadaver des Leittieres wurde zum Gehöft gebracht. Es war sechs Uhr abends, ein vorzügliches Mahl erwartete die Jäger. Unter anderem gab es Känguruhschwanzsuppe nach Eingeborenenart; dies war der Höhepunkt des Genusses.

Nach dem Dessert mit Eis und Halbgefrorenem begab man sich in den Salon, denn der Abend sollte der Musik geweiht sein. Lady Helena, eine sehr gute

Pianistin, stellte ihr Talent in den Dienst der Gastgeber. Michel und Sandy Patterson sangen mit feinem Geschmack ausgewählte Passagen aus den neuesten Werken von Gounod, Victor Massé, Félicien David und sogar von dem unverstandenen Genie Richard Wagner.

Um elf Uhr wurde der Tee gereicht; er war mit jener englischen Vollkommenheit bereitet, die kein anderes Volk erreicht. Doch Paganel, der darum gebeten hatte, den australischen Tee zu kosten, bekam ein tintenschwarzes Getränk; ein Liter Wasser, in dem ein halbes Pfund Tee vier Stunden gekocht hatte. Trotz seiner Grimasse erklärte Paganel, dieses Gebräu sei ausgezeichnet.

Um Mitternacht wurden die Gäste der Hottam-Farm in kühle und behagliche Zimmer geleitet, wo sie in ihren Träumen die Freuden dieses Tages weitergenossen!

Am nächsten Morgen, in aller Frühe, nahmen die Reisenden von ihren Gastgebern mit Dankesworten Abschied. Die jungen Squatter versprachen, sich in Europa zu einem Wiedersehen auf Schloß Malcolm einzufinden. Dann setzte sich der Ochsenkarren in Bewegung, und bald war das Herrenhaus den Blicken der Reisenden wie ein Traumgebilde entschwunden. Noch auf einer Strecke von fünf Meilen berührten die Hufe der Reitpferde den Boden der Niederlassung.

Erst gegen neun Uhr lag die letzte Umzäunung hinter ihnen, und die kleine Reisegesellschaft gelangte in das nahezu unerforschte Gebiet der Provinz Victoria.

# DIE AUSTRALISCHEN ALPEN

Eine hohe Schranke versperrte die Straße im Südosten. Es war die Gebirgskette der australischen Alpen, eine gewaltige Naturfestung mit eigenwilligen Bastionen, die sich in einer Länge von 1500 Meilen hinziehen und deren 4000 Fuß hohe Gipfel bis in die Wolken hineinreichen.

Der Himmel war verhangen; durch die dunstige Luft drang nur mäßige Wärme bis zum Erdboden hinab und verbreitete eine erträgliche Temperatur. Doch der ansteigende Boden erschwerte das Vorwärtskommen. Die Erhebungen wurden immer ausgeprägter. Da und dort sah man einige mit jungen grünen Gummibäumen bestandene runde Hügel. Weiter vorne bildeten steile Buckel die ersten Stufen der hohen Alpen. Die Ochsen mußten sich mit ihrer ganzen Kraft ins Geschirr legen, um die Wegsteigung zu überwinden, und beim Ziehen des schweren Karrens ächzte das Joch. Sie keuchten laut, und ihre Beinmuskeln waren bis zum Zerreißen angespannt. Die Achsen des Karrens quietschten bei den unerwarteten Stößen, die Ayrton, so geschickt er war, doch nicht verhindern konnte. Die Damen nahmen es von der heiteren Seite.

John Mangles und seine beiden Matrosen ritten ein paar hundert Schritt voraus. Sie suchten die passierbaren Wege, um nicht zu sagen, die besten Pässe, denn diese Unebenheiten des Bodens waren lauter Klippen, zwischen denen der Karren hindurchsteuerte. Es war eine richtige Seefahrt durch die Wellenberge dieser Landschaft.

Es war ein schwieriges, häufig gefährliches Unterfangen. Sehr oft mußte Wilson mit seiner Axt einen Weg durch das dichte Gestrüpp der niedrigen Sträucher bahnen. Die Füße glitten auf dem feuchten tonhaltigen Erdreich aus. Es mußten tausend Umwege gemacht werden, weil unüberwindliche Hindernisse, hohe Granitblöcke, tiefe Schluchten und kleine Teiche den Weg versperrten. So kam es, daß sie am Abend das Gebirge kaum bis zur halben Höhe erklommen hatten. Sie rasteten am Fuße der Alpen zwischen dem Cobongra-Creek und einem kleinen Hain von vier Fuß hohen Bäumchen, deren leuchtendrote Blätter das Auge erfreuten.

»Wir werden Mühe haben, hinüberzukommen«, sagte Glenarvan und blickte zu den Kämmen empor, die sich bereits im abendlichen Dunkel verloren. »Alpen, das ist eine Bezeichnung, die zu denken gibt.«

»Man muß das nicht wörtlich nehmen, lieber Glenarvan«, erwiderte Paganel. »Es ist nicht so, daß Sie die Schweizer Alpen vor sich haben. Es gibt in Australien ein Gramspian-Gebirge, es gibt Pyrenäen, Alpen und Blaue Berge wie in Europa und Amerika, aber alles in Miniaturformat. Das beweist nur, daß die Phantasie der Geographen nicht unerschöpflich ist oder daß die Sprache arm ist an Eigennamen.«

»Also sind die australischen Alpen ...«, fragte Lady Helena.

»Berge im Taschenformat«, ergänzte Paganel, »die wir überqueren werden, ohne es überhaupt zu merken.«

»Das mag für Sie zutreffen«, sagte der Major. »Nur ein zerstreuter Mensch kann, ohne es zu merken, eine Bergkette überqueren.«

»Zerstreut!« rief Paganel, »aber ich bin ja gar nicht mehr zerstreut. Ich rufe die Damen zu Zeuginnen an. Habe ich nicht, seit ich den Fuß auf diesen Erdteil setzte, mein Versprechen gehalten? Bin ich ein einziges Mal zerstreut gewesen? Kann man mir irgendeinen Schnitzer vorwerfen?«

»Nicht einen, Monsieur Paganel«, sagte Mary Grant. »Sie sind jetzt ein wahrer Mustermensch.«

»Zu musterhaft«, fügte Lady Helena lachend hinzu. »Ihre Zerstreutheit stand Ihnen so gut.«

»Ja wirklich, gnädige Frau, wenn ich keinen Fehler mehr habe, werde ich ein Mensch sein wie alle anderen. Ich hoffe daher, ich werde über kurz oder lang einen gehörigen Bock schießen, damit Sie Grund zum Lachen haben. Glauben Sie mir, wenn ich alles richtig mache, kommt es mir so vor, als hätte ich meinen Beruf verfehlt.«

Am nächsten Tage, dem 9. Januar, machte sich die Reisegesellschaft an die Überquerung der Alpen, die trotz aller Versicherungen des optimistischen Geographen nicht ohne erhebliche Schwierigkeiten vonstatten ging. Sie mußten aufs Geratewohl in schmale, tiefe Schluchten vordringen, die sich als ausweglos erweisen konnten.

Ayrton wäre zweifellos in die größte Verlegenheit geraten, wenn nicht nach einer Stunde Weges unvermutet eine armselige Spelunke an einem der Bergpfade aufgetaucht wäre.

»Potzwetter«, rief Paganel, »der Wirt wird an einer solchen Stelle keine Reichtümer sammeln können. Wozu ist er wohl da?«

»Er wird uns die nötigen Auskünfte über unseren Weg geben können«, erwiderte Glenarvan.

»Treten wir ein.«

Und er überschritt, von Ayrton gefolgt, die Schwelle der Herberge. Der Wirt der *Bush-Inn* – so stand auf dem Aushängeschild – war ein vierschrötiger Kerl mit mürrischem Gesicht, der höchstwahrscheinlich selber der beste Abnehmer für den Gin, Branntwein und Whisky seiner Kneipe war. Für gewöhnlich bekam er nur durchreisende Squatter zu Gesicht oder höchstens ein paar Viehhirten, die eine Herde begleiteten.

Er beantwortete mißmutig die an ihn gestellten Fragen. Doch seine Auskünfte genügten, um Ayrton über den Weg Gewißheit zu verschaffen. Glenarvan vergütete dem Manne seine Mühe mit ein paar Kronen und wollte die Herberge schon verlassen, als sein Blick auf ein Plakat an der Wand fiel.

Es war eine Bekanntmachung der Kolonialpolizei, die den Ausbruch der Sträflinge aus dem Zuchthaus von Perth betraf und auf den Kopf eines gewissen Ben Joyce einen Preis von hundert Pfund Sterling aussetzte.

»Das ist ganz entschieden ein Schurke, der es verdient, aufgeknüpft zu werden«, sagte Glenarvan zu dem Bootsmaat.

»Den sie aber erst erwischen müssen«, erwiderte Ayrton. »Hundert Pfund ist eine schöne Summe Geldes; die ist der Kerl doch nicht wert.«

»Und was den Kneipenwirt betrifft«, fügte Glenarvan hinzu, »so flößt er mir, trotz des Plakats, kein Vertrauen ein.«

»Mir auch nicht«, erwiderte Ayrton.

Glenarvan und der Bootsmaat kehrten zu dem Ochsenkarren zurück, der jetzt Kurs auf die Stelle nahm, wo die Straße von Lucknow endet. Dort wand sich eine schmale Paßstraße, die schräg über die Gebirgskette führte. Der Aufstieg begann.

Es war ein beschwerliches Stück Weg. Mehr als einmal mußten die beiden Frauen und ihre Gefährten absteigen und zu Fuß weitergehen. An steilen Stellen mußten alle den Karren schieben helfen. Dort, wo es steil abwärts ging, sowie an jähen Biegungen mußten die Ochsen, deren Wagengeschirr nicht leicht genug nachgab, ausgespannt und der Karren mit einem Bremsklotz gesichert werden, um das jähe Vorwärtsrollen zu verhindern. Häufig war Ayrton gezwungen, die bereits zum Umsinken erschöpften Pferde als Vorspann zu Hilfe zu nehmen.

Lag es nun an der ständigen Überanstrengung, jedenfalls brach eines der Pferde an diesem Tage zusammen. Es stürzte unvermittelt, ohne daß irgend etwas diesen Unfall vorher angekündigt hätte. Es war Mulradys Pferd; als er sich bückte, um ihm aufzuhelfen, sah er, daß es bereits tot war.

Ayrton, der hinzugetreten war, um das am Boden liegende Tier zu untersuchen, konnte sich den Grund für das plötzliche Verenden des Pferdes nicht erklären.

»Irgendeine Ader des Tieres muß geplatzt sein«, meinte Glenarvan.

»Wahrscheinlich«, versetzte Ayrton.

»Nimm mein Pferd, Mulrady«, sagte Glenarvan. »Ich werde mich zu Lady Helena in den Karren setzen.« – Mulrady gehorchte, und die kleine Reisegesellschaft setzte den beschwerlichen Aufstieg fort; der Kadaver des gefallenen Pferdes wurde den Raben zum Fraß zurückgelassen.

Die australischen Alpen erstrecken sich in einer Breite von höchstens acht Meilen. Wenn die Karawane den von Ayrton vorgeschlagenen Übergang zum östlichen Abhang wählte, konnte das Bergmassiv in achtundvierzig Stunden hinter ihr liegen. Nach der Überquerung würden bis zur Küste keine großen Hindernisse mehr den Weg versperren.

Im Laufe des 10. Januars erreichten die Reisenden in einer Höhe von etwa 2000 Fuß die höchste Stelle des Überganges. Sie befanden sich auf einer kahlen Hochfläche, die einen weiten Rundblick gestattete. Im Norden glitzerte das stille Wasser des mit Wasservögeln wie besprenkelten Oméosees, und dahinter schimmerten die weiten Ebenen des Murray. Im Süden erstreckten sich die grünen Flächen von Gippsland mit seinem goldhaltigen Boden und den hohen Forsten, die ihm ein naturbelassenes Aussehen verliehen. Hier war die Natur noch Herrin ihrer Schätze, ihrer Wasserläufe, ihrer riesigen Bäume, die noch keine Axt gesehen hatten, und die bis dahin nicht zahlreichen Siedler wagten es nicht, gegen sie zu kämpfen. Es hatte den Anschein, als teile diese Alpenkette zwei verschiedene Landschaften, deren eine ihre wilde Ursprünglichkeit bewahrt hatte. Jetzt, da die Sonne unterging, durchdrangen einige Strahlen die rötlichen Wolken und belebten die Farben des Murraygebietes. Gippsland hingegen lag abgeriegelt hinter der Gebirgswand und verlor sich in unbestimmter Finsternis, als hätten die Schatten das ganze Gebiet jenseits der Alpen in eine verfrühte Nacht getaucht. Diesen Gegensatz empfanden die zwischen den beiden so scharf abgegrenzten Landschaften befindlichen Betrachter sehr lebhaft, und eine gewisse innere Bewegung befiel sie beim Anblick dieses fast unbekannten Landes, das sie bis zur Grenze von Victoria durchqueren sollten.

Das Nachtlager wurde auf der Hochebene aufgeschlagen, und am nächsten Morgen begann der Abstieg. Er ging schnell vonstatten. Nur ein heftiger Hagelsturm prasselte auf die Reisenden nieder und zwang sie, unter einem vorspringenden Felsen Schutz zu suchen. Es waren keine Hagelkörner, sondern fast handtellergroße Eisstücke, die aus den Gewitterwolken herabstürzten. Eine Schleuder hätte sie nicht mit stärkerer Wucht werfen können. Ein paar tüchtige Beulen brachten Paganel und Robert zu der Einsicht, daß es besser wäre, sich diesem Hagelschlag zu entziehen. Das Verdeck des Ochsenkarrens wurde an vielen Stellen durchlöchert. Selbst Hausdächer hätten Eisstücken von solcher Größe, die aus den Rinden der Bäume große Stücke rissen, keinen Widerstand leisten können. Wenn man nicht buchstäblich mit den Eisstücken gesteinigt werden wollte, galt es, das Ende dieses Hagelschauers abzuwarten. Nach etwa einer Stunde zogen die Reisenden auf den abschüssigen, vom Hagel durchnäßten und schlüpfrigen Wegen weiter zu Tal.

Gegen Abend rollte der Karren, zwar arg durchgerüttelt und ein wenig aus den Fugen geraten, doch immer noch fest auf seinen Holzrädern ruhend, zwischen vereinzelten hohen Tannen dahin, die letzten Abhänge der Alpen hinunter. Der Paß mündete in die Ebene von Gippsland. Jetzt war diese Alpenkette glücklich überquert, und die üblichen Vorbereitungen für das Nachtlager wurden getroffen.

Beim Morgengrauen des 11. Januars wurde der Marsch mit neuer Energie wieder aufgenommen. Alle waren bestrebt, möglichst schnell das Ziel, den Strand des Stillen Ozeans, zu erreichen und zu dem Punkt zu gelangen, wo die *Britannia* untergegangen war. Nur von dort aus war es möglich, mit einiger Aussicht auf Erfolg die Spuren der Schiffbrüchigen wieder aufzufinden. Daher drang Ayrton darauf, daß Lord Glenarvan der *Duncan* die Anweisung geben solle, vor der Küste zu kreuzen, damit alle Möglichkeiten für eine erfolgreiche Fortsetzung der Suche gegeben seien. Man

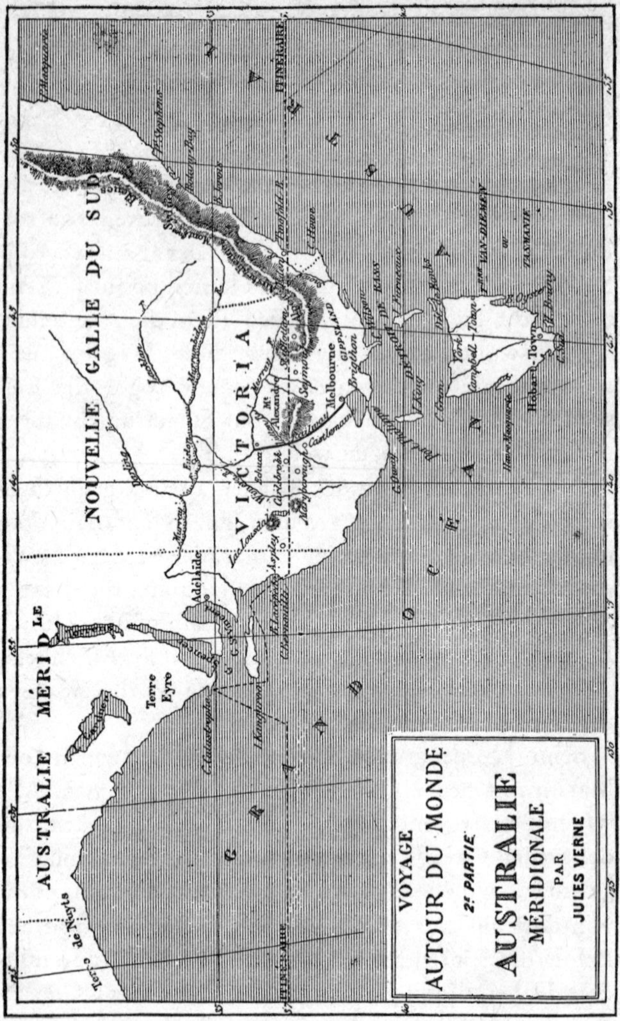


müsse, meinte er, die Straße von Lucknow ausnützen, die nach Melbourne führt, denn später würde es schwieriger sein, da die direkten Verbindungen zur Hauptstadt dann gänzlich fehlten.

Diese Ratschläge des Bootsmaats schienen nützlich. Paganel riet dazu, sie zu befolgen. Er glaubte auch, daß die Nähe der Jacht in einer solchen Situation sehr nützlich wäre, und fügte hinzu, daß hinter der Straße von Lucknow die Verbindung mit Melbourne unmöglich sei.

Glenarvan war unentschlossen. Vielleicht würde er dem Vorschlag Ayrtons zugestimmt haben, wenn nicht der Major diesen Entschluß heftig bekämpft hätte. Dieser wies nach, daß Ayrtons Anwesenheit bei der Reisegesellschaft notwendig sei, da ihm die Küstengegend vertraut sei, und sollte der Zufall die Karawane auf Harry Grants Spur führen, so sei der Bootsmaat besser als jeder andere imstande, ihr zu folgen. Auch sei er der einzige, der die Stelle angeben könne, an der die *Britannia* untergegangen war.

MacNabbs sprach sich für eine direkte Weiterreise aus, ohne irgend etwas an den Plänen zu ändern. Er fand Unterstützung bei John Mangles, der seine Ansicht teilte. Der junge Kapitän machte überdies geltend, die Befehle Seiner Gnaden würden die *Duncan* leichter erreichen, wenn man sie von der Twofold-Bucht aus sende als durch einen Boten, der gezwungen sei, in einem wilden, unerforschten Land zweihundert Meilen zurückzulegen. Diese Meinung setzte sich schließlich durch. Es wurde beschlossen, daß erst nach der Ankunft in der Twofold-Bucht Endgültiges bestimmt werden sollte. Der Major beobachtete Ayrton, der über das Ergebnis dieser Besprechung enttäuscht zu sein schien. Aber er behielt, wie gewöhnlich, seine Beobachtungen für sich.

Die Ebene am Fuße der australischen Alpen fällt nach Osten zu leicht ab. Große Mimosen- und Eukalyptusbüsche sowie Gummibäume unterbrachen hier und dort die eintönige Landschaft. Das *Gastrolobium grandiflorum* überzog den Boden mit seinen leuchtend blühenden Stauden. Einige schmale Bäche und kleine, schilfbedeckte, von Orchideen überwucherte Flußläufe mußten von den Reisenden durchquert werden. Beim Nahen der Karawane flüchteten in der Ferne Rudel von Trappen und Kasuaren, sprangen Känguruhs wie Hampelmänner über Sträucher und Büsche. Doch den Reisenden stand der Sinn nicht nach der Jagd auf diese Tiere, und ihre Pferde sollten nicht zusätzlich ermüdet werden.

Über dem Land lastete dumpfe Schwüle. Die Atmosphäre war stark mit Elektrizität geladen. Mensch und Tier litten darunter. Stumpfsinnig zog die kleine Schar einher. Die Stille wurde nur durch die Rufe unterbrochen, mit denen Ayrton sein ermattetes Ochsengespann antrieb.

Von zwölf bis zwei Uhr ritten die Reisenden durch einen seltsamen Wald von baumhohen Farnkräutern, die bei weniger ermatteten Menschen sicherlich Bewunderung erregt haben würden. Diese voll erblühten, baumartigen Pflanzen waren bis zu dreißig Fuß hoch. Weder Pferde noch Reiter wurden von den herabhängenden Zweigenden belästigt, nur zuweilen klirrte ein Spornrad bei der Berührung mit der holzigen Rinde. Es war angenehm kühl unter diesen unbeweglichen Sonnenschirmen, und keiner dachte daran, sich zu beklagen. Jacques Paganel stieß, demonstrativ wie immer, einige Seufzer der Befriedigung aus, durch die Schwärme von Papageien und Kakadus aufgescheucht

wurden, die sogleich ein ohrenbetäubendes Kreischen erhoben.

Der Geograph fuhr fort, Ausrufe der Bewunderung von sich zu geben. Plötzlich sahen seine Gefährten, wie er auf seinem Pferd hin und her schwankte und dann leblos wie ein Stück Holz zu Boden stürzte. War es eine Ohnmacht oder gar ein durch die Hitze verursachter Erstickungsanfall? Alle liefen herbei.

»Paganel, Paganel, was ist mit Ihnen?« rief Glenarvan.

»Mit mir, lieber Freund? Mit mir ist nichts. Aber ich habe kein Pferd mehr«, erwiderte Paganel und befreite sich von den Steigbügeln.

»Was ist mit Ihrem Pferd?«

»Es ist tot. Wie vom Blitz getroffen, wie das von Mulrady!«

Glenarvan, John Mangles und Wilson untersuchten das Pferd; Paganel hatte sich nicht getäuscht, es war plötzlich verendet.

»Das ist sehr merkwürdig!« rief John Mangles.

»In der Tat, sehr merkwürdig«, murmelte der Major.

Glenarvan konnte sich über dieses neue Mißgeschick gar nicht beruhigen. Er hatte hier in der Einöde keine Möglichkeit, Ersatz zu beschaffen. Wenn etwa eine Seuche alle Pferde dahinraffen sollte, würde die Expedition die größte Mühe gehabt haben, weiterzukommen.

Noch ehe der Tag zu Ende ging, schien es, als ob sich die Befürchtung bewahrheiten sollte. Ein drittes Pferd, diesmal das von Wilson, stürzte, und, was womöglich noch schlimmer war, einer der Zugochsen verendete ebenfalls. Jetzt standen nur noch drei Zugochsen und vier Pferde zur Verfügung.

Damit wurde die Lage sehr ernst. Die ihrer Pferde beraubten Reiter konnten sich zwar damit abfinden, zu Fuß weiterzugehen. Viele Squatter waren auf solche Weise durch die Einöde gezogen. Wenn aber der Ochsenkarren im Stich gelassen werden mußte, was sollte dann aus den beiden Frauen werden? Würden sie imstande sein, die hundertzwanzig Meilen zu Fuß zurückzulegen, die sie noch von der Twofold-Bucht trennten?

John Mangles und Glenarvan untersuchten höchst beunruhigt die überlebenden Pferde. Vielleicht war es möglich, neuen Unglücksfällen vorzubeugen. Die Untersuchung ergab keinerlei Anzeichen für eine Krankheit oder auch nur für einen Kräfteverfall. Die Tiere erfreuten sich bester Gesundheit und ertrugen tapfer die Strapazen der Reise. Daher hoffte Glenarvan, diese merkwürdige Seuche werde keine weiteren Opfer fordern.

Das war auch Ayrtons Meinung, der zugab, daß auch ihm dieses plötzliche Tiersterben rätselhaft sei.

Der Marsch wurde fortgesetzt. Wenn ihre Kräfte nachließen, nahm der Karren die Fußgänger für einige Zeit auf. Am Abend, nachdem nur zehn Meilen zurückgelegt worden waren, lagerte sich die Gesellschaft im Schutze eines großen Farngebüsches, unter dem riesige Fledermäuse umherflatterten, die auch fliegende Füchse genannt werden. Die Nacht verging ohne Zwischenfälle.

Der folgende Tag, der 12. Januar, verlief erfreulich. Die Kette der Unglücksfälle setzte sich nicht fort, der Gesundheitszustand der Expeditionsteilnehmer blieb befriedigend, Pferde und Ochsen versahen munter ihren Dienst. In Lady Helenas Salon ging es dank der vielen Besucher lebhaft zu. Mr. Olbinett war eifrig damit beschäftigt, Erfrischungen herumzureichen, die bei dreißig Grad Hitze sehr erwünscht waren. Man leerte ein halbes Fäßchen Schottisch-Ale und erklärte

Barclay & Co. zum berühmtesten Mann Großbritanniens, sogar für bedeutender als Wellington, der niemals ein so vorzügliches Bier hergestellt hätte. Schottische Eitelkeit ... Besonders Jacques Paganel trank viel und redete noch mehr als sonst über alle möglichen Dinge.

Der Tag, der so glücklich angefangen hatte, schien auch glücklich enden zu wollen. Die Reisenden hatten ein hügeliges Gebiet durchzogen, das von rotem Erdreich bedeckt war. Alles ließ darauf schließen, daß man noch am Abend an den Ufern des Snowys, der im Süden der Provinz Victoria in den Ozean mündet, würde Rast machen können. Bald darauf aber gruben die Karrenräder zwischen wuchernden Grasbüscheln und neuen Gastrolobiumfeldern tiefe Furchen in einen schwärzlichen Sumpfboden. Gegen Abend zeichnete sich am Himmel deutlich der über dem Flußlauf des Snowys lagernde Nebel ab. Einige Meilen wurden noch zurückgelegt, indem man die Tiere am Halfter zog. Hinter einer leichten Bodenerhebung tauchte an einer Wegbiegung ein Wald mit hohen Bäumen auf. Ayrton lenkte seine ziemlich überanstrengten Tiere zwischen den Baumreihen hindurch, die sich im Dunkel verloren. Er wollte schon, eine halbe Meile vom Fluß entfernt, den Wald verlassen, als der Karren plötzlich bis zur Radnabe einsank.

»Vorsicht!« schrie er den nachfolgenden Reitern zu.

»Was ist?« fragte Glenarvan zurück.

»Wir sind steckengeblieben«, erwiderte Ayrton.

Mit Zurufen und mit dem Stacheleisen spornte er die bis zu den Knien eingesunkenen Zugtiere an. Aber sie kamen nicht vom Fleck.

»Wir wollen hier rasten«, schlug John Mangles vor.

»Das wird das beste sein«, meinte Ayrton. »Morgen, wenn es tagt, werden wir sehen, was wir tun können.«

»Also, halt!« rief Glenarvan.

Die Dunkelheit war nach einer kurzen Dämmerung rasch hereingebrochen; aber mit der Helligkeit war die

Hitze nicht gewichen. Erstickender Dunst erfüllte die Luft. Die Blitze eines fernen Gewitters setzten mit ihrem grellen Schein den Horizont in Flammen.

Das Nachtlager wurde gerichtet. Man behalf sich, so gut es ging, mit dem steckengebliebenen Karren. Das düstere Gewölbe der hohen Baumkronen schützte das Zelt der Reisenden, die beschlossen, zufrieden zu sein, sofern es nicht auch noch zu regnen begann.

Nicht ohne Mühe gelang es Ayrton, seine drei Zugochsen aus dem Schlamm herauszuziehen. Der Bootsmaat führte sie zusammen mit den Pferden auf die Weide und suchte selber den Futterplatz aus. Dieses Geschäft überließ er nie einem anderen und verrichtete es mit großer Sorgfalt. Glenarvan bemerkte, daß er an diesem Abend mit noch größerer Vorsicht als sonst zu Werke ging. Er dankte ihm dafür; denn die Erhaltung der Zugtiere war von Wichtigkeit.

Unterdessen nahmen die übrigen Reisenden rasch ihre einfache Abendmahlzeit ein. Müdigkeit und Hitze ließen keinen rechten Appetit aufkommen; keiner wollte viel essen, alle dachten nur ans Schlafen. Lady Helena und Miss Grant suchten, nachdem sie den Gefährten eine gute Nacht gewünscht hatten, ihre gewohnten Schlafplätze auf. Einige der Männer schlüpften unter das Zelt, während andere sich im dichten Gras am Fuße der Bäume ausstreckten, was in diesen gesunden Gegenden ohne Nachteil ist.

Nach und nach versanken alle in festen Schlaf. Unter einem Vorhang dichter Wolken, die den Himmel bedeckten, wurde die Dunkelheit noch tiefer. Kein Lüftchen regte sich. Nur der Schrei des Moreporks unterbrach die nächtliche Stille. Der Vogel schlug mit erstaunlicher Regelmäßigkeit die kleine Terz an; es klang beinah wie der melancholische Kuckucksruf in Europa.

Gegen elf Uhr nachts erwachte der Major aus einem dumpfen Schlaf. Durch die halbgeöffneten Lider sah er plötzlich, wie ein unstetes Licht unter den hohen Bäumen hin und her huschte. Man hätte es für die weißlich glänzende Wasserfläche eines Sees halten können. MacNabbs glaubte zuerst, der Feuerschein eines aufkeimenden Brandes flackre über dem Erdboden.

Er erhob sich und ging auf den Wald zu. Zu seinem nicht geringen Erstaunen sah er sich plötzlich einer leicht erklärlichen Naturerscheinung gegenüber. Vor seinen Blicken dehnte sich ein riesiges Feld, mit phosphoreszierenden Pilzen bewachsen, deren Sporen in der Dunkelheit leuchteten[1].

Der Major wollte schon gehen, um Paganel zu wekken, auf daß der Gelehrte diese Naturerscheinung mit eigenen Augen betrachten konnte, als ihn eine Entdekkung stillstehen ließ.

Das phosphoreszierende Licht erhellte den Wald auf etwa eine halbe Meile, und MacNabbs glaubte am Waldrand zwei Schatten entlangschleichen zu sehen. Irrte er sich? War er das Opfer einer Sinnestäuschung?

Er warf sich auf den Erdboden. Nach sorgfältigem Umherspähen erkannte er deutlich die Gestalten mehrerer Männer, die sich bald bückten, bald wieder aufrichteten und auf der Erde nach irgendeiner frischen Spur zu suchen schienen.

Er mußte unbedingt erforschen, was die Männer vorhatten.

[1] Diese Tatsache war bereits von Drummond in Australien und bei Pilzen beobachtet worden, die zur Familie des *Agaricus olearicus* zählen.

Ohne zu zögern und ohne seine Gefährten zu wekken, glitt er wie ein Prärieindianer über den Erdboden und verschwand im hohen Gras.

## XIX. KAPITEL

# EIN KNALLEFFEKT

Es wurde eine fürchterliche Nacht. Um zwei Uhr früh begann es in Strömen zu regnen. Ein flutartiger Wolkenbruch stürzte bis zum Morgen aus den Gewitterwolken herab. Da das Zelt seinen Insassen keinen genügenden Schutz mehr bot, flüchteten Glenarvan und seine Gefährten in den Planwagen. An Schlafen war nicht zu denken. Man plauderte über dies und jenes; nur der Major, dessen kurze Abwesenheit keiner bemerkt hatte, begnügte sich damit, stumm zuzuhören. Der heftige Regenguß ließ nicht nach, und es war zu befürchten, daß der Snowyfluß über seine Ufer trat, was dem tief im Morast steckenden Ochsenkarren sehr schlecht bekommen mußte. Daher machten sich Mulrady, Ayrton und John Mangles mehr als einmal auf, um die Höhe des Wasserstandes zu erkunden. Sie kehrten jedesmal bis auf die Haut durchnäßt zurück.

Endlich wurde es Tag. Der Regen ließ nach; aber die Sonnenstrahlen vermochten nicht, die dichte Wolkendecke zu durchdringen. Große gelbliche Wasserlachen, wahre Teiche, angefüllt mit einer trüben, schlammigen Flüssigkeit, bedeckten den Erdboden. Ein warmer Dunst hing über der nassen Landschaft und sättigte die Luft mit ungesunder Feuchtigkeit.

Glenarvan kümmerte sich zuerst um den Ochsenkarren. Das war in seinen Augen das wichtigste. Das schwere Fahrzeug wurde überprüft; es steckte inmitten einer großen Mulde im zähen Schlamm. Die Vorderräder des schweren Fahrzeugs waren fast völlig verschwunden, die Hinterräder bis zu den Radnaben eingesunken. Die vereinten Kräfte der Männer und der Ochsen und Pferde würden kaum dazu ausreichen, den schweren Wagen wieder herauszuziehen.

»Auf jeden Fall müssen wir uns beeilen«, sagte John Mangles, »wenn der Schlamm trocknet, wird es noch schwieriger werden.«

»Beeilen wir uns also!« rief Ayrton.

Glenarvan, die beiden Matrosen, John Mangles und Ayrton drangen in den Wald vor, in dem die Tiere die Nacht verbracht hatten.

Der Wald, der aus hohen Gummibäumen bestand, bot ein düsteres Bild. Nichts als tote, weit auseinanderstehende Bäume, seit Jahrhunderten rindenlos oder vielmehr entrindet wie Korkeichen zur Zeit der Ernte. In zweihundert Fuß Höhe breitete sich das spärliche Netz ihrer entlaubten Äste und Zweige aus. Kein Vogel nistete in diesen kahlen Baumwipfeln, kein Blatt haftete an den dürren Zweigen, die wie Knochengerüste im Winde klapperten. Welcher Naturkatastrophe war dieses in Australien häufig anzutreffende Phänomen zuzuschreiben, daß ganze Wälder wie von einer tödlichen Epidemie dahingerafft werden? Keiner wußte es. Weder die ältesten Eingeborenen noch ihre längst in den Totenhainen bestatteten Vorfahren hatten diese Bäume je belaubt gesehen.

Im Weitergehen betrachtete Glenarvan den grauen Himmel, vor dem sich die kleinsten Nebenzweige der Gummibäume wie zartes Filigran abzeichneten. Ayrton war erstaunt, die Pferde und die Zugochsen nicht mehr dort anzutreffen, wo er sie hingeführt hatte. Die an den Knöcheln gefesselten Tiere konnten sich jedoch nicht weit entfernt haben.

Man suchte sie überall im Walde, fand sie aber nicht.

Ayrton war verwundert und wandte sich wieder in Richtung des Snowy, den herrliche Mimosen säumten. Er stieß einen Ruf aus, den seine Tiere kannten; doch nichts erfolgte. Der Bootsmaat schien stark beunruhigt, und seine Gefährten wechselten enttäuschte Blicke.

Eine Stunde verging unter vergeblichem Suchen, und Glenarvan wollte schon zu dem Karren zurückkehren, als Gewieher an sein Ohr drang, dem gleich darauf ein Brüllen folgte.

»Dort sind sie!« rief John Mangles und glitt zwischen den Büschen hindurch, die hoch genug waren, um eine Herde zu verbergen, auf die Stelle zu, von der das Brüllen gekommen war.

Glenarvan, Mulrady und Ayrton folgten ihm und erstarrten plötzlich vor Entsetzen.

Zwei Ochsen und drei Pferde lagen hingestreckt am Boden. Die Kadaver waren bereits erkaltet, und ein Schwarm magerer Raben beobachtete von den Mimosenbüschen aus krächzend die unerwartete Beute. Glenarvan und die Seinen wechselten erschrockene Blicke, und Wilson konnte einen Fluch nicht unterdrücken.

»Wir können nichts daran ändern«, sagte Lord Glenarvan, der sich kaum zu beherrschen vermochte. »Ayrton, bringen Sie die überlebenden Tiere zu dem Karren. Mit ihrer Hilfe müssen wir versuchen, uns zu retten.«

»Wenn nur der Karren nicht im Schlamm steckengeblieben wäre!« rief John Mangles. »Diese beiden Tiere würden schon ausreichen, in kleinen Tagesmärschen den Karren bis zur Küste zu bringen. Wir müssen daher um jeden Preis das verfluchte Fahrzeug wieder flottmachen.«

»Wir werden es versuchen«, erwiderte Glenarvan.

»Wir wollen zum Lagerplatz zurückkehren, wo unsere lange Abwesenheit sicher schon Besorgnis erregt hat.«

Ayrton nahm dem Ochsen die Fußfesseln ab, Mulrady befreite das Pferd davon, und die Männer traten den Rückweg an. Eine halbe Stunde später wußten Paganel und MacNabbs, Lady Helena und Miss Grant, was ihnen bevorstand.

»Meiner Treu, Ayrton«, konnte der Major sich nicht enthalten zu bemerken, »es ist schade, daß Sie nicht alle unserer Tiere am Übergang des Wimerraflusses beschlagen lassen konnten.«

»Wie meinen Sie das, MacNabbs?« fragte Ayrton.

»Weil nur das eine Pferd, das Sie Ihrem Schmied anvertraut haben, dem Schicksal der übrigen entgangen ist.«

»Das ist wahr«, sagte John Mangles, »und es ist ein merkwürdiger Zufall.«

»Ein Zufall und nichts anderes«, erwiderte der Bootsmaat; dabei blickte er den Major scharf an.

MacNabbs preßte die Lippen zusammen, als wollte er eine Erwiderung unterdrücken. Glenarvan, John Mangles und Lady Helena schienen darauf zu warten, daß er weitersprechen würde. Doch der Major schwieg und trat zu dem Karren, den Ayrton untersuchte.

»Was hat er sagen wollen?« fragte Glenarvan John Mangles.

»Ich weiß es nicht«, erwiderte der junge Kapitän. »Der Major ist aber nicht der Mann, eine unbedachte Äußerung zu tun.«

»Nein, John«, sagte Lady Helena, »MacNabbs muß offenbar Ayrton mißtrauen.«

»Mißtrauen?« wiederholte Paganel und hob die Schultern.

»Warum nur?« fragte Glenarvan. »Hält er ihn für fähig, unsere Pferde und Ochsen getötet zu haben? In welcher Absicht? Hat Ayrton nicht das gleiche Interesse an dem Gelingen der Expedition wie wir?«

»Du hast recht, mein lieber Edward«, sagte Lady Helena, »und ich möchte noch hinzufügen, daß der Bootsmaat uns seit dem Beginn der Reise seine Ergebenheit deutlich bewiesen hat.«

»Zweifellos«, erwiderte John Mangles. »Was bedeutet dann aber die Bemerkung des Majors? Ich muß in dieser Sache klarsehen.«

»Glaubt man ihn etwa im Einverständnis mit den Sträflingen?« rief Paganel unvorsichtigerweise.

»Mit welchen Sträflingen?« fragte Miss Grant.

»Monsieur Paganel irrt sich«, warf John Mangles hastig dazwischen. »Er weiß sehr gut, daß es in der Provinz Victoria keine Sträflinge gibt.«

»Ach ja, das ist wahr«, entgegnete Paganel, der seine Worte sehr gern zurückgenommen hätte. »Wo zum Teufel hatte ich nur meine Gedanken? Sträflinge? Wer hat in Australien je etwas von Sträflingen gehört! Außerdem werden die Sträflinge hier gleich nach der Landung zu ehrlichen Leuten. Das Klima, Miss Mary, wissen Sie, das Klima wirkt sich günstig auf die Moral aus.«

Dem armen Gelehrten, der seinen Schnitzer wieder gutmachen wollte, erging es wie dem Ochsenkarren: Er blieb stecken. Lady Helena blickte ihn an, was ihm seine letzte Sicherheit nahm. Um ihn jedoch nicht länger in Verlegenheit zu setzen, führte sie Miss Mary Grant zum Zelt, in dem Mr. Olbinett damit beschäftigt war, das Frühstück nach allen Regeln der Kunst zu bereiten.

»Ich verdiene es, deportiert zu werden«, erklärte Paganel kläglich.

»Das meine ich auch«, erwiderte Glenarvan.

Nach dieser Antwort, die in einem so ernsten Ton erteilt worden war, daß der Gelehrte ganz zerknirscht dreinsah, eilten Glenarvan und John Mangles zum Karren.

Ayrton und die beiden Matrosen waren damit beschäftigt, den Karren aus dem Morast zu ziehen. Der Ochse und das Pferd, die man vorgespannt hatte, zogen mit aller Kraft. Die Stränge waren bis zum Zerreißen angespannt, das Joch konnte dem Druck kaum standhalten. Wilson und Mulrady halfen an den Rädern nach, während Ayrton das ungleiche Gespann mit Zurufen und mit dem Stacheleisen anspornte. Allein, das schwere Fahrzeug rührte sich nicht vom Fleck. Der getrocknete Schlamm bannte es wie mit Zement an der Stelle fest.

John Mangles ließ den Schlamm mit Wasser begießen, um ihn nachgiebiger zu machen. Doch selbst jetzt rührte sich der Wagen nicht. Nach einem neuerlichen Versuch gaben Menschen und Tiere es auf. Wenn man den Wagen nicht Stück für Stück auseinandernehmen wollte, mußte man darauf verzichten, ihn aus dem Schlammloch zu ziehen. Da nun aber das Handwerkszeug fehlte, konnte eine solche Arbeit nicht ausgeführt werden.

Ayrton, der das Hindernis um jeden Preis überwinden wollte, schlug erneut auf die Tiere ein. Doch Lord Glenarvan hielt ihn zurück.

»Genug, Ayrton«, sagte er. »Das Pferd und der Ochse müssen geschont werden. Sollten wir die Reise zu Fuß fortsetzen müssen, so wird das eine der Tiere

die beiden Frauen und das andere die Nahrungsmittel tragen und so noch gute Dienste leisten.«

»Gut, Mylord«, erwiderte der Bootsmaat und spannte die erschöpften Tiere aus.

»Nun, meine Freunde«, fuhr Glenarvan fort, »wollen wir zum Rastplatz zurückkehren, miteinander beraten und die Lage prüfen; wir wollen abwägen, welche Chancen wir haben, und dann einen Entschluß fassen.«

Wenige Minuten darauf stärkten sich die Reisenden nach der schlechten Nacht mit einem leidlich guten Frühstück. Dann beratschlagten sie; ein jeder wurde gebeten, seine Ansicht zu äußern.

Zuerst galt es, möglichst genau festzustellen, an welchem Ort sie lagerten. Paganel, der damit beauftragt wurde, tat das sogleich mit dem nötigen Eifer. Nach seiner Meinung befanden sich die Reisenden hier am Snowyfluß am 37. Parallelkreis unter 147° 53′ Länge.

»Und wo liegt, bei genauer Berechnung, die Twofold-Bucht?« fragte Glenarvan.

»Unter dem 150. Grad«, antwortete Paganel.

»Und diese zwei Grad sieben Minuten betragen nach Meilen gerechnet?«

»Fünfundsiebzig Meilen[1].«

»Und wie weit ist Melbourne von uns entfernt? ...«

»Mindestens zweihundert Meilen.«

»Gut, unsere Position steht fest«, bemerkte Glenarvan. »Was sollen wir nun am besten tun?«

Die einstimmige Antwort lautete: »Ohne Säumen zur Küste aufbrechen.« Lady Helena und Mary Grant verpflichteten sich, pro Tag fünf Meilen zurückzulegen. Die beiden tapferen Frauen scheuten sich nicht, falls es sich als nötig erweisen würde, den Weg vom Snowy-River bis zur Twofold-Bucht zu Fuß zurückzulegen.

»Meine liebe Helena, du bist eine tapfere Frau«, sagte Lord Glenarvan. »Ist es aber sicher, daß wir an der Bucht die Hilfsmittel, die wir benötigen, auch finden werden?«

[1] Siebenunddreißig Lieues.

»Ohne jeden Zweifel«, erwiderte Paganel. »Eden ist eine Kreisstadt, die schon seit vielen Jahren existiert. Von dort nach Melbourne wird ein reger Schiffsverkehr herrschen. Ich vermute sogar, daß wir in einer Entfernung von nur dreißig Meilen, in der Gemeinde Delegeta, an der Grenze von Victoria, die Expedition verproviantieren und mit neuen Transportmitteln ausrüsten werden können.«

»Und die *Duncan*?« fragte Ayrton. »Halten Sie es nicht für besser, Mylord, sie nach der Twofold-Bucht zu beordern?«

»Was meinen Sie hierzu, John?« wollte Glenarvan wissen.

»Ich glaube nicht, daß Euer Gnaden in dieser Beziehung übereilt etwas anordnen sollten«, sagte der junge Kapitän nach kurzem Überlegen. »Es dürfte noch immer Zeit genug sein, Tom Austin Ihre Befehle zu übermitteln und ihn zur Küste zu beordern.«

»Das versteht sich von selbst«, fügte Paganel hinzu. »Bedenken Sie, daß wir in vier oder fünf Tagen in Eden sein können.«

»In vier oder fünf Tagen! Rechnen Sie lieber fünfzehn oder zwanzig!« sagte Ayrton und hob zweifelnd die Schultern.

»Fünfzehn oder zwanzig Tage, um nur fünfundsiebzig Meilen zurückzulegen!« rief Glenarvan.

»Mindestens, Mylord, Sie müssen den schwierigsten Teil der Provinz Victoria durchqueren – eine Wüste, in der es, wie die Squatter sagen, an allem fehlt, eine mit Sträuchern bewachsene Ebene, ohne jeden gebahnten Weg, ohne Niederlassungen –, Sie werden mit der Hacke oder der Fackel in der Hand gehen müssen, und das dürfte nicht rasch gehen, glauben Sie es mir.«

Ayrton hatte in bestimmtem Ton gesprochen. Paganel, auf dem die fragenden Blicke der Reisenden ruhten, bestätigte mit einem Kopfnicken die Worte des Bootsmaats.

»Ich gebe alle diese Schwierigkeiten zu«, nahm John Mangles wieder das Wort. »Dann werden Euer Gnaden in vierzehn Tagen die Anweisungen an die *Duncan* erlassen.«

»Ich möchte noch hinzufügen, daß nicht der Landweg uns die größten Schwierigkeiten machen dürfte«, versetzte Ayrton. »Wir müssen zuerst den Snowyfluß überqueren, und vermutlich müssen wir warten, bis das Hochwasser gefallen ist.«

»Warten!« rief der junge Kapitän. »Können wir denn keine Furt suchen?«

»Wir werden kaum eine finden«, erwiderte Ayrton. »Ich habe heute morgen schon vergebens nach einem brauchbaren Übergang gesucht. In dieser Jahreszeit auf einen so angeschwollenen Wasserlauf zu stoßen, ist eine Seltenheit, ist ein Verhängnis, gegen das ich nichts ausrichten kann.«

»Ist dieser Snowy denn ein breiter Fluß?« fragte Lady Glenarvan.

»Breit und tief, gnädige Frau«, erwiderte Ayrton. »Er ist etwa eine Meile breit und hat eine reißende Strömung. Selbst ein guter Schwimmer könnte ihn nicht ohne Gefahr für sein Leben überqueren.«

»Nun gut, dann bauen wir uns ein Boot«, rief Robert, der alles für möglich hielt; »wir fällen einen Baum, höhlen ihn aus und bringen ihn aufs Wasser. Das ist alles!«

»Der nimmt sich aber viel vor, der Sohn des Kapitäns Grant«, meinte Paganel.

»Und er hat recht«, versetzte John Mangles. »Es wird uns nichts anderes übrigbleiben. Ich halte es für zwecklos, unsere Zeit mit müßigem Gerede zu vertun.«

»Und was meinen Sie, Ayrton?« wollte Glenarvan wissen.

»Ich meine, Mylord, daß wir, wenn keine Hilfe kommt, noch in vier Wochen am Ufer des Snowys warten werden.«

»Wissen Sie denn einen besseren Ausweg?« fragte John Mangles ein wenig ungeduldig.

»Ja, wenn die *Duncan* Melbourne verläßt und zur Ostküste kommt.«

»Ach, immer wieder die *Duncan!* Inwiefern soll uns ihre Anwesenheit in der Bucht die Möglichkeiten, dorthin zu gelangen, erleichtern?«

Ayrton überlegte einen Augenblick, ehe er unsicher antwortete:

»Ich will meine Ansicht keinem aufdrängen. Was ich gesagt habe, soll zum Besten aller dienen, und ich bin bereit aufzubrechen, sobald Mylord das Zeichen dazu geben.«

Dann kreuzte er die Arme über der Brust.

»Das ist keine Antwort, Ayrton«, versetzte Glenarvan. »Teilen Sie uns Ihren Plan mit, und wir werden über ihn beraten. Was schlagen Sie vor?«

Mit fester, ruhiger Stimme sagte Ayrton:

»Ich rate davon ab, uns in diesem erschöpften Zustand über den Snowyfluß hinüberzuwagen. Hier an dieser Stelle müssen wir Hilfe abwarten, und diese kann uns nur die *Duncan* bringen. Lassen Sie uns hier, wo es nicht an Nahrungsmitteln fehlt, unser Lager aufschlagen, und einer von uns sollte Austin den Befehl überbringen, in die Twofold-Bucht einzulaufen.«

Dieser Vorschlag wurde mit ziemlichem Erstaunen angehört. John Mangles konnte seine Abneigung nicht verhehlen.

»Während der Zeit«, fuhr Ayrton fort, »in der die Wasser des Snowyflusses fallen werden, können wir eine brauchbare Furt finden, oder wir werden ein Boot bauen. Das wäre der Plan, den ich Ihnen zu unterbreiten hätte, Mylord.«

»Gut, Ayrton«, erwiderte Glenarvan. »Ihr Vorschlag verdient es, ernsthaft überlegt zu werden. Sein größter Nachteil besteht in dem Aufschub, den seine Ausführung mit sich bringen würde; er würde uns aber schlimme Strapazen und vielleicht wirkliche Gefahren ersparen.«

»Was haltet ihr davon, liebe Freunde?«

»Sprechen Sie, mein lieber MacNabbs«, sagte nun Lady Helena. »Seit dem Beginn der Beratung begnügen Sie sich damit, zuzuhören. Sie sind wirklich recht wortkarg.«

»Da Sie mich um meinen Rat bitten«, erwiderte der Major, »will ich meine Meinung ganz offen sagen. Was Ayrton vorgebracht hat, scheint mir sehr vernünftig und vorsichtig, und ich schließe mich seinem Vorschlag an.«

Keiner hatte diese Antwort erwartet; denn bisher hatte MacNabbs Ayrtons Vorschläge stets abgelehnt. Ayrton, der ebenfalls erstaunt schien, warf dem Major einen raschen Blick zu. Paganel, Lady Helena und die Matrosen waren sehr geneigt, den Vorschlag des Bootsmaats zu unterstützen. Nach MacNabbs' Worten gab es kein Zögern mehr.

Glenarvan erklärte daher, er stimme dem von Ayrton vorgeschlagenen Plan im Prinzip zu.

»Meinen Sie nicht auch, John«, fügte er hinzu, »daß uns die Vernunft rät, hier am Ufer des Flusses ein Lager zu errichten und auf Transportmöglichkeiten zu warten?«

»Ja«, erwiderte John Mangles, »sofern es unserem Boten gelingt, den Snowyfluß zu überqueren.«

Alle Blicke richteten sich auf den Bootsmaat, der selbstgewiß lächelte. »Der Bote wird den Fluß nicht überqueren«, sagte dieser.

»Ach!« rief John Mangles.

»Er wird ganz einfach zur Straße von Lucknow zurückkehren, die ihn direkt nach Melbourne führen wird.«

»Zweihundertfünfzig Meilen zu Fuß zurückzulegen!« rief der junge Kapitän.

»Nein, zu Pferde«, erwiderte Ayrton. »Es ist noch ein gesundes Pferd vorhanden. Damit ist das Ganze eine Frage von vier Tagen. Rechnen Sie noch zwei Tage für die Fahrt der *Duncan* zur Bucht hinzu und vierundzwanzig Stunden, um zum Lager zurückzukehren, dann kann der Bote in einer Woche mit Leuten von der Mannschaft wieder zurück sein.«

Der Major nickte zu Ayrtons Worten, was John Mangles' Verwunderung noch steigerte. Doch die Vorschläge Ayrtons hatten volle Zustimmung gefunden, und es handelte sich nur noch darum, diesen wirklich guten Plan auszuführen.

»Nun müssen wir nur noch den Boten bestimmen, liebe Freunde«, sagte Glenarvan. »Er hat einen schwierigen und gefahrvollen Auftrag auszuführen, darüber darf er sich nicht täuschen. Wer erklärt sich bereit, meine Anweisungen nach Melbourne zu bringen?«

Wilson, Mulrady, John Mangles, Paganel und sogar

Robert meldeten sich sofort. John beharrte nachdrücklich darauf, mit diesem Auftrag betraut zu werden. Dann nahm jedoch Ayrton, der sich noch nicht geäußert hatte, das Wort und sagte:

»Wenn Euer Gnaden einverstanden sind, werde ich es sein, der reitet. Ich kenne dieses Land und habe häufig schwierigere Gebiete durchwandert. Dort, wo ein anderer versagen könnte, werde ich noch einen Ausweg finden. Ich bitte daher, im Interesse aller nach Melbourne gehen zu dürfen. Ein Brief von Ihnen wird mich bei Ihrem Zweiten Offizier ausweisen, und ich verpflichte mich, in sechs Tagen mit der *Duncan* in der Twofold-Bucht zu sein.«

»Gut gesprochen«, erwiderte Glenarvan. »Sie sind ein kluger und tapferer Mensch, Ayrton, und Sie werden Erfolg haben.«

Der Bootsmaat war offenbar besser geeignet als jeder andere, diesen schwierigen Auftrag auszuführen. Das begriffen alle und zogen ihre Angebote zurück. John Mangles machte noch einen letzten Einwand; er meinte, Ayrtons Anwesenheit sei erforderlich, um die Spuren der *Britannia* und Harry Grants aufzufinden. Doch der Major bemerkte, die Expedition bleibe ja so lange am Ufer des Snowys, bis Aryton zurück sei; also werde ohne ihn die Spur gar nicht weiter verfolgt.

»Gut, also brechen Sie auf, Ayrton, beeilen Sie sich, und kehren Sie über Eden zu unserem Lager am Snowy zurück.«

Blitzartig erhellte ein Aufleuchten der Befriedigung die Züge des Bootsmaats. Hastig wandte er den Kopf zur Seite, aber so schnell er sich auch umgedreht hatte, John Mangles hatte doch das Aufleuchten bemerkt. John spürte, wie sein Mißtrauen gegen Ayrton sich verstärkte.

Der Bootsmaat traf mit Hilfe der beiden Matrosen die nötigen Vorbereitungen für seinen Aufbruch. Der eine der beiden versorgte das Pferd, während der andere sich um den Proviant kümmerte. Indessen schrieb Glenarvan den für Tom Austin bestimmten Brief.

Darin befahl er dem Zweiten Offizier, sich ohne Aufschub zu der Twofold-Bucht zu begeben, und empfahl ihm Ayrton als einen Mann, dem er voll und ganz vertrauen dürfe. Tom Austin sollte, an der Küste angelangt, eine Abteilung der Mannschaft unter Ayrtons Befehl ...

Als Glenarvan bei diesem Absatz des Briefes angelangt war, fragte ihn MacNabbs, der ihm über die Schulter gesehen hatte, in einem merkwürdigen Ton, wie sich der Name Ayrton schreibe.

»Nun, so wie er sich ausspricht«, erwiderte Glenarvan.

»Das ist ein Irrtum«, versetzte der Major ruhig. »Er spricht sich zwar Ayrton aus, aber er schreibt sich Ben Joyce.«

XX. KAPITEL

## ALAND-NEUSEELAND

Die Nennung des Namens Ben Joyce wirkte wie ein Donnerschlag. Ayrton war aufgesprungen. Er hielt einen Revolver in der Hand. Ein Schuß dröhnte, und Glenarvan brach, von einer Kugel getroffen, zusammen. Auch draußen vor dem Zelt wurde geschossen.

John Mangles und die Matrosen wollten sich, nachdem sie den ersten Schrecken überwunden hatten, auf Ben Joyce stürzen. Doch der waghalsige Sträfling war bereits verschwunden und hatte sich zu seiner Bande gesellt, die am Waldrand versteckt lauerte.

Das Zelt bot gegen die Kugeln keinen ausreichenden Schutz. Es galt daher, schnell Deckung zu suchen.

Glenarvan, der nur leicht getroffen war, hatte sich wieder erhoben.

»Zum Karren, zum Karren!« rief John Mangles und zog Lady Helena und Miss Grant mit sich fort. Sie waren bald hinter den Wagenbrettern in Sicherheit.

Dort angelangt, griffen der Major, Paganel und die Matrosen nach ihren Karabinern und machten sich bereit, das Feuer der Banditen zu erwidern. Glenarvan und Robert hatten sich zu den beiden Frauen gesellt, während Olbinett herbeilief, um an der Verteidigung teilzunehmen.

Alle diese Vorgänge hatten sich in Blitzesschnelle abgespielt. John Mangles beobachtete aufmerksam den Saum des Waldes. Das Schießen hatte plötzlich aufgehört, als Ben Joyce aufgetaucht war. Tiefes Schweigen war der lärmenden Schießerei gefolgt. Zwischen den Ästen der Gummibäume ringelten sich noch dünne Rauchwölkchen empor. In den hohen Gastrolobiumbüschen rührte sich nichts. Und nichts wies auf einen neuen Angriff hin.

Der Major und John Mangles kundschafteten das Terrain bis zu den hohen Bäumen aus. Doch außer zahlreichen Fußspuren war nichts zu sehen als ein paar halbverbrannte Zündhütchen, die am Boden rauchten. Der Major, ein vorsichtiger Mann, zertrat sie; denn bei diesen dürren Bäumen hätte ein Funken genügt, um eine gefährliche Feuersbrunst zu entfachen.

»Die Sträflinge sind verschwunden«, sagte John Mangles.

»Und dieses Verschwinden beunruhigt mich«, fügte der Major hinzu. »Ich stünde ihnen lieber Auge in Auge gegenüber. Besser ein Tiger im offenen Gelände als eine Schlange im Gebüsch. Wir wollen die Büsche in der Nähe des Karrens absuchen.«

Der Major und John Mangles durchforschten die Umgebung. Vom Waldrand bis zum Ufer des Snowys begegneten sie nicht einem einzigen Sträfling. Die

Bande des Verbrechers schien wie ein Schwarm bösartiger Vögel auf und davon geflogen zu sein. Dieses Verschwinden war zu merkwürdig, um absolute Sicherheit zu gewähren. Daher wurde beschlossen, wachsam zu bleiben. Der Karren, buchstäblich eine im Morast steckende Festung, wurde zum Mittelpunkt des Lagers. Zwei der Männer, die stündlich abgelöst wurden, hielten gute Wacht.

Lady Helenas und Mary Grants erste Sorge war es gewesen, Glenarvans Wunde zu verbinden. In dem Augenblick, als ihr Mann durch den Schuß von Ben Joyce getroffen wurde, hatte sich die entsetzte Lady Helena ihm entgegengestürzt. Die mutige Frau hatte ihre Angst überwunden und Glenarvan zum Karren geführt, wo die Schulter des Verwundeten entblößt wurde. Der Major stellte fest, daß die Kugel nur eine Fleischwunde und keine gefährlichen Verletzungen verursacht hatte. Weder die Muskeln noch der Knochen schienen getroffen. Die Wunde blutete zwar stark, aber Glenarvan konnte den Unterarm und die Finger noch bewegen. Nachdem sie ihn verbunden hatten, wollte er es nicht zulassen, daß man sich noch weiter um ihn kümmerte.

Die Reisenden, mit Ausnahme von Wilson und Mulrady, die vor dem Zelt Wache hielten, hatten sich, so gut es ging, im Karren eingerichtet. Der Major wurde aufgefordert, zu sprechen.

Ehe er mit seinem Bericht begann, teilte er Lady Helena die Vorgänge mit, die ihr noch unbekannt waren, das heißt die Flucht einer Sträflingsgruppe aus Perth, ihr Auftauchen in der Provinz Victoria und die Ausführung des Anschlags auf die Eisenbahn. Er reichte ihr die Nummer der ›*Australian- and New-*

*Zealand-Gazette‹*, die er in Seymour gekauft hatte, und fügte hinzu, daß die Polizei auf die Ergreifung des gefährlichen Verbrechers Ben Joyce, der während einer achtzehn Monate dauernden Verbrecherlaufbahn eine traurige Berühmtheit erlangt hatte, einen Preis ausgesetzt habe.

Wie aber hatte der Major in dem Bootsmaat Ayrton den Sträfling Ben Joyce erkennen können? Das war das Geheimnis, auf dessen Lösung alle begierig warteten. Der Major spannte sie nicht länger auf die Folter.

Seit dem ersten Tage mißtraute MacNabbs dem Bootsmaat instinktiv. Zwei oder drei ziemlich unbedeutende Vorfälle, ein Blick, den der Hufschmied und der Maat am Wimerrafluß wechselten, Ayrtons Abneigung, Städte und Dörfer zu durchqueren, sein Beharren, die *Duncan* an die Küste zu beordern, das merkwürdige Sterben der ihm anvertrauten Tiere und schließlich ein Mangel an Aufrichtigkeit in seiner Gesamthaltung – alle diese Anzeichen zusammengenommen steigerten nach und nach das Mißtrauen des Majors.

Ohne die Ereignisse der vergangenen Nacht hätte er jedoch eine direkte Anschuldigung nicht erheben können.

Als MacNabbs zwischen den hohen Büschen entlangkroch, erreichte er verdächtige Schatten, die, eine halbe Meile vom Lager entfernt, seine Aufmerksamkeit erregt hatten. Die phosphoreszierenden Pflanzen erhellten schwach die Finsternis.

Drei Männer waren dabei, die frischen Hufspuren am Boden zu untersuchen. In einem dieser Leute erkannte MacNabbs den Schmied von Black-Point wieder. »Sie sind es«, sagte der eine. – »Ja«, erwiderte ein anderer, »da sind die Abdrücke der Hufeisen mit dem Kleeblatt.« – »Alle Pferde sind tot.« »Das Gift ist nicht weit.« »Gastrolobium ist eine nützliche Pflanze. Damit kann man ein ganzes Kavallerieregiment von den Pferden herunterholen.«

»Dann schwiegen sie«, sagte MacNabbs, »und entfernten sich. Ich wußte noch nicht genug und folgte ihnen. Sehr bald fuhren sie im Gespräch fort. ›Ein geschickter Kerl, der Ben Joyce‹, sagte der Schmied, ›großartig als Maat, mit seinem erfundenen Schiffbruch. Wenn sein Plan gelingt, dann haben wir unser Glück gemacht. Ayrton ist ein Teufelskerl!‹ – ›Nenne ihn Ben Joyce, denn er verdient wahrhaftig seinen Namen!‹ – In diesem Augenblick verließen die Schurken den Wald. Ich wußte genug und kehrte mit der Gewißheit ins Lager zurück, daß nicht alle Sträflinge sich in Australien bessern, auch auf die Gefahr hin, daß Paganel sich darüber ärgern sollte.«

Der Major schwieg. Seine Gefährten waren nachdenklich geworden.

»Demnach hat uns Ayrton hierher verschleppt, um uns auszuplündern und zu ermorden«, sagte empört Glenarvan, der vor Zorn ganz blaß geworden war.

»Ja«, erwiderte der Major.

»Und vom Wimerrafluß an folgte uns seine Bande und belauerte uns, um einen günstigen Augenblick abzuwarten?«

»Ja.«

»Dieser Schurke ist also gar kein Matrose von der *Britannia*? Er hat sich demnach den Namen Ayrton und die Schiffspapiere unrechtmäßig angeeignet?«

Die Blicke richteten sich auf MacNabbs, der sich diese Fragen selbst gestellt haben mußte.

»Dies sind die Tatsachen, die sich aus dieser ungeklärten Situation ergeben«, erwiderte der Major mit seiner stets gleichbleibenden Gelassenheit. »Meiner Ansicht nach heißt der Mann wirklich Ayrton. Ben Joyce ist sein Deckname. Es ist nicht zu bezweifeln, daß er Harry Grant kennt und tatsächlich Bootsmaat auf der *Britannia* war. Das beweisen schon die genauen Einzelheiten, die Ayrton uns mitgeteilt hat, und es wird noch erhärtet durch die Worte der Sträflinge, die ich wiedergegeben habe. Wir wollen uns daher nicht mit sinnlosen Vermutungen abgeben, sondern dürfen fest annehmen, daß Ayrton mit Ben Joyce identisch ist, daß er Maat auf der *Britannia* war und dann zum Verbrecher wurde.«

MacNabbs' Erklärungen wurden widerspruchslos hingenommen.

»Können Sie uns aber sagen«, fragte Glenarvan, »weshalb Harry Grants Maat sich in Australien befindet?«

»Das weiß ich nicht«, antwortete MacNabbs, »und die Polizei behauptet, von dieser Sache nicht mehr zu wissen als ich. Weshalb? Es ist mir nicht möglich, es zu sagen. Dahinter steckt ein Geheimnis, das die Zukunft aufklären wird.«

»Die Polizei weiß nicht einmal, daß Ayrton und Ben Joyce ein und dieselbe Person sind«, sagte John Mangles.

»Sie haben recht, John«, erwiderte der Major. »Die Entdeckung dieser merkwürdigen Tatsache dürfte ihr bei den Nachforschungen helfen.«

»Also hat sich dieser Mensch in verbrecherischer Absicht in Paddy O'Moores Farm eingeschlichen?« fragte Lady Helena.

»Darüber besteht kein Zweifel«, erwiderte MacNabbs. »Er hat gegen den Iren etwas Schlimmes im Schilde geführt, bis sich ihm eine bessere Gelegenheit bot. Der Zufall hat uns dorthin geführt. Er hat Glenarvans Bericht und die Geschichte des Schiffbruchs mitangehört, und als waghalsiger Mensch hat er sogleich beschlossen, das auszunützen. Dann wurde die Expedition geplant. An der Wimerra hat er mit dem Schmied von Black-Point, einem Mitglied seiner Bande, Fühlung nehmen können und für deutlich sichtbare Spuren auf unserer Marschroute gesorgt. Seine Bande ist uns gefolgt. Eine Giftpflanze hat es ihm ermöglicht, nach und nach unsere Ochsen und Pferde zu töten. Und im gegebenen Augenblick hat er dafür gesorgt, daß wir in den Sümpfen am Snowyfluß steckengeblieben sind, und uns damit der Bande, die er anführt, ausgeliefert.«

Damit war alles über Ben Joyce gesagt. Der Major hatte die Vergangenheit dieses Menschen erstehen lassen und den Bootsmaat als das geschildert, was er in Wirklichkeit war: als einen waghalsigen und gefährlichen Verbrecher. Seine klar zutage gebrachten Absichten verlangten von Glenarvan äußerste Wachsamkeit. Von dem entlarvten Banditen Ben Joyce war zum Glück weniger zu befürchten als von dem Verräter Ayrton.

Aus der nunmehr geklärten Lage ergab sich eine ernste Folgerung. Keiner, außer Mary Grant, hatte, während Vergangenes geschildert wurde, an die Zukunft gedacht. John Mangles merkte als erster, wie blaß und verzweifelt sie aussah, und begriff sogleich, was in ihr vorging.

»Miss Mary, Miss Mary«, rief er, »Sie weinen ja!«

»Du weinst, mein Kind?« sagte Lady Helena.

»Mein Vater, gnädige Frau, mein Vater ...«

Mary konnte nicht weitersprechen. Doch plötzlich durchfuhr alle die Erkenntnis: sie verstanden den Schmerz des jungen Mädchens; sie wußten, weshalb Marys Tränen flossen, weshalb der Name ihres Vaters über ihre Lippen gekommen war.

Der Verrat Ayrtons nahm ihr jede Hoffnung. Um Glenarvan ins Garn zu locken, hatte der Maat den Schiffbruch erfunden. Das hatten die Sträflinge in ihrem von MacNabbs belauschten Gespräch deutlich zum Ausdruck gebracht. Nie war die *Britannia* an den Klippen der Twofold-Bucht gestrandet. Nie konnte Kapitän Grant australischen Boden betreten haben.

Zum zweiten Male hatte eine unrichtige Auslegung des Dokuments die Menschen, die auf der Suche nach der *Britannia* waren, auf eine falsche Fährte geführt.

Angesichts dieser Erkenntnis und des Schmerzes der beiden Kinder des Kapitäns Grant bewahrten alle ein düsteres Schweigen. Wer hätte jetzt noch ein tröstendes Wort sagen sollen? Robert weinte an der Brust seiner Schwester. Paganel murmelte mit ärgerlicher Stimme: »Ach, das unselige Dokument! Es kann sich rühmen, die Phantasie von einem Dutzend tapferer Menschen in die Irre geführt zu haben.«

Und der würdige Geograph war so wütend auf sich selbst, daß er am liebsten mit dem Kopf gegen die Wand gerannt wäre.

Indessen gesellte sich Glenarvan zu Wilson und Mulrady, die draußen Wache hielten. Tiefe Stille lag über der weiten Ebene zwischen dem Waldrand und dem Fluß. Dichte regungslose Wolken hatten sich am Himmel zusammengeballt. In dieser zu völligem

Schweigen erstarrten Atmosphäre wäre das leiseste Geräusch deutlich vernehmbar gewesen. Doch nichts war zu hören. Ben Joyce und seine Bande mußten sich ziemlich weit entfernt haben; denn Vogelschwärme, die sich auf den untersten Ästen der Bäume niederließen, einige Känguruhs, die friedlich an den jungen Trieben knabberten, und ein Eurupärchen, dessen Köpfchen zutraulich zwischen den dichten Büschen auftauchten, bewiesen, daß menschliche Nähe diese friedvolle Einsamkeit nicht störte.

»Seit einer Stunde habt ihr also nichts gesehen und nichts gehört?« fragte Glenarvan seine beiden Matrosen.

»Nichts, Euer Gnaden«, erwiderte Wilson. »Die Sträflinge müssen schon mehrere Meilen von hier entfernt sein.«

»Sie werden sich wahrscheinlich nicht stark genug gefühlt haben, um uns anzugreifen«, fügte Mulrady hinzu. »Vielleicht will Ben Joyce ein paar Strauchdiebe seiner Sorte unter den ›Bushrangers‹ anwerben, die sich am Fuße der australischen Alpen herumtreiben.«

»Das ist wohl möglich, Mulrady«, erwiderte Glenarvan. »Diese Schurken sind Feiglinge. Sie wissen, daß wir gut bewaffnet sind. Vielleicht warten sie für ihren Angriff die Nacht ab. Wir müssen bei Hereinbrechen der Dunkelheit unsere Wachsamkeit verdoppeln. Ach, könnten wir doch dieses Sumpfgebiet verlassen und unseren Weg nach der Küste fortsetzen! Doch der angeschwollene Strom versperrt uns den Weg. Ich würde ein Floß, das uns hinüberbrächte, mit Gold aufwiegen.«

»Weshalb geben Sie uns nicht den Befehl, ein Floß zu zimmern, Euer Gnaden? Holz gibt es doch genug?«

»Nein, Wilson«, erwiderte Glenarvan, »dieser Snowy ist kein gewöhnlicher Fluß. Er ist ein reißender Strom, den wir nicht überqueren können.«

In diesem Augenblick gesellten sich John Mangles,

der Major und Paganel zu Glenarvan. Sie hatten den Snowy untersucht. Infolge der letzten Regengüsse war der Fluß noch um einen Fuß weiter über seine Ufer getreten. Die Wasser hatten eine reißende Strömung, ähnlich den Stromschnellen in Amerika. Es war unmöglich, sich in diese vom Regen angeschwollenen, brüllenden Fluten mit ihren unzähligen Stromschnellen zu wagen.

John Mangles hielt ein Überqueren des Stromes für ausgeschlossen.

Er fügte jedoch hinzu: »Wir sollten dennoch nichts unversucht lassen. Was wir vor Ayrtons Verrat vorhatten, das auszuführen ist jetzt noch dringlicher.«

»Was wollen Sie damit sagen, John?« fragte Glenarvan.

»Ich will damit sagen, daß uns Hilfe dringend nottut, und da wir nicht zur Twofold-Bucht gelangen können, müssen wir nach Melbourne reiten. Es bleibt uns ein Pferd. Wenn Euer Gnaden es mir zur Verfügung stellen wollen, werde ich mich nach Melbourne auf den Weg machen.«

»Das ist ein gefährlicher Versuch, John«, sagte Glenarvan. »Gar nicht zu reden von den Gefahren einer Reise von zweihundert Meilen durch ein unbekanntes Gebiet, werden die Pfade und die Straßen jetzt zweifellos von Ben Joyces Komplicen bewacht.«

»Das weiß ich, Mylord, aber ich weiß auch, daß wir aus der augenblicklichen Lage herauskommen müssen. Ayrton hat sich nur acht Tage Zeit ausbedungen, um die Leute von der *Duncan* hierher zu bringen. Ich benötige nur sechs Tage. – Nun, was befehlen Euer Gnaden?«

»Ehe Glenarvan etwas dazu sagt, muß ich eine Bemerkung machen. Daß nach Melbourne geritten wird, ist richtig, aber John Mangles kommt dafür nicht in Frage. Er ist der Kapitän der *Duncan* und darf sich keiner Gefahr aussetzen. Ich werde an seiner Stelle reiten«, sagte Paganel.

»Gut gesprochen«, erwiderte der Major, »aber weshalb sollen Sie es sein, Paganel?«

»Sind wir nicht auch noch da?« riefen Mulrady und Wilson.

»Glauben Sie etwa, daß ich mich vor einem Zweihundertmeilenritt scheue?« warf MacNabbs dazwischen.

»Liebe Freunde«, sagte Glenarvan, »wenn einer von uns nach Melbourne reiten muß, soll das Los entscheiden. Paganel, schreiben Sie die Namen aus . . .«

»Aber nicht Ihren Namen, Mylord . . .«, sagte John Mangles.

»Und weshalb nicht?« fragte Glenarvan.

»Sie sollten sich nicht von Lady Helena trennen; Ihre Wunde ist noch nicht verheilt.«

»Glenarvan, Sie dürfen die Reisegesellschaft nicht verlassen«, erklärte Paganel.

»Nein«, versetzte der Major. »Ihr Platz ist hier, Edward. Sie dürfen nicht fort.«

»Es gilt, Gefahren zu bestehen. Ich werde meinen Anteil daran keinem anderen überlassen. Schreiben Sie, Paganel, und fügen Sie meinen Namen zu den übrigen. Gebe der Himmel, daß er als erster gezogen werde.«

Alle beugten sich seinem Willen, und Paganel schrieb auch Glenarvans Namen auf einen Zettel. Die Lose wurden gezogen. Das Schicksal bestimmte Mulrady für den Ritt. Der tapfere Matrose begrüßte die Entscheidung mit einem freudigen »Hurra!«.

»Mylord, ich bin bereit, aufzubrechen«, sagte er.

Glenarvan drückte Mulrady die Hand. Dann wandte er sich wieder dem Karren zu und überließ dem Major und John Mangles die Bewachung des Lagers.

Man teilte Lady Helena sogleich mit, daß beschlossen worden sei, einen Boten nach Melbourne zu entsenden, und daß das Los auf Mulrady gefallen sei. Sie fand warme Worte der Anerkennung für den treuen Matrosen. Er war für seinen Mut, seine Intelligenz, seine jeder Müdigkeit trotzende Widerstandskraft bekannt. Das Los hätte wahrhaftig nicht günstiger fallen können.

Mulrady sollte sich also um acht Uhr, bei einbrechender Dunkelheit, auf den Weg machen. Wilson übernahm es, das Pferd für den Ritt vorzubereiten. Dabei hatte er den Einfall, das verräterische Hufeisen am linken Fuß mit dem eines der verendeten Pferde auszuwechseln. Die Sträflinge konnten so weder Mulradys Hufspuren entdecken noch ihm folgen, da sie nicht beritten waren.

Während Wilson sich um diese Dinge kümmerte, bereitete Glenarvan den für Tom Austin bestimmten Brief vor. Sein verwundeter Arm war ihm jedoch beim Schreiben hinderlich, und so bat er Paganel, den Brief für ihn zu schreiben. Der Gelehrte, der von einer fixen Idee besessen schien, merkte kaum, was um ihn her vorging. Es muß gesagt werden, daß Paganel während dieser ganzen Zeit nur an das falsch ausgelegte Dokument dachte. Er drehte die Worte hin und her, um ihnen einen neuen Sinn abzugewinnen, und versank immer mehr in einen Abgrund von Zweifel und Ungewißheit.

Daher hörte er auch Glenarvans Bitte nicht, und der Lord mußte sie wiederholen.

»Ja, gewiß, sehr schön, ich bin bereit«, erwiderte Paganel.

Und im Sprechen nahm er mechanisch seinen Schreibblock zur Hand, riß eine leere Seite heraus, nahm einen Bleistift und machte sich ans Schreiben. Glenarvan begann, ihm folgende Anweisungen zu diktieren.

»Befehl an Tom Austin, unverzüglich in See zu stechen und die *Duncan* ...«

Paganel hatte eben das letzte Wort geschrieben, als sein Blick zufällig auf die Nummer der ›*Australian-and New-Zealand-Gazette*‹ fiel, die zusammengefaltet am Boden lag. Nur die zwei letzten Silben des Wortes *Zealand* waren zu lesen. Paganel hielt im Schreiben inne und schien Glenarvan und das Diktat gänzlich vergessen zu haben.

»Was ist, Paganel?« fragte Glenarvan.

»Ach!« rief der Gelehrte.

»Was haben Sie?« fragte der Major.

»Nichts, nichts«, erwiderte Paganel hastig.

Aber leiser wiederholte er: *»aland! aland! aland!«*

Er war aufgesprungen, hatte die Zeitung ergriffen, schwenkte sie und mühte sich, die Worte zurückzudrängen, die ihm auf die Lippen kamen.

Lady Helena, Mary, Robert Grant, Glenarvan, alle blickten ihn verständnislos an; sie begriffen seine Erregung nicht.

Paganel machte den Eindruck eines Menschen, der plötzlich verrückt geworden ist. Doch diese nervöse Erregung hielt nicht lange an. Langsam beruhigte er sich. Die Freude in seinem Blick erlosch. Er nahm seinen Platz wieder ein und sagte mit ruhiger Stimme: »Ich stehe zu Diensten, Mylord, wenn Sie es wünschen.«

Glenarvan fuhr fort, seinen Brief zu diktieren, der folgendermaßen lautete:

»Befehl an Tom Austin, unverzüglich in See zu stechen und die *Duncan* nach der Ostküste Australiens unter den 37. Breitengrad zu bringen.«

»Australiens?« fragte Paganel. »Ach ja, Australiens.«

Dann reichte er das Schreiben Glenarvan zur Unterschrift, der, durch seine Verwundung behindert, so gut es ging, diese Formalität erfüllte. Der Brief wurde verschlossen und versiegelt. Paganels Hand zitterte noch, als er die folgende Adresse niederschrieb:

Tom Austin
Zweiter Offizier auf der Jacht *Duncan*
Melbourne

Dann verließ er gestikulierend den Karren und murmelte die unverständlichen Worte vor sich hin: *»Aland! Aland! Zealand!«*

XXI. KAPITEL

## VIER ANGSTVOLLE TAGE

Der Rest des Tages verging ohne weitere Zwischenfälle. Die Vorbereitungen für Mulradys Aufbruch wurden beendet. Der wackere Matrose war glücklich, Lord Glenarvan seine Ergebenheit beweisen zu können.

Paganel hatte seine Kaltblütigkeit zurückgewonnen und benahm sich wie gewöhnlich. Wohl verriet sein Blick eine starke Zerstreutheit, doch schien er entschlossen, seine Überlegungen für sich zu behalten. Offenbar hatte er triftige Gründe, das zu tun; denn der Major hörte ihn ständig vor sich hinmurmeln: »Nein, nein, sie werden es mir nicht glauben. Und was sollte es auch nutzen? Es ist zu spät.«

Nachdem er diesen Entschluß gefaßt hatte, gab er Mulrady die nötigen Anweisungen. An Hand der Landkarte bezeichnete er ihm den Reiseweg nach Melbourne. Alle ›Tracks‹, das heißt alle durch die Prärie führenden Pfade, mündeten in die Straße von Lucknow. Diese Straße, die zuerst bis zur Küste nach Süden führte, bog dann scharf nach Melbourne ab. Der Matrose mußte ihr ständig folgen und durfte nicht versuchen, durch wenig bekanntes Gebiet zu reiten, um den Weg abzuschneiden. Es gab also nichts Einfacheres, und Mulrady konnte nicht in die Irre reiten.

Gefährlich war der Ritt in der Umgebung des Lagers, wo Ben Joyce mit seiner Bande im Hinterhalt liegen mußte. Hatte Mulrady diese Gefahrenzone passiert, so konnte ihm nichts mehr geschehen. Mulrady war überzeugt, daß er sehr bald aus dem Bereich der Sträflinge gelangen und seinen wichtigen Auftrag zu einem guten Ende führen würde.

Um sechs Uhr wurde das Abendessen gemeinsam eingenommen. Ein sturzbachartiger Regen fiel vom Himmel. Da das Zelt keinen ausreichenden Schutz bot, hatten sich alle im Karren versammelt, wo sie einen sicheren Unterschlupf fanden. In dem getrockneten Morast saß der Wagen so fest wie ein Fort in seinem Fundament. Das Waffenarsenal bestand aus sieben Karabinern und sieben Revolvern und ermöglichte es den Insassen, eine längere Belagerung auszuhalten; denn es mangelte außerdem weder an Munition noch an Lebensmitteln. Hinzu kam, daß, ehe sechs Tage vergangen sein würden, die *Duncan* in der Twofold-Bucht einlaufen und schon vierundzwanzig Stunden später die Mannschaft der Jacht am anderen Ufer des Snowys eintreffen könnte. Sollte zu diesem Zeitpunkt die Überquerung des Flusses noch nicht möglich sein, würden sich die Sträflinge immerhin genötigt sehen, sich vor der verstärkten Streitmacht zurückzuziehen. Doch vor allem mußte Mulradys gefährliches Unternehmen glücken.

Um acht Uhr wurde es stockfinster. Das war der rechte Augenblick für Mulrady, um aufzubrechen. Die Hufe des für ihn bestimmten Pferdes hatte man mit Lappen umwickelt, damit sie nicht das leiseste Geräusch verursachten. Das Tier machte einen ermatteten Eindruck. Und doch hing das Wohl aller von der Sicherheit und Kraft seiner Beine ab. Der Major riet, das Pferd zu schonen, sobald er den Bereich der Sträflinge verlassen hatte. Lieber sollte er einen halben Tag später, dafür aber ungefährdet in Melbourne anlangen.

John Mangles übergab seinem Matrosen einen Revolver, den er kurz zuvor auf das sorgfältigste geladen hatte. Die Waffe war furchtbar in der Hand eines sicheren Schützen; denn es war möglich, in wenigen Sekunden sechs Schüsse abzugeben, die mit Leichtigkeit einen von Banditen versperrten Weg frei machen konnten.

Mulrady bestieg das Pferd.

»Hier hast du den Brief, den du Austin übergeben

sollst«, sagte Glenarvan. »Er soll auch nicht eine Stunde säumen, sondern sofort nach der Twofold-Bucht auslaufen; wenn er uns dort noch nicht vorfindet, weil wir den Snowy nicht überqueren konnten, soll er unverzüglich hierher kommen. Nun geh mit Gott, mein tapferer Matrose!«

Glenarvan, Lady Helena und Mary Grant, alle schüttelten Mulrady die Hand. Dieser Aufbruch in einer dunklen Regennacht auf einer von Gefahren umlauerten Straße zum Ritt durch ein riesiges unerforschtes Gebiet hätte ein weniger tapferes Herz erbeben lassen.

»Auf Wiedersehen, Mylord«, sagte er mit fester Stimme und ritt bald auf einem Pfad, der sich am Waldrand hinschlängelte.

In diesem Augenblick wurde der böige Wind heftiger, der in den oberen Ästen der Eukalyptusbäume ein dumpf knarrendes Geräusch verursachte. Das Herabfallen dürrer Zweige auf das nasse Erdreich war zu hören. Mehr als einer der Baumriesen, die – obgleich abgestorben – bisher noch aufrecht gestanden hatten, wurde von diesem heftigen Unwetter gefällt. Der Westwind heulte in das Krachen der dürren Äste hinein und vermischte seine unheimliche Klage mit dem Brüllen des aufgewühlten Snowyflusses. Die dichten Wolken, die er vor sich herjagte, streiften in Nebelfetzen den Erdboden. Eine grausige Finsternis vermehrte noch die nächtlichen Schrecken.

Nach Mulradys Abschied verkrochen sich die Reisenden in dem Karren. Lady Helena und Mary Grant, Glenarvan und Paganel befanden sich in dem vorderen, vollständig abgeschlossenen Abteil. Im zweiten hatten Olbinett, Wilson und Robert ausreichenden

Platz gefunden. Der Major und John Mangles hielten draußen Wache. Das war eine unbedingt gebotene Vorsicht; denn ein Angriff war jetzt für die Sträflinge nicht schwierig, und es mußte durchaus damit gerechnet werden.

Deshalb versahen die treuen Wächter ihren Dienst mit großer Gewissenhaftigkeit und ertrugen mit Gleichmut die Windstöße, die ihnen den Regen ins Gesicht peitschten. Sie versuchten mit ihren Blicken die Finsternis zu durchdringen; denn in diesem Sturm, diesem Heulen des Windes, dem Knarren der dürren Äste, dem Krachen der stürzenden Baumriesen und dem Tosen des entfesselten Stromes gingen alle anderen Geräusche unter.

Einige kurze Augenblicke der Beruhigung unterbrachen zuweilen das Toben. Der Wind legte sich, wie um zu verschnaufen. Nur das klagende Geräusch des Flusses zwischen dem unbeweglichen Schilfrohr und dem schwarzen Vorhang der Gummibäume war zu hören. In diesen kurzen Ruhepausen schien die Stille noch tiefer. John Mangles und der Major lauschten dann angespannt in die Nacht hinaus.

In einer Sturmpause drang ein gellender Pfiff an ihr Ohr.

John Mangles trat rasch auf den Major zu.

»Haben Sie das gehört?« fragte er.

»Ja«, sagte MacNabbs. »Das war entweder ein Mensch oder ein Tier.«

»Es war ein Mensch«, erwiderte John Mangles.

Beide lauschten. Der unerklärliche Pfiff wiederholte sich, und gleich darauf war ein Geräusch zu hören, das wie eine Detonation klang; doch es drang nur undeutlich an ihr Ohr, denn gleichzeitig hatte der Sturm mit erneuter Wucht eingesetzt. MacNabbs und John Mangles konnten ihre eigenen Worte nicht mehr verstehen. Sie stellten sich in den Windschutz des Karrens.

In diesem Augenblick wurde der Ledervorhang hochgehoben, und Lord Glenarvan gesellte sich zu seinen beiden Gefährten. Er hatte genau wie sie den unheimlichen Pfiff und die Detonation gehört, deren Widerhall von der Wagenplane zurückgeworfen worden war.

»Aus welcher Richtung kam das?«

»Von dort«, sagte John und wies auf den dunklen Pfad, auf dem sich Mulrady entfernt hatte.

»Und in welcher Entfernung?«

»Der Wind hat den Schall hergetragen«, antwortete John Mangles. »Es mag in einer Entfernung von etwa drei Meilen gewesen sein.«

»Wir wollen hingehen und nachschauen«, sagte Glenarvan und schulterte das Gewehr.

»Das sollten wir lieber nicht tun«, meinte der Major. »Es kann eine Finte gewesen sein, um uns von dem Karren wegzulocken.«

»Und wenn Mulrady den Kugeln dieser Schurken zum Opfer gefallen ist?« versetzte Glenarvan und griff nach der Hand des Majors.

»Das werden wir morgen wissen«, erwiderte MacNabbs gelassen. Er war fest entschlossen, Glenarvan daran zu hindern, in dieser Lage eine Unbesonnenheit zu begehen.

»Sie können das Lager nicht verlassen, Mylord«, sagte John. »Ich werde allein hingehen.«

»Nein, Sie ebensowenig wie Glenarvan«, beharrte MacNabbs. »Wollen Sie denn, daß wir einzeln umgebracht, daß unsere Kräfte zersplittert und wir der Gnade oder Ungnade dieser Schurken wehrlos ausgeliefert werden?! Sollte Mulrady ihnen zum Opfer gefallen sein, so ist das ein Unglück, das sich nicht wiederholen darf. Das Los fiel auf Mulrady. Wäre das Los auf mich gefallen, so wäre ich genau wie er aufgebrochen, hätte aber nicht erwartet, daß mir jemand zu Hilfe kommt.«

Der Major hatte recht, als er Glenarvan und John Mangles zurückhielt. Es wäre unsinnig und zwecklos gewesen, in dieser finsteren Nacht, angesichts der irgendwo im Gesträuch lauernden Banditen, zu dem Matrosen zu eilen. Die kleine Reisegesellschaft verfügte nicht mehr über so viele Männer, als daß sie es hätte wagen können, auch nur einen zu opfern.

Glenarvan schien sich jedoch dieser besseren Einsicht nicht fügen zu wollen. Er umklammerte mit zitternden Händen seinen Karabiner und lief erregt um den Karren. Beim leisesten Geräusch lauschte er in die Nacht hinaus und versuchte, mit den Blicken die unheimliche Finsternis zu durchdringen. Der Gedanke, ein tödlicher Schuß könnte einen der Seinen getroffen haben oder Mulrady könnte verwundet daliegen und vergebens die um Hilfe anrufen, für die er sich geopfert hatte, war qualvoll für ihn. MacNabbs wußte nicht, ob es ihm gelingen würde, Glenarvan zurückzuhalten, wenn sein Herz ihn dazu trieb, sich den Kugeln des Verbrechers Ben Joyce auszuliefern.

»Edward«, bat er, »beruhigen Sie sich. Hören Sie auf den Rat eines Freundes. Denken Sie an Lady Helena, an Mary Grant und an alle, die übriggeblieben sind. Wohin wollen Sie übrigens gehen? Wo wollen Sie Mulrady finden? Er wurde etwa drei Meilen von hier angegriffen. Aber auf welchem Wege? Wie wollen Sie dorthin kommen?«

In diesem Augenblick ließ sich, wie als Antwort auf die Fragen des Majors, ein verzweifelter Hilferuf vernehmen.

»Haben Sie gehört?« fragte Glenarvan.

Dieser Schrei kam deutlich aus der Richtung, in welcher der Schuß gefallen war. Glenarvan schob MacNabbs zur Seite und war bereits auf dem Pfad, als in dreihundert Schritt Entfernung von dem Karren erneut der Ruf ertönte:

»Zu Hilfe! Zu Hilfe!«

Es war eine klägliche, verzweifelte Stimme. John Mangles und der Major stürzten vorwärts.

Wenige Augenblicke später erblickten sie, zwischen den Bäumen vorwärts kriechend, eine menschliche Gestalt, die jammervolle Klagelaute ausstieß.

Mulrady war verwundet; er schien dem Tode nahe zu sein. Als sie ihn aufhoben, spürten sie, wie Blut ihre Hände näßte.

Der Regen floß stärker, und der Sturm wütete in den dürren Ästen der toten Bäume. Umtost von den Sturmböen, trugen Glenarvan, der Major und John Mangles den verwundeten Mulrady zum Karren.

Ihre Ankunft setzte alle in Bewegung. Paganel, Robert, Wilson und Olbinett stiegen von dem Fuhrwerk. Lady Helena räumte ihr Lager für den armen Mulrady. Der Major zog dem Matrosen die von Blut und Regen triefende Jacke vom Leibe. Er stellte fest, daß die Wunde des Unglücklichen von einem Dolchstoß in die rechte Seite herrührte.

MacNabbs legte mit geschickten Händen einen Verband an. Ob es eine lebensgefährliche Verwundung war, konnte er nicht feststellen. Ein dunkelroter Blutstrom ergoß sich aus der Wunde. Doch das bleiche Aussehen und die große Schwäche des Verwundeten bewiesen, daß es schlimm um ihn stand. Auf die Einstichstelle der Wunde, die er zuvor mit frischem Wasser gewaschen hatte, legte der Major einen dicken

Tupfer aus Zunder sowie Bäuschchen aus sauberer Leinwand, die durch einen Verband festgehalten wurden. Es gelang ihm, die Blutung zu stillen. Mulrady wurde so gelegt, daß Kopf und Brust erhöht waren, die Seite mit der Verletzung nach oben. Lady Helena gab ihm einige Schluck Wasser zu trinken.

Nach Ablauf einer Viertelstunde regte sich der Verwundete, der bis dahin ganz still gelegen hatte. Er öffnete die Augen und bewegte die Lippen, ununterbrochen etwas vor sich hinmurmelnd. MacNabbs beugte sich über ihn und hörte die Worte:

»Mylord . . . der Brief . . . Ben Joyce.«

Der Major wiederholte diese Worte und blickte dabei seine Gefährten an. Was wollte Mulrady sagen? Ben Joyce hatte den Matrosen überfallen. Aber weshalb? War das nicht nur geschehen, um ihn zurückzuhalten und ihn daran zu hindern, zur *Duncan* zu gelangen? Dieser Brief . . .

Glenarvan durchsuchte Mulradys Taschen. Der Brief an Tom Austin war nicht mehr vorhanden.

Die Nacht verging unter Besorgnissen und Ängsten. Man befürchtete, der Verwundete würde jeden Augenblick sterben, da heftiges Fieber ihn verzehrte. Lady Helena und Mary Grant betreuten ihn wie zwei barmherzige Schwestern und wichen nicht von seiner Seite. Noch nie wurde ein Kranker von mitfühlenden Händen so gut versorgt.

Als es tagte, hatte der Regen nachgelassen; aber hoch am Himmel wälzte sich noch dichtes Gewölk. Zerbrochene dürre Äste bedeckten den Erdboden. Der von den heftigen Regengüssen aufgeweichte Morast hatte weiter nachgegeben, so daß es schwierig geworden war, zu dem Karren zu gelangen, doch tiefer einsinken konnte er nicht.

John Mangles, Paganel und Glenarvan untersuchten bei Tagesanbruch die Umgebung des Lagers. Der vom Blute gerötete Pfad wurde abgesucht, aber keine Spur von Ben Joyce und seiner Bande entdeckt. Die drei drangen bis zu der Stelle vor, wo der Angriff stattgefunden hatte. Dort fanden sie zwei tote Banditen, die offenbar von Mulradys Kugeln niedergestreckt worden waren. Der eine war der angebliche Hufschmied von Black-Point. Sein im Tode verzerrtes Gesicht war grauenhaft anzusehen.

Glenarvan forschte nun nicht länger, da die Vorsicht ihm verbot, sich noch weiter vom Lager zu entfernen. Er kehrte sehr bedrückt zum Karren zurück.

»Es ist nicht daran zu denken, noch einen Boten nach Melbourne zu entsenden«, sagte er.

»Dennoch ist es unerläßlich, Mylord«, erklärte John Mangles, »und ich werde versuchen, dort durchzukommen, wo mein Matrose keinen Erfolg gehabt hat.«

»Nein, nein, John, Sie haben nicht einmal ein Pferd, das Sie tragen könnte.«

Tatsächlich war ihr letztes Pferd, das Mulrady getragen hatte, nicht zurückgekehrt. War es den Schüssen der Verbrecher zum Opfer gefallen? Konnte es sich in der Einöde verirrt haben? Oder hatten die Sträflinge sich seiner bemächtigt?

»Was auch kommen mag«, sagte Glenarvan, »wir werden uns nicht mehr trennen. Warten wir acht, ja selbst vierzehn Tage ab, bis der überschwemmte Snowy gefallen und in sein normales Bett zurückgekehrt sein wird. Dann werden wir in kleinen Etappen bis zur Twofold-Bucht vorstoßen und von dort der *Duncan* auf einem zuverlässigeren Wege die Botschaft zukommen lassen, zur Küste zu steuern.«

»Das ist der einzige Entschluß, den wir fassen können«, sagte Paganel.

»Also, liebe Freunde«, nahm Glenarvan das Wort, »keine Trennung mehr. Ein einzelner befindet sich in dieser von Banditen verseuchten Einöde in zu großer

Gefahr. Und jetzt möge Gott unseren armen Matrosen erretten und uns beistehen!«

Glenarvan hatte in doppelter Hinsicht recht. Erstens darin, daß er jede vereinzelte Aktion untersagte, und zweitens, indem er vorschlug, geduldig abzuwarten, bis eine Überquerung des Flusses möglich wurde. Kaum fünfunddreißig Meilen trennten die Reisenden von Delegeta, dem ersten Ort an der Grenze von Neusüdwales, wo sie Transportmittel für die Reise nach der Twofold-Bucht finden würden. Von dort aus konnte der Lord seine Anweisungen der *Duncan* telegraphisch nach Melbourne übermitteln.

Diese Maßnahmen waren weise, aber zu spät getroffen worden. Hätte Glenarvan Mulrady nicht auf die Straße von Lucknow entsandt, so wäre ihnen, abgesehen von dem Mordversuch an dem Matrosen, viel Unbill erspart geblieben.

Als Glenarvan zum Lager zurückkehrte, fand er die Seinen weniger bedrückt; sie schienen neue Hoffnung geschöpft zu haben.

»Es geht ihm besser. Es geht ihm besser!« rief Robert, der Lord Glenarvan entgegenstürzte.

»Mulrady?«

»Ja, Edward«, erwiderte Lady Helena. »Es ist eine Besserung eingetreten. Der Major ist zuversichtlicher. Unser Matrose wird am Leben bleiben.«

»Wo ist MacNabbs?« fragte Glenarvan.

»Er ist bei ihm. Mulrady wollte ihn sprechen. Man darf sie nicht stören.«

Tatsächlich war der Verwundete seit einer halben Stunde aus seiner Betäubung erwacht, und das Fieber war gefallen. Mulradys erster Gedanke, als er wieder zur Besinnung kam, war, nach dem Major zu fragen.

MacNabbs wollte ihm, da er noch so schwach war, jedes Sprechen untersagen; doch Mulrady beharrte so hartnäckig auf seinem Willen, daß der Major nachgeben mußte.

Nun dauerte die Unterredung schon einige Minuten, als Glenarvan zurückkam. Es blieb nichts übrig, als den Bericht von MacNabbs abzuwarten.

Bald bewegten sich die Vorhänge des Karrens, und der Major erschien; er gesellte sich wieder zu seinen Freunden am Fuße des Gummibaumes, wo das Zelt gestanden hatte. Sein Gesicht, das sonst so unbeteiligt wirkte, verriet ernste Besorgnis. Als seine Blicke auf Lady Helena und das junge Mädchen fielen, waren sie von schmerzlicher Trauer erfüllt.

Glenarvan befragte ihn, und im wesentlichen hatte der Major folgendes in Erfahrung bringen können:

Nachdem Mulrady das Lager verlassen hatte, war er einem der von Paganel bezeichneten Pfade gefolgt; er hatte sich beeilt, so sehr es die finstere Nacht zuließ. Seiner Berechnung nach mochte er etwa zwei Meilen zurückgelegt haben, als mehrere Männer – er glaubte, es waren fünf gewesen – ihm in die Zügel gefallen waren. Das Pferd hatte sich aufgebäumt. Mulrady hatte seinen Revolver gezogen und gefeuert. Er meinte, zwei seiner Angreifer fallen zu sehen. Beim Aufblitzen der Schüsse hatte er Ben Joyce erkannt. Doch das war alles. Er hatte nicht Zeit gehabt, alle Schüsse abzugeben. Ein heftiger Stoß hatte ihn an der rechten Seite getroffen, und er war vom Pferd gestürzt.

Er hatte aber das Bewußtsein noch nicht völlig verloren. Die Banditen hatten geglaubt, er wäre tot. Er hatte gemerkt, wie man seine Taschen durchsuchte, und gehört, wie einer der Sträflinge sagte: »Ich habe den

Brief.« – »Gib her«, hatte Ben Joyce geantwortet. »Nun gehört uns die *Duncan*.«

An dieser Stelle des Berichts konnte Glenarvan einen Aufschrei nicht unterdrücken.

MacNabbs fuhr in seinem Bericht fort.

»Fangt das Pferd ein!« hatte Ben Joyce geschrien. »In zwei Tagen bin ich an Bord der *Duncan*, in sechs weiteren in der Twofold-Bucht. Dort ist das Stelldichein. Lord Glenarvans Reisegesellschaft wird dann am Snowy noch im Sumpf stecken. Setzt bei der Kemple-Pier-Brücke über den Fluß und begebt euch zur Küste! Ich werde schon eine Möglichkeit finden, euch an Bord zu bringen. Wenn wir erst einmal auf offener See sind, werden wir mit einem Schiff wie der *Duncan* den Indischen Ozean beherrschen.« – »Ein Hurra für Ben Joyce«, hatten die Sträflinge gerufen. Mulradys Pferd war gebracht worden und Ben Joyce bald darauf im Galopp auf der Straße von Lucknow verschwunden, während die übrigen Banditen sich in südöstlicher Richtung zum Snowyfluß begeben hatten. Obgleich Mulrady schwer verwundet worden war, hatte er doch noch die Kraft gefunden, sich auf dreihundert Schritt an das Lager heranzuschleppen, wo sie ihn dem Tode nah aufgelesen hatten. »Das ist Mulradys Geschichte«, sagte MacNabbs. »Jetzt begreift ihr, weshalb der tapfere Matrose darauf bestanden hat, zu sprechen.«

Glenarvan und die Seinen waren über diese Enthüllungen entsetzt.

»Piraten! Piraten!« rief Glenarvan. »Meine Besatzung werden sie niedermetzeln! Meine *Duncan* wird in die Hände von Banditen fallen!«

»Das ist anzunehmen; denn Ben Joyce wird das Schiff mit einem Handstreich nehmen«, erwiderte der Major, »und dann . . .«

»Nun gut, dann müssen wir eben die Küste vor diesen Schurken erreichen«, sagte Paganel.

»Wie sollen wir aber über den Snowyfluß gelangen?« fragte Wilson.

»Auf demselben Wege wie die Banditen«, erwiderte Glenarvan. »Sie wollen den Fluß am Kemple-Pier überschreiten, das werden wir auch tun.«

»Was wird aber aus Mulrady?« fragte Lady Helena besorgt.

»Wir werden ihn abwechselnd tragen. Kann ich denn meine Mannschaft der Bande von Ben Joyce ausliefern?«

Der Einfall, den Snowy bei der Kemple-Pier-Brücke zu passieren, ließ sich verwirklichen, war aber gefährlich. Die Sträflinge konnten sich an dieser Brücke in den Hinterhalt legen und sie verteidigen. Dann würden mindestens dreißig Mann gegen sieben stehen. Es gibt aber Augenblicke, in denen jede Berechnung dem sofortigen Handeln weichen muß.

»Mylord«, bemerkte daraufhin John Mangles, »ehe wir unsere letzte Chance wahrnehmen, ehe wir uns zu dieser Brücke begeben, wäre es vorsichtiger, zu erkunden, was dort vor sich geht. Ich werde das übernehmen.«

»Ich werde Sie begleiten, John«, erwiderte Paganel.

Nachdem dieser Vorschlag angenommen worden war, machten sich John Mangles und Paganel bereit, sofort aufzubrechen. Sie sollten an den Ufern des Snowys entlang bis zu der Stelle ziehen, wo sich die von Ben Joyce angegebene Brücke befand. Vor allem aber sollten sie sich den Blicken der Sträflinge entziehen, die sicherlich noch an den Ufern des Snowys umherstreiften.

Die beiden tapferen Gefährten brachen wohlbewaffnet und mit Lebensmitteln versorgt auf. Bald waren sie im hohen Schilf am Ufer verschwunden.

Während des ganzen Tages wurden sie erwartet,

waren am Abend jedoch noch nicht zurückgekehrt, was die Besorgnis der Zurückgebliebenen steigerte.

Endlich, gegen elf Uhr, kündete Wilson ihr Nahen an. Paganel und John Mangles waren von diesem Zehnmeilenmarsch völlig erschöpft.

»Die Brücke – gibt es diese Brücke?« wollte Glenarvan wissen, der ihnen entgegengestürzt war.

»Ja, es gibt einen geflochtenen Steg aus Lianen. Die Sträflinge haben ihn tatsächlich passiert. Aber . . .«

»Aber . . .«, fragte Glenarvan, der neues Mißgeschick ahnte.

»Sie haben den Steg, nachdem sie ihn überschritten, in Brand gesteckt«, erklärte Paganel.

XXII. KAPITEL

## EDEN

Doch es war nicht Zeit zur Verzweiflung, es mußte gehandelt werden. Da die Kemple-Pier-Brücke zerstört war, mußte der Snowy um jeden Preis überquert und Ben Joyce und seine Bande eingeholt werden. Man verlor keine Zeit mit müßigem Gerede, und am nächsten Tag, am 16. Januar, gingen John Mangles und Glenarvan zum Fluß, um eine Übergangsstelle zu suchen.

Das vom Regen angeschwollene tobende Hochwasser war noch nicht gefallen. Die Strudel waren noch reißend und von unbeschreiblicher Gewalt. Wer sich dort hineinwagte, mußte mit dem Tode rechnen. Glenarvan blieb gesenkten Kopfes stehen.

»Wollen Sie, daß ich versuche, das andere Ufer schwimmend zu erreichen?« fragte John Mangles.

»Nein, John«, erwiderte Glenarvan und hielt den tapferen jungen Mann fest. »Warten wir!«

Sie kehrten beide zum Lager zurück und verbrachten den Rest des Tages unter größten Sorgen. Wohl zehnmal begab sich Glenarvan zum Ufer des Snowys und sann auf irgendein waghalsiges Mittel zum Überqueren des Flusses. Doch alles war vergeblich. Wäre ein Lavastrom zwischen den Ufern dahingeflossen, er wäre nicht schwerer zu überqueren gewesen.

Während dieser langen müßigen Stunden ließ Lady Helena, von dem Major unterstützt, Mulrady die sorgfältigste Pflege angedeihen. Der Matrose spürte, wie seine Kräfte wiederkehrten. MacNabbs behauptete, es sei kein lebenswichtiges Organ verletzt worden. Doch schon der Blutverlust hatte genügt, den Verwundeten zu schwächen. Nachdem die Wunde sich geschlossen hatte und das Blut gestillt worden war, bedurfte es nur noch der Zeit und der Ruhe zu seiner vollständigen Genesung. Lady Helena hatte darauf bestanden, daß der Verwundete den vorderen Teil des Karrens beziehen sollte, was Mulrady höchst peinlich gewesen war. Er war in erster Linie besorgt, sein Zustand könnte Glenarvans Aufbruch verzögern, und ließ sich deshalb das Versprechen geben, daß er mit Wilson im Lager zurückgelassen würde, sobald der Übergang über den Snowy sich als möglich erweisen sollte.

Unseligerweise war dieser Übergang weder an diesem noch am nächsten Tage, dem 17. Januar, möglich. Diese Verzögerung trieb Glenarvan zur Verzweiflung. Lady Helena und der Major versuchten vergeblich, ihn zu beschwichtigen und zur Geduld zu bringen. Geduld! Wenn in diesem Augenblick Ben Joyce möglicherweise an Bord der Jacht anlangte, wenn die *Duncan* vielleicht mit Volldampf der verhängnisvollen Küste zustrebte und ihr von Stunde zu Stunde näher kam!

Auch John Mangles durchlitt alle Ängste, die Glenarvan gepackt hatten. Um das Hindernis um jeden Preis zu überwinden, konstruierte er nach Art der Australier ein Kanu aus der Rinde des Kautschukbaumes. Die außerordentlich leichten Rindenteile werden durch Holzstreben zusammengehalten und bilden ein recht zerbrechliches Fahrzeug.

Der Kapitän und der Matrose probierten das Kanu am 18. Januar aus. Alles, was Kraft, Geschicklichkeit und Mut bewerkstelligen konnten, geschah. Doch kaum geriet das Boot in die Strömung, als es auch schon kenterte. Beinahe hätten die Insassen ihr voreiliges Experiment mit dem Leben bezahlt. Das Fahrzeug wurde in die Strudel hineingerissen und verschwand. John Mangles und Wilson waren nicht einmal zehn Armlängen auf diesem vom Regen und von der Schneeschmelze angeschwollenen Fluß vorwärts gekommen, der jetzt eine Meile breit war.

Der 19. und der 20. Januar vergingen, ohne daß sich die Lage der Reisenden verändert hatte. Der Major und Glenarvan zogen fünf Meilen flußaufwärts, ohne einen gangbaren Übergang zu finden. Überall die gleiche Heftigkeit, die gleiche reißende Schnelligkeit. Der ganze Südabhang der australischen Alpen ergoß seine Wassermassen in dieses eine Flußbett.

Die Hoffnung aller, die *Duncan* doch noch retten zu können, mußte aufgegeben werden. Bereits sechs Tage waren seit dem Aufbruch von Ben Joyce verflossen. In diesem Augenblick mußte die Jacht schon in den Händen der Sträflinge sein.

Allerdings war zu erwarten, daß dieser Zustand

nicht mehr lange andauern würde. Das zeitweilig einsetzende Hochwasser verläuft sehr rasch, gerade weil es mit solcher Heftigkeit auftritt. Tatsächlich stellte Paganel am Vormittag des 21. fest, daß der Wasserspiegel zu fallen begann. Er teilte Glenarvan seine Beobachtung mit.

»Was soll uns das jetzt noch nützen?« rief Glenarvan. »Es ist zu spät.«

»Das ist kein Grund, unseren Aufenthalt im Lager zu verlängern«, erwiderte der Major.

»Ja, in der Tat«, entgegnete John Mangles. »Vielleicht wird der Übergang morgen schon möglich sein.«

»Und wird das meine unglückliche Mannschaft retten können?«

»Hören Sie mich an, Mylord«, versetzte John Mangles. »Ich kenne Tom Austin. Er wird den Befehl, auszulaufen, so rasch befolgen, wie es ihm möglich ist. Wer sagt uns aber, daß die Havarie des Schiffes repariert war, als Ben Joyce in Melbourne anlangte? Und wenn die Jacht nun nicht gleich auslaufen konnte, wenn es nun doch ein oder zwei Tage Aufschub gegeben hat?«

»Sie haben recht, John«, erwiderte Glenarvan. »Wir müssen die Twofold-Bucht erreichen. Wir sind nur fünfunddreißig Meilen von Delegeta entfernt.«

»Ja«, rief Paganel, »und dort finden wir bestimmt schnelle Transportmittel. Wer weiß, vielleicht treffen wir zeitig genug ein, um ein Unglück zu verhüten!«

»Brechen wir also auf!« rief Glenarvan.

Sofort machten sich John Mangles und Wilson daran, ein größeres Floß zu bauen. Die Erfahrung hatte gelehrt, daß die leichte Baumrinde der reißenden Strömung nicht standhalten konnte. John fällte daher

Gummibäume, die er roh, aber fest zu einem Floß zusammenfügte. Es war eine langwierige Arbeit, und der Tag verstrich, ohne daß sie vollendet werden konnte. Erst am folgenden Mittag wurde das Floß fertiggestellt.

Inzwischen waren die Wasser des Snowys erheblich

gesunken. Der reißende Strom war wieder zum Flußlauf geworden, wenn auch seine Strömung immer noch stark war. John hoffte jedoch, das andere Ufer zu erreichen, wenn es gelang, das Floß in schräger Richtung zur Strömung zu halten.

Gegen halb ein Uhr schaffte man für eine zweitägige Reise so viel Proviant auf das Floß, wie jeder tragen konnte. Der Rest wurde mitsamt dem Karren und dem Zelt zurückgelassen. Mulradys Zustand gestattete es, ihn zu transportieren, seine Genesung machte schnelle Fortschritte.

Um ein Uhr nahm jeder seinen Platz auf dem Floß ein, das mit Tauen am Ufer befestigt worden war. John Mangles hatte steuerbords eine Art Ruder angebracht und Wilson anvertraut, um das Fahrzeug in der Strömung vor dem Abtreiben zu bewahren. Er selbst stand am hinteren Teil des Floßes, er hoffte von dort aus mit einem zweiten grobgezimmerten Ruder das Floß lenken zu können. Lady Helena und Mary Grant hatten in Mulradys Nähe, in der Mitte des Floßes, Platz genommen. Glenarvan, der Major, Paganel, Olbinett und Robert saßen im Kreis um sie herum, bereit, ihnen helfend beizuspringen.

»Ist alles klar, Wilson?« fragte John Mangles seinen Matrosen.

»Ja, Kapitän«, erwiderte Wilson und packte das Ruder mit derbem Griff.

»Achtung. Gegen die Strömung halten!«

John Mangles löste die Taue und stieß das Floß vom Ufer ab. Auf einer Strecke von etwa fünfzehn Klaftern ging alles gut. Wilson verhinderte das Abtreiben. Doch sehr bald geriet das Floß in die Strudel; es drehte sich um die eigene Achse, und weder Wilson noch John Mangles gelang es, das Gefährt in der Richtung zu halten. Trotz ihrer Bemühungen hatte sich das Floß bald gedreht, so daß jedes Hantieren mit den Rudern unmöglich war.

Es galt, sich zu fügen; keine Möglichkeit existierte, diese drehende Bewegung des Floßes abzustellen. Es drehte sich mit schwindelerregender Schnelligkeit und trieb von seinem vorgesehenen Kurs ab. Aufrecht stehend, beobachtete John mit bleichem Gesicht und zusammengebissenen Zähnen die brodelnden Fluten.

Inzwischen waren sie bis in die Mitte des Stromes gelangt. Das Floß befand sich jetzt eine halbe Meile unterhalb der Stelle, an der man es abgestoßen hatte. Hier war die Strömung besonders stark. Dann aber wurden die Strudel schwächer.

John Mangles und Wilson griffen zu ihren Rudern, und es gelang ihnen, das Floß wieder auf einen schrägen Kurs zu bringen. Sie waren kaum noch fünfzig Klafter vom linken Ufer entfernt, als Wilsons Steuer entzweibrach. Das Floß, dem jetzt jeder Halt fehlte, wurde rasch abgetrieben. Auf die Gefahr hin, daß auch sein Ruder barst, wollte John Widerstand leisten, und Wilson half ihm dabei, obgleich seine Hände bluteten.

Endlich gelang ihnen das Manöver, und nach einer halbstündigen Überfahrt stieß das Floß an das steile Ufer. Der Aufprall war heftig, die Stämme wurden auseinandergerissen, die Taue barsten, brodelnd überflutete das Wasser das Floß. Die Reisenden hatten kaum noch Zeit, sich an die in den Fluß hängenden Büsche zu klammern. Sie zogen Mulrady und die beiden Frauen, die ganz durchnäßt waren, zu sich heran. Alle wurden gerettet, aber der größte Teil der mitgenommenen Vorräte und die Waffen, bis auf den Karabiner des Majors, trieben mit den Überresten des Floßes davon.

Der Fluß war bezwungen. Die kleine Schar befand sich, fast ohne Hilfsmittel, fünfunddreißig Meilen von Delegeta entfernt, inmitten einer unbekannten Einöde, an der Grenze der Provinz Victoria, in der man weder Ansiedler noch Squatter, höchstens räuberische und mordende Buschklepper traf.

Die Reisenden beschlossen, unverzüglich aufzubrechen. Mulrady war sich darüber im klaren, daß er den Marsch nur verzögern würde, und so bat er, zurückgelassen zu werden. Er wollte sogar allein zurückbleiben, bis Hilfe aus Delegeta kam.

Glenarvan aber weigerte sich. Er konnte Delegeta nicht vor dem dritten, die Küste nicht vor dem fünften Tag, also nicht vor dem 27. Januar, erreichen. Am 16. Januar mußte die *Duncan* Melbourne verlassen haben. Was bedeuteten also jetzt noch ein paar Stunden Verspätung?

»Nein, mein Freund«, sagte er, »es wird niemand im Stich gelassen. Wir werden eine Tragbahre anfertigen und dich abwechselnd tragen.«

Aus Eukalyptuszweigen wurde eine Tragbahre konstruiert und mit Astwerk zugedeckt, und Mulrady mußte, ob er wollte oder nicht, auf ihr Platz nehmen. Als erster wollte Glenarvan seinen Matrosen tragen; er griff nach dem einen, Wilson nach dem anderen Ende der Bahre, und alle setzten sich in Marsch.

Welch ein schmerzlicher Anblick! Wie traurig endete diese Reise, die so erfreulich begonnen hatte! Jetzt war man nicht mehr auf der Suche nach Harry Grant. Dieser Erdteil, auf dem er sich nicht befand, auf dem er nie gewesen war, drohte denen, die seine Spur verfolgt hatten, zum Verhängnis zu werden. Und wenn auch die wagemutigen Reisenden die australische Küste erreichen würden, fänden sie nicht einmal mehr die *Duncan* vor, um auf ihr heimzukehren.

Dieser erste Tag verging in quälendem Schweigen. Alle zehn Minuten wechselten die Träger ab. Klaglos übernahmen die Gefährten des Matrosen diese mühselige Aufgabe, die durch die große Hitze noch erschwert wurde.

Am Abend, nachdem sie nur fünf Meilen zurückgelegt hatten, wurde unter Gummibäumen Rast gemacht. Das Abendessen war aus den Resten der bei der Flußüberquerung geretteten Lebensmittel zubereitet worden. Jetzt besaßen sie nur noch das Gewehr des Majors.

Es folgte eine schlimme Nacht. Zu allem Überfluß regnete es auch noch, und der Tag schien nicht anbrechen zu wollen. Man brach auf. Der Major fand keine Gelegenheit, in dieser unheimlichen Einöde auch nur einen Schuß auf ein Stück Wild abzufeuern. Diese unheilvolle Gegend war schlimmer als die Wüste, da es hier nicht einmal Tiere gab.

Glücklicherweise entdeckte Robert ein Trappennest, in dem sich ein Dutzend großer Eier befanden, die Olbinett in heißer Asche zubereitete. Die bildeten, neben einigen Portulakblättern, die auf dem Grunde eines Baches wuchsen, am Morgen dieses 23. Januars ihre ganze Mahlzeit.

Der Weg wurde jetzt außerordentlich mühselig. Die sandige Fläche war mit ›Spinifex‹, einer stachligen Grasart, durchsetzt, die in Melbourne den Namen ›Stachelschwein‹ trägt. Sie riß die Kleider in Fetzen und Beine und Füße blutig. Die tapferen Frauen beklagten sich jedoch nicht. Sie hielten mutig aus und gaben ein gutes Beispiel, indem sie den einen oder den anderen mit einem Wort oder Blick ermutigten.

Am Abend rasteten sie am Fuße des Bulla-Bulla-Berges, nahe dem Ufer des Jungallas, eines kleinen Flüßchens. Das Abendessen wäre mager gewesen, hätte MacNabbs nicht schließlich doch noch eine große Ratte, eine *Mus conditor*, erlegt, die als eßbar und schmackhaft gilt. Olbinett briet sie, und das Gericht hätte seinem Ruf alle Ehre gemacht, wenn das Tier an Größe einem Hammel gleichgekommen wäre. Sie mußten jedoch damit vorliebnehmen. Die Knochen wurden bis auf den letzten Rest abgenagt.

Am 24. setzten die Reisenden müde, aber immer noch voller Tatkraft den Weg fort. Nachdem sie den Fuß des Berges umgangen hatten, mußten sie durch endlose Wiesen ziehen, deren Gräser Walfischbärten glichen. Es war ein Gewirr von Stacheln, ein Durcheinander von spitzen Bajonetten, durch das sie sich bald mit der Axt, bald mit dem Feuer einen Weg bahnen mußten.

An diesem Morgen war von einem Frühstück überhaupt nicht die Rede. Es gab nichts Trostloseres als das mit Quarzbrocken übersäte Gebiet. Nicht nur der Hunger, auch der Durst machte sich quälend bemerkbar. Die Gluthitze verdoppelte die grausamen Qualen. Glenarvan und die Seinen legten in der Stunde kaum eine halbe Meile zurück. Wenn der Mangel an Wasser und Nahrungsmitteln bis zum Abend andauerte, würden sie auf ihrem Wege zusammenbrechen, um sich nicht wieder zu erheben.

Doch wenn der Mensch alles entbehrt, wenn er sich

ganz ohne Hilfe weiß, im Augenblick, da er der Qual erliegen zu müssen meint, zeigt sich das Walten der Vorsehung.

Wasser reichte sie ihnen in ›Cephaloten‹, einer Art von Kelchen, die mit einer wohlschmeckenden Flüssigkeit gefüllt waren und an den Zweigen korallenförmiger Sträucher hingen. Alle labten sich daran und spürten, wie ihre Lebensgeister zurückkehrten.

Die Nahrung bestand aus Dingen, welche die Eingeborenen am Leben erhalten, wenn es weder Wild noch Insekten noch Schlangen gibt. Paganel entdeckte im Bett eines Flüßchens eine Pflanze, deren ausgezeichnete Eigenschaften ihm von einem seiner Kollegen aus der Geographischen Gesellschaft häufig beschrieben worden waren.

Es war die Nardupflanze, eine Kryptogame aus der Familie der Wasserlinsen. Es war die gleiche Pflanze, die das Leben der Forscher King und Burke im Inneren des Landes verlängert hatte. Unter den kleeartigen Blättern saßen vertrocknete Sporen. Diese Sporen, etwa linsengroß, wurden zwischen Steinen zermahlen und ergaben eine Art Mehl, aus dem ein derbes Brot hergestellt wird, das die schlimmsten Hungerqualen mildert. Die Pflanzen wuchsen dort in großen Mengen; Olbinett sammelte viele von ihnen und stellte so die Ernährung für mehrere Tage sicher.

Am nächsten Tage, am 25. Januar, konnte Mulrady einen Teil des Weges bereits zu Fuß zurücklegen. Seine Wunde war völlig verheilt. Die Stadt Delegeta war nur noch zehn Meilen entfernt, und am Abend lagerten die Reisenden am 149. Längengrad, an der Grenze von Neusüdwales.

Seit einigen Stunden fiel ein feiner, durchdringender

Regen. Die Reisenden wären ohne Obdach geblieben, hätte John Mangles nicht zufällig eine verlassene und zerfallene Holzfällerhütte entdeckt. Es war ein armseliger, aus Zweigen zusammengesetzter und mit Stroh gedeckter Schuppen. Wilson wollte ein Feuer anzünden, um das Nardubrot zubereiten zu können. Er sammelte dürres Holz, das auf der Erde umherlag. Doch als es darum ging, ein Feuer zu entfachen, gelang es nicht. Infolge seines großen Tongehaltes wollte das Holz nicht brennen. Es war das unbrennbare Holz, das Paganel in seiner seltsamen Liste von australischen Produkten erwähnt hatte.

Es galt demnach, ohne Feuer und damit auch ohne Brot auszukommen und in den feuchten Kleidern zu schlafen, während die in den Zweigen hockenden Spottvögel die unglücklichen Reisenden zu verhöhnen schienen.

Doch das Ende der Qualen nahte; es war an der Zeit. Die beiden jungen Frauen machten heldenhafte Anstrengungen, doch ihre Kräfte nahmen von Stunde zu Stunde ab. Sie schleppten sich, sie kamen kaum vorwärts.

Am nächsten Tage brachen sie beim Morgengrauen auf. Um elf Uhr kam Delegeta in Sicht; es liegt in der Grafschaft Wellesley, ungefähr fünfzig Meilen von der Twofold-Bucht entfernt.

Dort wurden schleunigst Transportmittel beschafft. In so großer Nähe der Küste schöpfte Glenarvan neue Hoffnung. Wenn es irgendeine Verzögerung gegeben hatte, war es vielleicht möglich, früher als die Banditen zur Twofold-Bucht zu gelangen. In vierundzwanzig Stunden konnten sie die Bucht erreicht haben.

Mittags verließen die Reisenden nach einer kräftigenden Mahlzeit in einer mit fünf schnellen Pferden bespannten Postkutsche Delegeta.

Die Postillione, die durch die Aussicht auf ein fürstliches Trinkgeld ermuntert waren, brachten den Wagen auf einer guterhaltenen Straße rasch voran. An den Relaisstationen, die sich in Abständen von zehn Meilen befanden, verweilten sie kaum zwei Minuten. Fast schien es, als hätte Glenarvan die Postillione mit seiner verzehrenden Ungeduld angesteckt.

Während des ganzen Tages und während der ganzen Nacht wurden auf diese Weise sechs Meilen in der Stunde zurückgelegt.

Am nächsten Tage kündete bei Sonnenaufgang ein dumpfes Brausen die Nähe des Indischen Ozeans an. Sie mußten die Bucht abfahren, um die Küste am 37. Breitengrad zu erreichen, dort, wo Tom Austin die Ankunft der Reisenden erwarten würde.

Sobald das Meer in Sicht kam, richteten sich die Blicke aller auf die weite Wasserfläche. War durch ein Wunder die *Duncan* dort zu sehen, schaukelte sie dort, wie damals auf der Höhe des Cap Corrientes an der argentinischen Küste?

Es war nichts zu sehen. Himmel und Wasser verschmolzen am Horizont. Kein einziges Segel belebte die weite Wasserfläche.

Doch es blieb noch eine Hoffnung. Vielleicht hatte Tom Austin sich genötigt gesehen, in der Twofold-Bucht den Anker auszuwerfen, da das Meer unruhig und ein Schiff an einem solchen Strande gefährdet war.

»Nach Eden also«, befahl Glenarvan.

Sogleich fuhr die Postkutsche auf der gewundenen Straße weiter, die am Strande der Bucht entlangführte; sie strebte der fünf Meilen entfernt liegenden kleinen Stadt Eden zu.

Die Postillione hielten unfern des Leuchtfeuers an, das die Einfahrt in den Hafen kennzeichnet. Ein paar Schiffe lagen an der Reede vor Anker, doch keines trug den Wimpel des Hauses Malcolm an seiner Mastspitze.

Glenarvan, John Mangles und Paganel stiegen aus und eilten zur Zollstation, um dort die Angestellten zu befragen, welche Schiffe in den letzten Tagen angekommen seien. Seit einer Woche war kein Schiff in die Bucht eingelaufen.

»Sollte Tom Austin Melbourne nicht verlassen haben?« rief Glenarvan, denn wenig genügt, um im menschlichen Herzen die Hoffnung wiederaufleben zu lassen. »Vielleicht sind wir doch noch vor den Banditen eingetroffen.«

John Mangles schüttelte den Kopf. Er kannte Tom Austin. Sein Zweiter Offizier hätte niemals die Ausführung eines Befehles um zehn Tage verzögert.

»Ich will wissen, woran ich bin«, sagte Glenarvan. »Gewißheit ist mir lieber als diese Zweifel.«

Eine Viertelstunde später ging ein Telegramm an den Vorsitzenden der Schiffsmakler in Melbourne ab. Dann ließen sich die Reisenden zum Hotel Victoria bringen.

Um zwei Uhr wurde Glenarvan eine Depesche überbracht. Sie hatte folgenden Wortlaut:

> Lord Glenarvan, Eden,
> Twofold-Bucht
> *Duncan* seit dem 18. dieses Monats ausgelaufen. Bestimmungsort unbekannt.
> J. Andrew, Schiffsmakler.

Lord Glenarvan ließ das Blatt sinken.

Jetzt gab es für ihn keinen Zweifel mehr. Die schottische Jacht befand sich in Ben Joyces Hand und war zu einem Piratenschiff geworden.

So endete die unter so günstigen Umständen begonnene Durchquerung Australiens. Die Spur des Kapitäns Grant und der Schiffbrüchigen schien unwiderruflich verloren zu sein. Dieser Mißerfolg hatte wahrscheinlich der gesamten Besatzung der Jacht das Leben gekostet. Lord Glenarvan gab den Kampf auf. Der mutige Mann, den die aufrührerischen Elemente in den Pampas nicht hatten aufhalten können, war durch die Schlechtigkeit der Menschen auf dem australischen Kontinent besiegt worden.

# DRITTER TEIL

## I. KAPITEL

## DIE *MACQUARIE*

Wenn die Reisenden, die ausgezogen waren, um Kapitän Grant zu suchen, je an einem Wiedersehen verzweifeln mußten, so in diesem Augenblick, in dem ihnen alles auf einmal entglitt. An welchem Punkt des Erdballs sollten sie eine neue Expedition unternehmen? Wie sollten sie neue Länder durchforschen? Die *Duncan* war nicht mehr in ihrem Besitz, und an eine sofortige Heimkehr war gar nicht zu denken. Das Unternehmen dieser hochherzigen Schotten war gescheitert. Mißerfolg! Welch trauriges Wort, ohne Widerhall in einer tapferen Seele! Dennoch mußte Glenarvan unter den Schlägen des Schicksals seine Ohnmacht, dieses Werk der Menschlichkeit zu vollenden, wohl erkennen.

Mary Grant war in dieser Lage tapfer genug, den Namen ihres Vaters nicht mehr zu nennen. Sie unterdrückte ihren Kummer in Gedanken an die tapfere Mannschaft der *Duncan*, die ihr Leben gelassen hatte. Das junge Mädchen stellte sich selbst bescheiden zurück und dachte nur an die Freundin. Mary war es, die Lady Glenarvan tröstete, nachdem sie selber so viel Trost von ihr empfangen hatte. Sie war die erste, die von der Heimkehr nach Schottland sprach. John Mangles bewunderte ihre Festigkeit. Er wollte ein letztes Wort zugunsten des Kapitäns Grant einlegen, doch Mary gebot ihm mit einem Blick Einhalt, und später sagte sie ihm:

»Nein, Herr John, wir wollen jetzt an diejenigen denken, die sich geopfert haben. Lord Glenarvan muß nach Europa zurückkehren.«

»Sie haben recht, Miss Mary«, erwiderte John Mangles, »es muß sein. Die britischen Behörden müssen vom Schicksal der *Duncan* in Kenntnis gesetzt werden. Sie brauchen aber nicht jede Hoffnung zu verlieren. Ehe ich die Nachforschungen, die wir begonnen haben, ganz aufgebe, würde ich sie allein fortsetzen. Ich werde Kapitän Grant auffinden oder bei der Suche umkommen.«

John Mangles meinte es ernst mit diesem Anerbieten. Mary nahm es an und griff nach der Hand des jungen Kapitäns, als wollte sie dieses Versprechen besiegeln, das für John Mangles das Opfer seines Lebens bedeutete, Mary aber zu unerschütterlicher Dankbarkeit verpflichtete.

An diesem Tage wurde endgültig beschlossen, ohne jede Verzögerung nach Melbourne aufzubrechen. Am nächsten Morgen zog John Erkundigungen über die auslaufenden Schiffe ein. Er rechnete mit einem regen Schiffsverkehr zwischen Eden und der Hauptstadt von Victoria.

Seine Erwartungen wurden jedoch enttäuscht, es gab kaum Seeschiffe. Drei oder vier Segler, die in der Twofold-Bucht lagen, stellten die ganze Handelsflotte dar. Nicht eines dieser Schiffe sollte nach Melbourne oder Sydney auslaufen, auch nicht nach Pointe-de-Galle. Nur in einem dieser drei Häfen hätte Glenarvan Schiffe finden können, die nach England ausliefen. Tatsächlich unterhält die *Peninsular Oriental Steam Navigation Company* eine reguläre Handelsschiffahrtslinie zwischen dieser Küste und der Hauptstadt.

Was sollte unter solchen Umständen geschehen? Sollten sie ein Schiff nach England abwarten? Das konnte lange dauern; denn die Twofold-Bucht wurde selten angelaufen. Wieviel Schiffe fuhren auf dem offenen Meer vorüber, ohne jemals hier vor Anker zu gehen!

Nach langen Überlegungen und Erörterungen, als Glenarvan schon beschlossen hatte, Sydney mit einem Küstendampfer zu erreichen, machte Paganel einen unerwarteten Vorschlag.

Der Geograph hatte die Twofold-Bucht aufgesucht und bestätigt gefunden, daß Transportmittel nach Sydney und Melbourne fehlten. Jedoch von den drei an der Reede liegenden Schiffen machte sich das eine bereit, nach Auckland, der Hauptstadt von Te Ika a Maui, der nördlichen Insel von Neuseeland, auszulaufen. Paganel schlug vor, dieses Schiff zu benutzen und damit nach Auckland zu fahren, von wo aus es ein leichtes sein würde, mit einem Schiff der *Navigation Company* nach Europa zu gelangen.

Der Vorschlag wurde ernsthaft erwogen, Paganel versagte sich übrigens die langatmige Beweisführung, die er sonst so sehr schätzte. Er begnügte sich damit, die Tatsache festzustellen, und fügte hinzu, daß die Überfahrt bei günstigem Winde nicht länger als fünf oder sechs Tage dauern werde. Die Entfernung, die Australien von Neuseeland trennt, ist tatsächlich nicht größer als etwa tausend Seemeilen[1].

Ein merkwürdiger Zufall wollte es, daß Auckland ziemlich genau am 37. Breitengrad liegt, dem die Expedition seit der Abreise von der Küste Araukaniens so hartnäckig folgte. Natürlich hätte der Geograph, ohne der Parteilichkeit beschuldigt werden zu

[1] Ungefähr vierhundert Lieues.

können, aus diesem Umstand für seinen Vorschlag Vorteile ziehen können. Es war in der Tat selbstverständlich, die Gelegenheit, die Küsten von Neuseeland aufsuchen zu können, nicht zu versäumen.

Indessen hob Paganel diese Tatsache nicht hervor. Nach zwei aufeinanderfolgenden Fehlschlägen wagte er sich zweifellos nicht an eine dritte Auslegung des Dokuments. Was hätte er damit auch erreichen können? Das Dokument behauptete kategorisch, Kapitän Grant habe auf einem Kontinent und nicht auf einer Insel Zuflucht gesucht. Neuseeland aber war nur eine Insel. Das war entscheidend. Und Paganel knüpfte aus diesem oder einem anderen Grunde an seinen neuen Plan, nach Auckland zu reisen, keinerlei neue, die Suche nach Kapitän Grant betreffende Vorschläge. Er bemerkte nur, es bestünden zwischen Auckland und Großbritannien regelmäßige Schiffahrtsverbindungen, und es wäre leicht, sie in Anspruch zu nehmen.

John Mangles unterstützte Paganels Vorschlag. Da man nicht auf das ungewisse Eintreffen eines Schiffes in der Twofold-Bucht warten konnte, riet er, Paganels Anregungen aufzugreifen. Ehe Weiteres beschlossen würde, hielt er es jedoch für ratsam, das von dem Gelehrten erwähnte Schiff zu besichtigen. Daher mieteten Glenarvan, der Major, Paganel, Robert und er ein Boot, und nach wenigen Ruderschlägen kletterten sie an Bord des zwei Kabellängen vom Kai entfernt vor Anker liegenden Schiffes.

Es handelte sich um eine zweihundertfünfzig Tonnen fassende Brigg mit dem Namen *Macquarie*, die den Verkehr zwischen den verschiedenen australischen Häfen und Neuseeland aufrechterhielt. Der Kapitän oder besser gesagt der ›Boss‹ empfing die Besucher

ziemlich ungnädig. Die Reisenden merkten sogleich, daß sie es mit einem ungebildeten Menschen zu tun hatten, dessen Benehmen sich nur wenig von dem der fünf an Bord befindlichen Matrosen unterschied. Der Mann hatte ein breites rotes Gesicht, grobe Hände, eine plattgedrückte Nase und ein ausgelaufenes Auge. Seine Lippen hatten vom Pfeifenrauchen eine schmutziggelbe Farbe angenommen. Nahm man noch seinen brutalen Gesichtsausdruck dazu, so war dieser Will Halley wirklich eine recht unerfreuliche Erscheinung. Doch es blieb den Reisenden keine Wahl, und auf einer Überfahrt, die nur wenige Tage dauerte, brauchte man es ja nicht so genau zu nehmen.

»Was wollen Sie denn hier?« fragte Will Halley die Fremden, die sein Schiff bestiegen.

»Wir möchten den Kapitän sprechen«, erwiderte John Mangles.

»Das bin ich«, sagte Halley, »und was soll es sonst noch sein?«

»Die *Macquarie* fährt nach Auckland?«

»Ja, und was weiter?«

»Woraus besteht die Fracht?«

»Aus allem, was sich kaufen und verkaufen läßt. Was noch?«

»Wann sticht sie in See?«

»Morgen, zur Zeit der Mittagsebbe. Was noch?«

»Würden Sie Passagiere an Bord nehmen?«

»Das hängt von den Passagieren ab und davon, ob sie mit der Schiffskost zufrieden sind.«

»Sie bringen eigene Vorräte mit.«

»Was noch?«

»Was soll das heißen?«

»Wie viele Personen sind es?«

»Zehn. Es sind zwei Frauen darunter.«

»Das Schiff hat aber keine Kabinen.«

»Wir werden das Hinterdeck belegen.«

»Und was noch?«

»Sind Sie einverstanden?« fragte John Mangles, der

sich von dem Benehmen des Kapitäns nicht einschüchtern ließ.

»Mal sehen«, brummte der Kapitän.

Will Halley ging ein paarmal auf und ab, mit seinen eisenbeschlagenen derben Stiefeln über die Deckplanken polternd, dann blieb er unvermittelt vor John Mangles stehen.

»Was wollt ihr dafür bezahlen?« fragte er.

»Was verlangen Sie?« erwiderte John.

»Fünfzig Pfund Sterling.«

Glenarvan nickte zustimmend.

»Gut. Fünfzig Pfund also«, wiederholte John Mangles.

»Aber nur für die Überfahrt und sonst nichts«, erklärte Will Halley.

»Sonst nichts.«

»Die Verpflegung ist nicht mit inbegriffen.«

»Nein.«

»Also gut. Na, und?« sagte Will und hielt die offene Hand hin.

»Was soll das?«

»Das Handgeld.«

»Hier haben Sie fünfundzwanzig Pfund, die Hälfte des vereinbarten Preises«, sagte John Mangles und zählte dem Schiffsmeister die Summe hin, der das Geld einsteckte, ohne sich zu bedanken.

»Seien Sie morgen kurz vor zwölf Uhr an Bord. Ob Sie hier sind oder nicht, ich fahre ab.«

»Wir werden pünktlich erscheinen.«

Nach diesen Worten gingen Glenarvan, der Major, Robert, Paganel und John Mangles von Bord, ohne daß Will Halley es für nötig gehalten hätte, auch nur mit der Fingerspitze den Rand der schmutzigen Wachstuchkappe zu berühren, die auf seinem roten Schopf saß.

»Was für ein Flegel!« rief John.

»Mir gefällt er«, sagte Paganel, »er ist ein richtiger Seebär.«

»Ja, wahrhaftig«, versetzte der Major.

»Mir will scheinen«, fügte John Mangles hinzu, »daß dieser Bär früher mit Menschenfleisch gehandelt hat.«

»Das ist mir gleich«, erwiderte Glenarvan, »solange er die *Macquarie* führt und solange die *Macquarie* nach Neuseeland fährt. Von der Twofold-Bucht bis nach Auckland werden wir ihn nicht allzuoft zu Gesicht bekommen, und wenn wir erst einmal in Auckland sind, überhaupt nicht mehr.«

Lady Helena und Mary Grant waren erfreut, als sie hörten, daß die Abreise auf den nächsten Tag festgesetzt worden war. Glenarvan bemerkte zwar, die *Macquarie* lasse sich an Bequemlichkeit nicht mit der *Duncan* vergleichen. Doch nach den vielen harten Prüfungen kamen diese Frauen nicht auf den Gedanken, sich wegen so geringfügiger Dinge aufzuregen. Mr. Olbinett wurde beauftragt, für die Verpflegung zu sorgen. Der arme Mann hatte nach dem Verlust der *Duncan* oft das Schicksal seiner unglücklichen Frau beklagt, die an Bord der Jacht geblieben und so wahrscheinlich mit der gesamten Besatzung in die Hände der grausamen Sträflinge gefallen war. Dennoch erfüllte er seine Pflichten als Steward mit dem gewohnten Eifer; die Verpflegung, die Olbinett innerhalb weniger Stunden einkaufte, bestand aus schmackhaften Speisen, wie sie noch nie auf dem Speisezettel der Brigg zu finden gewesen waren.

Während dieser Zeit löste der Major die Wechsel ein, die für Glenarvan auf die *Union-Bank* in Melbourne ausgestellt worden waren. Der Lord wollte nicht ohne Barmittel sein, ebensowenig wie ohne Waffen und Munition. Daher füllte er sein Waffenlager auf. Paganel hingegen beschaffte sich eine vorzügliche, in Edinburgh von Johnston herausgegebene Karte von Neuseeland.

Mulrady ging es jetzt wieder gut. Er spürte kaum mehr etwas von seiner Verwundung, die ihn dem Tode nahe gebracht hatte. Einige Stunden auf dem Meer sollten ihn vollends genesen lassen. Er rechnete damit, daß die Pazifikwinde ihn gänzlich auskurieren würden.

Wilson bekam den Auftrag, die Unterbringung der Reisenden an Bord der *Macquarie* vorzubereiten. Er hantierte energisch mit Scheuerbürste und Besen, wodurch das Hinterdeck gleich ein anderes Aussehen bekam. Achselzuckend ließ Will Halley den Matrosen gewähren. Um Glenarvan und seine Begleiter kümmerte er sich nicht; er kannte nicht einmal ihre Namen, und er fragte auch nicht danach. Die zusätzliche ›Fracht‹ brachte ihm fünfzig Pfund Sterling ein. Er maß den Passagieren weniger Wert bei als den zweihundert Tonnen gegerbten Leders, die den Schiffsbauch zum Bersten füllten. Für ihn kamen erst die Häute und dann die Menschen; denn Halley war in erster Linie Handelsmann. Was seine seemännischen Fähigkeiten anbelangte, so durfte er als ein guter Kenner dieses Meeres gelten, das durch seine Korallenriffe für die Schiffahrt sehr gefährlich war.

Während der letzten Stunden des Tages wollte Glenarvan die Stelle aufsuchen, an dem der Strand vom 37. Parallelkreis geschnitten wurde. Zwei Gründe trieben ihn dazu.

Er wollte noch einmal den vermutlichen Schauplatz der Katastrophe aufsuchen; denn Ayrton war sicherlich Bootsmaat auf der *Britannia* gewesen, und das Schiff konnte wirklich an diesem Teil der australischen Ostküste gestrandet sein und nicht, wie ursprünglich angenommen, an der Westküste. Dieser Punkt, zu dem sie kaum je zurückkehren würden, durfte daher nicht ohne gründliche Prüfung verlassen werden.

Wenn dort aber keine Spuren der *Britannia* zu finden waren, so war doch die *Duncan* dort in die Hände der Sträflinge gefallen. Vielleicht hatte es einen Kampf gegeben. Und vielleicht waren am Strande noch Spuren dieses Kampfes zu finden. War die Mannschaft in den Meeresfluten umgekommen, weshalb sollten dann ihre Leichen nicht an den Strand gespült worden sein?

Glenarvan begab sich, begleitet von seinem getreuen John, auf diese Erkundungstour. Der Direktor des Hotels Victoria stellte ihnen zwei Pferde zur Verfügung, und bald ritten sie auf der nach Norden führenden Straße, die sich längs der Twofold-Bucht hinwindet.

Es war ein trauriges Vorhaben. Glenarvan und Kapitän John ritten schweigend nebeneinander her. Sie verstanden sich auch ohne Worte. Die gleichen Gedanken, die gleichen Ängste quälten sie, als sie die von den Meereswogen ausgehöhlten Felsen betrachteten. Es bedurfte keiner Fragen und keiner Antworten.

Selbstverständlich sorgte John in seinem Mitgefühl und seinem Eifer dafür, daß jede Stelle am Ufer sorgsam durchforscht wurde. Die kleinste Einbuchtung wurde ebenso untersucht wie der abschüssige Strand und die sandigen Bodenerhebungen, auf die der Wellengang des Stillen Ozeans Strandgut hätte anspülen können. Aber nichts wurde gefunden, was Anlaß zu neuen Nachforschungen in dieser Gegend gegeben hätte. Nichts deutete auf eine Schiffskatastrophe hin.

Auch von der *Duncan* war keine Spur zu entdecken. Der Meeresstrand an diesem Teil der Küste Australiens lag öde und verlassen.

Allerdings erblickte John Mangles am Strande Spuren eines Rastplatzes und die Überreste von Lagerfeuern unter vereinzelten australischen Akazien. Hatte hier ein nomadisierender Eingeborenenstamm vor wenigen Tagen gerastet? Nein, denn Glenarvans Blick fiel auf ein Beweisstück dafür, daß sich die Sträflinge an diesem Teil der Küste aufgehalten hatten.

Dieses Beweisstück war eine graugelbe, geflickte Sträflingsjacke, ein häßlicher Lumpen, der am Fuße eines Baumes liegen geblieben war; die Jacke trug die Nummer eines der aus Perth geflüchteten Strafgefangenen. Der Sträfling war nicht mehr da, doch seine schmutzigen Lumpen sprachen für ihn. Diese Uniform des Verbrechens, die ehemals irgendeinen Elenden bekleidet hatte, verrottete nun endgültig an diesem verlassenen Strand.

»Sie sehen, John, die Sträflinge sind bis hierher gekommen! Und unsere armen Gefährten von der *Duncan* . . .«

»Ja«, erwiderte John mit belegter Stimme, »es ist nun gewiß, daß sie nicht an Land gebracht wurden, daß sie also umgekommen sind . . .«

»Die elenden Schurken!« rief Glenarvan, »sollte ich ihnen je begegnen, so werde ich meine Schiffsmannschaft rächen . . .«

Der Schmerz hatte Glenarvans Züge verhärtet. Er sah auf das weite wogende Meer hinaus; vielleicht suchten seine Blicke in der Ferne die Umrisse eines Schiffes. Dann aber erlosch der Glanz in seinen Augen, und ohne ein weiteres Wort hinzuzufügen, machte er kehrt und ritt im Galopp nach Eden zurück.

Als einzige Formalität, die zu erfüllen war, wurde noch an demselben Abend der Polizeichef Thomas Banke von den Geschehnissen unterrichtet. Der Beamte konnte, während er das Protokoll aufnahm, seine Befriedigung kaum verhehlen; er war geradezu entzückt von der Tatsache, daß Ben Joyce und seine Bande auf und davon waren. Die ganze Stadt teilte seine Befriedigung. Gewiß, die Sträflinge hatten mit Hilfe eines neuen Verbrechens den Boden Australiens verlassen, aber sie waren fort. Diese wichtige Nachricht wurde sogleich telegraphisch an die Behörden in Melbourne und Sydney weitergegeben.

Nachdem Glenarvan diesen Bericht erstattet hatte, kehrte er in das Hotel Victoria zurück. Den letzten Abend in Australien verbrachten die Reisenden in trauriger Stimmung. Ihre Gedanken beschäftigten sich mit diesem an Unglücksfällen so reichen Erdteil. Sie erinnerten sich all ihrer berechtigten Hoffnungen, die sie am Kap Bernouilly gehegt hatten und die an der Twofold-Bucht so kläglich gescheitert waren.

Was Paganel betraf, so befand er sich in fieberhafter Erregung. John Mangles, der ihn seit dem Zwischenfall am Snowy scharf beobachtete, spürte, daß der Gelehrte etwas verheimlichte und sich um keinen Preis äußern wollte. Mehrmals hatte ihn John mit Fragen bestürmt, hatte aber keine Antwort bekommen.

John begleitete den Gelehrten an diesem Abend auf sein Zimmer und fragte ihn nach dem Grund für seine Reizbarkeit.

»Mein Freund«, erwiderte Paganel ausweichend, »ich bin nicht reizbarer als sonst.«

»Monsieur Paganel«, versetzte John, »Sie haben ein Geheimnis, an dem Sie zu ersticken drohen.«

»Nun denn, was wollen Sie«, rief der Gelehrte mit einer heftigen Gebärde, »es ist stärker als ich!«

»Was ist stärker als Sie?«

»Meine Freude auf der einen, meine Verzweiflung auf der anderen Seite.«

»Sie sind also zugleich froh und verzweifelt?«

»Ja. Ich bin froh, daß wir nach Neuseeland fahren, und ich bin gleichzeitig verzweifelt darüber.«

»Sollten Sie irgendeinen neuen Fingerzeig entdeckt haben?« fragte John Mangles lebhaft. »Haben Sie etwa die verlorene Spur wieder aufgefunden?«

»Nein, Freund John, *aus Neuseeland kehrt man nicht zurück!* Aber dennoch . . . nun, Sie kennen ja die menschliche Natur. Um die Hoffnung nicht aufzugeben, genügt schon die Tatsache, daß man atmet. Meine Devise lautet *spiro, spero.* Das ist die beste Devise auf dieser Welt.«

## II. KAPITEL

# DIE VERGANGENHEIT DES LANDES, DEM SIE ENTGEGENFAHREN

Am nächsten Tage – es war der 28. Januar – richteten sich die Reisenden auf dem engen Hinterdeck der *Macquarie* ein. Will Halley hatte den beiden Frauen seine Kabine nicht zur Verfügung gestellt. Niemand brauchte diesen Mangel an Höflichkeit zu bedauern; denn die Höhle paßte gut zu dem Bären, der sie bewohnte.

Mittags um halb ein Uhr, vor dem Einsetzen der Ebbe, wurde das Schiff seeklar gemacht. Der Anker wurde mit einiger Mühe hochgewunden. Eine mäßige Südostbrise hatte eingesetzt. Die Segel hingen schlaff herab. Träge hantierten die fünf Mann der Schiffsbesatzung. Wilson wollte den Matrosen helfen, doch Halley forderte ihn auf, sich ruhig zu verhalten und sich nicht in Dinge zu mischen, die ihn nichts angingen. Er sei es gewöhnt, sich allein aus der Klemme zu ziehen, und brauche weder Ratschläge noch Hilfe.

Das richtete sich vor allem an die Adresse von John Mangles, der über die Unbeholfenheit bei manchen Hantierungen hatte lächeln müssen. John ließ sich das gesagt sein, nahm sich aber vor, einzugreifen, falls die Tölpelhaftigkeit der Matrosen die Sicherheit des Schiffes gefährden sollte.

Indessen gelang es den fünf Seeleuten, von den Flüchen ihres Kapitäns angespornt, die Segel zu setzen. Die *Macquarie* lief klar raumschots auf Backbordhalsen unter vollem Unterzeug, ihren Mars- und Bramsegeln, ihrem Besan und dem gesamten Vorgeschirr. Sogar die Leesegel und die Reuels wurden gehißt. Doch trotz der großen Leinwandfläche kam das Schiff kaum vorwärts. Das bauchige Vorderschiff, der erweiterte Schiffsraum und das schwere Hinterschiff machten die *Macquarie* zu einem ausgesprochen schlechten Segler.

Damit mußte man sich abfinden. Aber wie langsam die *Macquarie* auch vorwärts kam, sie mußte doch in fünf oder höchstens in sechs Tagen die Reede von Auckland anlaufen.

Um sieben Uhr abends verloren die Reisenden die australische Küste und das Leuchtfeuer von Eden aus den Augen. Der ziemlich bewegte Seegang machte dem Schiff zu schaffen. Schwerfällig versank es in den Wellentälern. Die Passagiere erlitten heftige Stöße, die den

Aufenthalt im Hinterdeck ungemütlich machten. An Deck jedoch konnten sie nicht bleiben, weil es heftig regnete. Sie waren zum Eingeschlossensein verurteilt.

Da jeder seinen Gedanken nachhing, wurde wenig gesprochen. Auch Lady Helena und Mary Grant wechselten kaum ein Wort. Glenarvan fand keine Ruhe; er ging auf und ab, während der Major sich nicht von der Stelle rührte. John Mangles begab sich, von Robert gefolgt, zeitweilig an Deck, um das Meer zu beobachten. Paganel murmelte in seiner Ecke unzusammenhängende Worte vor sich hin.

Woran mochte der würdige Gelehrte denken? An Neuseeland, dem ihn das Schicksal entgegenführte? Die Geschichte dieser Insel ging ihm durch den Sinn, und die ganze Vergangenheit dieses düsteren Landes erstand vor seinem Geiste.

Gab es in der Geschichte Neuseelands eine Tatsache, ein Ereignis, welches die Entdecker dieser Inseln berechtigt hätte, sie als einen Kontinent anzusehen? Konnte ein moderner Geograph, ein Seemann sie so bezeichnen? Wie man sieht, beschäftigte die Auslegung des Dokuments Paganel immer wieder. Der Gedanke quälte ihn, wurde zur fixen Idee. Nach Patagonien, nach Australien klammerte sich seine durch ein Wort geweckte Phantasie nun an Neuseeland. Aber ein Punkt, ein einziger, hemmte den Gang seiner Gedanken.

»*Contin . . . Contin . . .*«, wiederholte er. »Das kann doch nur Kontinent heißen.«

Und er ließ die Seefahrer an seinem Geiste vorüberziehen, die diese beiden großen Inseln in der Südsee einst erforscht hatten.

Am 13. Dezember 1642 landete der Holländer Tasman, nachdem er die Insel Van Diemen entdeckt hatte, an der unerforschten Küste von Neuseeland. Er verfolgte die Küstenlinie während einiger Tage, und am 17. Dezember liefen seine Schiffe in eine tiefe Bucht ein, die in einer schmalen Meerenge zwischen zwei Inseln endete.

Die nördlich gelegene Insel hieß Te Ika a Maui, das sind neuseeländische Worte, die ›Fisch aus Maui‹ bedeuten. Die südlich gelegene Insel Te Wahi Punamu, ›der Walfisch, der die grüne Jade hervorbringt‹. Seither wurde jedoch festgestellt, daß der Name für ganz Neuseeland Teika-Maui lautet.

Abel Tasman ließ seine Boote landen; sie kehrten mit zwei mit lärmenden Eingeborenen besetzten Pirogen zurück. Diese Wilden waren von mittlerer Größe, brauner oder gelber Hautfarbe, mit vorstehenden Backenknochen, rauher Stimme und schwarzen Haaren, die nach japanischer Art auf dem Kopf zusammengebunden wurden; in dem Knoten steckte eine große weiße Feder.

Dieses erste Zusammentreffen zwischen Europäern und Eingeborenen schien ein dauerhaftes gutes Einvernehmen zu versprechen. Doch am nächsten Tag, als eines der Boote Tasmans einen küstennäheren Ankergrund erkunden wollte, wurde es von sieben mit zahlreichen Eingeborenen besetzten Pirogen heftig angegriffen. Das Boot legte sich auf die Seite und füllte sich mit Wasser. Der befehlshabende Bootsmaat wurde mit einem grob zugespitzten Spieß an der Kehle verwundet und stürzte ins Meer. Von seinen sechs Begleitern wurden vier getötet, die beiden anderen und der Bootsmaat selbst schwammen zu ihren Schiffen zurück. Sie wurden aus dem Wasser gefischt und gerettet.

Nach diesem betrüblichen Zwischenfall ließ Tasman die Segel setzen und beschränkte seine Rache darauf, den Eingeborenen ein paar Flintenkugeln nachzujagen, die sie wahrscheinlich nicht erreichten. Er verließ die Bucht, die seither den Namen Massakerbucht trägt, und segelte längs der Westküste weiter. Am 5. Januar ankerte er nahe der Nordspitze. Hier war es nicht nur die heftige Brandung, sondern auch die zweifelhaften Absichten der Eingeborenen, die ihn daran hinderten, sich mit Trinkwasser zu versehen. Er kehrte diesen Inseln, denen er zu Ehren der Generalstaaten den Namen Staatenland gab, endgültig den Rücken.

Tatsächlich bildete sich der holländische Seefahrer ein, daß sie an die gleichnamigen Inseln angrenzten, die im Osten von Feuerland an der Südspitze Amerikas entdeckt worden waren. Er glaubte den großen Kontinent des Südens gefunden zu haben.

Was aber ein Seefahrer des 17. Jahrhunderts als ›Kontinent‹ bezeichnen durfte, kann ein Seefahrer des 19. Jahrhunderts nicht so nennen. Ein solcher Irrtum ist ausgeschlossen. Nein, hier muß mir etwas entgangen sein, überlegte Paganel.

Über ein Jahrhundert lang war die Entdeckung Tasmans in Vergessenheit geraten; Neuseeland schien nicht mehr vorhanden zu sein, als ein französischer Seefahrer, namens Surville, die Inseln unter 35° 37′ Breite neu entdeckte. Zuerst gaben die Eingeborenen keinen Anlaß zu Klagen, nur die Meeresstürme machten Surville arg zu schaffen. Während eines schweren Orkans strandete eine Schaluppe mit den Kranken der Expedition in der Refuge-Bucht. Dort nahm der Häuptling Nagui-Nui die Franzosen freundlich auf und beherbergte sie in seiner eigenen Behausung. Alles ging gut, bis eines Tages ein Boot Survilles gestohlen wurde. Vergeblich forderte Surville die Rückgabe und glaubte, ein Dorf für diesen Diebstahl dadurch bestrafen zu müssen, daß er es einäscherte. Diese grausame und ungerechte Rache hat zu den blutigen Vergeltungsmaß-

nahmen beigetragen, deren Schauplatz Neuseeland werden sollte.

Am 6. Oktober 1769 tauchte der berühmte Cook an dieser Küste auf. Mit seinem Schiff *Endeavour* ging er in der Bucht von Taué-Roa vor Anker; er versuchte, die Eingeborenen durch gute Behandlung für sich zu gewinnen. Um Menschen gut behandeln zu können, muß man ihrer aber erst habhaft werden. Cook zögerte nicht, zwei oder drei von ihnen zu Gefangenen zu machen und ihnen seine Wohltaten gewaltsam aufzudrängen. Sie wurden mit Geschenken und Freundschaftsbeweisen überhäuft und dann wieder an Land gebracht. Sehr bald fanden sich, von ihren Schilderungen angelockt, weitere Eingeborene freiwillig an Bord ein und trieben Tauschhandel mit den Europäern. Einige Tage darauf begab sich Cook zur Hawkes-Bucht, einem tiefen Einschnitt in die nördlich gelegene Insel. Dort traf er auf kriegerische, lärmende und kampflustige Eingeborene, deren Verhalten so weit ging, daß sie durch einen Kartätschenschuß zur Ruhe gebracht werden mußten.

Am 20. Oktober ankerte die *Endeavour* in der Bucht von Toko-Malu; dort lebte eine zweihundert Köpfe zählende friedliebende Bevölkerung. Die Botaniker an Bord konnten hier ergebnisreiche Forschungen anstellen. Die Eingeborenen brachten die Forscher in ihren Pirogen selber an Land. Cook besuchte zwei Dörfer, die durch Palisaden, Wälle und doppelte Gräben geschützt waren, was auf große Geschicklichkeit beim Anlegen der Lager schließen ließ. Das bedeutendste dieser Festungswerke lag auf einem Felsengipfel, der bei hohem Seegang zu einer regelrechten Insel wurde, ja besser noch als eine gewöhnliche Insel; denn die Wellen fluteten durch einen sechzig Fuß hohen, von der Natur geschaffenen Felsenbogen hindurch, der von diesem uneinnehmbaren Fort – von den Eingeborenen ›Pah‹ genannt – gekrönt wurde. Am 31. März, nachdem Cook fünf Monate lang eine Vielfalt seltsamer

Dinge – einheimische Pflanzen, ethnographische und ethnologische Dokumente – gesammelt hatte, verließ er Neuseeland. Die Meerenge zwischen den beiden Inseln erhielt seinen Namen. Auf seinen späteren Reisen sollte er sie wiederfinden.

Im Jahre 1773 segelte der berühmte Seefahrer wieder zur Hawkes-Bucht und wurde dort Zeuge kannibalischer Ausschreitungen; allerdings muß seinen Gefährten hier der Vorwurf gemacht werden, sie provoziert zu haben. Offiziere, die an Land die zerstückelten Gliedmaßen eines jungen Eingeborenen gefunden hatten, brachten diese an Bord, ließen sie zubereiten und boten sie den Eingeborenen, die sich gierig darauf stürzten, als Speise an. Es war ein trauriger Einfall, auf solche Weise zum Koch von Menschenfressern zu werden!

Während seiner dritten Reise besuchte Cook abermals die von ihm besonders geschätzten Gebiete, da ihm daran gelegen war, die Aufzeichnungen der Wasserstraßen zu vollenden. Er verließ dieses Gebiet zum letztenmal am 25. Februar des Jahres 1777.

Im Jahre 1791 hielt sich Vancouver zwanzig Tage lang in der Sombre-Bucht auf, ohne jedoch für die Geographie oder die Naturwissenschaften Nutzbringendes zu erreichen. D'Entrecasteaux erforschte 1793 fünfundzwanzig Meilen der Nordküste der Insel Te Ika a Maui.

Die Kapitäne der Handelsmarine, Hausen und Dalrymple, später Baden, Richardson und Moody, hielten sich kurze Zeit dort auf, und Doktor Savage sammelte während eines fünfwöchigen Aufenthalts interessante Einzelheiten über das Leben und die Sitten der Neuseeländer.

In dem gleichen Jahr, in dem diese Reisenden auf der Insel weilten – es war das Jahr 1805 –, schiffte sich der Neffe des Häuptlings Rangui-Hu, der intelligente Dua-Tara, auf der *Argo* ein, die in der Inselbucht vor Anker lag und von Kapitän Baden befehligt wurde.

Dua-Taras Abenteuer könnten einem Maori-Homer sehr wohl als Stoff für ein Heldenepos dienen. Sie waren reich an Katastrophen, Ungerechtigkeiten und Mißhandlungen. Der arme Eingeborene erntete für seine wertvollen Dienste Mißtrauen, Gefangenschaft, Prügel und Wunden. Was für einen merkwürdigen Eindruck mag er von den Menschen bekommen haben, die sich als zivilisiert bezeichneten! Er wurde nach London gebracht und zu einem Matrosen der untersten Klasse erniedrigt; man machte ihn zum Prügelknaben der gesamten Mannschaft. Ohne das Einschreiten des Geistlichen Marsden wäre er bei dieser Behandlung elendiglich umgekommen. Dieser Missionar fand Interesse an dem jungen Wilden, bei dem er ein sicheres Urteil, einen zuverlässigen Charakter sowie ein außerordentlich liebenswertes und sanftes Wesen feststellte. Marsden ließ seinem Schützling ein paar Sack Getreide und Geräte zum Bebauen seines Heimatbodens aushändigen; diese bescheidene Habe wurde ihm gestohlen. Der arme Dua-Tara wurde von neuem vom Unglück und von Leiden verfolgt, bis er endlich im Jahre 1814 in die Heimat seiner Vorfahren zurückkehrte. Hier wollte er seine Erfahrungen zum Besten seines Volkes verwerten, als er im Alter von achtundzwanzig Jahren vom Tode hinweggerafft wurde, in dem Augenblick, da er seiner Heimat neue Wege erschließen wollte. Durch diesen unersetzlichen Verlust wurde die

Zivilisierung Neuseelands zweifellos um viele Jahre verzögert. Nichts vermag einen intelligenten und edlen Menschen zu ersetzen, der in seinem Herzen die Liebe zum Guten und zu seiner Heimat trägt.

Viele Jahre kümmerte sich niemand um Neuseeland. Erst 1816 bereisten Thompson und 1817 Lidiard Nicholas sowie 1819 Marsden verschiedene Teile der beiden Inseln. Im Jahre 1820 hielt sich Richard Cruise, Hauptmann im vierundachtzigsten Infanterieregiment, zehn Monate hier auf. Die Wissenschaft verdankt ihm wertvolle Berichte über die Sitten der Ureinwohner.

Im Jahre 1824 ging die *Coquille* mit ihrem Kapitän Duperrey in der Inselbucht vor Anker und blieb vierzehn Tage lang dort. Duperrey sprach lobend über die Eingeborenen.

Bei seinem Besuch im Jahre 1827 mußte der Walfänger *Mercury* allerdings Plünderungen und Mordanschläge abwehren. Hingegen wurde im gleichen Jahr Kapitän Dillon zweimal auf das gastlichste aufgenommen.

Der Kommandant des Schiffes *Astrolabe*, der berühmte Dumont-d'Urville, konnte im März des Jahres 1827 ungefährdet und ohne jede Waffe einige Nächte bei den Eingeborenen verbringen; er tauschte mit ihnen Geschenke aus, lernte ihre Gesänge kennen, schlief in ihren Hütten und konnte ungestört seine interessante Forschertätigkeit ausüben, der die Marineämter so wertvolles Kartenmaterial verdanken.

Im nächsten Jahr nahm die englische Brigg *Hawes*, unter der Führung des Kapitäns John James, nachdem sie die Inselbucht aufgesucht hatte, Kurs auf das Ostkap, mußte aber von einem bösartigen Häuptling namens Enararo Schlimmes erdulden. Mehrere Gefährten des Kapitäns James starben eines entsetzlichen Todes.

Aus diesen widersprechenden Vorgängen, diesem ständigen Wechsel von sanften Sitten und Barbarei, muß geschlossen werden, daß die Grausamkeiten der Neuseeländer nur allzu häufig Vergeltungsmaßnahmen waren. Das gute oder bösartige Verhalten der Eingeborenen hing von bösartigen oder menschenfreundlichen Kapitänen ab. Sicherlich hat es auch ungerechtfertigte Angriffe der Eingeborenen gegeben. In der Hauptsache jedoch waren es von den Europäern herausgeforderte Racheakte. Die von der Vergeltung Betroffenen waren unglücklicherweise meist diejenigen, die keine Schuld an Greueltaten gegen Eingeborene traf. Nach Angaben von d'Urville wurde die Ethnographie von Neuseeland durch einen kühnen Forscher vervollständigt, der zwanzigmal um die Erde reiste, einen Nomaden, einen Zigeuner der Wissenschaft, einen Engländer namens Earle. Er besuchte die unbekannten Teile der beiden Inseln, ohne daß er sich persönlich viel über die Eingeborenen zu beklagen gehabt hätte; doch er wurde oft Zeuge von Menschenfresserei. Die Neuseeländer verschlangen sich gegenseitig mit abstoßender Wollust.

Dasselbe erfuhr auch Kapitän Laplace im Jahre 1831 während seines Aufenthaltes in der Bucht der Inseln. Schon die Kämpfe waren unerwartet fürchterlich, denn die Eingeborenen handhabten die Feuerwaffen mit beachtlicher Geschicklichkeit. So verwandelten sich die einstmals blühenden und bevölkerten Gegenden von Te Ika a Maui in tiefe Einöden, ganze Völkerschaften waren verschwunden, waren gebraten und aufgegessen worden wie Schafherden.

Vergeblich haben die Missionare gekämpft, um diese blutrünstigen Instinkte zu besiegen. Vom Jahre 1808 an hatte die *Church Missionary Society* ihre geschicktesten Agenten – so muß man sie wohl nennen – in die wichtigsten Stationen der nördlichen Insel geschickt, doch die Barbarei der Neuseeländer zwang sie, die Missionstätigkeit zu unterbrechen. Erst im Jahre 1814 gingen Marsden, der Gönner von Dua-Tara, sowie Hall und King in der Bucht der Inseln an Land und kauften dort von den Häuptlingen ein Gebiet von zweihundert Morgen zum Preis von zwölf eisernen Äxten. Hier ließ sich die *Société Anglicane* nieder.

Die Anfänge waren schwierig, doch schließlich fanden sich die Eingeborenen mit dem Leben der Missionare ab und würdigten ihre Fürsorge und ihre Lehren. Einige der menschenscheuesten Ureinwohner wurden umgänglicher, denn das Gefühl der Dankbarkeit erwachte in ihren verrohten Herzen. Im Jahre 1824 ereignete es sich sogar, daß die Neuseeländer ihre ›Arikis‹ – ihre Missionare – gegen wüste Matrosen verteidigten, die beleidigend und drohend die Missionare bedrängt hatten.

So wurden dann mit der Zeit die Missionare erfolgreich, obwohl es Sträflinge gab, die von Port Jackson entwichen waren und die eingeborene Bevölkerung aufhetzten. Im Jahre 1831 berichtete das *Journal des Missions évangéliques* von zwei bedeutenden Niederlassungen, die eine in Kidi-Kidi am Ufer eines Kanals gelegen, der in der Bucht der Inseln ins Meer fließt, die andere in Paï-Hia, am Ufer des Flusses Kawa-Kawa. Unter der Leitung der ›Arikis‹ hatten die christlich gewordenen Eingeborenen Verbindungswege durch die unermeßlichen Wälder geschaffen und über die Sturzbäche Brücken geschlagen. Jeder Missionar hatte die Aufgabe, bei den entlegenen Stämmen die besänftigende Lehre des Christentums zu verkünden und Kapellen aus Binsen oder Baumrinde zu errichten, Schulen für die jungen Eingeborenen zu gründen, und auf den Dächern dieser modernen Schulhäuser wehte die Fahne der Mission mit dem Kreuz Christi und den Worten ›Rongo-Pai‹, was auf neuseeländisch Evangelium heißt.

Unglücklicherweise hatte sich der Einfluß der Missionare nicht über die Niederlassungen hinaus ausgebreitet. Alle diejenigen, die als Nomaden lebten, blieben unbeeinflußt. Der Kannibalismus ist nur bei den Christen besiegt, und auch da wäre es falsch gewesen, diese Neugetauften allzu großen Versuchungen auszusetzen. Die Gier nach Blut schlummert in ihnen.

Übrigens herrscht in diesen wilden Gebieten der Krieg noch immer als Dauerzustand. Die Neuseeländer sind keine abgestumpften Australneger, die vor der eindringenden Zivilisation flüchteten; sie leisten Widerstand, sie verteidigen sich, sie hassen ihre Unterdrücker, und gegenwärtig erfüllt sie ein unauslöschlicher Haß gegen die britischen Einwanderer. Die Zukunft dieser großen Inseln ist ungewiß wie das Würfelspiel; entweder die sofortige Zivilisierung oder tiefe Barbarei während langer Jahrhunderte – je nach dem Zufall des Waffenglücks.

So hatte Paganel, dem der Kopf glühte, im Geiste die Geschichte Neuseelands Revue passieren lassen. Doch nichts in der Geschichte dieser beiden Inseln berechtigte dazu, sie als einen ›Kontinent‹ zu bezeichnen. Und wenn auch einige Worte des Dokuments die Phantasie des Geographen angeregt hatten, so hemmten die beiden Silben ›*Contin* . . .‹ ihn auf dem Wege zu einer neuen Auslegung.

III. KAPITEL

# DIE MASSAKER VON NEUSEELAND

Am 31. Januar, nach vier Tagen, hatte die *Macquarie* noch nicht zwei Drittel ihrer Reise über den schmalen Teil des Ozeans, zwischen Australien und Neuseeland, zurückgelegt. Will Halley kümmerte sich kaum um die Führung seines Schiffes; er ließ seine Leute gewähren. Selten war er an Deck zu sehen, womit jeder zufrieden war. Daß er seine ganze Zeit in seiner Kabine verbrachte, hätte niemand getadelt, wenn der grobe Kapitän sich nicht Tag für Tag mit Gin oder Branntwein betrunken hätte, worin ihm seine Matrosen nur allzu bereitwillig nacheiferten. Noch nie war ein Schiff so sehr sich selbst überlassen gewesen wie die *Macquarie*.

Diese unverzeihliche Fahrlässigkeit veranlaßte John Mangles, dauernd auf der Hut zu sein. Mulrady und Wilson hatten mehr als einmal das Steuer in dem Augenblick herumgerissen, da das Schiff im Begriff war, sich auf die Seite zu legen. Dann kam es häufig vor, daß Will Halley sich einmischte und die beiden Seeleute mit heftigen Flüchen traktierte. Die beiden warteten ungeduldig darauf, den Trunkenbold packen und ihn für den Rest der Überfahrt in den untersten Schiffsraum verfrachten zu dürfen. Doch John Mangles verhinderte das, und es gelang ihm, wenn auch nicht ohne Mühe, ihren berechtigten Zorn zu besänftigen.

Dennoch beunruhigte ihn die Lage der Dinge auf

dem Schiff. Um aber Glenarvan die Sorge zu ersparen, sprach er nur mit dem Major und Paganel darüber. MacNabbs gab ihm den gleichen Rat wie Mulrady und Wilson.

»Wenn Ihnen diese Maßnahme berechtigt erscheint,

John«, sagte MacNabbs, »so dürfen Sie nicht zögern, das Kommando oder wenn Sie wollen die Führung des Schiffes zu übernehmen. Dieser Trunkenbold wird, nachdem wir Auckland erreicht haben, wieder alleiniger Herr auf seinem Schiff sein, und wenn es ihm Spaß macht, mag er seinen Kahn zum Kentern bringen.«

»Das ist richtig, Major MacNabbs, und wenn es sich nicht vermeiden läßt, werde ich mich selbstverständlich dazu entschließen«, erwiderte John. »Solange wir auf dem offenen Meer schwimmen, genügt es, Will Halley ein wenig zu überwachen. Meine beiden Matrosen und ich werden uns nicht von der Kommandobrücke entfernen. Wenn wir uns aber der Küste nähern und dieser Kerl dann immer noch nicht zur Vernunft kommt, gebe ich zu, daß ich dann doch in rechte Verlegenheit käme.«

»Können Sie die Position errechnen?« fragte Paganel.

»Das dürfte schwierig sein«, erwiderte John. »Ob Sie es glauben oder nicht, der Kerl hat keine Seekarte an Bord.«

»Was sagen Sie?«

»Es ist so. Die *Macquarie* versieht nur die Küstenschiffahrt zwischen Eden und Auckland, und Will Halley kennt sich in diesen Gewässern so gut aus, daß er gar nicht erst Berechnungen anstellt.«

»Er nimmt wohl auch an, sein Schiff kennt sich aus und findet seinen Weg allein«, meinte Paganel.

»Ach«, rief John, »ich halte nichts von Schiffen, die ihren Weg allein finden, und wenn Will Halley an der Küste und beim Landen immer noch betrunken ist, wird er uns in eine sehr schwierige Lage bringen!«

»Wir wollen hoffen, daß er in der Nähe der Küste

wieder zu Verstand gekommen sein wird«, sagte Paganel.

»Sie könnten demnach, wenn es erforderlich wäre, die *Macquarie* gar nicht nach Auckland steuern?«

»Das wäre ohne eine Seekarte von diesem Teil der Küste völlig ausgeschlossen. Es ist hier außerordentlich gefährlich, sich dem Lande zu nähern. Die Küste besteht aus einer Reihe kleiner Fjorde, die ebenso unregelmäßig und willkürlich wie die norwegischen ins Land einschneiden. Es gibt hier zahllose Riffe, und um sie zu umfahren, muß man sehr in Übung sein. Ein noch so festes Schiff wäre verloren, wenn es auf eines der wenige Fuß unter Wasser liegenden Felsenriffe aufliefe.«

»In einem solchen Falle bliebe der Mannschaft wohl nichts anderes übrig, als sich an den Strand zu retten?«

»Ja, Herr MacNabbs, falls noch Zeit dazu sein sollte.«

»Das wäre eine harte Notwendigkeit«, meinte Paganel; »denn die Insel Neuseeland ist nicht einladend, die Gefahren zu Lande sind ebenso groß wie zu Wasser.«

»Meinen Sie die Maoris, Monsieur Paganel?« fragte John Mangles.

»Ja, mein Freund, ihr Ruf im Indischen Ozean steht fest. Bei den Maoris handelt es sich nicht um schüchterne und abgestumpfte Australier, sondern um eine intelligente, blutgierige kannibalische Bevölkerung. Es sind Menschenfresser, von denen man kein Mitleid erwarten darf.«

»Falls Kapitän Grant an den Küsten Neuseelands gestrandet sein sollte«, meinte der Major, »raten Sie also nicht dazu, dort nach ihm zu suchen?«

»An der Küste wohl«, erwiderte der Geograph, »hier könnte man vielleicht Spuren der *Britannia* auffinden, im Innern jedoch besser nicht, denn das wäre nutzlos. Jeder Europäer, der sich in dieses unheimliche Land wagt, fällt den Maoris in die Hände, und jeder Gefangene der Maoris ist verloren. Ich habe meine Freunde dazu veranlaßt, in die Pampas vorzudringen und Australien zu durchqueren, doch auf die Wege, die durch Neuseeland führen, würde ich sie nicht locken. Möge Gott uns führen und verhindern, daß wir jemals in die Hände dieser wilden Eingeborenen fallen!«

Paganels Befürchtungen waren nur zu berechtigt. Neuseeland hat einen schrecklichen Ruf, und alles, was mit seiner Entdeckung zusammenhängt, ist mit blutigen Ereignissen verbunden.

Es ist eine lange Liste von Opfern, die sich im Märtyrerbuch der Seefahrer findet; Abel Tasman, dessen fünf Matrosen getötet und aufgefressen wurden, eröffnet die blutigen Annalen des Kannibalismus. Nach ihm war es Kapitän Tukney mit seiner ganzen Schiffsmannschaft, die das gleiche Schicksal ereilte. Im östlichen Teil der Meerenge von Foveaux fanden fünf Fischer des *Sydney-Cove* ebenfalls zwischen den Zähnen der Eingeborenen ihr Ende. Es sind noch vier Männer des Schoners *Brothers* zu nennen, die im Hafen von Molineux ermordet wurden, mehrere Soldaten des Generals Gates sowie drei Deserteure der *Mathilda*, bis man endlich auf den Namen des so traurig berühmten Kapitäns Marion Du Frène stößt.

Am 11. Mai 1772, nach der ersten Seereise Cooks, ankerte der französische Kapitän Marion mit seinem Schiff *Mascarin* in der Bucht der Inseln, neben der

*Castries*, die unter dem Befehl von Kapitän Crozet stand. Die hinterhältigen Neuseeländer boten den Ankömmlingen einen glänzenden Empfang. Sie gebärdeten sich zuerst sogar schüchtern, und nur durch Geschenke, Gefälligkeiten und tägliche Verbrüderung sowie einen langen Austausch von Freundschaftsbeweisen konnten sie an Bord heimisch gemacht werden.

Wenn man Dumont-d'Urville glauben darf, gehörte ihr kluger Häuptling Takuri zum Stamme der Wangaroa, und er war verwandt mit dem Eingeborenen, der zwei Jahre vor Ankunft des Kapitäns Marion hinterhältig von Surville entführt worden war.

In einem Lande, in dem es die Ehre jedem Maori gebietet, für erlittene Schmach Genugtuung durch Blut zu verlangen, konnte Takuri die seinem Stamme zugefügte Beleidigung nicht verwinden. Er wartete geduldig auf die Ankunft eines europäischen Schiffes, sann auf Rache und vollführte sie mit gräßlicher Kaltblütigkeit.

Nachdem er den Franzosen gegenüber zuerst den Schüchternen gespielt hatte, unterließ Takuri nichts, um sie in trügerischer Sicherheit zu wiegen. Seine Gefährten und er blieben oft über Nacht an Bord der Schiffe; sie machten seltene Fische zum Geschenk und brachten ihre Töchter und Frauen mit. Schnell lernten sie die Namen der Offiziere und luden sie ein, ihre Dörfer zu besichtigen. Von diesem Entgegenkommen geblendet, erforschten Marion und Crozet die ganze von viertausend Einwohnern besiedelte Küste. Die Eingeborenen liefen ihnen unbewaffnet entgegen und versuchten, ihnen vollkommenes Vertrauen einzuflößen.

Als er in der Bucht der Inseln vor Anker ging, hatte

Kapitän Marion die Absicht gehabt, den bei den letzten Stürmen stark beschädigten Mast der *Castries* auszuwechseln. Zu diesem Zwecke erkundete er das Landesinnere und fand am 23. Mai einen wunderbaren Zedernwald, zwei Meilen von der Küste und in Reichweite einer Bucht, die eine Meile von der Ankerstelle der Schiffe entfernt lag.

Hier wurde ein Lagerplatz eingerichtet, wo zwei Drittel der Mannschaften, mit Äxten und anderen Werkzeugen ausgerüstet, sich daran machten, die Bäume zu fällen und die zur Bucht führenden Wege wieder instand zu setzen. Zwei weitere Lagerplätze wurden angelegt, der eine auf der kleinen Insel Motu-Aro, mitten im Hafen, wohin man die Kranken der Expedition, die Schmiede und die Schiffsböttcher brachte; der zweite an der Ozeanküste auf dem Festland eineinhalb Meilen von den Schiffen entfernt; letzterer stand in Verbindung mit dem Lager der Zimmerleute. In allen diesen Lagern halfen kräftige und hilfsbereite Eingeborene den Matrosen bei ihren verschiedenen Arbeiten.

Dennoch hatte Kapitän Marion bis zu diesem Zeitpunkt gewisse Vorsichtsmaßnahmen beibehalten. Die Eingeborenen durften nie bewaffnet an Bord, und Beiboote wurden nur sehr gut bewaffnet an Land geschickt. Marion und sogar die mißtrauischsten seiner Offiziere wurden jedoch von dem Benehmen der Eingeborenen so geblendet, daß der Kommandant den Befehl gab, die Beiboote zu entwaffnen. Kapitän Crozet versuchte zwar, Marion zur Rücknahme dieses Befehls zu überreden, was ihm aber nicht gelang.

Nun wurden die Neuseeländer noch zuvorkommender und noch ergebener. Ihre Häuptlinge und die

Offiziere lebten in vollkommener Vertrautheit. Des öfteren brachte Takuri seinen Sohn mit an Bord und ließ ihn in einer der Kabinen schlafen. Während eines festlichen Besuches, den er am 8. Juni an Land machte, wurde Marion zum ›Großen Häuptling‹ des ganzen Landes ernannt, und zum Zeichen der Ehre wurden seine Haare mit vier weißen Federn geschmückt.

So vergingen dreiunddreißig Tage seit der Ankunft der Schiffe in der Bucht der Inseln. Die Arbeiten am Mast machten Fortschritte, die Wasserbehälter wurden am Wasserplatz von Motu-Aro aufgefüllt. Kapitän Crozet leitete persönlich das Lager der Zimmerleute, und noch nie waren die Hoffnungen, ein Unternehmen zu einem guten Ende zu führen, so begründet gewesen.

Am 12. Juni, um zwei Uhr, wurde das Boot des Kommandanten für einen Fischfang geschmückt, der unterhalb von Takuris Dorf geplant war. Kapitän Marion bestieg das Boot mit den jungen Offizieren Vaudricourt und Lehoux, einem Freiwilligen, dem Waffenoffizier und zwölf Matrosen. Takuri und fünf andere Häuptlinge begleiteten sie. Nichts kündigte die entsetzliche Katastrophe an, die sechzehn von siebzehn Europäern erwartete.

Das Boot stieß vom Schiffe los, nahm Richtung auf die Küste und verschwand schnell aus der Sicht der beiden Schiffe.

Am Abend kehrte Kapitän Marion nicht zum Schlafen an Bord zurück, doch machte sich niemand Sorgen wegen seiner Abwesenheit. Man vermutete, er habe beabsichtigt, das Lager der Zimmerleute, die den neuen Mast vorbereiteten, zu besichtigen und dort die Nacht zu verbringen.

Am nächsten Morgen um fünf Uhr wurde das Beiboot der *Castries* wie gewöhnlich zur Insel Motu-Aro geschickt, um Trinkwasser zu holen; es kehrte ohne Zwischenfall zurück.

Um neun Uhr bemerkte ein diensthabender Matrose der *Mascarin* einen Mann im Meer, der mit letzter Kraft auf die Schiffe zuschwamm. Ein Boot eilte ihm zu Hilfe und nahm ihn an Bord.

Es handelte sich um einen von Kapitän Marions Bootsführern namens Turner. Er hatte in der Seite eine von zwei Lanzenstichen herrührende Verwundung und kehrte als einziger von siebzehn Männern zurück, die am Vorabend das Schiff verlassen hatten.

Man befragte ihn, und bald waren alle Einzelheiten dieses entsetzlichen Dramas bekannt.

Das Boot des unglücklichen Marion hatte das Dorf um sieben Uhr früh erreicht. Die Eingeborenen kamen ihnen fröhlich entgegen, auf ihren Schultern trugen sie die Offiziere und Matrosen an Land, die sich trockene Kleider bewahren wollten. Dann trennten sich die Franzosen voneinander.

Sogleich stürzten sich die mit Lanzen, Keulen und Totschlägern bewaffneten Wilden auf sie, zehn gegen einen, und das Massaker begann. Der von zwei Lanzenstichen verletzte Matrose Turner vermochte seinen Feinden zu entfliehen und sich im Gesträuch zu verstecken, von wo aus er Zeuge der entsetzlichsten Szenen wurde. Die Wilden zogen den Toten die Kleider aus, schlitzten ihre Leiber auf und hackten sie in Stücke . . .

In diesem Augenblick warf sich Turner unbemerkt ins Meer und wurde dem Tode nah vom Boot der *Mascarin* aufgefischt.

Dieses Ereignis versetzte die Mannschaften beider Schiffe in Bestürzung; ein Schrei der Rache erklang; jedoch vor der Rache für die Toten galt es, an die Rettung der Lebenden zu denken. Es gab drei Lagerplätze an der Küste, umgeben von Tausenden von blutgierigen Wilden, Menschenfressern, die Blut witterten.

In Abwesenheit von Kapitän Crozet, der die Nacht im Lager der Zimmerleute verbracht hatte, traf der Erste Offizier Duclesmeur die dringendsten Maßnahmen. Das Beiboot der *Mascarin* wurde mit einem Offizier und einer Abteilung Soldaten bemannt; der Offizier sollte vor allem den Zimmerleuten zu Hilfe eilen. Er fuhr längs der Küste, entdeckte das Boot des Kapitäns Marion, das gestrandet am Ufer lag, und ging an Land.

Kapitän Crozet, der, wie bereits gesagt, nicht an Bord gewesen war, wußte nichts von dem Gemetzel, als er um zwei Uhr nachmittags die Abteilung Soldaten ankommen sah. Er vermutete ein Unglück, lief ihnen entgegen, und erfuhr die Wahrheit. Da er seine Gefährten nicht entmutigen wollte, verbot er, sie davon in Kenntnis zu setzen.

Die Wilden, die sich truppweise zusammengefunden hatten, hielten alle Höhenzüge besetzt. Kapitän Crozet ließ die wichtigsten Geräte einsammeln, vergrub den Rest, zündete die Schuppen an und begann mit sechzig Mann seinen Rückzug.

Die Eingeborenen folgten ihm und schrien: »Takuri mate Marion[1]!« Sie hofften, die Matrosen dadurch in Schrecken zu versetzen, daß sie ihnen den Tod ihrer Offiziere kundtaten, und wirklich gerieten diese so in

[1] Takuri hat Marion getötet.

Wut, daß sie sich auf die Verräter stürzen wollten. Mit Mühe gelang es Kapitän Crozet, sie zurückzuhalten. Zwei Meilen wurden zurückgelegt; die Abteilung erreichte den Strand und schiffte sich mit den Leuten des zweiten Lagers ein. Während dieser ganzen Zeit blieben die etwa tausend Eingeborenen reglos auf der Erde sitzen. Doch sobald die Boote das offene Wasser erreichten, flogen die ersten Steine. Sofort streckten vier Matrosen, gute Schützen, nacheinander sämtliche Häuptlinge nieder, was die Eingeborenen sehr verblüffte, denn die Wirkung der Feuerwaffen war ihnen noch unbekannt.

Kapitän Crozet begab sich an Bord der *Mascarin* und schickte unverzüglich das Beiboot zur Insel Motu-Aro, wo eine Abteilung Soldaten stationiert wurde, um dort die Nacht zu verbringen. Die Kranken wurden auf das Schiff zurückgebracht.

Am nächsten Morgen kam als Verstärkung eine zweite Abteilung in das Lager. Die Insel mußte von den Eingeborenen, die die Wege unsicher machten, geräumt werden, da die Trinkwasserbehälter weiterhin gefüllt werden mußten. Das Dorf Motu-Aro hatte dreihundert Einwohner. Die Franzosen griffen es an, sechs Häuptlinge wurden getötet, die übrigen Eingeborenen mit dem Bajonett überrannt und das Dorf in Brand gesteckt. Da nun die *Castries* nicht ohne Mast wieder in See stechen konnte, Kapitän Crozet jedoch gezwungen war, auf die Bäume aus dem Zedernwald zu verzichten, mußten zusammengesetzte Notmasten angefertigt werden. Die Arbeiten am Wasserplatz nahmen ihren Fortgang.

Ein Monat verging. Die Eingeborenen machten einige Versuche, die Insel Motu-Aro wieder zu beset-

zen, doch sie waren erfolglos. Als ihre Pirogen in die Nähe der Schiffe kamen, vernichtete man sie mit Kanonenschüssen.

Schließlich waren die Arbeiten beendet. Es mußte noch in Erfahrung gebracht werden, ob nicht doch eines der sechzehn Opfer die Metzelei überlebt hatte, und dann sollten die anderen gerächt werden. Das Beiboot, in dem sich eine größere Abteilung Offiziere und Soldaten befanden, nahm Kurs auf Takuris Dorf. Bei seinem Herannahen ergriff der hinterlistige und feige Häuptling die Flucht; um die Schultern hing ihm Kapitän Marions Mantel. Die Behausungen des Dorfs wurden gewissenhaft durchsucht; in Takuris Hütte fand man den Schädel eines Mannes, der vor kurzer Zeit gekocht worden war; die Spuren der Zähne des Kannibalen waren noch zu erkennen. Ein menschlicher Schenkel war auf einem Holzstab aufgespießt. Ein Hemd mit blutigem Kragen wurde als das des Kapitäns Marion erkannt, man fand die Kleider und die Pistolen des jungen Vaudricourt, die Waffen des Bootes und die Fetzen weiterer Kleidungsstücke. In einem etwas entfernten Dorf fand man gesäuberte und gekochte menschliche Eingeweide.

Diese unwiderlegbaren Beweise der Mordlust und Menschenfresserei wurden gesammelt und die menschlichen Reste ehrfuchtsvoll bestattet; die Dörfer Takuris und seines Komplicen Piki-Ore den Flammen überlassen. Am 14. Juli 1772 verließen die beiden Schiffe diese unseligen Gestade.

Dieses war die große Katastrophe, deren Erinnerung jedem Reisenden, der den Fuß auf die Erde Neuseelands setzt, gegenwärtig sein sollte. Leichtfertig der Kapitän, der sich diese Erfahrungen nicht eine Lehre sein läßt. Die Neuseeländer sind noch immer heimtückische Kannibalen; auch Cook hat es auf seiner zweiten Weltreise 1773 wohl erkannt.

Am 17. Dezember nämlich wurde das Beiboot des einen seiner Schiffe, der *Aventure* unter dem Befehl von

Kapitän Furneaux, ausgesandt, um den Vorrat an wilden Kräutern zu ergänzen, und kehrte nicht mehr zurück. Die Besatzung hatte aus einem Midshipman und neun Matrosen bestanden. Der beunruhigte Kapitän Furneaux schickte Leutnant Burney auf die Suche. Am Landungsplatz angekommen, fand Burney, wie er sagte, »das Bild eines so barbarischen Blutbades, daß man nur mit Grausen davon sprechen kann. Die Köpfe, Eingeweide und Lungen von mehreren unserer Leute lagen verstreut im Sande herum, während ganz in der Nähe einige Hunde andere Reste ähnlicher Art verschlangen.«

Um diese blutige Liste zu vervollständigen, muß noch das Segelschiff *Brothers* erwähnt werden, das 1815 von den Neuseeländern angegriffen wurde, ebenso wie die Mannschaft der *Boyd* und Kapitän Thompson, der 1820 Opfer eines Massakers wurde. Am 1. März 1829 schließlich plünderte in Walkitaa der Häuptling Enararo die englische Brigg *Hawes* aus Sydney, seine Horde von Kannibalen schlachtete mehrere Matrosen, kochte die Toten und verschlang sie.

So war also dieses Neuseeland beschaffen, dem die *Macquarie* mit dummen Matrosen bemannt und unter dem Befehl eines Säufers entgegenfuhr.

IV. KAPITEL

# IN DER BRANDUNG

Indessen zog sich die mühselige Reise in die Länge. Sechs Tage nach dem Auslaufen der *Macquarie*, am 2. Februar, war die Küste von Auckland von der Brigg aus noch nicht gesichtet worden, obgleich aus Südwesten ein günstiger Wind wehte. Doch die Brigg hatte mit einer Gegenströmung zu kämpfen und kam kaum vorwärts. Der starke und hohe Seegang überanstrengte das Oberwerk des Schiffes. Die Planken ächzten, und das Schiff kam nur schwer aus den Wogentälern wieder hoch. Die Takelung war nicht straff genug, die Masten saßen zu lose und schwankten bei jeder Woge, von heftigen Stößen erschüttert, hin und her.

Glücklicherweise versuchte Will Halley, der es nicht eilig zu haben schien, nicht, weitere Segel zu setzen, denn dann wären die Masten unweigerlich gebrochen. John Mangles hoffte daher, das wenig vertrauenerweckende Schiff werde den Hafen doch noch ohne Unglücksfall erreichen. Er litt aber darunter, daß seine Reisegefährten an Bord der Brigg so schlecht untergebracht waren.

Zwar hatten sich weder Lady Helena noch Mary Grant beklagt, obwohl ununterbrochener Regen sie zwang, im Hinterdeck zu bleiben, wo der Luftmangel und das Schlingern ihnen sehr zu schaffen machten. Sie kamen häufig auf die Kommandobrücke und boten der unfreundlichen Witterung so lange Trotz, bis eine heftige Bö sie zwang, wieder nach unten zu gehen, in den engen Raum, der eher dazu geeignet war, Waren aufzunehmen als Passagiere.

Die Männer versuchten auf jede Weise, die Frauen zu unterhalten. Paganel war bemüht, sie mit seinen Geschichten zu zerstreuen, hatte aber keinen Erfolg. Tatsächlich sank den Reisenden auf dieser Fahrt der Mut. So sehr die Vorträge des Geographen über die Pampas oder Australien früher interessiert hatten, so kühl und gleichgültig ließen jetzt seine Betrachtungen und Gedanken über Neuseeland. Sie fuhren dieser Insel mit der düsteren Vorgeschichte ohne Begeisterung entgegen und konnten es nicht verhindern, daß sie unter dem Druck des Verhängnisses kleinmütig wurden. Von allen Passagieren der *Macquarie* war Lord Glenarvan am meisten zu bedauern. Er ließ sich selten im Hinterdeck sehen. Er konnte nicht auf einer Stelle bleiben. Da er nervös und überreizt war, konnte er es nicht ertragen, zwischen vier Wänden eingesperrt zu sein. Am Tage, und selbst in der Nacht, blieb er an Deck, ohne auf die Regengüsse und die über Bord brechenden Wogen zu achten. Bald beugte er sich über die Reling, bald ging er in fieberhafter Erregung auf und ab. Ständig irrten seine Blicke in die Ferne. Während der kurzen Augenblicke, in denen die Dunstwand aufriß, suchte er den Horizont mit seinem Fernrohr ab. Er schien eine Frage an die stummen Wogenberge zu richten. Am liebsten hätte er wohl den Nebel, der den Horizont verdeckte, den Dunst, der über dem Meer lagerte, mit eigenen Händen zerteilt. Er war außerstande, sich mit seinem Geschick abzufinden. Ein herber Schmerzenszug hatte sich seinem Gesicht eingeprägt. Dem bisher so energischen, glücklichen Manne fehlten mit einem Male die Kräfte und das Zutrauen.

Doch John Mangles wich nicht von seiner Seite und erduldete gemeinsam mit ihm die Unbilden der Witte-

rung. Glenarvan durchforschte an diesem Tage auch die kleinste Stelle, an der der Nebel sich lichtete, und suchte mit seinen Blicken den Horizont noch hartnäckiger ab. John trat zu ihm:

»Euer Gnaden halten wohl Ausschau nach Land?« fragte er. Glenarvan schüttelte den Kopf.

»Dennoch sehnen Sie sich bestimmt danach, diese Brigg zu verlassen. Wir müßten das Auckland-Leuchtfeuer schon seit sechsunddreißig Stunden sehen können«, fuhr der junge Kapitän fort.

Glenarvan antwortete nicht. Er blickte immer noch in die Ferne und hatte seine Gläser bereits seit einer Minute auf einen Punkt vor dem Winde gerichtet.

»Dort, wo Sie hinblicken, liegt kein Land«, sagte John Mangles. »Euer Gnaden sollten lieber nach Steuerbord Ausschau halten.«

»Weshalb, John? Das Land interessiert mich gar nicht.«

»Und was suchen Sie, Mylord?«

»Meine Jacht, meine *Duncan*«, erwiderte Glenarvan zornig. »Sie muß sich hier in diesen Gewässern aufhalten, sie muß diese Wogen durchschneiden, sie dient den Seeräubern bei ihrem abscheulichen Gewerbe. Hier muß sie sein, John, hier auf unserer Route, zwischen Australien und Neuseeland; ich habe ein Gefühl, als würden wir ihr begegnen.«

»Gott möge uns vor einer solchen Begegnung bewahren, Mylord.«

»Weshalb, John?«

»Euer Gnaden vergessen, in welcher Lage wir uns befinden. Was würden Sie auf dieser Brigg anfangen, wenn uns die *Duncan* verfolgen sollte? Wir könnten nicht einmal entkommen.«

»Entkommen, John?«

»Ja, Mylord. Der Versuch wäre vergeblich. Wir würden übermannt und diesen Schurken auf Gnade und Ungnade ausgeliefert werden. Ben Joyce hat bereits bewiesen, daß er vor keinem Verbrechen zurückschreckt. Unser Leben wäre keinen Pfifferling wert!

Wir würden uns zwar bis zum letzten Mann verteidigen, das versteht sich. Aber denken Sie an Lady Helena, Mylord, denken Sie an Mary Grant!«

»Die armen Frauen«, murmelte Glenarvan. »John, mein Herz ist verwundet, zuweilen fühle ich, wie es ein Raub der Hoffnungslosigkeit wird. Ich ahne es, neues Unheil steht uns bevor. Der Himmel hat sich gegen uns entschieden. Ich fürchte mich.«

»Sie, Mylord?«

»Nicht um meinetwillen, John, um meiner Lieben willen, die meinem Herzen nahe sind und die auch Sie lieben.«

»Seien Sie getrost, Mylord«, antwortete der junge Kapitän. »Sie haben nichts zu befürchten. Die *Macquarie* kommt langsam vorwärts, aber sie kommt vorwärts. Will Halley ist ein blöder Kerl, aber ich bin auch noch da; und wenn mir die Nähe des Landes bedrohlich vorkommt, werde ich das Schiff wieder ins offene Meer hinaus steuern. Von der Seite droht uns also kaum Gefahr. Was nun aber die Möglichkeit betrifft, der *Duncan* zu begegnen, davor möge Gott uns bewahren. Und falls Euer Gnaden versuchen sollten, sie zu sichten, dann darf es nur sein, um ihr zu entgehen, um vor ihr zu fliehen!«

John Mangles hatte recht. Eine Begegnung mit der *Duncan* mußte für die *Macquarie* verhängnisvoll werden. Nun lag eine solche Begegnung in diesen begrenzten Gewässern, die von den Piraten unbeschadet befahren werden konnten, durchaus im Bereich der Möglichkeiten. Jedoch an diesem Tage tauchte die *Duncan* nicht auf, und die sechste Nacht seit dem Verlassen der Twofold-Bucht brach an, ohne daß sich John Mangles' Befürchtungen bestätigt hätten.

Doch diese Nacht sollte schrecklich werden. Um sieben Uhr abends brach unvermittelt die Dunkelheit herein. Der Himmel sah unheilverkündend aus, und der Instinkt des Seemannes, der stärker war als die Stumpfheit des Trunkenboldes, brachte Will Halley auf die Beine. Er trat aus seiner Kabine, rieb sich die Augen, schüttelte seinen dicken roten Kopf und sog die Luft tief ein, wie ein anderer ein Glas Wasser hinunterstürzt, um zu sich zu kommen; dann musterte er die Masten. Der Wind verstärkte sich und wehte jetzt direkt auf die neuseeländische Küste zu.

Will Halley holte seine Leute mit Gewalt an Deck, ließ die Bramsegel einbinden und die Segel für die Nacht setzen. John Mangles sagte nichts, war aber mit diesem Manöver einverstanden. Er hatte es aufgegeben, sich mit dem ungehobelten Seemann zu unterhalten. Doch weder der junge Kapitän noch Glenarvan verließen die Kommandobrücke. Nach zwei Stunden war der Wind zu einer steifen Brise geworden. Will Halley ließ die unteren Marssegel reffen. Hätte die *Macquarie* nicht nach amerikanischem Vorbild über doppelte Rahen verfügt, so wäre das Manöver für fünf Mann zu schwierig gewesen. Es genügte in diesem Falle tatsächlich, die obere Rahe einzuziehen, um die Marssegel zu reduzieren.

Wieder vergingen zwei Stunden. Die See schwoll an. Der Rumpf der *Macquarie* wurde so heftig erschüttert, daß man hätte meinen können, ihr Kiel streife Felsenriffe. Das war nicht der Fall, doch das schwere Schiff hob sich nur mühsam mit den Wellen. Die Wogen überfluteten daher das Schiff mit gewaltigen Wassermassen. Das backbords aufgehängte Beiboot wurde von einer Woge abgerissen und fortgespült.

John Mangles' Sorge wurde nicht geringer. Jedes andere Schiff wäre mit diesem nicht sehr hohen Seegang leicht fertig geworden. Doch bei diesem schwerfälligen Kahn mußte man damit rechnen, senkrecht in die Tiefe gerissen zu werden; denn bei jeder Neigung des Schiffs wurde das Deck überflutet, und das nasse Element, das keinen ungehinderten Abfluß durch die Speigatten fand, konnte das Schiff zum Sinken bringen. Das vernünftigste wäre gewesen, das Schanzkleid mit der Axt zu zertrümmern, um dem Schiff das Wiederaufrichten zu erleichtern. Aber Will Halley weigerte sich, diese Vorsichtsmaßnahme zu treffen.

Zudem drohte der *Macquarie* eine weit größere Gefahr, und es war nicht mehr möglich, ihr vorzubeugen.

Gegen halb zwölf Uhr vernahmen John Mangles und Wilson, die sich vor dem Winde an der Backbordseite aufhielten, ein beängstigendes Getöse. Ihr Seemannsinstinkt erwachte. John griff nach der Hand des Matrosen.

»Die Brandung!« rief er.

»Ja«, erwiderte Wilson, »die Wogen brechen sich an den Sandbänken.«

»Und in einer Entfernung von höchstens zwei Kabellängen.«

»Höchstens! Die Küste kann nicht mehr weit sein.«

John beugte sich über die Verschanzung; er musterte die dunklen Wogen und schrie:

»Das Senkblei, Wilson, das Senkblei!«

Der Kapitän, der auf dem Vorderschiff stand, schien sich über seine Lage nicht im klaren zu sein. Wilson griff nach der Lotleine und stürzte sich in die Takelung. Er warf das Senkblei aus, die Schnur glitt durch seine Hände. Beim dritten Knoten stieß es auf Grund.

»Drei Faden!« rief Wilson.

»Kapitän«, schrie John und lief auf Will Halley zu, »wir geraten in die Brandung!«

Ob er nun gesehen hatte, daß Will Halley die Achsel zuckte, blieb ungewiß. Jedenfalls stürzte er sich auf das Steuer und warf es herum, während Wilson die Meßleine fahren ließ und den Marssegelbaum einholte, um das Schiff anluven zu lassen. Der Matrose am Steuer, den ein heftiger Stoß zur Seite geworfen hatte, begriff nichts von dem Grund dieses plötzlichen Überfalls.

»Vor den Wind kommen! Die Segel einziehen, die Segel einziehen!« schrie der junge Kapitän und manövrierte, um von den Riffen freizukommen.

Noch während einer halben Minute verlängerte sich die Windfierung steuerbords, und trotz der Finsternis konnte John, vier Klafter von dem Schiff entfernt, einen schäumenden und brüllenden weißen Streifen erkennen.

In diesem Augenblick, als er sich der unmittelbaren Gefahr bewußt wurde, verlor Will Halley den Kopf. Seine halbbetrunkenen Matrosen konnten seine Befehle nicht verstehen. Außerdem bewiesen die unzusammenhängenden Sätze und die sich widersprechenden Anweisungen, daß dieser verblödete Trunkenbold seine Kaltblütigkeit gänzlich eingebüßt hatte. Die Nähe der Küste hatte ihn überrascht. Anstatt, wie er angenommen hatte, noch etwa dreißig oder vierzig Meilen von der Küste entfernt zu sein, hatte die Gegenströmung das Schiff von dem gewohnten Kurs abgebracht und den jämmerlichen Routinier unversehens in die Enge getrieben.

Indessen hatte sich die *Macquarie* durch John Mangles' schnelles Eingreifen von der Brandung entfernt. Aber John wußte nicht, wo sie sich befanden. Vielleicht waren sie von einem Gürtel von Felsenriffen umgeben. Der Wind trieb sie direkt nach Osten, und bei jedem Wellenstoß konnten sie auf Grund geraten.

Tatsächlich verstärkte sich das Tosen der Brandung sehr bald. Es mußte von neuem gefiert werden. John warf das Steuer wieder herum und braßte geradeaus. Die Wogen der Brandung unter dem Vordersteven der Brigg vermehrten sich, und es wurde notwendig, vor dem Winde zu kreuzen, um wieder aufs offene Meer hinauszukommen. Würde dieses Manöver mit einem so schlecht ausbalancierten Schiff und verminderter Leinwand gelingen? Das war ungewiß, mußte aber versucht werden.

»Das Steuer ganz hinunterdrücken!« rief John Mangles Wilson zu.

Die *Macquarie* näherte sich der Kette von Riffen, auf denen die Wogen schäumten.

Es folgten Augenblicke unbeschreiblicher Spannung. Die Schaumkämme leuchteten, als phosphoreszierten sie wie durch ein Naturwunder. Das Meer brüllte, als verfügte es über die Stimme der antiken Klippen, von denen die heidnische Mythologie berichtet. Wilson und Mulrady drückten, über das Steuer gebeugt, die Ruderpinne mit ihrem ganzen Gewicht hinunter. Das Steuerruder war auf Widerstand gestoßen.

Plötzlich erschütterte ein Ruck das ganze Schiff. Die *Macquarie* war auf ein Felsenriff aufgelaufen. Die unteren Mastenstützen am Bugspriet barsten, der Fockmast lockerte sich. Sollte dies die einzige Havarie bei dieser Wende bleiben?

Nein, denn plötzlich trat eine Beruhigung ein, und

das Schiff kam wieder unter den Wind. Seine Bewegung wurde jäh unterbrochen, eine hohe Woge hob es empor und schleuderte es mit größter Wucht noch mehr auf die Felsklippen. Der Fockmast stürzte mit seiner ganzen Takelung um. Die Brigg drehte sich zweimal um ihre eigene Achse, dann blieb sie mit einer

Neigung von dreißig Grad nach Steuerbord endgültig liegen.

Die Scheiben des Kojenfensters zerbarsten in tausend Stücke, und die Passagiere stürzten nach oben. Doch das Deck wurde von einem Ende zum anderen überflutet, und niemand konnte, ohne Gefahr für Leib und Leben, oben bleiben. John Mangles, der wußte, daß das Schiff fest im Sande saß, bat alle, wieder in die Koje zurückzukehren.

»Sagen Sie uns die Wahrheit, John«, bat Glenarvan mit beherrschter Stimme.

»Die Wahrheit, Mylord, ist, daß wir nicht sinken werden. Ob das Meer die Brigg in Stücke reißen wird, ist eine andere Frage. Wir haben aber Zeit, uns zu beraten.«

»Es ist Mitternacht?«

»Ja, Mylord. Wir müssen den Morgen abwarten.«

»Können wir denn kein Boot hinunterlassen?«

»Bei diesem Seegang und in dieser Finsternis ist das unmöglich. Wo sollten wir außerdem landen?«

»Gut, John, warten wir hier, bis es tagt.«

Indessen raste Will Halley wie ein Besessener auf der Kommandobrücke seiner Brigg hin und her. Seine Matrosen, die sich von ihrem Schrecken erholt hatten, schlugen den Spund eines Branntweinfasses ein und begannen zu trinken. John befürchtete, daß ihre Trunkenheit sehr bald zu fürchterlichen Szenen führen würde. Auf den Kapitän war nicht zu rechnen; er würde sie nicht im Zaum halten können. Der Elende rang die Hände und raufte sich die Haare; er dachte nur an seine Ladung, die nicht versichert war.

»Ich bin ruiniert«, schrie er, »ich bin verloren!« und rannte von einer Bordseite zur anderen.

John Mangles dachte nicht daran, ihn zu trösten. Er bat seine Gefährten, sich zu bewaffnen; und alle machten sich bereit, die Matrosen, die sich mit Schnaps volllaufen ließen und gräßliche Flüche ausstießen, in Schach zu halten.

»Der erste von diesen Schurken, der sich an das Hinterdeck heranwagt, wird von mir niedergeknallt wie ein Hund«, sagte der Major mit gelassener Stimme.

Die Matrosen sahen wohl ein, daß diese Passagiere entschlossen waren, sich zu verteidigen, und nach ein paar Versuchen, die Reisenden auszuplündern, zogen sie sich zurück.

John Mangles kümmerte sich nicht mehr um diese Trunkenbolde. Ungeduldig erwartete er den Anbruch des Tages.

Das Schiff lag jetzt ganz still. Der hohe Seegang hatte sich nach und nach beruhigt, und der Wind hatte sich gelegt. Für einige Stunden würde der Schiffsrumpf wohl noch standhalten. Bei Sonnenaufgang wollte John die Küste absuchen. Falls sich eine Landungsmöglichkeit bot, mußte die Jolle, das einzige noch vorhandene Boot, die Besatzung und die Passagiere an Land bringen. Dazu war es nötig, mindestens viermal überzusetzen; denn der Kahn hatte nur Platz für vier Personen. Und das Beiboot war ja vom Seegang weggespült worden.

John Mangles hatte sich auf das Kajütendeck gestützt, lauschte auf das Getöse der Brandung und sann über die Gefahren der Lage nach, in die sie geraten waren. Er versuchte die tiefe Finsternis mit seinen Blicken zu durchdringen und fragte sich, in welcher Entfernung das zugleich ersehnte und gefürchtete Land liegen mochte. Die Brandung reicht oft mehrere

Meilen ins offene Meer hinaus. Würde das leichte Boot einer längeren Überfahrt standhalten?

Während John solche Überlegungen anstellte und den düsteren Himmel um einen Funken Helligkeit anflehte, ruhten sich die Damen, die seinen Worten vertrauten, auf ihren Pritschen aus. Die Bewegungslosigkeit der aufgelaufenen Brigg ermöglichte ihnen einige Stunden der Ruhe. Dann suchten auch Glenarvan, John und ihre Gefährten in einem kurzen Schlummer Erholung und hörten nichts mehr vom Lärm der volltrunkenen Matrosen. Um ein Uhr früh herrschte tiefe Stille an Bord der Brigg, die selber auf ihrem Lager aus Sand zu schlummern schien.

Gegen vier Uhr morgens zeigte sich im Osten das erste Frühlicht. Die Konturen der Wolken begannen sich in der blassen Morgendämmerung abzuzeichnen. John stieg wieder zur Kommandobrücke empor. Nebelschleier verhängten den Horizont. Im Frühdunst zeichneten sich undeutlich einige Bergkämme ab. Noch immer wurde das Meer von leichtem Seegang aufgewühlt, und in der Ferne verloren sich die Wellen in dichten, unbeweglichen Wolken.

John wartete. Nach und nach wurde es heller. Der Horizont färbte sich hier und dort. Langsam hob sich der Vorhang vor dem erhabenen Hintergrund. Erst wurden die Spitzen der schwarzen Felsenriffe sichtbar, dann zeichnete sich ein heller Schaumstreifen ab. Wie das Leuchtfeuer auf dem Gipfel eines Berges erstrahlte das Licht der aufgehenden Sonne und beleuchtete die Küste, die in einer Entfernung von kaum neun Meilen vor ihnen lag.

»Land!« rief John Mangles.

Seine Gefährten erwachten von diesem Ruf, stürzten

auf die Schiffsbrücke und betrachteten schweigend das Land, das sich am Horizont abzeichnete. Ob es nun gastlich oder feindlich war, es bot die einzige Zuflucht für die Schiffbrüchigen.

»Wo ist Will Halley?« fragte Glenarvan.

»Das weiß ich nicht, Mylord«, erwiderte John Mangles.

»Und seine Matrosen?«

»Sind verschwunden, ebenso wie er.«

»Und sind wie er, ohne Zweifel, sinnlos betrunken«, bemerkte MacNabbs.

»Wir müssen sie suchen«, sagte Glenarvan. »Wir können sie nicht auf diesem Schiff zurücklassen.«

Mulrady und Wilson stiegen in das Vorderkastell hinab und kamen zwei Minuten später zurück. Der Posten war leer. Dann wurde die Brigg von der Brücke bis zum Schiffsraum durchsucht. Aber weder Will Halley noch seine Matrosen waren zu entdecken.

»Was denn, es ist keiner mehr da?« rief Glenarvan.

»Sind sie etwa ins Meer gestürzt?« fragte Paganel.

»Alles ist möglich«, antwortete John Mangles, den dieses Verschwinden mit höchster Besorgnis erfüllte.

Er begab sich zum hinteren Schiffsteil.

»Zur Jolle!« rief er.

Wilson und Mulrady folgten ihm, um die Jolle ins Meer hinabzulassen. Die Jolle war verschwunden.

V. KAPITEL

# DIE ERSATZMATROSEN

Während die Passagiere schliefen, hatten Will Halley und seine Mannschaft im Schutze der Dunkelheit mit dem einzigen Boot, das der Brigg verblieben war, die Flucht ergriffen. Darüber bestand kein Zweifel. Dieser Kapitän, dessen Pflicht es gewesen wäre, bis zuletzt an Bord zu bleiben, hatte sein Schiff als erster verlassen.

»Die Schurken sind geflohen«, sagte John Mangles. »Nun, um so besser, Mylord, dadurch vermeiden wir unangenehme Auftritte...«

»Das denke ich auch«, erwiderte Glenarvan, »und außerdem ist ja ein Kapitän an Bord, und tapfere, wenn auch nicht sehr geübte Matrosen stehen ihm zur Seite. Befehlen Sie nur, wir sind bereit, Ihre Anweisungen zu befolgen.«

Der Major, Paganel, Robert, Wilson und Mulrady, ja sogar Olbinett spendeten Glenarvans Worten lebhaften Beifall; in Reih und Glied hielten sie sich auf der Brücke zu John Mangles' Verfügung.

»Was soll nun geschehen?« fragte Glenarvan.

Der junge Kapitän sah auf das Meer hinaus, sein Blick fiel auf die unvollständige Bemastung der Brigg. Nach kurzer Überlegung sagte er:

»Es gibt zwei Möglichkeiten, um uns aus dieser Lage herauszuwinden, Mylord; wir können versuchen, den Kahn wieder flottzumachen, oder wir können auf einem Floß, das nicht schwer zu bauen ist, die Küste erreichen.«

»Wenn wir das Schiff flottmachen könnten, sollten

wir es tun«, antwortete Glenarvan, »das scheint der beste Ausweg zu sein.«

»Ja, gewiß, Euer Gnaden; denn was können wir an Land, und noch dazu ohne Transportmittel, unternehmen?«

»Zudem täten wir besser daran, die Küste zu meiden«, fügte Paganel hinzu, »vor Neuseeland sollte man sich hüten.«

»Um so mehr, als wir vom Kurs abgekommen sind«, fuhr John fort. »Halleys Fahrlässigkeit hat uns offenbar nach Süden abgetrieben. Mittags werde ich die Position berechnen, und falls wir uns, wie ich vermute, unterhalb von Auckland befinden, werde ich versuchen, die *Macquarie* längs der Küste nordwärts zu steuern.«

»Aber die Havarie der Brigg?« bemerkte Lady Helena.

»Ich halte sie nicht für allzu ernst, gnädige Frau«, erwiderte John Mangles. »Ich werde vorn einen Notmast anbringen, um den Fockmast zu ersetzen, und wir werden, wenn auch langsam, voran und ans Ziel kommen. Sollte das Unglück es wollen, daß der Schiffsrumpf eingedrückt worden ist und das Leck nicht abgedichtet werden kann, müßten wir uns damit abfinden, an Land zu gehen und Auckland auf dem Landwege zu erreichen versuchen.«

»Untersuchen wir also zunächst den Zustand des Schiffes«, sagte der Major. »Das dürfte das wichtigste sein.«

Glenarvan und Mulrady öffneten die große Luke und stiegen in den Schiffsraum hinunter. Ungefähr zweihundert Ballen gegerbter Häute waren dort ziemlich unordentlich aufgestapelt worden. Sie ließen sich mit Hilfe der an den Stützbalken der Decke angebrachten Zugwinde beiseite räumen. John ließ sogleich einen großen Teil dieser Ballen ins Meer werfen, um das Schiff vom überflüssigen Ballast zu befreien.

Nach drei Stunden harter Arbeit war es möglich, den Schiffsboden zu untersuchen. An zwei Stellen klafften backbords die Fugen zwischen den Schiffsplanken in Höhe der Bordwand auseinander. Da die *Macquarie* sich jedoch steuerbords auf die Seite gelegt hatte, ragte die gegenüberliegende aufgerissene Seite aus dem Wasser heraus, so daß es dort nicht eindringen konnte. Wilson machte sich sogleich daran, die Planken abzudichten, verstopfte sie mit Werg und befestigte darüber eine Messingplatte.

Beim Loten ergab sich, daß das Wasser im Schiffsraum nicht einmal zwei Fuß hoch stand. Es mußte daher ein leichtes sein, es hinauszupumpen und das Schiff entsprechend zu entlasten.

Eine genaue Untersuchung des Schiffsrumpfes ergab, daß er beim Auflaufen kaum beschädigt worden war. Vermutlich würde beim Flottmachen ein Teil des sogenannten falschen Kiels im Sande steckenbleiben; doch das würde man verschmerzen können.

Nachdem Wilson das Innere des Schiffsraumes untersucht hatte, tauchte er auf den Meeresgrund, um die genaue Lage der Brigg festzustellen.

Die *Macquarie*, deren Vorderschiff nach Nordnordwest zeigte, war auf einer sumpfigen, sehr steil aufragenden Sandbank gestrandet. Der äußerste Teil des Vorderstevens und etwa zwei Drittel des Kiels waren fest in den Sand eingerammt. Der übrige Teil des Schiffes, bis zum Hintersteven, lag frei im Wasser, das hier etwa fünf Faden tief sein mochte. Das Steuer saß nicht fest und ließ sich ungehindert handhaben.

John hielt es für überflüssig, es festzumachen – ein großer Vorteil, da man sich seiner bei Bedarf sofort würde bedienen können.

Im Stillen Ozean machen sich die Gezeiten nicht sehr stark bemerkbar; dennoch hoffte John Mangles auf die

Flut, um die *Macquarie* wieder flottmachen zu können. Die Brigg war etwa eine Stunde vor Einsetzen der Ebbe aufgelaufen. Als sich die Flut bemerkbar machte, war die Neigung des Schiffes nach Steuerbord mehr und mehr zu spüren. Um sechs Uhr früh legte sich das Schiff noch mehr auf die Seite; es abzustützen, schien jedoch nicht nötig zu sein. So konnte man die Rahen und Sparren für einen Notmast im Vorderschiff verwenden.

Nun blieb nur noch übrig, die nötigen Maßnahmen zum Wiederflottmachen der *Macquarie* zu treffen, eine langwierige und mühevolle Arbeit. Offenbar würde es nicht möglich sein, zu der um ein Viertel nach zwölf Uhr mittags einsetzenden Ebbe die Brigg bereit zu haben. Man konnte jedoch feststellen, wie sich die zum Teil von ihrem Ballast befreite Brigg während der Flut verhielt, und konnte sich dann bei der nächsten ganz ins Zeug legen.

»An die Arbeit!« rief John Mangles.

Die Ersatzmatrosen waren bereit, seinen Anweisungen zu folgen.

John ließ zuerst die noch an den Geitauen befestigten Segel streichen. Der Major, Robert und Paganel erkletterten, von Wilson angeleitet, den Großmast. Das vom Winde geblähte Toppsegel hätte ein Freikommen des Schiffes behindert; es mußte daher eingezogen werden, was recht und schlecht ausgeführt wurde. Nach einer für ungeübte Männer mühseligen Arbeit wurde der Mast des Vorderbramsegels übergeholt. Der junge Robert, wendig wie eine Katze und beherzt wie ein richtiger Schiffsjunge, leistete während dieses schwierigen Manövers die besten Dienste.

Nun mußte vom Hinterschiff aus in Kielrichtung

ein Anker geworfen werden, noch besser waren zwei. Das Anziehen der Ankertaue sollte helfen, das Schiff beim Einsetzen der Flut wieder flottzumachen. Dieses Manöver ist nicht schwierig, wenn ein Boot an Bord ist. Man bedient sich eines Hilfsankers, der an einer geeigneten Stelle, die vorher erkundet werden muß, ins Meer versenkt wird. Aber hier gab es kein Boot, und man mußte sich auf andere Art helfen.

Glenarvan hatte genügend seemännische Erfahrung, um die Notwendigkeit dieses Vorgehens einzusehen. Ein Anker mußte geworfen werden, wenn das bei Ebbe aufgelaufene Schiff wieder flott werden sollte.

»Wie sollen wir das ohne Boot bewerkstelligen?«

»Wir werden die Stücke des Fockmastes und leere Fässer zu einem Floß zusammenbauen«, antwortete der junge Kapitän. »Das wird schwierig, aber nicht unmöglich sein. Die Ankerhaken der *Macquarie* sind klein, und wenn sie erst Grund gefaßt haben und nicht abtreiben, bin ich zuversichtlich.«

»Gut, so wollen wir keine Zeit verlieren, John.«

Alle Matrosen und Passagiere kamen an Deck. Jeder beteiligte sich an der Arbeit. Mit Axthieben wurde das Takelwerk, das noch hielt, abgetrennt. Der untere Pfosten des Mastbaums war bei dem Sturz geborsten, so daß das Toppsegel sich leicht entfernen ließ. John Mangles bestimmte diese Plattform für die Anfertigung eines Floßes. Mit leeren Fässern gekoppelt, konnte das Floß die Anker tragen. Es wurde ein Steuerruder konstruiert, um das Floß zu steuern. Die Ebbe würde das Floß genau hinter das Schiff treiben. Nachdem die Anker Grund gefaßt hätten, wäre es ein leichtes, sich mit Hilfe eines Schiffskabels wieder an Bord zu ziehen.

Diese Arbeiten waren zur Hälfte beendet, als die Sonne ihren höchsten Stand erreicht hatte. John Mangles ließ Glenarvan die begonnenen Arbeiten überwachen, während er selbst daran ging, die Position zu bestimmen. Diese Berechnung war sehr wichtig. Glücklicherweise hatte John in Will Halleys Kajüte ein Jahrbuch der Sternwarte von Greenwich und einen sehr verschmutzten, aber zur Positionsbestimmung ausreichenden Sextanten gefunden. Er reinigte ihn und brachte ihn auf die Kommandobrücke.

Durch eine Anzahl beweglicher Spiegel reflektiert dieses Instrument die Sonne genau dann im Horizont, wenn es Mittag ist, das Taggestirn also seinen höchsten Stand erreicht hat. Es ist folglich einzusehen, daß man, um operieren zu können, mit dem Fernrohr des Sextanten einen wirklichen Horizont, nämlich die Grenze zwischen Himmel und Wasser, anvisieren muß. Nun lief aber die Landspitze hier im Norden in ein langes Vorgebirge aus und schob sich zwischen den Betrachter und den tatsächlichen Horizont. Jede Beobachtung war daher unmöglich.

Wenn nun, wie in diesem Falle, der Horizont unsichtbar ist, ersetzt man ihn durch eine künstliche Horizontlinie, für gewöhnlich durch eine flache, mit Quecksilber gefüllte Schale, über der man arbeitet. Das Quecksilber bildet ganz von selbst einen vollkommen waagrechten Spiegel. John hatte kein Quecksilber an Bord, doch er behalf sich mit einem Kübel mit flüssigem Teer, dessen Oberfläche das Bild der Sonne ausreichend widerspiegelte.

Da sie sich an der Westküste von Neuseeland befanden, war der Längengrad John glücklicherweise bereits bekannt, denn ohne Chronometer hätte er ihn nicht berechnen können. Nun fehlte ihm nur noch der Breitengrad, und er schickte sich an, ihn zu berechnen. Er ermittelte mit Hilfe des Sextanten die Mittagshöhe der Sonne über dem Horizont. Sie lag bei 68° 30′. Der Abstand der Sonne vom Zenit betrug also 21° 30′, da beide Winkel zusammen 90° ergeben müssen. Für diesen Tag, den 3. Februar, war die Deklination der Sonne im Jahrbuch mit 16° 30′ angegeben; wenn man dazu den Sonnenabstand vom Zenit mit 21° 30′ rechnete, so erhielt man eine geographische Breite von 38°.

Die Position der *Macquarie* betrug demnach 174 Grad 13 Minuten Länge und 38 Grad Breite; unwesentliche Irrtümer infolge der unvollkommenen Instrumente mußten in Kauf genommen werden.

Auf der von Paganel in Eden gekauften Johnston-Karte konnte John feststellen, daß die *Macquarie* in der Bucht von Aotea, oberhalb der Landspitze von Cahua in der Provinz Auckland, aufgelaufen war. Die Stadt Auckland liegt am 37. Parallelkreis, das Schiff war um einen Grad nach Süden von seinem Kurs abgewichen, mußte also um einen Grad nach Norden steuern, um zu der Hauptstadt von Neuseeland zu gelangen.

»Demnach haben wir eine Strecke von höchstens fünfundzwanzig Meilen zurückzulegen«, sagte Glenarvan, »das will nichts bedeuten.«

»Auf dem Meere würde es nichts bedeuten, aber zu Lande wäre es höchst langwierig und mühselig«, erwiderte Paganel.

»Wir werden daher alles nur Menschenmögliche versuchen, um die *Macquarie* wieder flottzumachen«, versetzte John.

Nachdem die Position bestimmt war, wurde die Ar-

beit an dem Floß wieder aufgenommen. Um ein Viertel nach zwölf hatte die Flut ihren Höhepunkt erreicht. John jedoch konnte diesen Umstand nicht ausnutzen, weil die Anker noch nicht ausgeworfen waren. Er beobachtete die *Macquarie* mit nicht geringer Besorgnis.

Würde das Schiff von den Wogen hochgehoben werden? Diese Frage mußte sich in den nächsten fünf Minuten entscheiden. Alles wartete. Es krachte hier und dort in den Fugen: der Kiel wurde nicht emporgehoben, erzitterte jedoch leicht – aber die Brigg rührte sich nicht von der Stelle. John setzte seine Hoffnung also auf die nächste Flut.

Sie arbeiteten weiter. Um zwei Uhr war das Floß fertig. Der Hilfsanker wurde verladen, John und Wilson bestiegen das Floß, nachdem sie am Heck ein Kabeltau befestigt hatten. Die Ebbströmung trieb sie ab, und eine halbe Kabellänge vom Schiff warfen sie den Anker bei zehn Faden Tiefe aus.

Er hielt gut, und das Floß kehrte zum Schiff zurück.

Nun blieb noch der große Anker, der nicht ohne Schwierigkeiten vom Schiff geholt wurde. Dann wurde das Floß wieder in Bewegung gesetzt, und bald darauf war der zweite Anker in fünfzehn Faden Tiefe hinter dem ersten versenkt. John und Wilson zogen das Floß längs des Ankertaus zur *Macquarie* zurück.

Beide Taue wurden an der Ankerwinde befestigt, und der nächste Flutwechsel wurde abgewartet, der um ein Uhr früh einsetzen mußte. Es war jetzt sechs Uhr abends.

John Mangles lobte seine Matrosen und eröffnete Paganel, daß er bei einigem Mut und guter Führung vielleicht eines Tages Quartiermeister werden könnte.

Indessen war Mr. Olbinett, nachdem er bei den verschiedenen Arbeiten mit Hand angelegt hatte, wieder in seine Küche zurückgekehrt und hatte gerade im rechten Augenblick ein stärkendes Mahl zubereitet, das die Mannschaft mit großem Appetit verzehrte. Jeder fühlte sich gekräftigt für weitere Arbeiten.

Nach der Mahlzeit traf John Mangles die weiteren Vorsichtsmaßnahmen, die das Gelingen des Vorhabens sichern sollten. Wenn es darum geht, ein Schiff wieder flottzumachen, darf nichts außer acht gelassen werden. Zuweilen mißlingt das Manöver, weil einige Zoll fehlen und der festsitzende Kiel sich nicht aus dem Sandbett löst.

John Mangles hatte einen großen Teil der Waren ins Meer werfen lassen, um es der Brigg leichter zu machen, freizukommen. Die restlichen Häuteballen, die schweren Sparren, die Ersatzrahen sowie einige Tonnen mit Ballasteisen wurden auf das Hinterschiff gebracht, um durch ihr Gewicht das Loslösen des Kiels zu erleichtern. Wilson und Mulrady rollten eine Menge Fässer herbei, die sie mit Wasser füllten, um die Schiffsnase in die Höhe zu heben.

Um zwölf Uhr waren die letzten Arbeiten beendet. Die Mannschaft war zum Umfallen müde. Das war bedauerlich in einem Augenblick, da gar nicht genug Kräfte zur Hand sein konnten, um die Ankerwinde zu bedienen. Die Ermattung der Hilfsmatrosen veranlaßte John Mangles, einen neuen Entschluß zu fassen.

In diesem Moment legte sich der Wind. Das Meer hatte sich geglättet, kaum, daß sich die Wellen noch ein wenig kräuselten. John musterte den Himmel und bemerkte, daß der Wind dazu neigte, von Südwesten nach Nordwesten umzuschlagen. Ein Seemann konnte sich über die besondere Lage und die Farbe der Wolkenstreifen nicht täuschen. Wilson und Mulrady bestätigten die Meinung ihres Kapitäns.

John Mangles teilte Lord Glenarvan seine Beobachtung mit und schlug vor, das Flottmachen des

Schiffes auf den nächsten Tag zu verschieben. »Dies sind meine Gründe«, sagte er. »Erstens sind wir sehr müde, und um das Fahrzeug frei zu bekommen, brauchen wir alle unsere Kräfte. Und wie soll das freigekommene Schiff in tiefer Finsternis durch die gefährliche Brandung gesteuert werden? Es wäre besser, bei Tageslicht ans Werk zu gehen. Ich habe aber noch einen anderen Grund, der mich abwarten läßt. Der Wind verspricht uns zu Hilfe zu kommen, und davon will ich profitieren. Ich möchte, daß der Wind, während die Flut uns hochhebt, den alten Kasten von hinten zu fassen bekommt. Morgen wird, falls ich mich nicht täusche, die Brise aus Nordwesten wehen. Wir werden die Segel am Großmast brassen, und das wird uns beim Loslösen der Brigg helfen.«

Diese Gründe waren entscheidend. Glenarvan und Paganel, die beiden Ungeduldigsten an Bord, willigten ein, und das Vorhaben wurde auf den kommenden Tag verschoben. Die Nacht verging ruhig. Wachen, die insbesondere ein Auge auf die Anker haben sollten, waren eingeteilt worden.

Der Tag brach an, und John Mangles' Voraussagen bewahrheiteten sich. Der sich stetig verstärkende Wind kam aus Nordnordwesten und bot willkommene Hilfe. Die freiwilligen Matrosen hielten sich in Bereitschaft. Robert, Wilson und Mulrady erklommen die Spitze des Hauptmastes, der Major, Glenarvan und Paganel standen auf der Kommandobrücke bereit, um die Segel im geeigneten Augenblick zu hissen. Die Rahe des Hauptmarssegels wurde ganz hochgezogen, das Großsegel und das Hauptmarssegel auf dem Geitau belassen.

Es war neun Uhr morgens. Noch vier Stunden würden bis zum Hochstand der Flut vergehen, sie blieben nicht ungenützt. John verwandte die Zeit dazu, einen Notmast auf dem Vorderschiff aufzurichten, um dadurch den Fockmast zu ersetzen. Auf diese Weise konnten sie sich, sobald das Schiff flott war, von der gefährlichen Küste entfernen. Die Hilfsmatrosen machten sich mit neuem Eifer ans Werk, und noch vor Mittag war die Fockmastrahe an Stelle eines Mastbaumes fest eingerammt. Lady Helena und Mary Grant machten sich nützlich, indem sie ein Ersatzsegel an der Rahe des Vorbramsegels befestigten. Es bereitete ihnen Freude, zum Wohl aller beitragen zu können. Nachdem das Auftakeln beendet war, ließ die *Macquarie* zwar an Eleganz zu wünschen übrig, konnte aber die Fahrt wagen, wenn sie sich nicht von der Küste entfernte.

Inzwischen stieg die Flut. Kleine unruhige Wellen bewegten die Oberfläche des Meeres. Die Spitzen der Felsenriffe verschwanden nach und nach wie Meeresgetier, das in den Fluten untertaucht. Die Stunde für den großen Versuch kam näher und näher. Fieberhafte Unruhe hielt alle in höchster Spannung. Niemand sagte ein Wort. Alle blickten auf John, warteten auf seine Befehle. John Mangles beugte sich über das Schanzgitter und beobachtete die Flut, warf einen Blick auf die sehr straff angezogenen Ankertaue. Um ein Uhr hatte die Flut ihren höchsten Stand erreicht. Der Augenblick war gekommen, in dem das Wasser nicht mehr steigt und noch nicht fällt. Jetzt mußte unverzüglich gehandelt werden. Das Großsegel und das Hauptmarssegel blähten sich.

»Zur Ankerwinde!« rief John.

Die Ankerwinde war mit Pumpenschwengeln versehen, wie sie bei Feuerspritzen verwendet werden. Glenarvan, Mulrady und Robert auf der einen, Paganel, der Major und Olbinett auf der anderen Seite drückten auf die Punmpenschwengel, die die Bewegung auf die Winde übertrugen. John und Wilson bedienten gleichzeitig die Hebebäume und unterstützten mit ihren Kräften die Anstrengungen ihrer Gefährten.

»Nun los!« rief der junge Kapitän, »und alle zugleich!«

Die Ankertaue spannten sich unter der Wirkung der Winde bis zum Zerreißen. Die Anker saßen fest im Grund und lockerten sich nicht. Jetzt mußte es gelingen; denn die Hochflut dauert nur wenige Minuten. Sehr bald würde der Wasserspiegel wieder fallen. Sie verdoppelten die Anstrengungen. Der Wind blies heftig, und die Segel wurden an den Mast gedrängt. Der Schiffsrumpf wurde einige Male erschüttert. Die Brigg schien im Begriff, flott zu werden. Vielleicht würde noch eine kleine Anstrengung genügen, um sie von der Sandbank loszureißen.

»Helena, Mary!« rief Glenarvan.

Die beiden Frauen eilten herbei, um ihre Bemühungen mit denen ihrer Gefährten zu vereinen. Ein letztes Klappern an der Spille war vernehmbar.

Doch das war alles, die Brigg rührte sich nicht von der Stelle. Das Vorhaben war mißglückt. Schon begann der Wasserspiegel zu sinken. Es war offenbar, daß selbst mit Hilfe des Windes und des Meeres diese kleine Besatzung das Schiff nicht flottmachen konnte.

VI. KAPITEL

# EIN THEORETISCHER EXKURS ÜBER DEN KANNIBALISMUS

Der erste von John Mangles unternommene Versuch zu einer Rettung war mißlungen. Nun mußte unverzüglich der zweite gewagt werden. Es war klar, daß die *Macquarie* nicht flottgemacht werden konnte, und es war ebenso klar, daß es jetzt nur noch den Ausweg gab, das Schiff zu verlassen. An Bord der Brigg auf eine sehr zweifelhafte Rettung zu warten, wäre unvernünftig gewesen. Ehe ein Schiff an der Unglücksstelle auftauchen konnte, wäre die *Macquarie* längst von der Brandung zertrümmert worden. Der erste Sturm oder auch nur ein etwas höherer Seegang, als Folge der vom offenen Meer kommenden Winde, würde das Schiff endgültig auf den Strand setzen, es zertrümmern, in Stücke schlagen und als Strandgut abtreiben. Ehe es zu dieser unvermeidlichen Zerstörung kam, wollte John die Küste erreichen.

Daher schlug er vor, ein Floß zu zimmern, das fest genug war, um die Passagiere und einen ausreichenden Vorrat an Nahrungsmitteln an die neuseeländische Küste zu tragen.

Da gab es keinen Widerspruch. Es mußte gehandelt werden. Und sogleich wurde mit der Arbeit begonnen; sie war bereits gut fortgeschritten, als die Dunkelheit Einhalt gebot.

Gegen acht Uhr abends, nach dem Nachtmahl, als Lady Helena und Mary Grant auf den Pritschen im Hinterdeck ausruhten, unterhielten sich Paganel und seine Freunde, während sie an Deck auf und ab spa-

zierten, über ernste Fragen. Robert hatte sie nicht verlassen wollen. Der mutige Knabe spitzte seine Ohren, stets bereit, einen Dienst zu leisten oder bei einem gefährlichen Unternehmen seine Ergebenheit zu zeigen.

Paganel hatte John Mangles gefragt, ob es möglich

sei, mit dem Floß längs der Küste Auckland zu erreichen, anstatt hier an Land zu gehen. John hielt es für ausgeschlossen, eine solche Reise mit einem so zerbrechlichen Fahrzeug zu wagen.

»Wäre das, was auf dem Floß unmöglich ist«, sagte Paganel, »im Beiboot der Brigg möglich gewesen?«

»Im Notfall ja«, erwiderte John Mangles, »allerdings mit dem Vorbehalt, daß wir am Tage gerudert und nachts Rast gemacht hätten.«

»Also sind die Schurken, die uns im Stich gelassen haben . . .«

»Ach die«, erwiderte John Mangles, »die waren ja betrunken, und ich fürchte, in dieser Finsternis werden sie ihren feigen Verrat mit dem Leben bezahlt haben.«

»Dann wäre ihnen nur recht geschehen«, versetzte Paganel. »Es ist nur bedauerlich für uns; denn dieses Boot hätte uns sehr nützlich sein können.«

»Was wollen Sie, Paganel«, meinte Glenarvan. »Das Floß wird uns an Land bringen.«

»Eben das hätte ich gern vermieden«, erwiderte der Geograph.

»Was, eine Reise von höchstens zwanzig Meilen soll uns strapazengewohnte Männer erschrecken, nachdem wir die Pampas und Australien durchquert haben?«

»Liebe Freunde«, erwiderte Paganel, »ich setze weder den Mut noch die Unerschrockenheit meiner Gefährten in Zweifel. Zwanzig Meilen sind in jedem anderen Lande, außer in Neuseeland, ein Nichts. Ihr werdet mich nicht für kleinmütig halten. Ich war es, der euch als erster zugeredet hat, Amerika und Australien zu durchqueren. Aber in diesem Falle, das wiederhole ich, wäre alles besser, als sich in dieses Land hineinwagen zu müssen.«

»Und alles ist besser, als sich auf einem gestrandeten Schiff einem sicheren Untergang auszusetzen«, meinte John Mangles.

»Was haben wir denn in Neuseeland so sehr zu befürchten?« fragte Glenarvan.

»Die Eingeborenen«, antwortete Paganel.

»Die Eingeborenen?« wiederholte Glenarvan, »können wir ihnen denn nicht aus dem Wege gehen, wenn wir uns längs der Küste halten? Außerdem kann doch der Angriff von ein paar elenden Schurken zehn gutbewaffnete Europäer, die entschlossen sind, sich zu verteidigen, nicht erschrecken.«

»Es handelt sich nicht um ein paar elende Schurken«, sagte Paganel und schüttelte energisch den Kopf. »Die Bevölkerung von Neuseeland besteht aus schrecklichen Stämmen, die gegen die britische Unterdrückung kämpfen, die sich mit den Eindringlingen schlagen, sie oft besiegen und sie dann stets aufessen.«

»Kannibalen?« schrie Robert. »Kannibalen!«

Und dann hörten sie, wie er murmelte: »Meine arme Schwester und Lady Helena!«

»Fürchte nichts, mein Junge«, erwiderte Glenarvan, um den Knaben zu beschwichtigen. »Unser Freund Paganel übertreibt.«

»Ich übertreibe nicht«, erwiderte Paganel. »Robert hat bewiesen, daß er ein Mann ist, und ich behandle ihn wie einen Mann, indem ich ihm die Wahrheit nicht verheimliche. Die Neuseeländer sind die grausamsten, um nicht zu sagen die gefräßigsten Kannibalen, die es gibt. Sie vertilgen alles, dessen sie habhaft werden können. Der Krieg ist für sie nichts anderes als eine Jagd auf schmackhaftes Wild, auf den Menschen. Im übrigen ist das die einzige sinnvolle Art, Krieg zu führen. Die Europäer töten ihre Feinde und begraben sie. Die Wilden töten ihre Feinde und fressen sie auf, und wie es mein Landsmann Toussenel ausgedrückt hat, liegt das Schlimme nicht darin, seinen Feind zu braten, nachdem er tot ist, sondern darin, ihn zu töten, obwohl er nicht sterben will.«

»Darüber ließe sich streiten«, erwiderte der Major, »aber der Moment ist schlecht gewählt. Ganz gleich, ob es sinnvoll ist oder nicht, aufgefressen zu werden. Wir wollen jedenfalls nicht, daß man uns auffrißt. Hat denn das Christentum noch nicht mit der Menschenfresserei aufgeräumt?«

»Glauben Sie denn, alle Neuseeländer seien Christen?« erwiderte Paganel. »Nur eine kleine Zahl hat sich zum Christentum bekehrt, und sehr häufig sind die Missionare die Opfer dieser Wilden geworden. Im vorigen Jahr wurde der Pfarrer Walkner mit entsetzlicher Grausamkeit zu Tode gemartert. Die Maoris haben ihn gehängt. Ihre Frauen haben ihm die Augen ausgestochen. Man hat sein Blut getrunken und sein Gehirn verspeist. Dieser Mord hat sich im Jahre 1864 in Opotiki zugetragen, einige Meilen von Auckland entfernt, gewissermaßen unter den Augen der britischen Behörden. Liebe Freunde, um die Wesensart eines ganzen Volkes umzuwandeln, dazu bedarf es mehrerer Jahrhunderte. Die Maoris werden noch lange ihre Eigenart bewahren. Ihre ganze Geschichte ist mit Blut geschrieben. Wie viele Schiffsbesatzungen haben sie gemartert und dann gefressen, angefangen mit den Matrosen Abel Tasmans bis zu den Seeleuten der *Hawes!* Nicht erst das weiße Fleisch hat sie auf den Geschmack gebracht. Lange vor der Ankunft der Europäer haben die Neuseeländer Morde verübt, um ihre

Freßlust zu befriedigen. Zahlreiche Reisende haben unter ihnen gelebt und haben kannibalischen Mahlzeiten beigewohnt, zu denen die Tischgenossen nichts als das Verlangen trieb, von einem Leckerbissen wie Frauen- oder Kinderfleisch zu kosten!«

»Pah«, meinte der Major, »haben sich die Forschungsreisenden nicht die meisten dieser Geschichten ausgedacht? Es ist ein beliebter Sport, aus gefährlichen Ländern heimzukehren und am besten schon im Magen der Menschenfresser gesteckt zu haben.«

»Ich halte einen Teil dieser Geschichten für übertrieben«, erwiderte Paganel. »Es gibt aber glaubwürdige Zeugen wie die Missionare Kendall, Marsden sowie die Kapitäne Dillon, d'Urville, Laplace und noch viele andere. Ihren Berichten glaube ich. Die Neuseeländer sind von Natur grausam. Beim Tode ihrer Häuptlinge schlachten sie menschliche Opfer. Sie geben vor, den Zorn des Verstorbenen zu besänftigen, der die Lebenden bedrohen könnte, und gleichzeitig dafür zu sorgen, daß er im Jenseits nicht ohne Bedienung bliebe. Da sie nun aber diese posthume Dienerschaft auffressen, nachdem sie sie niedergemacht haben, geht man wohl nicht fehl in der Annahme, daß eher der Magen als der Aberglaube sie dazu treibt.«

»Und doch«, sagte John Mangles, »glaube ich, daß der Aberglaube eine Rolle bei den Festen der Kannibalen spielt. Deshalb werden bei einem Wechsel der Religion auch die Sitten wechseln.«

»Gut, Freund John«, antwortete Paganel. »Sie berühren hier die schwierige Frage nach dem Ursprung der Menschenfresserei. Ist es die Religion, oder ist es der Hunger, der die Menschen dahin gebracht hat, sich gegenseitig aufzufressen? Doch diese Diskussion ist, im Augenblick wenigstens, müßig. Weshalb es den Kannibalismus gibt, ist eine noch ungelöste Frage, doch es gibt ihn, das ist eine ernste Tatsache, mit der wir uns aus nur allzu vielen Gründen zu beschäftigen haben.«

Paganel hatte recht. Der Kannibalismus ist in Neuseeland ebenso wie auf den Fidschi-Inseln und an den

Küsten der Meerenge von Torres zur ständigen Gewohnheit geworden. Aberglaube spielt bei diesen widerlichen Bräuchen gewiß eine Rolle; doch die Hauptursache dafür ist die Tatsache, daß das Wild zeitweilig selten und der Hunger groß ist. Die Eingeborenen haben angefangen, Menschenfleisch zu essen, um ihren ewigen Hunger zu stillen, dann haben ihre Priester diesen grauenhaften Brauch geheiligt, und das Mahl ist zur Zeremonie geworden, das ist das Ganze.

In den Augen der Maoris gibt es nichts Selbstverständlicheres, als sich gegenseitig aufzuessen. Die Missionare haben oft nach den Ursachen für den Kannibalismus geforscht. Sie haben die Eingeborenen gefragt, weshalb sie ihre Brüder aufäßen, worauf die Häuptlinge erklärt haben, daß die Fische sich ja auch gegenseitig auffräßen, daß die Hunde Menschen auffräßen und umgekehrt die Menschen Hunde äßen und daß die Hunde wiederum sich gegenseitig auffräßen. In ihrer Götterlehre gibt es sogar die Legende, daß ein Gott einen anderen Gott aufgefressen hat. Wie sollte ein Maori bei solchen Vorbildern auf den Genuß verzichten, seinesgleichen zu verspeisen?

Außerdem behaupten die Neuseeländer, wenn sie einen Gegner aufäßen, seine Seele, seine Kräfte, seinen Wert zu erben. Alle diese Eigenschaften haben ihren Sitz im Gehirn. Daher gilt beim Festschmaus dieser Teil des Menschen als bevorzugtes Gericht. Das verspeisen zu dürfen, ist eine besondere Ehre.

Dennoch behauptete Paganel nicht ohne Grund, der Hunger und vor allem die Not hätten den Neuseeländer zum Kannibalismus getrieben, und zwar nicht nur die Eingeborenen in Ozeanien, sondern in früheren Zeiten auch die Bewohner Europas.

»Ja«, sagte er, »der Kannibalismus hat bei den Ahnen der hochzivilisierten Völker vorgeherrscht, zum Beispiel – und das dürfen Sie nicht persönlich nehmen, mein lieber Major – bei den Schotten.«

»Ist das wahr?« wollte MacNabbs wissen.

»Ja, Major«, versetzte Paganel. »Wenn Sie über die Menschenopfer der Schotten lesen, werden Sie sehen, was Sie von Ihren Vorvätern zu halten haben. Sie brauchen aber gar nicht in die graue Vorzeit zurückzugehen. Zur Regierungszeit der Königin Elisabeth, zu der Zeit, als Shakespeare seinen Shylock schuf, wurde Sawney Bean, ein schottischer Bandit, wegen Kannibalismus hingerichtet. Was hatte ihn dazu getrieben, Menschenfleisch zu essen? Die Religion? Nein, keineswegs, sondern der Hunger.«

»Der Hunger?« fragte John Mangles.

»Ja, der Hunger«, erwiderte Paganel, »vor allem aber die Notwendigkeit der fleischessenden Kreatur, ihr Blut mit den in tierischer Nahrung enthaltenen Bestandteilen zu erneuern. Es ist gut, die Lungentätigkeit durch eine Ernährung mit Wurzeln und anderen stärkehaltigen Pflanzen anzuregen. Wer aber stark und unternehmend sein will, muß blutbildende Nahrung zu sich nehmen, welche die Muskeln kräftigt. Solange die Maoris keine Vegetarier sind, werden sie Fleisch essen, und zwar Menschenfleisch.«

»Weshalb nicht das Fleisch von Tieren?«

»Weil sie keine Tiere haben«, erwiderte Paganel. »Das muß man wissen, nicht um ihre Bräuche zu entschuldigen, aber um sie zu erklären. In diesem ungastlichen Lande sind Vierfüßler und sogar Vögel eine Seltenheit. Daher haben die Maoris zu allen Zeiten Menschenfleisch gegessen. Es gibt sogar, wie es in

Europa eine Schonzeit für die Jagd gibt, eine besondere Zeit für das Erlegen von Menschenfleisch. Dann fängt die große Treibjagd der, besser, die Zeit der Kriegszüge an, und ganze Volksstämme kommen auf die Tafel der Sieger.«

»Demnach würde der Kannibalismus Ihrer Meinung nach erst an dem Tage verschwinden, an dem es Schafe, Rinder und Schweine in Mengen auf Neuseeland geben wird?« bemerkte Glenarvan.

»Selbstverständlich, mein lieber Lord, und auch dann würde es noch Jahre dauern, bis die Maoris sich des Menschenfleisches entwöhnt hätten, das sie jeder anderen Fleischsorte vorziehen; denn die Söhne werden das, was die Väter bevorzugten, noch lange Zeit schätzen. Wenn man den Maoris Glauben schenken darf, schmeckt das Menschenfleisch wie Schweinefleisch, aber mit kräftigerem Aroma. Das Fleisch der Weißen mögen sie gar nicht so sehr, weil die Europäer ihrer Nahrung Salz beimischen, was ihrem Fleisch einen bestimmten Geschmack verleiht, der von den eingeborenen Feinschmeckern gar nicht geschätzt wird.«

»Sehr wählerisch«, sagte der Major. »Und wie wird nun das Menschenfleisch, das weiße oder das schwarze, gegessen, roh oder gekocht?«

»Was kann Ihnen das ausmachen, Herr MacNabbs?« rief Robert.

»Wie denn, mein Junge«, erwiderte der Major höchst ernsthaft, »sollte ich jemals von den Zähnen eines Menschenfressers zermalmt werden, so zöge ich für meine Person den gekochten Zustand vor.«

»Weshalb?«

»Um sicher zu gehen, daß ich nicht bei lebendigem Leibe aufgefressen werde.«

»Schön, Major«, versetzte Paganel, »wenn es nun aber üblich wäre, lebendigen Leibes gekocht zu werden?«

»In der Tat, ich möchte nicht vor die Wahl gestellt werden.«

»Wie dem auch sei, MacNabbs, wenn es Ihnen angenehm ist, das zu wissen«, erwiderte Paganel, »dann lassen Sie sich gesagt sein, daß die Neuseeländer Menschenfleisch nur gekocht oder geräuchert verspeisen. Die Maoris sind erfahrene Leute, die sich in der Kochkunst auskennen. Was mich anbelangt, so ist mir die Vorstellung, aufgegessen zu werden, außerordentlich unangenehm. Meine irdische Laufbahn im Magen eines Wilden zu beenden ... brr!«

»Aus alledem geht hervor, daß man den Eingeborenen keinesfalls in die Hände fallen darf«, sagte John Mangles. »Hoffen wir außerdem, daß das Christentum eines Tages diesen widerwärtigen Brauch abschaffen wird.«

»Ja, das wollen wir hoffen«, erwiderte Paganel. »Aber glauben Sie mir, hat ein Wilder erst einmal Menschenfleisch gekostet, so wird er schwer wieder davon ablassen. Urteilen Sie selbst, nachdem Sie die folgenden zwei Geschichten gehört haben.«

»Lassen Sie hören Paganel«, sagte Glenarvan.

»Die erste Geschichte ist berichtet in den Chroniken der Jesuiten in Brasilien: Ein portugiesischer Missionar traf eines Tages eine alte, sehr kranke Brasilianerin, die nur noch wenige Tage zu leben hatte. Der jesuitische Missionar erinnerte an die Wahrheiten des Christentums, die von der Todgeweihten ergeben bejaht wurden. Sodann, nach der Seelenspeise, dachte er an die Nahrung des Körpers, und er bot seiner bußfertigen

Sünderin einige europäische Leckereien an. ›Wie schade!‹ antwortete die Alte, ›mein Magen verträgt keinerlei Speise. Eine einzige Sache gibt es, von der ich kosten möchte, doch unglücklicherweise kann sie mir hier niemand beschaffen.‹ – ›Was ist das denn?‹ fragte der Missionar. – ›Ach, mein Sohn! Es ist die Hand eines kleinen Jungen! Ich glaube, ich könnte die kleinen Knochen mit Wonne abknabbern!‹«

»Na sowas! schmeckt denn das so gut?« fragte Robert.

»Meine zweite Geschichte wird dir eine Antwort geben, mein Sohn«, antwortete Paganel. »Eines Tages warf ein Missionar einem Menschenfresser diesen im Gegensatz zu den göttlichen Geboten stehenden gräßlichen Brauch vor. ›Und dann‹, fügte er hinzu, ›kann Menschenfleisch doch bestimmt nicht schmecken.‹ – ›Ach, mein Vater‹, erwiderte der Wilde und warf dem Missionar einen lüsternen Blick zu, ›sagen Sie, daß Gott es verbietet, aber sagen Sie nicht, daß es schlecht schmeckt. Wenn Sie nur einmal davon gekostet hätten . . .‹«

VII. KAPITEL

## SIE LANDEN AUF DER INSEL, DIE SIE FLIEHEN SOLLTEN

Die von Paganel berichteten Tatsachen waren eindeutig. Die Grausamkeit der Neuseeländer war erwiesen, und es war demnach gefährlich zu landen. Doch wäre die Gefahr auch noch hundertmal größer gewesen, die Reisenden hätten sie auf sich nehmen müssen.

John Mangles bestand darauf, unverzüglich dieses Schiff zu verlassen, das der baldigen Zerstörung ausgesetzt sein würde. Zwischen zwei Gefahren, von denen die eine sicher, die andere wahrscheinlich war, gab es keine Wahl.

Was nun die Möglichkeit betraf, von einem vorüberkommenden Schiff aufgenommen zu werden, so konnte man vernünftigerweise damit nicht rechnen. Die *Macquarie* lag nicht auf der Route der Schiffe, die zu den Landeplätzen Neuseelands fuhren. Die Schiffe nach Auckland wählten einen nördlicheren Kurs, die nach New Plymouth einen südlicheren. Nun war das Schiff genau zwischen diesen beiden Punkten an dem verödeten Teil der Küste von Te Ika a Maui gestrandet, der für eine Landung ungeeignet, ja gefährlich war und daher selten aufgesucht wurde. Die Schiffe waren stets bestrebt, diese Küste zu meiden, und falls ein Sturm sie dorthin verschlug, versuchten sie, so schnell wie möglich wieder von ihr fortzukommen.

»Wann wollen wir aufbrechen?« fragte Glenarvan.

»Morgen früh um zehn Uhr«, erwiderte John Mangles, »dann setzt die Flut ein und trägt uns an Land.«

Am nächsten Tag, am 5. Februar um 8 Uhr, war das Floß fertig. John hatte auf diese Arbeit die größte Sorgfalt verwandt. Der Marssegelmast, der bereits beim Auswerfen der Anker gute Dienste geleistet hatte, reichte nicht für den Transport der Passagiere und der Nahrungsmittel aus. Dazu wurde ein festeres Fahrzeug gebraucht, das sich leicht steuern ließ und das während der Überfahrt von neun Meilen den Launen des Meeres Widerstand leisten konnte. Allein die Masten konnten das Material für den Bau eines solchen Floßes liefern.

Wilson und Mulrady hatten sich an die Arbeit gemacht. Die Takelung war in der Höhe des Großmasts mit Axtschlägen abgetrennt, der Großmast über die Steuerbordreling hinuntergelassen worden, die unter seiner Wucht krachte. Die *Macquarie* war nun glatt wie ein Brückenkahn.

Der untere Mast, der Fockmast und die Bramstange waren zersägt worden und hatten so die Hauptteile für das Floß ergeben. Sie waren an dem Fockmast befestigt, und die Sparren waren fest miteinander verbunden worden. John hatte dafür gesorgt, daß in den Zwischenräumen etwa ein halbes Dutzend leere Fässer angebracht worden waren, die das Floß über Wasser halten sollten.

Auf diese erste festgefügte Grundlage hatte Wilson aus den Brettern der Treppenstufen einen gitterförmigen Fußboden aufgenagelt. Mochten die Wogen nun das Floß überfluten, das Wasser konnte abfließen, und die Passagiere würden vor dem Naßwerden bewahrt bleiben. Außerdem bildeten die Fässer einen kreisförmigen Schutzwall, der das Floß vor hohen Sturzwellen schützte.

An diesem Morgen ließ John, als er sah, daß der Wind günstig stand, in der Mitte des Floßes die Rahe der kleinen Bramstange als Mast aufrichten. Sie wurde von Wanten gehalten und ein Notsegel an ihr befestigt. Ein Ruder mit breitem Riemenblatt wurde im hinteren Teil des Floßes angebracht; damit konnte das Fahrzeug, wenn der Wind es nur schnell genug vorwärts trug, gesteuert werden.

So konnte dieses Floß dem Ansturm der Wogen standhalten. Würde es sich aber, falls der Wind sich drehte, steuern lassen? Würde es die Küste erreichen?

Das war die Frage. Um neun Uhr wurde mit dem Einschiffen begonnen.

Zuerst verstauten sie Nahrungsmittel in einer Menge an Bord, die bis Auckland reichen würde; denn in diesem unfruchtbaren Landstrich durften sie mit keinerlei Hilfsmitteln rechnen.

Mr. Olbinett hatte für einige Fleischkonserven gesorgt; es waren die Reste der für die Überfahrt auf der *Macquarie* gekauften Vorräte. Alles in allem recht wenig. Die Reisenden mußten in der Hauptsache mit der einfachen Kost, die sich an Bord der *Macquarie* befand, mit einer mittelmäßigen Sorte Schiffszwieback und mit zwei Tonnen gesalzenem Fleisch, vorliebnehmen. Der Steward war ganz beschämt.

Diese Vorräte wurden, in gut verschlossenen wasserdichten Kisten verpackt, auf das Floß gebracht und mit starken Tauen am Fuß des Hilfsmasts befestigt. Waffen und Munition wurden an einem geschützten Platz verstaut. Sehr zum Glück waren die Reisenden mit Gewehren und Revolvern gut bewaffnet.

Für den Fall, daß John nicht mit Hilfe der Flut landen konnte und daher gezwungen sein würde, auf offenem Meer vor Anker zu gehen, wurde auch ein Notanker mitgenommen.

Um zehn Uhr machte sich das Einsetzen der Flut bemerkbar. Eine schwache Brise wehte aus Nordwesten. Leichter Wellengang kräuselte die Oberfläche des Meeres.

»Ist alles bereit?« fragte John Mangles.

»Alles ist untergebracht, Kapitän«, erwiderte Wilson.

»Dann wollen wir uns einschiffen«, rief John.

Lady Helena und Mary Grant kletterten eine

Strickleiter hinunter und richteten sich am Fuße des Mastes auf den Lebensmittelkisten ein. Die Männer ließen sich in ihrer Nähe nieder. Wilson griff nach dem Steuer, John nahm seinen Platz am Geitau ein, und Mulrady durchschnitt das Kabel, mit dem das Floß an der Flanke der Brigg vertäut war.

Das Segel blähte sich, und das Fahrzeug bewegte sich, vom Wind und von der Strömung getrieben, auf die Küste zu. Die Küste befand sich neun Meilen entfernt, eine geringe Distanz, die von einem mit guten Rudern ausgerüsteten Boot in drei Stunden hätte erreicht werden können. Mit diesem Floß jedoch mußte mit mehr Zeit gerechnet werden. Wenn es windig blieb, war es vielleicht möglich, die Küste noch während der Flut zu erreichen. Sollte sich die Brise jedoch legen, dann hätte die Ebbe leichtes Spiel, und es könnte nötig werden, vor Anker zu gehen, um die nächste Flut abzuwarten. Das war ein schwieriges Problem, das John Mangles in Gedanken während der ganzen Zeit beschäftigte.

Dennoch hoffte er, es werde glücken. Der Wind frischte auf. Da die Flut um zehn Uhr begonnen hatte, mußte man um drei Uhr die Küste erreicht haben, wenn man nicht vor Anker gehen oder durch die Ebbe ins offene Meer getrieben werden wollte.

Der Anfang der Reise verlief glücklich. Nach und nach verschwanden die schwarzen Spitzen der Felsenriffe und die gelben Teppiche der Sandbänke unter der steigenden Flut. Große Vorsicht und äußerste Geschicklichkeit waren erforderlich, um die unter Wasser liegenden Klippen zu umfahren und ein so schwer zu steuerndes und ständig zum Abtreiben neigendes Fahrzeug in der gewünschten Richtung zu halten.

Gegen Mittag war das Floß noch fünf Meilen von

der Küste entfernt. Die Luft war klar genug, um die bedeutendsten Bodenerhebungen an Land zu erkennen. Im Nordosten ragte ein zweitausendfünfhundert Fuß hoher Bergkegel empor, der sich auf seltsame Weise vom Horizont abzeichnete und dessen Silhouette dem verzerrten Profil eines Affen mit zurückgeworfenem Kopf glich. Das war der Pirongia, der nach der Karte genau unter dem 38. Parallelkreis liegt.

Um halb eins machte Paganel darauf aufmerksam, daß alle Riffe unter der steigenden Flut verschwunden waren.

»Mit Ausnahme des einen da drüben«, rief Lady Helena.

»Welches, Madame?«, fragte Paganel.

»Dort«, antwortete Lady Helena und wies auf einen dunklen Punkt, der etwa eine Meile vor ihnen lag.

»Tatsächlich«, rief Paganel. »Versuchen wir, die Stelle im Auge zu behalten, damit wir nicht dort auflaufen; denn die Flut wird das Riff bald bedeckt haben.«

»Es liegt genau auf einer Linie mit dem Nordkamm des Berges«, sagte John Mangles. »Wilson, paß auf, daß du daran vorbeisteuerst.«

»Ja, Kapitän«, erwiderte der Matrose und drückte mit seinem ganzen Gewicht das hintere Steuer hinunter.

In der nächsten halben Stunde wurde eine weitere halbe Meile zurückgelegt. Aber seltsamerweise ragte der schwarze Punkt immer noch aus dem Wasser.

John musterte ihn aufmerksam, und um besser zu erkennen, was es eigentlich sei, entlieh er das Fernglas von Paganel.

»Das ist kein Riff«, sagte er nach kurzer Prüfung.

»Es ist ein schwimmender Gegenstand, der auf den Wellen tanzt.«

»Ist es vielleicht ein Stück Mast von der *Macquarie?«* fragte Lady Helena.

»Nein«, erwiderte Glenarvan, »kein Treibgut kann sich so weit von dem Schiff entfernt haben.«

»Wartet«, rief John Mangles, »ich kann es jetzt erkennen, es ist die Jolle.«

»Die Jolle von der Brigg?« fragte Glenarvan.

»Ja, Mylord. Die Jolle von der Brigg; sie schwimmt kieloben.«

»Die Unglücklichen«, rief Lady Helena. »Dann sind sie umgekommen!«

»Ja, gnädige Frau, das war unvermeidlich«, erwiderte John Mangles, »denn inmitten der Klippen, bei diesem Seegang und in der finsteren Nacht mußten sie einem sicheren Tode entgegenfahren.«

»Möge der Himmel sich ihrer erbarmen«, murmelte Mary Grant.

Einige Augenblicke lang verharrten die Reisenden schweigend. Sie betrachteten das leichte Fahrzeug, das immer näher herantrieb. Offenbar war es etwa vier Meilen vor der Küste umgeschlagen, und von der Besatzung war ohne Zweifel nicht einer mit dem Leben davongekommen. – »Dieses Boot kann uns nützlich sein«, bemerkte Glenarvan.

»Ja, in der Tat«, antwortete John, »steure darauf zu, Wilson.«

Das Floß wich ein wenig von dem bisherigen Kurs ab, doch der Wind hatte sich nach und nach gelegt, und erst nach zwei Stunden hatten sie das Boot erreicht.

Mulrady, der vorn stand, fing den Stoß ab, und die gekenterte Jolle trieb nun längsseits des Floßes.

»Leer?« fragte John Mangles.

»Ja, Kapitän«, erwiderte der Matrose, »das Boot ist leer, aber seine Seiten sind aufgerissen, daher kann es uns nichts nutzen.«

»Können wir es denn gar nicht gebrauchen?« fragte MacNabbs.

»Gar nicht«, antwortete John Mangles. »Es ist Strandgut, das nur noch als Brennholz zu verwenden ist.«

»Das ist schade«, sagte Paganel, »diese Jolle hätte uns bis nach Auckland bringen können.«

»Wir müssen uns damit abfinden, Monsieur Paganel«, erwiderte John Mangles. »Außerdem ist mir bei solchem Seegang unser Floß lieber als solch ein zerbrechliches Fahrzeug. Ein leichter Stoß würde genügen, um es in Stücke zerschellen zu lassen. Wir haben hier nichts mehr verloren.«

»Wie Sie wollen, John«, sagte Glenarvan.

»Vorwärts, Wilson«, rief der junge Kapitän, »halte direkt auf die Küste zu.«

Die Flut mußte noch während etwa einer Stunde ansteigen, und in dieser Zeit konnten sie ungefähr zwei Meilen zurücklegen. Doch jetzt hatte sich der Wind völlig gelegt; er zeigte die Neigung, sich so zu drehen, daß er von der Küste her wehte. Das Floß blieb unbeweglich, bald sogar wurde es langsam von der Ebbe aufs offene Meer zurückgetrieben. John durfte jetzt nicht eine Sekunde länger zögern.

»Anker auswerfen!« schrie er.

Mulrady, der auf die Ausführung dieses Befehls vorbereitet war, ließ den Anker auf fünf Faden hinunter. Das Floß trieb an dem straffgespannten Ankertau noch etwa zwei Klafter ab. Nachdem das Notsegel eingezogen worden war, wurden die Vorbereitungen für einen längeren Aufenthalt getroffen.

Der Flutwechsel setzte nicht vor neun Uhr abends ein, und da John Mangles während der Nacht nicht weiterfahren wollte, beschloß er, bis zum nächsten Tage um fünf Uhr früh vor Anker liegen zu bleiben.

Die kaum drei Meilen entfernte Küste war deutlich zu sehen.

Ein ziemlich starker Seegang ließ die Wellen hochschlagen und in ständiger Bewegung auf die Küste zuwogen. Als Glenarvan hörte, daß sie die Nacht auf dem Floß verbringen mußten, fragte er, weshalb John diesen Wellengang nicht ausnutzte, um näher an die Küste heranzukommen.

»Euer Gnaden lassen sich durch eine optische Täuschung irreführen«, erwiderte der junge Kapitän. »Obgleich die Wellen der Küste zuzutreiben scheinen, ist das in Wirklichkeit nicht der Fall. Es ist nichts anderes als das Auf- und Niederschwanken des Wassers. Werfen Sie ein Stück Holz in die Wellen, und Sie werden sehen, daß es nicht abtreibt, solange sich die Ebbe nicht bemerkbar macht. Daher müssen wir uns in Geduld fassen.«

»Und zu Mittag essen«, fügte der Major hinzu.

Olbinett entnahm einer der Kisten mit Nahrungsmitteln einige Stücke Dörrfleisch und ein Dutzend Zwiebäcke. Der Steward errötete, seiner Herrschaft ein so dürftiges Menu bieten zu müssen. Aber alle machten gute Miene zu diesem kärglichen Mahl, sogar die beiden Frauen, die infolge der Erschütterungen durch den heftigen Seegang kaum Appetit hatten. Tatsächlich waren die Stöße, die das der Brandung zugekehrte Floß hin und her warfen, von großer Heftigkeit. Die ständige Erschütterung durch die kurzen und unregelmäßigen Wellen war nicht weniger stark, als wenn das Floß auf die spitzen Zacken eines Felsens unter dem Wasserspiegel aufgefahren wäre. Wirklich konnte man sich manchmal einbilden, so etwas sei geschehen. Das Ankertau war straff gespannt. Nach jeder halben

Stunde ließ John ein Stück Tau abgleiten, um die Spannung zu vermindern. Ohne diese Vorsichtsmaßregel wäre das Tau bestimmt gerissen, und das frei treibende Floß wäre ziellos ins offene Meer hinausgetragen worden.

Daher waren John Mangles' Befürchtungen nur allzu begreiflich. Entweder konnte das Tau reißen, oder der Anker konnte sich aus dem Grunde lösen; in beiden Fällen wäre das Fahrzeug in Seenot geraten.

Der Abend dämmerte herauf, und schon begann die Sonnenscheibe blutrot am Horizont zu versinken. Ein Streifen des Meeres im Westen funkelte wie flüssiges Silber. Auf dieser Seite sah man nichts anderes als Himmel und Wasser, bis auf einen Gegenstand, der sich scharf abzeichnete; es war der Rumpf der *Macquarie,* der regungslos auf der Sandbank ruhte.

Die frühe Dämmerung verzögerte das Einsetzen der völligen Finsternis um wenige Minuten. Doch bald verschmolz die Küste, die den Horizont im Osten und im Norden begrenzte, mit der Dunkelheit.

Die Lage der Schiffbrüchigen auf dem von der Dunkelheit umgebenen engen Floß war beängstigend. Die einen fielen tieferschöpft in einen quälenden, von bösen Träumen zerrissenen Schlummer, während die anderen keinen Schlaf finden konnten. Beim Morgengrauen waren alle von den Ängsten der Nacht ermattet.

Zugleich mit dem Einsetzen der Flut frischte der Wind auf. Es war sechs Uhr früh. Die Zeit drängte. John traf die nötigen Vorbereitungen. Er befahl, den Anker zu lichten. Doch die Ankerklauen hatten sich durch das Zerren des Ankertaus tief in den Sand gewühlt, so daß es ohne Ankerwinde, ja selbst mit den Zugwinden nicht möglich war, ihn herauszureißen.

Eine halbe Stunde verging unter vergeblichen Bemühungen, freizukommen. John, der ungeduldig darauf wartete, weiterfahren zu können, befahl, das Ankertau zu kappen. Er ließ den Anker zurück und verzichtete so, falls die Flut sie nicht bis zur Küste tragen würde, auf jede Möglichkeit, noch einmal vor Anker gehen zu können. Mit einem einzigen Axthieb kam das Floß frei und wurde von der Brise und einer Strömung mit einer Geschwindigkeit von zwei Knoten in der Stunde vorwärts getrieben.

Das Segel füllte sich, und langsam trieb das Floß der Küste zu, die sich wie eine graue Masse von dem von der aufgehenden Sonne erhellten Himmel abhob. Die Klippen wurden geschickt umfahren. Doch das Fahrzeug schien sich trotz der vom Meer heranwehenden Brise kaum dem Ufer zu nähern. Wie mühevoll war es doch, nach diesem Neuseeland zu gelangen, das zu betreten so gefährlich war!

Gegen neun Uhr war der Strand kaum noch eine Meile entfernt. Die Küste, an der die Wellen sich brachen, ragte steil empor. Es galt, hier einen brauchbaren Landeplatz zu entdecken. Der Wind ließ nach und legte sich gänzlich. Das Segel hing schlaff herab und klatschte gegen den Mast. John ließ es einziehen. Nun trugen nur noch die Wellen das Floß dem Strande zu, an ein Steuern war nicht zu denken. Gewaltige Tangmassen behinderten überdies das Vorwärtskommen.

Um zehn Uhr blieb das Floß etwa drei Kabellängen vor der Küste fast reglos liegen. Einen Anker besaßen sie nicht mehr. Würde die Ebbe sie ins Meer zurücktreiben? Mit verkrampften Händen, das Herz von Angst verzehrt, warf John diesem Lande, das so schwer zu erreichen war, zornige Blicke zu.

Zum Glück – diesmal – gab es einen Ruck, das Floß hielt an. Es war im offenen Meer, fünfundzwanzig Klafter vor der Küste, auf eine Sandbank aufgelaufen.

Glenarvan, Robert, Wilson und Mulrady stürzten sich ins Wasser und befestigten das Boot mit Tauen an

den nächstgelegenen Felsenspitzen. Die beiden Frauen wurden an Land getragen; nicht eine Falte ihrer Kleider war naß geworden. Bald darauf betraten alle Reisenden, die Waffen und Nahrungsmittel mit sich führend, die gefürchtete Küste von Neuseeland.

## VIII. KAPITEL

# WIE ES IN DEM LANDE, DAS DIE REISENDEN BETRETEN, WIRKLICH AUSSIEHT

Glenarvan hatte ohne Zeitverlust der Küste folgen und nach Auckland reisen wollen. Doch seit dem frühen Morgen hatte sich der Himmel mit dichten Wolken bedeckt; gegen elf Uhr ballte sich das Gewölk zusammen und sandte Regengüsse nieder. Daher war es unmöglich, den Marsch anzutreten, und die Reisenden mußten einen Unterschlupf suchen.

Wilson entdeckte in dem Basaltfelsen eine vom Meer ausgewaschene Höhle. Dorthinein retteten sich die Reisenden mit ihren Vorräten und Waffen. In der Höhle befand sich von den Fluten hereingespülter ausgetrockneter Tang. Auf diesem natürlichen Lager ließen sich die Reisenden nieder. Am Eingang zu der Höhle wurden einige Stücke Holz aufgeschichtet und angezündet, und jeder trocknete sich, so gut es ging.

John hoffte, die Dauer dieses sintflutartigen Regengusses würde im umgekehrten Verhältnis zu seiner Heftigkeit stehen. Jedoch hatte er sich getäuscht. Stunden vergingen, ohne daß der Regen an Heftigkeit nachgelassen hatte. Mittags frischte der Wind auf und verstärkte sogar noch die Regenböen. Diese Unbill des Wetters mußte selbst den geduldigsten Menschen ungeduldig machen. Doch was war dagegen zu tun? Es wäre Wahnsinn gewesen, sich ohne den Schutz eines Fuhrwerkes in ein solches Unwetter hinauszuwagen. Außerdem mußte es möglich sein, innerhalb weniger Tage nach Auckland zu gelangen; daher konnte ein

Aufenthalt von zwölf Stunden der Expedition keinen Nachteil bringen, wenn sich keine Eingeborenen einstellten.

Während dieser erzwungenen Rast beschäftigten sich die Gespräche mit dem Krieg, dessen Schauplatz Neuseeland gegenwärtig war. Um aber den Ernst der Lage, in welche die Schiffbrüchigen der *Macquarie* geraten waren, recht zu ermessen, muß man die Geschichte dieses blutigen Kampfes kennen, der damals auf der Insel Ika-Na-Maoui tobte.

Seitdem Abel Tasman am 16. Dezember 1642 in der Cook-Straße aufgetaucht war, hatten die Neuseeländer auf ihrer abgelegenen Insel, trotz häufiger Besuche europäischer Schiffe, ihre Unabhängigkeit bewahrt. Keiner der europäischen Staaten dachte daran, sich dieser Inselgruppe, die den Pazifischen Ozean beherrscht, zu bemächtigen. Nur die an verschiedenen Punkten gelandeten Missionare brachten den neuentdeckten Gebieten die Segnungen der christlichen Zivilisation. Einige dieser Missionare, vor allem die anglikanischen Geistlichen, bedrängten die Häuptlinge der neuseeländischen Stämme, sich unter das britische Joch zu beugen. Die auf geschickte Weise überlisteten Häuptlinge unterzeichneten ein an Königin Victoria gerichtetes Schreiben, in dem sie um ihren Schutz baten. Doch die gescheitesten unter ihnen durchschauten die Torheit eines derartigen Schrittes. Einer von ihnen ließ, nachdem er dem Schreiben den Abdruck seiner Tätowierung aufgeprägt hatte, die prophetischen Worte hören: »Wir haben unser Heimatland verloren, es gehört von jetzt ab nicht mehr uns. Bald werden die Fremden herkommen und uns zu ihren Sklaven machen.«

Tatsächlich lief am 29. Januar 1840 die Korvette *Herald* in die Bucht der Inseln Te Ika a Maui ein, unweit des Dorfes Konora-Reka. Die Bewohner wurden von Kapitän Hobson aufgefordert, sich zu einer Generalversammlung in der protestantischen Kirche einzufinden, in der die Botschaft der Königin von England, die Hobson überbrachte, verlesen werden sollte.

Am 5. Januar des nächsten Jahres wurden die neuseeländischen Häuptlinge aufgefordert, sich nach dem Dorfe Paia zu dem britischen Residenten zu begeben. Kapitän Hobson versuchte, ihre Unterwerfung zu erreichen, indem er ihnen erklärte, die Königin von England habe Truppen und Schiffe zu ihrem Schutz entsandt, ihre Rechte würden geachtet und ihre Freiheit würde nicht beeinträchtigt werden. Allerdings sollte ihr Besitz Eigentum der Königin Victoria werden; die Maoris wurden gezwungen, ihr Land an sie zu verkaufen.

Die Mehrzahl der Häuptlinge fand, daß dieser Schutz zu teuer bezahlt werden müsse, und verweigerte ihre Zustimmung. Doch Versprechungen und Geschenke wirkten auf diese wilden Naturen stärker als Kapitän Hobsons heuchlerische Reden, und die Besitzergreifung Neuseelands durch die britische Krone wurde zur Tatsache. Was war nun seit dem Jahre 1840 bis zu dem Tage, an dem die *Duncan* die Bucht von Clyde verlassen hatte, geschehen? Jacques Paganel kannte alle Vorgänge und war bereit, seine Gefährten darüber aufzuklären.

»Madame«, antwortete er auf Lady Helenas Fragen, »ich wiederhole das, was ich bereits einmal gesagt habe, daß die Neuseeländer ein tapferes Volk sind; nachdem ihre Häuptlinge nachgegeben hatten, waren sie entschlossen, jeden Fußbreit ihres Landes gegen die britischen Eindringlinge zu verteidigen. Die Stämme der Maoris sind auf ähnliche Weise organisiert wie die früheren schottischen Clans. Es sind große Familienverbände, die sich willig einem Häuptling unterordnen, der darauf bedacht ist, die Achtung seiner Untertanen zu erringen. Die Maoris sind stolz und tapfer; manche von ihnen sind groß, haben glattes Haar wie die Bewohner von Malta oder die Juden von Bagdad, andere wieder sind klein und gedrungen und gleichen Mulatten; aber alle sind kräftig, stolz und kriegerisch. Sie hatten einst einen berühmten Häuptling namens Hihi, einen wahren Vercingetorix. Daher darf es nicht wundernehmen, daß sich der Krieg gegen die Engländer auf der Insel Te Ika a Maui verewigt; denn dort kämpft der berühmte Waikato-Stamm, den William Thompson zur Verteidigung seines Bodens aufwiegelt.«

»Sind denn die Engländer nicht Herren der wichtigsten Punkte auf Neuseeland?« fragte John Mangles.

»Zweifellos, mein lieber John«, antwortete Paganel. »Seit der Landung des Kapitäns Hobson, der die Inseln in Besitz nahm und seitdem die Stellung eines Gouverneurs bekleidet, sind in der Zeit von 1840 bis 1862 nach und nach neun Kolonien in günstigen Lagen gegründet worden. Von diesen neun Provinzen liegen vier auf der nördlichen Insel: die Provinzen Auckland, Taranaki, Wellington und Hawkes-Bay, und fünf auf der südlichen Insel: die Provinzen Nelson, Marlborough, Canterbury, Otago und Southland. Am 30. Juni 1864 zählte man eine Gesamtbevölkerung von einhundertachtzigtausenddreihundertundsechsundvierzig Einwohnern. Allerorten wurden bedeutende Handelsplätze errichtet. Wenn wir nach Auckland gelangen, das heute bereits zwölftausend Einwohner zählt, werden Sie die Lage dieses Korinths des Südens, dessen schmale Landenge einer Brücke im Pazifik gleicht, uneingeschränkt bewundern müssen. New Plymouth im

Westen, Ahuhiri im Osten und Wellington im Süden sind bereits vielbesuchte und blühende Städte. Auf der Insel Te Wahi Punamu würde uns die Wahl schwer werden zwischen Nelson, diesem Montpellier der Antipoden, diesem Garten Neuseelands, Pikton an der Cook-Straße, Christchurch, Invercargill und Dunedin in der reichen Provinz Otago, wo alle Goldsucher der ganzen Welt zusammenströmen. Und Sie dürfen nicht glauben, daß es sich bei diesen Städten um ein paar zusammengewürfelte Hütten handelt, um eine Ansammlung eingeborener Familien. Es sind vielmehr wirkliche Städte mit Häfen, Kathedralen, Bankgebäuden, Docks, botanischen Gärten, Heimatkundemuseen, Einwanderergesellschaften, Zeitungsgebäuden, Hospitälern, Wohltätigkeitseinrichtungen, Philosophischen Instituten, Freimaurerlogen, Klubs, Musikchören, Theatern und Ausstellungspalästen, nicht weniger bedeutend als die in London oder Paris. Und wenn mein Gedächtnis mich nicht sehr täuscht, findet 1865, also in diesem Jahr und vielleicht sogar in diesem Augenblick, in dem ich zu Ihnen spreche, im Lande der Menschenfresser eine Ausstellung statt, auf der die industriellen Erzeugnisse des gesamten Erdballs gezeigt werden.«

»Wie denn, das geschieht ungeachtet des Krieges mit den Eingeborenen?« fragte Lady Helena.

»Was kümmern sich die Engländer schon um den Krieg!« antwortete Paganel. »Sie kämpfen, veranstalten aber zur gleichen Zeit Ausstellungen. Das stört sie gar nicht. Von den Gewehrläufen der Neuseeländer bedroht, bauen sie sogar Eisenbahnen. In der Provinz Auckland kreuzen die Eisenbahnstrecken von Drury und von Mere-Mere die wichtigsten der von den Aufständischen besetzten Punkte. Ich wette, daß die Eisenbahner von den Lokomotiven aus schießen.«

»Aber wie steht es mit diesem endlosen Krieg?« fragte John Mangles.

»Also, es sind jetzt reichlich sechs Monate vergangen, seit wir Europa verlassen haben«, antwortete Paganel, »und ich kann folglich nicht wissen, was sich nach unserer Abfahrt ereignet hat, bis auf einige Tatsachen freilich, die ich in den Zeitungen von Maryboroug und Seymour während unseres Aufenthaltes in Australien gelesen habe. Zu dieser Zeit freilich gab es schwere Kämpfe auf der Insel Te Ika a Maui.«

»Und zu welchem Zeitpunkt hat der Krieg angefangen?« fragte Mary Grant.

»Sie wollen sagen, von neuem angefangen«, versetzte Paganel, »denn 1845 fand bereits der erste Aufstand statt. Gegen Ende des Jahres 1863 gab es neue Unruhen, doch schon lange Zeit vorher bereiteten sich die Maoris vor, das Joch der englischen Herrschaft abzuschütteln. Die nationale Partei der Eingeborenen betrieb eine rege Propaganda für die Wahl eines Maori-Häuptlings. Sie wollte den alten Potatau zum König ausrufen und sein Dorf, das zwischen dem Waikato- und dem Waipafluß liegt, zur Hauptstadt des neuen Königreichs machen. Dieser Potatau selbst war nur ein eher gerissener als kühner Greis, aber er hatte einen energischen und klugen Premierminister, einen Nachkommen des Stammes jener Ngatihahuas, die vor der fremden Eroberung die Landenge von Auckland bewohnten. Dieser Minister namens William Thompson wurde die Seele dieses Unabhängigkeitskrieges. Er stellte die Maoritruppen auf das geschickteste zusammen. Unter seinem Einfluß und mit gleichem Ziel sammelte ein Häuptling im Taranakigebiet die dort verstreut lebenden Stämme. Ein anderer Häuptling im Waikatogebiet bildete die Organisation der ›land league‹, eine echte Schutztruppe des Stammeseigentums, die dazu bestimmt war, die Eingeborenen an dem Verkauf ihres Landes an die britische Regierung zu hindern. Wie in den zivilisierten Ländern, fanden Bankette statt, die das Vorspiel zu den Aufständen waren. Die britischen Zeitungen begannen diese beunruhigenden Anzeichen zu enthüllen, und die englische Regierung wurde durch die Machenschaften der Landliga beunruhigt, die Geister erhitzten sich. Mit einem Wort, die Bombe sollte bald platzen. Es fehlte nur noch der Funke oder besser der Zusammenprall der beiden Interessen, um die Explosion auszulösen.«

»Und diese Explosion . . .?« fragte Glenarvan.

». . . erfolgte 1860 in der Provinz Taranaki an der Südwestküste der Insel Te Ika a Maui«, erwiderte Paganel. »Ein Eingeborener besaß 600 Hektar Land in der Nähe von New Plymouth. Er verkaufte sie an die britische Regierung. Doch als die Landmesser erschienen, erhob der Häuptling Kingi Einspruch und errichtete auf diesen strittigen sechshundert Hektar ein von Palisaden geschütztes Lager. Einige Tage darauf eroberte Oberst Gold an der Spitze seiner Truppen dieses Lager. An diesem Tage wurden die ersten Schüsse im nationalen Befreiungskampf der Neuseeländer abgefeuert.«

»Sind die Maoris zahlenmäßig stark?« fragte John Mangles.

»Seit einem Jahrhundert hat sich die Maoribevölkerung erheblich vermindert«, erwiderte der Geograph. »Im Jahre 1769 schätzte Cook ihre Zahl auf etwa

400 000, während sie im Jahre 1845 durch das Protektorat der Eingeborenen auf 109 000 geschätzt wurden. Die Massaker der Zivilisatoren, Krankheiten und die Feuergefechte haben sie noch mehr zusammenschmelzen lassen; auf beiden Inseln leben nur noch etwa 90 000 Maoris, von denen etwa 30 000 Krieger sind, welche die europäischen Truppen noch lange Zeit in Schach halten dürften.«

»Hat der Aufstand Erfolg gehabt?« wollte Lady Helena wissen.

»Ja, gnädige Frau, und sogar die Engländer haben die Tapferkeit der Neuseeländer, die einen Partisanenkrieg führen, Überfälle versuchen, sich auf kleine Abteilungen stürzen und die Besitzungen der Kolonisten plündern, häufig anerkannt. General Cameron hat sich in diesem Krieg, in dem es galt, jedes Gebüsch abzusuchen, nicht wohlgefühlt. Nach einem langen mörderischen Kampf hatten die Maoris 1863 im höher gelegenen Teil des Waikatogebietes eine ausgedehnte befestigte Stellung bezogen, die sich auf dem äußersten Kamm einer zerklüfteten Hügelkette befand und aus drei Verteidigungslinien bestand. Die Priester riefen die gesamte Maoribevölkerung zur Verteidigung der Heimat auf und versprachen die Ausrottung der ›Paketa‹, der Weißen. 3000 Mann, unter der Führung des Generals Cameron, wurden gegen die Eingeborenen geschickt, und seit der barbarischen Ermordung des Hauptmanns Sprent wurde keinem einzigen Maori mehr Pardon gewährt. Blutige Schlachten wurden ausgetragen, von denen einige zwölf Stunden gedauert haben, ohne daß die Maoris sich den Kanonen der Europäer gebeugt hätten. Den Kern der Eingeborenentruppe bildete der wilde Waikato-Stamm, der unter der Führung von William Thompson stand. Dieser eingeborene General befehligte im Anfang 2500 Krieger, später waren es mehr als 8000. Die Krieger zweier gefürchteter Häuptlinge, Shongi und Heke, kamen ihm zu Hilfe. In diesem heiligen Krieg nahmen auch die Frauen die schwersten Strapazen auf sich. Doch die Seite, die im guten Recht ist, hat nicht immer die guten Waffen. Nach mörderischen Kämpfen gelang es General Cameron, das Waikatogebiet zu unterwerfen, einen leeren und entvölkerten Landstrich, denn die Maoris waren nach allen Seiten geflohen. In diesem Krieg wurden wunderbare Heldentaten vollbracht. 400 in der Festung Orokan eingeschlossene Krieger der Maoris, die ohne Wasser und ohne Nahrungsmittel kämpfen mußten, wurden von 1000 Engländern unter der Führung des Brigadegenerals Carey belagert und weigerten sich, sich zu ergeben. Eines Tages bahnten sie sich zur Mittagszeit einen Weg durch das 40. Regiment und entkamen in die Sümpfe.«

»Hat denn die Unterwerfung des Waikatogebiets den blutigen Krieg beendet?« wollte John Mangles wissen.

»Nein, mein Freund«, erwiderte Paganel. »Die Engländer beschlossen, auf die Provinz Taranaki vorzustoßen und William Thompsons Festung Mataitawa zu belagern. Sie konnten sich der Festung jedoch erst nach erheblichen Verlusten bemächtigen. In dem Augenblick, in dem ich Paris verlassen habe, erfuhr ich, daß der Gouverneur und der General die Unterwerfung des Tarangastammes erreicht und den Eingeborenen drei Viertel ihres Landes belassen hatten. Es hieß damals, auch der oberste Chef der Aufständischen, William Thompson, sei bereit, sich zu ergeben; doch die australischen Zeitungen haben diese Nachricht nicht bestätigt, im Gegenteil. Daher ist es durchaus möglich, daß der Widerstand mit neuer Kraft losbricht.«

»Und Ihrer Ansicht nach dürfte sich dieser Kampf in den Provinzen Auckland und Taranaki abspielen?«

»Das nehme ich an.«

»Also in dem Gebiet, in das uns der Schiffbruch der *Macquarie* verschlagen hat?«

»Gewiß. Wir sind einige Meilen oberhalb des Hafens Kawhia gelandet, über dem wohl noch die Nationalflagge der Maoris weht.«

»Dann wäre es also ratsam, noch Norden zu reisen?« meinte Glenarvan.

»Das wäre sehr ratsam«, erwiderte Paganel. »Die Neuseeländer sind sehr aufgebracht gegen die Europäer, insbesondere gegen die Engländer. Vermeiden wir es daher, ihnen in die Hände zu fallen.«

»Vielleicht treffen wir auf eine Abteilung europäischer Truppen, das wäre ein glücklicher Zufall«, meinte Lady Helena.

»Vielleicht, gnädige Frau«, erwiderte der Geograph. »Doch das wage ich kaum zu hoffen; denn die einzelnen Abteilungen ziehen nicht gern aufs flache Land hinaus, wo jeder Busch und jeder noch so kleine Strauch einen geschickten Schützen verbergen können. Ich rechne daher nicht mit einer Eskorte des 40. Regiments. Aber wir werden ohne Zweifel zu einigen Missionsstationen gelangen, und wir können in Etappen von einer zur anderen bis nach Auckland reisen. Ich denke sogar daran, daß wir der Route folgen, die Herr von Hochstetter am Waikatolauf eingeschlagen hatte.«

»War das ein Forschungsreisender, Monsieur Paganel?« fragte Robert Grant.

»Ja, mein Junge, ein Mitglied der Wissenschaftlichen Kommission, die sich im Jahre 1858 zu einer Weltreise auf der österreichischen Fregatte *Novara* eingeschifft hatte.«

»Monsieur Paganel«, begann Robert wieder, und seine Augen leuchteten bei dem Gedanken an die großen geographischen Expeditionen, »gab es in Neuseeland Reisende, die so berühmt sind wie Burke und Stuart in Australien?«

»Einige, mein Kind, wie etwa Doktor Hooker, Professor Brizard, die Naturforscher Dieffenbach und Julius Haast; und obwohl einige von ihnen ihre Abenteuerlust mit dem Leben bezahlt haben, sind sie weniger bekannt als die Forscher, die Australien und Afrika bereist haben.«

»Und kennen Sie ihre Geschichte?« fragte der junge Grant.

»Allerdings, mein Junge, und da ich sehe, daß du darauf brennst, sie zu kennen, will ich sie dir erzählen.«

»Danke schön, Monsieur Paganel, ich höre Ihnen zu.«

»Und wir auch«, sagte Lady Helena. »Es wäre nicht das erstemal, daß uns das schlechte Wetter dazu zwingt, unser Wissen zu erweitern. Erzählen Sie für uns alle, Monsieur Paganel.«

»Zu Ihren Diensten, Madame«, antwortete der Gelehrte, »aber meine Erzählung ist nur kurz. Es handelt sich hierbei nicht um die wagemutigen Forscher, die einen Nahkampf mit dem Minotaurus Australien ausgefochten haben. Neuseeland ist ein zu kleines Gebiet, um sich gegen die Forschungswut des Menschen zu wehren. Auch waren die Reisenden, von denen ich erzählen möchte, keine Forschungsreisenden im eigentlichen Sinne des Wortes, sondern einfache Touristen, die ganz prosaischen Unglücksfällen zum Opfer gefallen sind.«

»Und Sie kennen die Namen?« fragte Mary Grant.

»Da sind zunächst die Geometer Witcombe und Charlton Howitt, eben der Reisende, der anläßlich seiner denkwürdigen Expedition, von der ich Ihnen bereits bei unserer Rast an der Wimerra erzählt habe, Burkes Überreste fand. Witcombe und Howitt haben jeder eine Expedition in das Innere der Insel Te Wahi Punamu geleitet. Beide brachen in den ersten Monaten des Jahres 1863 von Christchurch auf, um die verschiedenen Übergänge über die nördlichen Gebirge der Provinz Canterbury zu erkunden. Dabei überquerte Howitt die Gebirgskette an der nördlichen Grenze der Provinz und legte sein Hauptquartier am Brunnersee an, während Witcombe, im Gegensatz zu ihm, im Rakaiatal einen Übergang fand, der im Osten des Tyndallberges endete. Witcombe hatte einen Reisegefährten namens Jacob Louper, der in der *Lyttleton-Times* die Reise und die Katastrophe beschrieben hat. Soweit ich mich erinnere, befanden sich die beiden Forscher am 22. April 1863 am Fuße eines Gletschers, auf dem der Rakaia entspringt. Sie erklommen den Gipfel des Berges und suchten nach neuen Übergängen. Am nächsten Tage rasteten Witcombe und Louper, von Müdigkeit und Kälte ermattet, im hohen Schnee, viertausend Fuß über dem Meeresspiegel. Sieben Tage lang irrten sie im Gebirge und in Schluchten umher, deren Steilwände keinerlei Ausweg boten; häufig konnten sie kein Feuer anzünden und hatten nichts zu essen. Ihr mitgenommener Zucker verwandelte sich in Sirup, ihr

Zwieback in eine feuchte, breiige Masse. Ihre Kleidung und ihre Decken trieften vor Nässe; die beiden Männer wurden von Insekten zerbissen; an guten Tagen legten sie bis zu drei Meilen, an schlechten kaum zweihundert Yards zurück. Endlich stießen sie am 29. April auf eine Maorihütte. Im Garten fanden sie ein paar Kartoffeln. Das war die letzte Mahlzeit, die die beiden Gefährten gemeinsam einnahmen. Am Abend gelangten sie bei der Mündung des Taramakaus ans Meer. Sie mußten an das rechte Ufer des Flusses gelangen, um den weiter nördlich gelegenen Greyfluß zu erreichen. Der Taramakau ist breit und tief. Louper fand, nachdem er eine Stunde gesucht hatte, zwei kleine schadhafte Boote, die er, so gut es ging, reparierte und miteinander verband. Am Abend schifften sich die beiden Reisenden ein. Doch kaum hatten sie die Flußmitte erreicht, als die Fahrzeuge voll Wasser liefen. Witcombe warf sich ins Wasser und kehrte zum linken Ufer zurück, Jacob Louper, der nicht schwimmen konnte, war auf die Boote angewiesen. Das wurde, allerdings erst nach schlimmen Abenteuern, seine Rettung. Der Unglückliche wurde in die Brandung hinausgetragen. Die erste Woge riß ihn in die Tiefe. Von der zweiten wurde er wieder hochgehoben und auf die Felsenklippen geschleudert. Inzwischen war eine finstere Nacht angebrochen. Es regnete in Strömen. Blutüberströmt wurde Louper mehrere Stunden lang von den Wogen hin- und hergeschleudert. Endlich wurde das Boot auf den Strand gesetzt. Der Schiffbrüchige blieb wie tot am Ufer liegen. Am nächsten Morgen schleppte er sich bis zu einer Quelle und stellte hier fest, daß die Strömung ihn wohl eine Meile von der Stelle abgetrieben hatte, an der er und sein Begleiter

versucht hatten, den Fluß zu überqueren. Er richtete sich mühselig auf und schleppte sich am Ufer entlang. Sehr bald fand er die Leiche des unglücklichen Witcombe, dessen Leib und Kopf im Schlamm steckten. Louper hob mit den Händen eine Grube aus und begrub die Leiche seines Gefährten im Sand. Zwei Tage darauf wurde er, halbtot vor Hunger, von gastfreundlichen Maoris – auch solche gibt es – aufgenommen, und am 4. Mai gelangte er zum Brunnersee, zu Charlton Howitts Lager, der sechs Wochen später auf ähnliche Weise wie der unglückliche Witcombe ums Leben kommen sollte.«

»Es will mir scheinen«, sagte John Mangles, »als bildeten die Katastrophen eine Kette, als würden die Forschungsreisenden durch ein verhängnisvolles Band aneinandergekettet und als müßten alle umkommen, wenn die Mitte dieses Bandes reißt.«

»Sie haben recht, Freund John«, erwiderte Paganel, »ich habe diese Beobachtung oft machen können. Welches Gesetz hat dazu geführt, daß Howitt unter den nahezu gleichen Bedingungen ums Leben gekommen ist wie der arme Witcombe? Das läßt sich nicht sagen. Charlton Howitt war von Wyde, dem Leiter des Regierungsunternehmens, angestellt worden; der Zweck der Expedition war, einen gangbaren Weg von der Hurunui-Ebene bis zur Mündung des Taramakaus ausfindig zu machen. Er war am 1. Januar 1863 in Begleitung von fünf Männern aufgebrochen und hatte seinen Auftrag mit bemerkenswerter Geschicklichkeit ausgeführt. Eine vierzig Meilen lange Straße wurde bis zu einem Punkt angelegt, an dem der Taramakau nicht zu überqueren war. Howitt kehrte sodann nach Christchurch zurück; er wollte, obwohl der Winter nahe war, seine Arbeit fortsetzen. Wyde war einverstanden. Howitt brach auf, um sein Lager zu verproviantieren, damit er dort die schlechte Jahreszeit verbringen konnte. Um diese Zeit nahm er Jacob Louper auf. Am 27. Juni verließen Howitt und zwei seiner Leute, Robert Little und Henry Mullis, das Lager. Sie überquerten den Brunnersee. Seitdem hat man sie nicht wieder gesehen. Ihr zerbrechliches, flaches Boot fand man gestrandet am Ufer, Howitt und seine Gefährten wurden neun Wochen lang gesucht; doch alles war vergeblich, und es ist klar, daß diese unglücklichen Männer, die nicht schwimmen konnten, in dem See ertrunken sind.«

»Aber weshalb sollten sie nicht gesund und munter in irgendeinem neuseeländischen Stamm leben«, fragte Lady Helena. »Es ist zumindest gestattet, an ihrem Tod zu zweifeln.«

»Leider nicht, Madame«, antwortete Paganel, »denn im August 1864, ein Jahr nach der Katastrophe, waren sie noch nicht wieder aufgetaucht ... und wenn man nach einem Jahr in diesem Neuseeland nicht wieder aufgetaucht ist«, murmelte er leise, »so ist man unwiderruflich verloren!«

IX. KAPITEL

## DREISSIG MEILEN WEITER NÖRDLICH

Am 7. Februar, um sechs Uhr früh, gab Glenarvan das Zeichen zum Aufbruch. Der Regen hatte während der Nacht nachgelassen. Der mit kleinen grauen Wolken wie gepolsterte Himmel hielt die Sonnenstrahlen drei Meilen von der Erde entfernt. Die mäßige Wärme erlaubte es den Reisenden, die Strapazen eines Tagesmarsches zu wagen.

Paganel hatte mit Hilfe der Landkarte eine Entfernung von achtzig Meilen zwischen der Landspitze von Cahua und Auckland errechnet; das bedeutete acht Tagesmärsche zu je zehn Meilen. Anstatt jedoch den Windungen der Meeresküste zu folgen, schien es ratsam, sich nach dem in dreißig Meilen Entfernung gelegenen Zusammenfluß des Waikato- und des Waipaflusses bei dem Dorfe Ngarnavahia zu begeben; die Überlandpoststrecke nach Auckland führte durch das Dorf. Es war keine Straße im eigentlichen Sinne, höchstens ein Pfad, der von den Wagen benutzt wurde, die von Napier an der Hawkes-Bucht nach Auckland fuhren. Von dort aus würde es dann ein leichtes sein, nach Drury zu gelangen, wo sich die Reisenden in einem vorzüglichen, von dem Naturforscher Hochstetter besonders empfohlenen Gasthof ausruhen konnten.

Die kleine Gesellschaft, in der jeder seinen Teil an Nahrungsmitteln trug, folgte zuerst der Küste der Bucht von Aotea. Aus Vorsicht blieben sie möglichst nahe beieinander, hielten instinktiv die Karabiner im Anschlag und ließen die wellige Ebene im Osten nicht aus den Augen. Paganel bereitete es einen fast künstlerischen Genuß, die Übereinstimmung der ausgezeichneten Landkarte, die er in der Hand hielt, mit den geringsten Einzelheiten der Gegend feststellen zu können.

An diesem Tage zog die kleine Gesellschaft zeitweilig über einen Sandstrand, der zum großen Teil aus Muschelresten und Fischbein bestand und einen hohen Gehalt an Peroxyd und Oxydul aufwies. Hätte man einen Magnet dem Boden genähert, hätte er sich sofort mit glitzernden Kristallen bedeckt.

Am Strand, den die steigende Flut bespülte, tummelten sich einige Meerestiere, die nicht an Flucht dachten. Die Robben mit ihren runden Köpfen, ihren

breiten gewölbten Stirnen und ihren klugen Augen hatten einen sanften, fast zärtlichen Ausdruck. Es ist zu verstehen, daß die Legende diese Meeresbewohner auf ihre Weise in Dichtungen feiert und sie trotz ihres wenig melodischen Knurrens Sirenen nennt, die über Zauberkräfte verfügen. Diese an der neuseeländischen

Küste zahlreich lebenden Tiere werden wegen ihres Trans und ihrer Felle gefangen.

Zwischen den Robben tummelten sich drei oder vier graublaue See-Elefanten, die etwa fünfundzwanzig bis dreißig Fuß lang sind. Diese riesenhaften Amphibien, die sich faul auf einem dicken Schilflager rekelten, richteten ihre steifen Rüssel auf und schüttelten in einer grotesken Art die harten Borsten ihrer langen und gedrehten Schnurrbärte, die an die Korkenzieherlocken eines Stutzerbärtchens erinnerten. Es bereitete Robert Freude, diese interessanten Geschöpfe zu beobachten; plötzlich rief er höchst überrascht:

»Seht nur, die Robben fressen Kieselsteine!«

Tatsächlich verschlangen mehrere dieser Tiere mit wahrer Gier die am Strande liegenden Steine.

»Donnerwetter! Du hast recht!« erwiderte Paganel. »Kein Zweifel – diese Tiere weiden den Strand nach Kieselsteinen ab!«

»Ein merkwürdiges Futter«, sagte Robert, »das muß schwer verdaulich sein.«

»Damit wollen sich die Tiere nicht ernähren, mein Junge. Sie schlucken die Kieselsteine, um dadurch Ballast in sich aufzunehmen. Sie wollen schwerer werden, um dann besser tauchen zu können. Sobald sie wieder an Land kommen, geben sie die Steine ohne viele Umstände wieder von sich. Du wirst sehen, daß die Tiere gleich untertauchen werden.«

Sehr bald schleppte sich tatsächlich etwa ein halbes Dutzend Robben, die genug Ballast hatten, schwerfällig zum Wasser und verschwanden in dem nassen Element. Glenarvan konnte jedoch keine Minute der kostbaren Zeit versäumen und warten, bis sie wieder auftauchten, um sich des Ballastes zu entledigen, und zu Paganels großem Bedauern wurde der unterbrochene Marsch fortgesetzt.

Gegen zehn Uhr lagerte sich die Gesellschaft zum Frühstück am Fuße hoher Basaltfelsen, die wie keltische Felsengräber am Meeresufer angeordnet waren. Eine Austernbank lieferte große Mengen kleiner, aber nicht sehr wohlschmeckender Austern. Doch Olbinett befolgte Paganels Rat und briet sie auf glühenden Kohlen, und in dieser Zubereitung folgte Dutzend auf Dutzend während der ganzen Dauer des Mahles.

Nach beendeter Rast zogen die Reisenden weiter am Strande der Bucht entlang. Auf den zackigen Felsen und den Gipfeln der Steilwände hatten sich unzählige Wasservögel angesiedelt; da gab es Fregattenvögel, Tölpel, Seemöwen sowie riesige Albatrosse, die regungslos auf den Spitzen der scharfkantigen Felsen saßen. Bis vier Uhr nachmittags waren zehn Meilen des Weges mühelos und ohne Überanstrengung zurückgelegt. Die beiden Frauen waren bereit, bis zum Einbruch der Dunkelheit weiterzuwandern. Doch es galt jetzt, die Richtung zu ändern, um den Fuß einer im Norden auftauchenden Bergkette zu umgehen und in das Tal des Waipaflusses einzubiegen.

Bis zum Horizont schienen sich riesige Wiesenflächen zu erstrecken, die ein leichtes Vorankommen versprachen. Doch als die kleine Gesellschaft zu diesen Wiesen gelangte, erlebte sie eine schwere Enttäuschung. An Stelle des vermeintlichen Weidelandes fanden sie mit kleinen weißen Blüten bedecktes Buschwerk vor, zwischen dem zahllose hohe Farne wuchsen, wie sie in Neuseeland besonders üppig gedeihen. Durch diesen Wald von harten Stengeln mußten die Reisenden sich sehr mühselig einen Weg bahnen. Indessen hatte man um acht Uhr abends die ersten Vorhügel der Hakarihoata-Bergkette umgangen, und hier wurde unverzüglich haltgemacht.

Nach einem ununterbrochenen Marsch von vierzehn Meilen war es gestattet, an eine Rast zu denken. Die Reisenden besaßen weder Karren noch Zelt, und jeder richtete sich unter den prächtigen hohen Norfolktannen so gut es ging zum Schlafen ein. Decken gab es genug; sie dienten dazu, ein notdürftiges Lager herzurichten.

Glenarvan traf für die Nacht strengste Vorsichtsmaßnahmen. Bis zum Morgengrauen mußten er und seine Gefährten, immer zu zweit und gut bewaffnet, Wache halten. Ein Feuer durfte nicht angezündet werden; denn die leuchtende Flammenmauer erweist sich zwar als nützlich gegen wilde Tiere, aber in Neuseeland gibt es weder Tiger noch Löwen oder Bären, überhaupt keine wilden Tiere; die Neuseeländer waren freilich ein hinreichender Ersatz. Das Feuer hätte also höchstens dazu gedient, diese zweibeinigen Jaguare anzulocken.

Die Nacht verlief ruhig. Nur die Sandfliegen, die in der Eingeborenensprache ›Ngamu‹ heißen und deren Stiche sehr lästig sind, erwiesen sich als störend, ferner eine freche Rattenfamilie, die mit ihren scharfen Zähnen die Proviantsäcke munter benagte.

Am nächsten Morgen – es war der 8. Februar – erwachte Paganel zuversichtlicher und fast ausgesöhnt mit diesem Lande. Die von ihm so besonders gefürchteten Maoris waren nicht aufgetaucht; die wilden Menschenfresser hatten ihn nicht einmal in seinen Träumen bedroht. Befriedigt teilte er Glenarvan seine gute Stimmung mit.

»Ich denke doch«, meinte er, »daß wir diesen kleinen Spaziergang ohne Zwischenfall beenden werden. Heute abend werden wir die Stelle, wo der Waipa und der Waikato zusammenfließen, erreicht haben. Auf der Straße nach Auckland werden wir dann nicht mehr viel von den Eingeborenen zu befürchten haben.«

»Welche Strecke müssen wir noch bewältigen, um bis zu dem Zusammenfluß der beiden Ströme zu gelangen?« fragte Glenarvan.

»Fünfzehn Meilen, also ungefähr die Strecke, die wir gestern hinter uns gebracht haben.«

»Wir werden aber noch sehr aufgehalten werden, wenn dieses endlose Buschwerk weiter die Pfade überwuchert.«

»Nein«, erwiderte Paganel, »wir folgen dem Lauf des Waipaflusses, dort gibt es keine Hindernisse mehr; der Weg ist vielmehr leicht und bequem zu begehen.«

»Brechen wir also auf«, sagte Glenarvan, als er sah, daß die beiden Frauen reisefertig waren.

Während der ersten Stunden dieses Tages behinderte noch das dichte Gestrüpp das Vorwärtskommen. Dort, wo sich die Reisenden noch durchzwängen konnten, wären Karren und Pferde steckengeblieben. Das australische Gefährt wurde also wenig vermißt. Bis befahrbare Straßen die Wälder durchqueren werden, wird Neuseeland nur einzelnen Fußgängern erschlossen sein. Die Farne, deren Arten unzählbar sind, wetteifern bei der Verteidigung ihres Heimatbodens an Hartnäckigkeit mit den Maoris.

Die kleine Gruppe der Reisenden hatte also bei dem Marsch durch die von den Hakarihoata-Bergen umgebene Ebene tausend Schwierigkeiten zu überwinden. Doch vor Mittag erreichten sie den Waipa und wanderten an seinen Ufern mühelos nach Norden.

Es war ein liebliches Tal, von kleinen Wasserläufen durchzogen, frischen und klaren Bächen, die munter zwischen den Sträuchern dahineilten. In Neuseeland hat man nach Angaben des Botanikers Hooker bisher zweitausend Arten von Pflanzen gefunden, von denen fünfhundert nur dort vorkommen. Blumen gibt es wenige, und sie sind nicht abwechslungsreich; fast gänzlich fehlen einjährige Pflanzen, aber es herrscht ein Überfluß an Farnkräutern, Gräsern aller Art und doldentragenden Gewächsen.

Da und dort ragten große Bäume aus dem dunklen Grün, Eisenmyrten mit scharlachroten Blüten, Norfolktannen, Lebensbäume mit dichten, senkrecht wachsenden Zweigen und eine Art Zypressen, genannt ›Rimu‹, die ebenso düster wie ihre europäischen Artgenossinnen wirkten. Alle diese Stämme waren von zahlreichen Farnarten überwuchert.

Über dem Buschwerk und in den Zweigen der großen Bäume flatterten und schwatzten Kakadus; es gab den Kakariki mit grünem Gefieder und einem roten Streifen unter der Kehle, ferner den mit schönen schwarzen Favoris geschmückten Taupo sowie einen Papagei von Entengröße mit rotem Gefieder und leuchtender Flügelunterseite, dem die Naturwissenschaftler den Namen *Nestor meridionalis* gegeben haben.

Der Major und Robert konnten, ohne sich von ihren Gefährten zu entfernen, ein paar Schnepfen und Rebhühner erlegen, die im Unterholz dieses Hochwaldes Schutz gesucht hatten. Um Zeit zu sparen, rupfte Olbinett sie im Gehen.

Paganel, der sich weniger für den Nährwert des Wildes interessierte, hätte gern einige Exemplare der in Neuseeland heimischen Vogelwelt erlegt. Die Wißbegier des Gelehrten war größer als der Hunger des Reisenden. Wenn ihn sein Gedächtnis nicht täuschte, so erinnerte er sich jetzt an die seltsamen Gepflogenheiten des ›Tui‹ der Eingeborenen, der wegen seines ständigen Gekichers auch ›Spottvogel‹ oder – weil er auf seinem schwarzen Gefieder wie auf einer Soutane ein weißes Beffchen trägt – ›Pfarrer‹ genannt wird.

»Dieser Tui«, erzählte Paganel dem Major, »wird während des Winters dermaßen fett, daß er davon krank wird. Er kann nicht mehr fliegen. Daher reißt er sich mit Schnabelhieben die Brust auf, um sich seines Fettes zu entledigen und sein Gewicht zu vermindern. Erscheint Ihnen das nicht sonderbar, MacNabbs?«

»So sonderbar«, erwiderte der Major, »daß ich Mühe habe, auch nur ein Wort davon zu glauben!«

Zu seinem großen Bedauern konnte sich Paganel nicht eines einzigen Exemplares dieser Vögel bemächtigen, um dem ungläubigen Major die blutigen Risse auf der Brust zu zeigen.

Mehr Glück hatte er mit einem merkwürdigen Tier, das sich vor der Verfolgung durch den Menschen und durch Hunde und Katzen in unbewohnte Gebiete gerettet hat und aus der neuseeländischen Fauna ganz zu verschwinden droht. Robert, der wie ein Frettchen umherstöberte, entdeckte in einem Nest aus verschlungenen Wurzelfasern zwei Hühner ohne Flügel und ohne Schwanzfedern; sie haben vier Zehen, den langen Schnabel einer Schnepfe, und ihr ganzer Körper ist mit einem weißen Federkleide bedeckt. Diese merkwürdigen Tiere scheinen ein Bindeglied zwischen Eierlegern und Säugetieren zu bilden.

Es waren Exemplare des neuseeländischen Kiwis,

des *Apterix australis,* wie ihn die Wissenschaftler nennen. Er ernährt sich von Larven, Insekten, von Würmern oder Samen; der Kiwi findet sich nur in Neuseeland. Diesen Vogel trifft man in den zoologischen Gärten von Europa nur selten an. Seine eigenartige Gestalt und seine seltsamen Bewegungen haben die Aufmerksamkeit der Naturforscher stets auf diesen Vogel gelenkt; und während der umfassenden Erforschung Ozeaniens, die von den Schiffen *Astrolabe* und *Zelée* durchgeführt wurde, hatte Dumont d'Urville von der französischen Akademie der Wissenschaften den besonderen Auftrag bekommen, ein Exemplar dieses seltenen Vogels mitzubringen. Doch trotz der Belohnung, die der Forscher den Eingeborenen versprochen hatte, gelang es ihm nicht, sich ein lebendes Exemplar dieser Vogelart zu beschaffen.

Paganel, den dieser Fund sehr erfreute, band die beiden Hühner zusammen und nahm sie mit, um sie dem Botanischen Garten in Paris zu verehren. Der optimistische Geograph sah schon die Aufschrift an dem schönsten Käfig der zoologischen Abteilung vor seinem geistigen Auge: *Gabe des Herrn Jacques Paganel.*

Ohne sich anzustrengen, zog die kleine Gesellschaft am Ufer des Waipaflusses entlang. Das Land lag verödet; von Eingeborenen war keine Spur zu entdecken; es gab keinen Pfad, der auf das Vorhandensein von Menschen in diesem Flußtal hätte schließen lassen. Der Waipafluß nahm seinen Lauf zwischen hohem Buschwerk oder glitt über flache Sandufer dahin. Die Reisenden hatten einen freien Ausblick bis zu den niedrigen Hügeln, die das Tal im Osten begrenzten. Mit ihren seltsamen Formen, deren Umrisse sich im ungewissen Dunst verloren, glichen sie riesigen Fabeltieren aus vorsintflutlichen Zeiten. Man hätte sie für eine Herde großer, jäh versteinerter Meerungeheuer halten können. Diese Bergformationen trugen einen ausgesprochen vulkanischen Charakter, ist doch ganz Neuseeland tatsächlich nichts anderes als das Ergebnis vulkanischer Ausbrüche. Immer höher wachsen die Inseln aus dem Meere auf. Einige der Bergspitzen sind im Verlauf der vergangenen zwanzig Jahre um einen Klafter gewachsen. In den Eingeweiden dieser Berge wütet noch immer das Feuer; sie werden krampfhaft davon erschüttert, und an vielen Stellen bricht sich das Innere in Form von Geisern und vulkanischen Eruptionen Bahn.

Um vier Uhr nachmittags hatten die Reisenden in bester Laune neun Meilen zurückgelegt. Nach der Karte, die Paganel eifrig befragte, mußten sie sich in weniger als fünf Meilen Entfernung vom Zusammenfluß des Waipas und des Waikatos befinden. Dort entlang führte die Straße nach Auckland, dort sollte das Nachtlager aufgeschlagen werden. Was die fünfzig Meilen anbelangte, die sie dann noch von der Hauptstadt trennten, so würden zwei bis drei Tage ausreichen, um sie zurückzulegen. Sollte Glenarvan jedoch der Postkutsche begegnen, die zweimal im Monat den Postdienst zwischen der Hawkes-Bucht und Auckland versah, so würden acht Stunden genügen.

»Wir werden also in der kommenden Nacht noch im Freien kampieren müssen«, sagte Glenarvan.

»Ja«, meinte Paganel, »aber hoffentlich zum letzten Male.«

»Um so besser, denn für Lady Helena und Mary Grant ist es sehr anstrengend.«

»Aber sie ertragen es ohne zu klagen«, fügte John Mangles hinzu. »Wenn ich mich nicht irre, Monsieur Paganel, sprachen Sie von einem Dorf, das am Zusammenfluß der beiden Flüsse liegen soll.«

»Ja«, erwiderte der Geograph. »Es ist hier auf Johnstons Karte eingezeichnet. Es heißt Ngarnavahia und muß etwa zwei Meilen unterhalb des Zusammenflusses liegen.«

»Könnten wir nicht dort die Nacht verbringen? Lady Helena und Miss Grant würden gern noch zwei Meilen zurücklegen, wenn sie ein halbwegs anständiges Gasthaus fänden.«

»Ein Gasthaus«, rief Paganel, »ein Gasthaus in einem Maoridorf! Dort gibt es nicht einmal eine bescheidene Spelunke! So ein Dorf besteht aus nichts anderem als aus ein paar zusammengewürfelten Eingeborenenhütten, und ich rate, es lieber sorgfältig zu meiden, anstatt dort ein Obdach zu suchen.«

»Ach, Ihre andauernden Befürchtungen, Paganel«, sagte Glenarvan.

»Mein lieber Lord, es ist besser, die Maoris zu fürchten, als ihnen Vertrauen zu schenken. Ich weiß nicht, wie die Eingeborenen im Moment zu den Engländern stehen und ob der Maoriaufstand unterdrückt worden oder ob er für die Eingeborenen siegreich ausgegangen ist; vielleicht geraten wir mitten in die Kämpfe hinein. Und dann bin ich unbescheiden genug, zu behaupten, daß Leute unserer Art ein guter Fang für die Wilden wären. Für meine Person will ich lieber auf neuseeländische Gastfreundschaft verzichten. Ich halte es für klüger, das Dorf Ngarnavahia zu umgehen und uns vor jeder Begegnung mit den Eingeborenen zu hüten. Sind wir erst einmal in Drury, dann liegen die Dinge anders; dort werden unsere beherzten Frauen sich leicht und rasch von der Unbill der Reise erholen können.«

Die Bedenken des Geographen überwogen. Auch Lady Helena zog es vor, noch eine Nacht im Freien zu verbringen, um sich und ihre Gefährten keiner Gefahr auszusetzen. Weder sie noch Mary Grant wollten jetzt gleich ausruhen. Und so marschierten sie weiter am Ufer entlang.

Zwei Stunden später zog die Dunkelheit zwischen den Hügeln herauf. Die Sonne hatte, bevor sie am Horizont versank, noch ein paar verspätete Lichtstrahlen hinabgesandt. Im Osten röteten sich die fernen Berggipfel in der Glut der Abendsonne. Es war wie ein letzter Gruß, den das Tagesgestirn den Reisenden sandte.

Glenarvan und die Seinen beschleunigten ihre Schritte. Sie wußten, wie kurz die Dämmerung in diesen Breitengraden ist und wie plötzlich hier die Nacht hereinbricht. Es galt aber, vor dem völligen Einbruch der Dunkelheit den Zusammenfluß des Waipas und des Waikatos zu erreichen. Doch dichter Nebel stieg auf und erschwerte den Weitermarsch.

Glücklicherweise ersetzte das Gehör das Augenlicht, das in dieser Finsternis ausgeschaltet ist. Verstärktes Rauschen des Wassers bewies, daß der Zusammenfluß der beiden Ströme nicht mehr fern sein konnte. Um acht Uhr gelangte die kleine Gesellschaft zu der Stelle, an der der Waipa mit hörbarem Wellenrauschen in den Waikato mündet.

»Wir sind am Waikato!« rief Paganel. »Und die Straße nach Auckland zieht sich an seinem rechten Ufer entlang.«

»Morgen werden wir sie sehen«, erwiderte der Major. »Wir wollen hier Rast machen. Mir scheint, diese kleine Baumgruppe ist eigens dazu geschaffen, uns Schutz zu gewähren. Essen und schlafen wir!«

»Ja, wir wollen zu Abend essen«, rief Paganel, »aber nur Zwieback und Dörrfleisch; denn wir dürfen kein Feuer anzünden! Wir sind ungesehen bis zu dieser Stelle gekommen und wollen versuchen, ebenso weiterzuziehen. Glücklicherweise ist dieser Nebel so gut wie eine Tarnkappe.«

Sie lagerten unter der Baumgruppe, und alle fügten sich den strengen Anweisungen des Geographen. Das kalte Abendbrot wurde still verzehrt, und sehr bald lagen die Reisenden, angestrengt von dem ermüdenden Tagesmarsch von fünfzehn Meilen, in tiefem Schlummer.

X. KAPITEL

## DER WAIKATO

Am nächsten Tage, beim Morgengrauen, lagerte ziemlich dichter Nebel über dem Fluß. Ein Teil des Dunstes hatte sich infolge der Abkühlung verdichtet und hing über dem Wasser wie eine schwere Wolke. Doch bald durchbrachen Sonnenstrahlen die Nebelmassen, die unter dem Blick des Taggestirns dahinschmolzen. Die Umrisse der Ufer begannen sich langsam abzuzeichnen, und der Lauf des Waikatos in seiner ganzen morgendlichen Schönheit wurde sichtbar.

Eine schmal zulaufende Landzunge, mit Buschwerk bedeckt, endete in einer Spitze am Zusammenfluß der zwei Ströme. Die wilderen Wasser des Waipas drängten die des Waikatos eine Viertelmeile zurück, ehe sie sich mit ihnen vermischten, doch der mächtige und ruhige Strom hatte den tobenden Fluß bald gebändigt und führte ihn gemächlich in seinem Lauf bis zum Becken des Pazifiks.

Als die Nebel sich vollends verflüchtigt hatten, tauchte ein Boot auf, das auf dem Waikato stromaufwärts glitt. Es war ein siebzig Fuß langer und fünf Fuß breiter Kahn, mit einem Tiefgang von etwa drei Fuß; der Vordersteven ragte wie bei einer venezianischen Gondel aus dem Wasser heraus. Das Fahrzeug war aus dem ausgehöhlten Stamm eines Kahikateabaumes gefertigt. Eine Lage getrockneter Farnkräuter bedeckte den Schiffsboden. Die acht Ruderer im Vorderteil ließen den Kahn rasch über die Wasserfläche dahingleiten, während ein im rückwärtigen Teil sitzender Mann ihn mit einem schaufelartigen Ruder steuerte.

Dieser Mann war ein hochgewachsener Eingeborener, etwa fünfundvierzig Jahre alt, mit breiter Brust, muskulösen Gliedern und kräftigen Händen und Füßen. Seine gewölbte, stark zerfurchte Stirn, sein funkelnder Blick und sein überaus finsterer Gesichtsausdruck ließen auf einen Menschen schließen, mit dem nicht zu spaßen war.

Es mußte ein Maorihäuptling von hohem Rang sein. Das war an den vielen kunstvollen Tätowierungen zu erkennen, die sein Gesicht und seinen Körper bedeckten. In seinen Nasenflügeln staken zwei schwarze Spiralen, die sich wie Ringe um seine gelblich schimmernden Augen legten, sich auf der Stirn wieder vereinigten und in seinem prächtigen Haarschopf endeten. Sein Mund, der blendendweiße Zähne sehen ließ, und sein Kinn verschwanden unter den regelmäßigen Schraffierungen, deren elegante Wellenlinien bis auf die mächtige Brust hinabreichten.

Die Tätowierung oder, wie die Neuseeländer sagen, der ›Moko‹ ist ein Zeichen vornehmer Abkunft. Nur derjenige wird für würdig erachtet, diese ehrenden Schnörkel auf seiner Haut zu tragen, der sich in mehreren Kämpfen durch Tapferkeit ausgezeichnet hat. Sklaven und niederes Volk werden dieser Auszeichnung nicht für würdig befunden. Berühmte Häuptlinge sind an der kunstvollen und sorgfältigen Zeichnung sowie an den Motiven ihrer Tätowierung zu erkennen. Sehr häufig sind Tierbilder in ihre Haut eingeätzt. Manche Häuptlinge lassen die schmerzhafte Prozedur des Tätowierens bis zu fünfmal über sich ergehen. Je berühmter ein neuseeländischer Häuptling ist, desto reicher ist sein Körper ›illustriert‹.

Dumont-d'Urville hat merkwürdige Einzelheiten über diesen Brauch veröffentlicht. Er hat mit Recht behauptet, diese Tätowierungen entsprächen den Wappenschildern, auf die bestimmte europäische Familien so stolz sind. Doch er weist auf einen Unterschied zwischen diesen beiden Kennzeichen der Vornehmheit hin. Die europäischen Wappen bezeichnen meist nur das Verdienst desjenigen, der es als erster zu etwas brachte, und sie sind kein Beweis für die Verdienste seiner Kinder, während die Tätowierung des Neuseeländers den unwiderleglichen Beweis dafür erbringt, daß er diese Auszeichnung seinem außergewöhnlichen, höchst persönlichen Mut verdankt.

Außerdem verleiht die Tätowierung der Maoris, unabhängig von der Wertschätzung, die ihr gebührt, ihrem Träger noch einen unbestreitbaren Vorzug: sie macht die Haut fester und dadurch fähiger, den Unbilden der Witterung und den ständigen Moskitostichen zu trotzen.

Was nun den Häuptling betraf, der das Boot steuerte, so gab es über die Bedeutung seiner Tätowierung absolut keinen Zweifel. Der spitze Knochen des Albatros, der von den Maoris für die Tätowierung verwandt wird, hatte sein Gesicht fünfmal durchpflügt und tiefe Rillen hinterlassen. Er trug seine fünfte Maske, und das sah man seiner hochmütigen Miene an.

Er trug einen weiten, mit Hundefellen verzierten

Phormium-Umhang, darunter einen Lendenschurz, der noch Blutspuren von soeben überstandenen Kämpfen trug. An den beiden in die Länge gezogenen Ohrläppchen baumelten grüne Ohrgehänge aus Jade, und um seinen Hals wanden sich Punamus, Halsketten aus geheiligten Edelsteinen, mit denen ein neuseeländischer Aberglaube verbunden ist. Neben ihm lagen ein Gewehr englischer Herkunft und eine smaragdfarbene Patu-Patu von achtzehn Zoll Länge, eine doppelseitig geschliffene Axt.

Umgeben war der Häuptling von neun weniger vornehmen, aber schwer bewaffneten und grimmig dreinschauenden Kriegern, von denen einige noch frische Wunden aufwiesen; sie saßen regungslos in ihre Phormium-Umhänge gehüllt. Zu ihren Füßen lagerten drei gefährlich aussehende Hunde. Die acht Ruderer, im vorderen Teil des Bootes, schienen Diener oder Sklaven des Häuptlings zu sein. Sie ruderten kräftig, und der Kahn kam gegen die übrigens nicht sehr starke Strömung mit bemerkenswerter Geschwindigkeit voran.

In der Mitte des Kahnes drängten sich mit gebundenen Füßen, die Hände jedoch frei von jeder Fessel, zehn europäische Gefangene dicht aneinander.

Es waren Glenarvan, Lady Helena, Mary Grant, Robert, Paganel, der Major, John Mangles, der Steward und die beiden Matrosen.

Am vorhergehenden Abend hatte die kleine Gesellschaft, durch den Nebel in Sicherheit gewiegt, ihr Nachtlager inmitten zahlreicher Eingeborenentrupps aufgeschlagen. In der Nacht waren die Reisenden im Schlaf überrascht, zu Gefangenen gemacht und in das Boot verladen worden. Bisher hatte niemand sie mißhandelt, doch jeder Widerstand wäre vergeblich gewesen. Ihre Waffen und ihre Munition befanden sich in den Händen der Eingeborenen; hätten sie sich zu wehren versucht, so hätten die Eingeborenen sie mit ihren eigenen Kugeln sogleich zu Boden gestreckt.

Aus einigen englischen Brocken, die von den Eingeborenen gebraucht wurden, entnahmen die Reisenden, daß dieser Trupp von den Engländern blutig zurückgeschlagen worden war und sich jetzt auf dem Wege zum Oberlauf des Waikatoflusses befand. Der Maorihäuptling hatte nach hartnäckigem Widerstand und nachdem seine tapfersten Krieger von den Soldaten des 42. Regiments massakriert worden waren, versucht, die Stämme, die am Waikato lebten, zu neuem Kampf aufzurufen und mit ihnen zu dem unbesiegbaren William Thompson zu stoßen, der sich noch immer erfolgreich gegen die britischen Eindringlinge wehrte. Dieser Häuptling hieß Kai-Kumu. Es war dies ein Name mit schrecklicher Vorbedeutung; denn Kai-Kumu hieß in der Sprache der Eingeborenen »derjenige, der den Leib seines Feindes aufißt«. Er war tapfer und verwegen; jedoch sein Mut war ebenso groß wie seine Grausamkeit. Von ihm durften die Gefangenen keine Milde erwarten. Den britischen Soldaten war sein Name wohlbekannt. Der Gouverneur von Neuseeland hatte auf den Kopf dieses Maorihäuptlings einen Preis ausgesetzt.

Der fürchterliche Schlag hatte Glenarvan gerade in dem Augenblick getroffen, in dem er gehofft hatte, bald den ersehnten Hafen von Auckland zu erreichen und in die Heimat zurückkehren zu können. Wer in sein kaltes und gelassenes Gesicht blickte, konnte jedoch nichts von dem Ausmaß seiner Befürchtungen erkennen. Glenarvan zeigte sich in schwierigen Lagen stets seinem Mißgeschick gewachsen. Er wußte, daß er seiner Frau und seinen Gefährten Mut machen und ihnen als Gatte und als Führer der Expedition einen Halt geben mußte. Er war überdies bereit, als erster in den Tod zu gehen, falls das Wohl der Seinen und die Umstände es erfordern sollten. Tief religiös, wie er war, wollte er nicht an der Gerechtigkeit Gottes verzweifeln, denn sein Unternehmen war ihm heilig. Und inmitten der Gefahren, die sich auf seinem Weg häuften, bereute er niemals den hochherzigen Entschluß, der ihn bis in diese wilden Gegenden geführt hatte.

Seine Gefährten zeigten sich ihres Anführers würdig, sie teilten seine edlen Gefühle, und wenn man ihre ruhigen, stolzen Gesichter betrachtete, wäre man nicht darauf gekommen, daß ein so schreckliches Ende sie bedrohte. Auf Glenarvans Rat hatten sie einmütig beschlossen, den Eingeborenen gegenüber völlige Gleichgültigkeit an den Tag zu legen. Das war die einzige Möglichkeit, auf sie Eindruck zu machen. Die Eingeborenen im allgemeinen und die Maoris im besonderen haben einen gewissen Sinn für Würde, den sie niemals verleugnen. Sie achten denjenigen, der durch Kaltblütigkeit und Mut ihre Achtung verdient. Glenarvan wußte, daß er durch diese gelassene Haltung seinen Gefährten und sich selbst unnütze Mißhandlungen ersparte.

Seitdem sie aus dem Lager aufgebrochen waren, hatten die Eingeborenen, die, wie die meisten ihrer Stammesgenossen, recht schweigsam waren, kaum miteinander gesprochen. Jedoch merkte Glenarvan an einigen Gesprächsfetzen, daß ihnen die englische Sprache geläufig sein mußte. Daher beschloß er, den neuseeländischen Häuptling über das Los zu befragen, das er ihnen zugedacht hatte. Er wandte sich an Kai-Kumu und fragte mit einer Stimme, die keinerlei Furcht verriet:

»Wohin bringst du uns, Häuptling?«

Kai-Kumu blickte den Lord kalt an, ohne zu antworten.

»Was hast du mit uns vor?« beharrte Glenarvan.

In Kai-Kumus Augen leuchtete es blitzartig auf. Mit ernster Stimme erwiderte er:

»Ich will euch austauschen, wenn man euch haben will; wenn nicht, werde ich euch töten.«

Glenarvan stellte keine weiteren Fragen, aber Hoffnung kehrte in sein Herz zurück. Zweifellos waren auch Häuptlinge der Maorikrieger den Engländern in die Hände gefallen, und die Eingeborenen betrachteten sie als Geiseln. Somit war die Lage der Gefangenen nicht hoffnungslos.

Indessen glitt das Boot rasch stromaufwärts. Paganel, der seiner Veranlagung nach allzuleicht von einem Extrem ins andere fiel, war voller Hoffnung. Er sagte sich, die Maoris ersparten es ihnen auf diese Weise, zu Fuß bis zu den britischen Stellungen wandern zu müssen. Und so verfolgte er, in sein Schicksal ergeben, auf seiner Landkarte den Lauf des Waikatos. Lady Helena und Mary Grant bezwangen ihre Furcht und unterhielten sich leise mit Glenarvan; der geübteste Beobachter hätte in ihren Zügen keine Herzensangst entdecken können.

Der Waikato ist der nationale Strom der Neuseeländer; die Maoris sind stolz auf ihn wie die Deutschen auf den Rhein und wie die Slawen auf die Donau. Auf seinem zweihundert Meilen langen Lauf bewässert er die schönste Landschaft der nördlichen Insel, von der Provinz Wellington bis zur Provinz Auckland. Seinen Namen hat er allen an seinen Ufern lebenden Stämmen gegeben, die unbesiegt und unbesiegbar sich in Massen gegen die Unterdrücker erhoben haben.

Der Lauf dieses Flusses wurde von fremden Eindringlingen bisher kaum erforscht. Nur die Pirogen, die Kanus der Inselbewohner, durchpflügen den Strom. Kaum je hat sich ein beherzter Reisender zwischen seine geheiligten Ufer gewagt. Der Zugang zum Oberlauf des Waikatos scheint den europäischen Fremden versagt zu sein.

Paganel wußte, wie sehr die Eingeborenen diesen großen neuseeländischen Wasserlauf verehren. Er wußte, daß die englischen und deutschen Naturforscher kaum je über den Zusammenfluß des Waipas und Waikatos hinausgekommen waren. Bis wohin gedachte der Häuptling seine Gefangenen zu verschleppen? Das hätte der Geograph nicht erraten können, wäre nicht der Name ›Taupo‹ im Gespräch zwischen Kai-Kumu und seinen Kriegern häufig erwähnt worden. Dieser Name hatte die Aufmerksamkeit des Gelehrten erregt.

Er befragte seine Landkarte und stellte fest, daß Taupo der Name eines berühmten Sees war, der in dem gebirgigsten Teil der Insel, im südlichsten Teil der Provinz Auckland, lag. Der Waikato tritt aus diesem See, nachdem er ihn in seiner ganzen Breite durchflossen hat. Von dieser Stelle bis zur Mündung erstreckt sich der Flußlauf über etwa hundertundzwanzig Meilen.

Paganel wandte sich, um von den Eingeborenen nicht verstanden zu werden, in französischer Sprache mit der

Bitte an John Mangles, die Geschwindigkeit des Bootes zu bestimmen. John schätzte sie auf etwa drei Meilen in der Stunde.

»Demnach dürfte unsere Reise bis zu dem Tauposee, falls wir des Nachts keine Rast machen, etwa vier Tage beanspruchen.«

»Wo liegen denn die englischen Stellungen?« wollte Glenarvan wissen.

»Das ist schwer zu sagen«, erwiderte Paganel. »Immerhin müssen sich die Kämpfe bis in die Provinz Tarankai hinziehen, und aller Wahrscheinlichkeit nach sind die Truppen an dem See jenseits des Gebirges zusammengezogen, dort, wo sich der Herd des Aufstandes befunden hat.«

»Gebe Gott, daß dem so ist«, sagte Lady Helena.

Glenarvan warf seiner jungen Frau und Mary Grant einen bekümmerten Blick zu. Sie befanden sich in einem fernen wilden Land in der Gewalt dieser blutgierigen Eingeborenen. Doch er sah, daß Kai-Kumu ihn beobachtete, und da er nicht wollte, daß der Häuptling erriet, daß eine der beiden Gefangenen seine Gattin war, drängte er diesen Gedanken zurück und gab sich den Anschein, als betrachte er die Ufer mit völligem Gleichmut.

Das Boot war, eine halbe Meile oberhalb des Zusammenflusses, an der früheren Residenz des Königs Potatau vorübergefahren, ohne dort anzuhalten. Kein anderes Boot durchschnitt die Wogen des Stromes. An den Ufern lagen, in weiten Abständen, einige Hütten, die durch ihr verfallenes Aussehen auf die Schrecknisse kürzlich ausgetragener Kämpfe schließen ließen. Die am Flusse liegenden Äcker schienen verlassen, die Ufer des Flusses waren öde. Nur einige Wasservögel belebten die trostlose Einsamkeit. Zuweilen flüchtete ein langbeiniger ›Taparunga‹, ein Stelzenvogel mit schwarzen Flügeln, weißem Körper und rotem Schnabel; drei verschiedene Reiherarten, der ›Matuku‹ mit aschfarbenem Gefieder, eine Art Rohrdommel mit törichtem Ausdruck und der wunderbare ›Kotuku‹ mit weißem Gefieder, gelbem Schnabel und schwarzen Füßen, sahen bisweilen gelassen zu, wie die Eingeborenen in Booten auf dem Wasser vorüberglitten. Dort, wo abschüssige Ufer eine gewisse Wassertiefe verrieten, lauerte der Eisvogel, der ›Kotare‹ der Maoris, auf die kleinen Aale, die zu Millionen in den Flüssen Neuseelands umherschnellen. An Stellen, wo die Büsche sich über das Wasser neigten, machten stolze Wiedehopfe, Wachteln und Truthühner in den ersten Strahlen der aufgehenden Sonne ihre Morgentoilette. Diese ganze gefiederte Welt erfreute sich des friedlichen Daseins, das ihr durch die Abwesenheit der vertriebenen oder durch den Krieg dezimierten Bewohner geschenkt war.

Auf dieser Strecke durchfloß der Waikato breite Ebenen; doch je weiter der Kahn stromaufwärts fuhr, desto mehr verengten die Hügel und später die Berge das Tal, in das der Fluß sein Bett gegraben hatte. Zehn Meilen oberhalb des Zusammenflusses war auf Paganels Karte am linken Ufer das Dorf Kirikiriroa eingezeichnet, das sich auch wirklich dort befand. Kai-Kumu gab aber keine Anweisung zu landen. Er ließ den Gefangenen ihren eigenen, bei der Plünderung des Nachtlagers gefundenen Proviant reichen, während er und seine Krieger und Sklaven sich mit der üblichen Nahrung der Eingeborenen, mit eßbaren Farnen, den *Pteris esculenta* der Wissenschaftler, mit im Ofen gerösteten Wurzeln und mit Kapanas oder Erdäpfeln, die auf beiden Inseln in großer Menge angebaut werden, begnügten. Zu ihrer Mahlzeit gehörte keine Fleischkost, und das Fleisch der Gefangenen schien sie in keiner Weise zu verlocken.

Gegen drei Uhr ragten auf dem rechten Ufer einige Berge auf; es war die Pakaroa-Kette, die einer gestürmten Festung glich. Auf einigen steil abfallenden Felsspitzen lagen die Trümmer von Pahs, hochgelegenen ehemaligen Befestigungen, die von den Maoris an uneinnehmbaren Punkten errichtet worden waren. Sie glichen riesigen Adlerhorsten.

Die Sonne wollte hinter dem Horizont verschwinden, als das Boot an ein Ufer stieß, das mit Bimssteinen übersät war, welche der aus vulkanischem Gebirge kommende Waikato mit sich führte. Einige Bäume standen dort, die als Schutz für einen Lagerplatz geeignet erschienen. Kai-Kumu ließ die Gefangenen an Land bringen. Nachdem die Hände der Männer – die Frauen blieben frei – gefesselt worden waren, wurden alle Gefangenen in die Mitte des Lagers gebracht, um das rings Feuer entzündet wurden, die eine unüberwindliche Schranke für die Europäer bildeten.

Ehe noch Kai-Kumu den Gefangenen seine Absicht, sie auszutauschen, mitgeteilt, hatten Glenarvan und John Mangles sich schon über die Möglichkeiten, ihre Freiheit wiederzugewinnen, unterhalten. Was sie im Schiff nicht hatten wagen können, hofften sie an Land, wenn Rast gemacht wurde, im Schutz der Dunkelheit zu versuchen.

Doch seit dem Gespräch zwischen Glenarvan und dem neuseeländischen Häuptling schien es ratsam, von jedem Fluchtversuch abzusehen. Man mußte sich gedulden: das war das vernünftigste, was man tun konnte. Ein Gefangenenaustausch bot Rettungschancen, wie sie kein bewaffneter Handstreich oder keine Flucht durch eine unbekannte Gegend hätte bieten können. Gewiß war es möglich, daß Ereignisse eintraten, die solche Austauschverhandlungen hinauszögern oder sogar verhindern konnten. Doch das beste war noch, den Ausgang abzuwarten. Was sollten aber zehn unbewaffnete Personen gegen dreißig gutbewaffnete Eingeborene ausrichten? Überdies nahm Glenarvan an, daß Kai-Kumus Stamm einen Häuptling von hohem Ansehen eingebüßt haben mußte, an dessen Rückkehr ihm besonders gelegen war; darin irrte er sich nicht.

Am nächsten Tag setzte das Boot seine Fahrt stromaufwärts fort. Um zehn Uhr wurde am Pohaiwhenna, einem kleinen Wasserlauf, der sich durch die zur Rechten liegende Ebene schlängelte, kurze Rast gemacht.

Dort stieß ein mit zehn Eingeborenen bemanntes Kanu zu Kai-Kumus Boot. Die Krieger riefen sich den Willkommensgruß *Aïré mai ra* zu, was so viel heißt wie: »Komm in guter Gesundheit.« Dann glitten die beiden Fahrzeuge nebeneinander dahin. Diese Neuangekommenen hatten sich offenbar vor kurzem mit britischen Truppen geschlagen. Das war an ihrer zerfetzten Kleidung, ihren blutigen Waffen und ihren frischen Wunden zu sehen, die unter ihren Lumpen noch bluteten. Die Eingeborenen waren mißgestimmt und schweigsam. Mit dem bei Wilden üblichen Gleichmut bezeigten sie keinerlei Interesse für die Europäer.

Mittags zeichneten sich die Gipfel des Maungatotaris im Westen ab. Das Waikato-Tal verengte sich, so daß der zwischen Felsen eingeschlossene Fluß hier zu einem reißenden Bergstrom wurde. Doch die kräftigen Arme der Eingeborenen trieben das Boot, von rhythmischem

Gesang begleitet, mit gleichmäßigen Ruderschlägen über die Schaumkämme. Nachdem die Stromschnellen hinter ihnen lagen, nahm der Waikato seinen geraden, langsamen Lauf wieder auf, der nur von den hin und wieder auftauchenden Ufernasen unterbrochen wurde.

Gegen Abend ließ Kai-Kumu am Fuße des Gebirges landen, dessen letzte Ausläufer steil bis zum Fluß abfielen. Dort trafen schon etwa zwanzig Eingeborene, die bereits mit ihren Kanus gelandet waren, Vorbereitungen für die Nacht. Feuer loderten unter den Bäumen. Ein Häuptling im Range Kai-Kumus näherte sich gemessenen Schrittes. Er tauschte mit Kai-Kumu den brüderlichen Gruß *chongui* aus und rieb dann seine Nasenspitze an der des anderen. Die Gefangenen wurden wieder in der Mitte des Rastplatzes untergebracht und mit äußerster Aufmerksamkeit bewacht.

Am nächsten Morgen wurde die langwierige Fahrt stromaufwärts fortgesetzt. Noch weitere Boote gesellten sich, aus den Nebenflüssen kommend, zu ihnen. Jetzt waren etwa sechzig Krieger, offenbar die Flüchtenden des letzten Aufstandes, zusammengeströmt; von britischen Kugeln mehr oder weniger übel zugerichtet, strebten sie ihren Schlupfwinkeln im Gebirge zu. Hin und wieder ertönte aus den in Reih und Glied fahrenden Booten Gesang. Ein Eingeborener stimmte die geheimnisvolle patriotische Hymne *Pihé* an:

*Papa ra ti wati tidi*
*I dunga nei ...*

Das ist die Hymne, mit der die Maoris begeistert in den Unabhängigkeitskrieg zogen. Die volle, tönende Stimme des Vorsängers weckte das Echo der Berge. Nach jeder Strophe nahmen die Eingeborenen den

kriegerischen Kehrreim auf, dabei schlugen sie sich gegen die Brust, die wie eine Trommel dröhnte. Dann begannen die Boote, von Ruderschlägen angetrieben, aufs neue den Kampf gegen die Strömung und flogen über die Wasserfläche dahin.

Ein seltsames Naturereignis unterbrach an diesem Tage die Eintönigkeit der Bootsfahrt. Gegen vier Uhr glitt das Boot, ohne seine Geschwindigkeit zu vermindern, von der festen Hand des Häuptlings gelenkt, durch ein enges Tal hindurch. Die Wellen brachen sich schäumend an den zahlreichen Inselchen, die nicht ungefährlich waren. Weniger denn je durfte das Boot kentern; denn die Ufer des Stromes boten hier keinerlei Landungsmöglichkeiten. Wer seinen Fuß auf das brodelnde Sumpfland dieses Ufers hätte setzen müssen, wäre unrettbar verloren gewesen.

Denn der Fluß wand sich zwischen jenen heißen Quellen hindurch, die seit jeher der Neugier der Reisenden empfohlen werden. Eisenoxyd gab dem Sumpf an den Ufern eine leuchtendrote Farbe, und der Fuß wäre nicht auf einen Klafter festen Tuffsteins gestoßen. Die Luft war von einem durchdringenden Schwefelgeruch erfüllt. Aber die Eingeborenen litten nicht darunter, nur die Gefangenen wurden von den üblen Dünsten, die aus den Erdspalten aufstiegen, und den Blasen, die durch den inneren Druck des Gases platzten, stark belästigt. Wenn auch der Geruchssinn sich schwer an diese Dünste gewöhnen konnte, die Augen mußten das eindrucksvolle Schauspiel bewundern.

Die Boote fuhren durch eine weiße Nebelwolke. Der Dunst stieg stellenweise in leuchtenden Spiralen vom Flußbett auf, ballte sich zusammen und schwebte wie ein Gewölbe über den Köpfen. Es waren Hunderte von Geisern, von denen manche dichte Dampfwolken verbreiteten, während andere in dünnem Strahl ihre wirkungsvollen Wasserkünste, wie von Menschenhand gelenkt, versprühten. Man hätte meinen können, ein Mechaniker regele die Intervalle dieser Quellen nach eigenem Gutdünken. Wasser und Dunst, die sich in der Luft miteinander vereinigten, funkelten im Sonnenschein.

An dieser Stelle fließt der Waikato in einem veränderlichen Bett, das durch die Wirkung der unterirdischen Feuer unaufhörlich kocht. Nicht weit im Osten, am Rotoruasee, brodelten die heißen Quellen und die dampfenden Kaskaden des Rotomahana und des Tetarata, die einige mutige Reisende von fern gesehen hatten. Diese Gegend ist wie durchlöchert von Geisern, Kratern und Solfataren; hier entweicht der Überdruck der Gase, die durch die unzureichenden Ventile der beiden einzigen tätigen Vulkane, des Tongariro und des Wakari, keinen Weg finden konnten.

Auf einer Strecke von zwei Meilen glitten die Kanus der Eingeborenen unter diesem Dampfgewölbe entlang, eingehüllt in heiße Dampfspiralen, die sich über dem Wasser hinschlängelten. Schließlich verflüchtigten sich die Schwefeldämpfe, und reine Luft erfrischte wieder die keuchenden Lungen. Das Geisergebiet lag hinter ihnen.

Ehe der Tag sich neigte, mußten noch die beiden Stromschnellen von Hipapatua und Tamatea von den kräftigen Ruderschlägen der Eingeborenen überwunden werden. Am Abend rasteten Kai-Kumu und seine Gefährten bereits hundert Meilen vom Zusammenfluß des Waipas und Waikatos entfernt. Der Strom wandte sich zunächst nach Osten, bog dann nach Süden ab und stürzte sich in den Tauposee wie ein riesiger Wasserstrahl in ein Bassin.

Am nächsten Tage stellte Paganel, beim Vergleichen mit der Landkarte, am rechten Ufer den Taubaraberg fest, der dreitausend Fuß hoch emporragt.

Mittags steuerte die ganze Kanuflotte durch ein erweitertes Becken in den Tauposee. Mit leidenschaftlichen Gesten begrüßten die Eingeborenen einen Stofffetzen, den der Wind auf dem First einer Hütte blähte. Es war die Flagge der Maoris.

XI. KAPITEL

# DER TAUPOSEE

Eines Tages, noch in vorgeschichtlicher Zeit, hatte sich durch eingestürzte Höhlen mitten auf der Insel, im Porphyrgestein der Lava, eine fast unergründliche, fünfundzwanzig Meilen lange und zwanzig Meilen breite Mulde gebildet. Von den Gipfeln der sie umgebenden Berge hatten sich die Wassermassen in diese Riesengrube ergossen und so einen See gebildet, dessen Tiefe nicht zu ermessen war.

Auf diese Weise ist der Tauposee entstanden, der zwölfhundertundfünfzig Fuß über dem Meeresspiegel liegt und den vierhundert Klafter hohe Berge umgeben. Im Westen fallen diese Berge schroff ab, im Norden ragen in der Ferne einige von kleinen Waldungen gekrönte Gipfel auf, im Osten erstreckt sich ein breiter Strand, von einer Straße durchquert, deren Bimssteinschmuck durch das Gitterwerk der Büsche schimmert, und hinter einem Waldgürtel im Vordergrund begrenzen im Süden vulkanische Gipfel majestätisch die weite Wasserfläche, deren dröhnende Unwetter den Zyklonen des Ozeans in nichts nachstehen.

In diesem Landstrich brodelt es wie in einem riesigen Kessel, der über unterirdischen Feuern hängt. Überall erbebt das Erdreich unter der Gewalt des Hauptherdes im Erdinnern. An vielen Stellen sickert heißer Brodem aus dem Erdboden. Die Erdrinde ist rissig wie ein Hefekuchen, der zu schnell aufgegangen ist. Sicherlich würde dieses Hochplateau in einen weißglühenden Schmelzofen zusammenstürzen, wenn die eingesperrten Gase nicht in zwölf Meilen Entfer-

nung durch die Krater des Tongariro entweichen könnten.

Vom Nordufer aus gesehen, schien dieser Vulkan mit seinen kleinen feuerspeienden Hügelchen von einer Haube aus Rauch und Flammen gekrönt. Der Tongariro gehört zu einem ziemlich unübersichtlichen Gebirgsmassiv. Hinter ihm ragt der neuntausend Fuß hohe Ruapahuberg einsam aus der Ebene empor; sein Gipfel verliert sich in den Wolken. Kein Mensch hat je den Fuß auf diesen unzugänglichen Bergkegel gesetzt, kein Menschenauge hat je die Tiefen seines Kraters ermessen. Dreimal jedoch innerhalb von zwanzig Jahren haben Bidwill und Dyson sowie kürzlich erst von Hochstetter die viel zugänglicheren Gipfel des Tongariro vermessen.

Diese Vulkane haben ihre Geschichte, und in jeder anderen Situation hätte Paganel nicht verfehlt, sie seinen Gefährten zu erzählen. Er hätte ihnen von dem Streit berichtet, der einmal wegen einer Frau zwischen dem Tongariro und dem Taranaki, die damals noch friedlich nebeneinander standen, ausgebrochen war. Der Tongariro, der wie alle Vulkane einen hitzigen Kopf hat, wurde so wütend, daß er auf den Taranaki einschlug. Der geschlagene und gedemütigte Taranaki flüchtete durch das Whangannital, ließ auf seiner Flucht zwei Felsbrocken fallen und gelangte bis zum Meeresstrand, wo er jetzt einsam unter dem Namen Mont Egmont aufragt.

Doch Paganel war weder in der Verfassung, Geschichten zu erzählen, noch waren seine Gefährten in der Stimmung, ihm zu lauschen. Stumm betrachteten sie das nordöstliche Ufer des Tauposees, wohin sie das plötzlich über sie hereingebrochene Verhängnis verschlagen hatte. Die von Pfarrer Grace in Pukawa gegründete Mission am Westufer des Sees existierte nicht mehr. Der Geistliche war durch den Krieg weit vom Hauptherd des Aufstandes weg vertrieben worden. Die Gefangenen waren allein und vollständig der

Gnade der gierigen Maoris ausgeliefert, die in diesem wilden Teil der Insel vom Christentum noch nie gehört hatten.

Kai-Kumu durchquerte, nachdem er den Waikato verlassen hatte, die kleine Bucht, in welche der Fluß wie in einen Trichter mündet; die Boote umfuhren einen spitzen Bergkegel und landeten am östlichen Strand des Sees, am Fuße des Mangaberges, einer dreihundert Klafter hohen Erhebung. Dort erstreckten sich die Felder mit Phormium, dem kostbaren Flachs der Insel Neuseeland.

Die Eingeborenen nennen ihn ›Harakeké‹. Nichts von dieser nützlichen Pflanze ist zu verschmähen; ihre Blüte liefert eine Art von Honig, der ausgezeichnet ist, ihr Stengel enthält eine gummiartige Substanz, die das Wachs oder das Stärkemehl ersetzt; ihre noch ergiebigeren Blätter erlauben die mannigfaltigsten Verwandlungen: frisch dienen sie als Papier, getrocknet sind sie ein ausgezeichneter Zunder, zerschnitten werden sie zu Seilen, Tauen und Netzen verarbeitet; in Fasern zerteilt und geschwungen, werden sie für Dekken oder Mäntel, Matten oder Schurze verwendet, und die aus ihnen gefertigten rot oder schwarz gefärbten Gewänder kleiden die vornehmsten Maoris.

Dieses wertvolle Phormium findet sich überall auf den beiden Inseln, sowohl an der Meeresküste wie längs der Flußufer und an den Ufern der Seen. Hier bedeckten seine wilden Sträucher ganze Felder. Die rötlichbraunen, agavenähnlichen Blüten drangen allenthalben aus dem undurchdringlichen Gewirr der langen Blätter hervor, die einer Trophäe aus scharfen Klingen glichen. Zierliche Vögel, die Honigsauger, die auf diesen Lilienfeldern beheimatet sind, flogen in dichten Schwärmen umher und labten sich am süßen Saft der Blüten.

Im Wasser des Sees schnatterten Enten mit schwärzlichem, grau und grün durchsetztem Gefieder, eine Art, die leicht zu zähmen ist.

In einer Entfernung von einer Viertelmeile, an der steilen Böschung des Berges, tauchte ein Pah auf – ein befestigtes Maoridorf –, an einer uneinnehmbaren Stelle errichtet. Die Gefangenen, die einer hinter dem anderen, ohne daß man sie an Händen und Füßen gefesselt hätte, an Land gehen mußten, wurden von den Kriegern zur Siedlung gebracht. Der Pfad führte durch Phormiumfelder und an einer Gruppe schöner Bäume vorüber: ›Kaikateas‹, die immergrüne Blätter und rote Beeren tragen, ›Dracenas australis‹, von den Eingeborenen ›Ti‹ genannt, deren Wipfel ein großartiger Ersatz für Palmkohl sind, und ›Huius‹, die dazu dienen, Stoffe schwarz zu färben. Große, metallisch glänzende Tauben, aschfarbene Lappenvögel und eine Unzahl von Staren mit rötlichem Schnabelzierat flogen beim Nahen der Eingeborenen davon.

Nach einem längeren Umweg langten Glenarvan, Lady Helena, Mary Grant und ihre Gefährten im Innern des Pahs an.

Diese Festung wurde von einem fünfzehn Fuß hohen starken Palisadenzaun umschlossen, dann folgte eine zweite Reihe von Pfählen und schließlich eine mit Schießscharten versehene Schilfwand, die das ganze Plateau umgab, auf dem etwa vierzig symmetrisch angeordnete Maorihütten standen.

Ein schauerlicher Anblick erwartete die Gefangenen bei ihrer Ankunft. Auf den Pfählen der zweiten Umzäunung staken Menschenköpfe. Lady Helena und

Mary Grant wandten ihre Augen ab, mehr aus Ekel als des Schreckens wegen. Es waren die Köpfe gefallener feindlicher Häuptlinge, deren Körper von den Siegern verspeist worden waren. Der Geograph erkannte sie an den leeren Augenhöhlen.

Denn die Augen der Häuptlinge werden verzehrt. Aus dem Kopf wird, nach der Sitte der Eingeborenen, das Gehirn entfernt; dann wird der Schädel abgehäutet und die Nase mit kleinen Stäbchen gestützt. Die Nasenlöcher werden mit Phormium ausgestopft, Mund und Augenlider zugenäht, und danach werden die Köpfe in einem Ofen dreißig Stunden lang geräuchert. So behandelt, kann man sie unbegrenzt aufbewahren, ohne daß sie je einschrumpfen. Sie gelten bei den Maoris als Siegestrophäen.

Sehr häufig bewahren die Maoris auch die Köpfe ihrer eigenen Häuptlinge auf diese Weise auf. Doch in einem solchen Falle bleiben die Augen in ihren Höhlen und blicken den Beschauer an. Die Neuseeländer zeigen solche Trophäen voller Stolz, und die jungen Krieger werden aufgefordert, sie zu bewundern. Die Köpfe der Häuptlinge werden durch feierliche Zeremonien geehrt.

Im Pah von Kai-Kumu schmückten nur Feindesköpfe dieses Schauermuseum, und sicher bereicherte mehr als ein Engländer mit leeren Augenhöhlen die Sammlung des Maorihäuptlings.

Im Hintergrund des Pahs erhob sich, umgeben von mehreren schlichten Hütten, die Behausung Kai-Kumus; vor ihr lag ein freier Platz, den die Europäer mit Recht als ›Schlachtfeld‹ bezeichnet haben würden. Die Hütte des Häuptlings bestand aus nebeneinandersteckenden Pfählen, die Zwischenräume waren mit

Flechtwerk aus Zweigen abgedichtet und innen mit Phormiummatten verkleidet. Der Raum, den Kai-Kumu bewohnte, war zwanzig Fuß lang, fünfzehn Fuß breit und zehn Fuß hoch, maß also dreitausend Kubikfuß. Mehr Wohnraum benötigt ein neuseeländischer Häuptling nicht.

Ins Innere der Hütte führte nur ein Zugang, der von einem Vorhang aus festem Pflanzengewebe verschlossen wurde. Darüber bildete das tief herabreichende Dach eine Art Impluvium. An den Balkenenden waren einige Schnitzereien angebracht, und am ›Wharepuni‹, dem Portal, konnten die Gefangenen ein interessantes Gewirr von Blättern, symbolischen Figuren, Ungeheuern und gewundenen Ranken bewundern, die alle unter dem Schnitzmesser eines eingeborenen Künstlers entstanden waren.

Im Innern lag der aus festgestampfter Erde bestehende Fußboden einen Fuß höher als das Erdreich vor der Hütte. Ein Schilfgeflecht und Matratzen aus getrockneten Farnkräutern, bedeckt mit einer aus den langen und geschmeidigen Blättern des ›Typha‹ gewobenen Matte, dienten als Bodenbelag und Nachtlager. In der Mitte des Raumes bildete eine von Steinen eingefaßte Vertiefung den Herd, ein Loch im Dach diente als Kamin. Wenn der Rauch dicht genug war, entschloß er sich, diesen Ausweg zu benutzen, jedoch erst, nachdem er die Wände der Behausung mit einer prächtigen Rußschicht überzogen hatte.

Neben der Hütte des Häuptlings lagen die Vorratsschuppen, in denen die Nahrungsmittel aufbewahrt wurden, seine Phormiumernte, Pataten, Taros und eßbare Farnkräuter. Dort standen auch die Öfen, in denen die verschiedenen Speisen auf heißen Steinen zubereitet wurden. In einiger Entfernung waren in kleinen Verschlägen Schweine und Ziegen untergebracht, einige der wenigen übriggebliebenen Exemplare dieser von Kapitän Cook auf der Insel abgesetzten nützlichen Haustiere. Hunde liefen auf der Suche nach ihrem kärglichen Futter umher. Wenn man bedenkt, daß es sich bei ihnen um Tiere handelt, die den Maoris zur täglichen Nahrung dienen, waren sie recht schlecht gehalten.

Glenarvan und die Seinen hatten dies alles mit einem Blick übersehen. Neben einer leeren Hütte warteten die Gefangenen, was der Häuptling belieben würde, mit ihnen anzustellen. Während sie dastanden, wurden sie von einigen alten Frauen beschimpft. Diese umringten die Gefangenen, drohten mit den Fäusten, schrien und keiften. Ein paar Brocken Englisch, die sie zwischen den dicken Lippen hervorzischten, ließen erkennen, daß sie sofortige Rache forderten.

Inmitten dieses Lärmes und der Drohungen blieb Lady Helena völlig gelassen; sie strömte eine Ruhe aus, die sie in Wirklichkeit gar nicht haben konnte. Diese tapfere Frau zeigte, um Lord Glenarvans Kaltblütigkeit nicht zu erschüttern, eine geradezu heldenhafte Selbstbeherrschung. Die arme Mary Grant hingegen drohte zusammenzubrechen. John Mangles, der bereit gewesen wäre, sich töten zu lassen, um sie zu verteidigen, stützte sie. Seine Gefährten erduldeten diese Flut von Beschimpfungen auf verschiedene Weise, der Major blieb gleichmütig, jedoch Paganels Erbitterung wuchs beständig.

Glenarvan, der Lady Helena vor dem Ansturm der alten Megären bewahren wollte, trat unerschrocken auf Kai-Kumu zu und sagte, auf die lärmende Weiberggruppe weisend: »Verjage sie!«

Der Maorihäuptling blickte seinen Gefangenen ohne zu antworten durchdringend an. Dann brachte er die Horde mit einer einzigen Gebärde zum Schweigen. Glenarvan verneigte sich zum Zeichen des Dankes und kehrte ohne Hast an seinen Platz zurück.

In diesem Moment mochten sich etwa hundert Neuseeländer in dem Pah zusammengerottet haben, Greise, reife Männer und junge Leute. Die einen erwarteten ruhig, aber finster dreinschauend Kai-Kumus Befehle, die anderen zeigten Zeichen eines sehr heftigen Schmerzes. Es waren diejenigen, die den Tod ihrer Angehörigen oder ihrer Freunde beklagten, die im Verlauf der letzten Kämpfe gefallen waren.

Kai-Kumu kehrte als einziger der Häuptlinge, die sich auf William Thompsons Aufforderung hin erhoben hatten, aus dem Seengebiet zurück. Er war der erste, der seinem Stamm die Nachricht von dem in der Ebene am unteren Waikatolauf niedergeschlagenen nationalen Aufstand brachte. Von den zweihundert Kriegern, die unter seiner Führung ausgerückt waren, um ihre Heimat zu verteidigen, waren nur hundertundfünfzig zurückgekehrt. Wenn auch einige der fehlenden Eingeborenen Gefangene der Unterdrücker sein mochten, so lagen doch viele tot auf den Schlachtfeldern und würden nie wieder in die Heimat ihrer Väter zurückkehren.

Daraus erklärte sich die tiefe Niedergeschlagenheit, die den Stamm bei Kai-Kumus Rückkehr ergriffen hatte. Bisher war noch keine Kunde von der neuen Niederlage zu ihnen gedrungen, sie hatten soeben erst davon erfahren.

Bei den Wilden macht sich seelischer Schmerz stets

durch physische Äußerungen bemerkbar. Die Angehörigen der toten Krieger, besonders die Weiber, zerfetzten und zerkratzten sich Gesichter und Schultern mit scharfkantigen Muscheln. Das hervorsprudelnde Blut mischte sich mit ihren Tränen. Diese klaffenden Wunden sollten die große Verzweiflung dieser Menschen zum Ausdruck bringen. Die unglücklichen, blutüberströmten, vor Schmerz halb wahnsinnigen Neuseeländer boten einen schauerlichen Anblick.

Ein weiterer in den Augen der Eingeborenen sehr schwerwiegender Grund steigerte noch ihre Verzweiflung. Nicht nur, daß der Verwandte, der Freund nicht mehr am Leben war, seine Gebeine fehlten im Familiengrab. Nun wird aber die Erhaltung dieser sterblichen Reste in der religiösen Anschauung der Maoris als unerläßlich für das jenseitige Leben erachtet. Nicht das vergängliche Fleisch, sondern die Knochen werden sorgfältig zusammengesucht, gereinigt, abgeschabt, poliert und sogar mit Lack überzogen und endlich im ›Udupa‹, das heißt der ›Ruhmeshalle‹, aufbewahrt. Diese Grabstätten sind mit Holzskulpturen geschmückt, auf denen mit peinlicher Genauigkeit die Tätowierungen des Verstorbenen nachgebildet werden. Jetzt aber blieben die Gräber der Gefallenen leer, die religiösen Zeremonien konnten nicht stattfinden, und die Knochen bleichten, soweit sie von den wilden Hunden verschont worden waren, unbestattet auf den Schlachtfeldern.

Die Schmerzensausbrüche der Maoris verdoppelten sich. Den Drohungen der Weiber folgten die Verwünschungen der Männer gegen die Europäer. Flüche wurden laut, die Gesten immer leidenschaftlicher. Dem Geschrei konnten sehr bald Gewalttaten folgen.

Kai-Kumu, der fürchten mußte, die Fanatiker seines Stammes nicht länger zähmen zu können, ließ die Gefangenen an einen geheiligten Ort bringen, der sich am anderen Ende des Dorfes auf einer nach allen Seiten schroff abfallenden Erhebung befand. Es war eine Hütte, die sich an einen steilen Bergrücken lehnte, der ein paar hundert Fuß emporragte und gegen den Pah hin jäh abfiel. In dieser Grabstätte, ›Waré-Atua‹ genannt, lehrten die Priester oder Ariki die Neuseeländer den Glauben an einen Gott in drei Personen, Vater, Sohn und Geist, der die Gestalt eines Vogels hatte. In der gut verschlossenen Hütte wurden ausgewählte geheiligte Speisen aufbewahrt, die Maui-Ranga-Rangui durch den Mund seiner Priester verspeist.

In dieser Hütte streckten sich die Gefangenen, die sich fürs erste vor der Wut der Eingeborenen in Sicherheit befanden, auf den Phormiummatten aus. Lady Helena, deren Kräfte am Ende waren und deren Seelenstärke nun auch versagte, sank erschöpft in die Arme ihres Gatten.

Glenarvan drückte sie an sein Herz und wiederholte tröstend:

»Mut, meine teure Helena, der Himmel wird uns nicht im Stich lassen!«

Kaum waren sie in der Hütte eingeschlossen, als Robert sich auf Wilsons Schultern schwang. Es gelang ihm, den Kopf durch einen Spalt zwischen dem Dach und der Mauer zu zwängen, von der Gebetsketten und Amulette herabhingen. Von dort aus konnte er den ganzen Pah bis zur Behausung Kai-Kumus übersehen, ohne selbst gesehen zu werden.

»Sie haben sich um ihren Häuptling geschart«, berichtete Robert mit leiser Stimme. »Sie schwenken die

Arme ... sie stoßen Schreie aus ... Kai-Kumu setzt zum Sprechen an ...«

Der Junge schwieg einige Augenblicke. Dann sagte er: »Kai-Kumu spricht ... Die Wilden lassen sich besänftigen ... sie hören ihn an ...«

»Offenbar hat dieser Häuptling ein persönliches Interesse daran, uns zu schonen«, sagte der Major. »Er will uns gegen Häuptlinge seines Stammes austauschen! Werden seine Krieger aber damit einverstanden sein?«

»Ja ... sie hören ihm zu ... jetzt gehen sie auseinander ... einige von ihnen kehren in ihre Hütten zurück ... andere verlassen die Festung ...«, fuhr Robert fort.

»Ist das wahr, Junge?« rief der Major.

»Ja, Major MacNabbs«, erwiderte Robert. »Kai-Kumu ist nur mit den Kriegern, die mit ihm im Boot saßen, zurückgeblieben ... Einer von ihnen verläßt ihn und kommt auf unsere Hütte zu ...«

»Komm herunter, Robert«, warnte Glenarvan.

In diesem Augenblick griff Lady Helena, die aufgestanden war, nach dem Arm ihres Gatten.

»Edward«, rief sie mit fester Stimme, »weder Mary Grant noch ich dürfen lebend in die Hände dieser Wilden fallen!«

Und nach diesen Worten reichte sie Glenarvan einen geladenen Revolver.

»Eine Waffe«, rief Glenarvan, und ein froher Glanz kam in seine Augen.

»Ja, die Maoris durchsuchen keine Frauen. Diese Waffe soll uns helfen ... aber sie ist für uns bestimmt ... nicht für sie.«

»Glenarvan«, rief MacNabbs hastig, »so weit ist es noch nicht, verstecken Sie diesen Revolver ...«

Glenarvan ließ die Waffe in seinen Kleidern verschwinden, als auch schon die Matte, die vor der Öffnung der Hütte hing, hochgehoben wurde und ein Krieger den Raum betrat.

Durch ein Zeichen bedeutete er den Gefangenen, ihm

zu folgen. Glenarvan und die Seinen gingen dicht aneinandergedrängt durch das Dorf und blieben vor Kai-Kumu stehen.

Er war von den vornehmsten Kriegern seines Stammes umgeben. Unter ihnen befand sich auch der Maori, dessen Boot am Zusammenfluß des Pohainhennas und des Waikatos zu dem Kanu Kai-Kumus gestoßen war. Dieser Mann mochte etwa vierzig Jahre alt sein; er war sehr kräftig und sein Gesichtsausdruck wild und grausam. Er hieß Kara-Tété, das bedeutet in der neuseeländischen Sprache ›Der Zornige‹. Kai-Kumu begegnete ihm mit einer gewissen Zuvorkommenheit. An seiner kunstvollen Tätowierung war zu erkennen, daß Kara-Tété einen hohen Rang im Stamm bekleidete. Ein guter Beobachter konnte jedoch feststellen, daß zwischen den beiden Häuptlingen eine gewisse Rivalität bestand. Der Major glaubte zu bemerken, daß Kara-Tétés Einfluß für Kai-Kumu von Nachteil war. Beide herrschten mit den gleichen Machtbefugnissen über die zahlreiche Bevölkerung am Waikato. Während der nun folgenden Unterhaltung spielte ein Lächeln um Kai-Kumus Mund, während seine Augen eine heftige Feindschaft verrieten.

Der Häuptling richtete einige Fragen an Glenarvan.

»Du bist ein Engländer?« fragte er.

»Ja«, erwiderte der Lord, ohne zu zögern; denn seine Nationalität versprach, den Gefangenenaustausch zu erleichtern.

»Und deine Gefährten?«

»Meine Gefährten sind ebenso Engländer wie ich. Wir sind Schiffbrüchige und harmlose Reisende, die an dem Kriege nicht teilgenommen haben.«

»Das ist unwesentlich«, warf Kara-Tété grob ein.

»Jeder Engländer ist unser Feind. Dein Volk hat unsere Insel überfallen, sie haben unser Land gestohlen und unsere Dörfer niedergebrannt.«

»Das war ein Unrecht von ihnen«, erklärte Glenarvan mit ernster Stimme. »Das sage ich dir, weil das meine Überzeugung ist, und nicht etwa, weil ich in deiner Gewalt bin.«

»Höre«, versetzte Kai-Kumu, »der Tohonga, der große Priester des Nui-Atua[1], ist in die Hände deiner Brüder gefallen. Er ist Gefangener der Pakekas[2]. Unser Gott befiehlt uns, das Leben seines Priesters zu retten. Wohl hätte ich gewünscht, dir das Herz herauszureißen, deinen Kopf und die Köpfe deiner Gefährten für alle Zeiten auf den Pfahlspitzen unserer Palisaden befestigt zu sehen. Doch Nui-Atua hat gesprochen.«

Bei diesen Worten zitterte Kai-Kumu, der sich bis dahin beherrscht hatte, vor Zorn, und sein Gesichtsausdruck bekam einen schwärmerisch-grausamen Zug.

Nach einigen Augenblicken fuhr er mit kalter Stimme fort:

»Glaubst du, daß die Engländer bereit sein werden, unseren Tohonga gegen deine Person auszutauschen?«

Glenarvan zögerte mit seiner Antwort und beobachtete den Maorihäuptling aufmerksam.

»Das weiß ich nicht«, sagte er nach kurzem Schweigen.

»Sprich!« forderte Kai-Kumu ihn auf. »Ist dein Leben so viel wert wie das unseres Oberpriesters?«

»Nein«, erwiderte Glenarvan, »ich bekleide bei meinen Landsleuten weder die Stellung eines Häuptlings noch die eines Priesters.«

[1] Name des Gottes der Neuseeländer.
[2] Europäer.

Paganel, den diese Antwort verblüffte, sah Glenarvan höchst erstaunt an. Kai-Kumu schien ebenso überrascht.

»Du zweifelst demnach?« fragte er.

»Ich weiß es nicht«, wiederholte Glenarvan.

»Werden die Deinen unseren Tohonga nicht gegen dich austauschen wollen?«

»Gegen mich allein wohl nicht«, erwiderte Glenarvan, »gegen uns alle vielleicht.«

»Bei den Maoris geht es aber Kopf um Kopf.«

»Dann biete ihnen zuerst diese Frauen im Austausch für deinen Priester an«, sagte Glenarvan und wies auf Helena und Mary Grant.

Lady Helena wollte auf ihren Gatten zustürzen; aber der Major hielt sie zurück.

»Diese beiden Frauen«, versetzte Glenarvan und verneigte sich ehrfürchtig vor Lady Helena und Mary Grant, »bekleiden in ihrem Heimatlande einen hohen Rang.«

Der Krieger musterte seinen Gefangenen mit kalten Blicken. Ein böses Lächeln kräuselte seine Lippen, das er jedoch augenblicklich unterdrückte. Mit mühsam beherrschter Stimme antwortete er:

»Versuchst du etwa, Kai-Kumu mit falschen Behauptungen zu täuschen, verfluchter Europäer? Glaubst du, Kai-Kumu kann nicht erraten, was in den Herzen vorgeht?«

Und er wies auf Lady Helena: »Das Weib ist deine Frau«, sagte er.

»Nein, mir gehört sie!« schrie Kara-Tété.

Er stieß die Gefangenen zur Seite und packte Lady Helena bei der Schulter, die bei dieser Berührung erbleichte.

»Edward!« rief die unglückliche Frau verzweifelt.

Glenarvan sagte kein Wort. Er hob den Arm. Ein Schuß krachte, und Kara-Tété stürzte tot zu Boden.

Bei dieser Detonation quoll ein Strom Eingeborener aus den Hütten. Im Nu war alles belebt, hundert

Arme erhoben sich drohend gegen die unglücklichen Gefangenen. Glenarvan wurde der Revolver aus der Hand gerissen.

Kai-Kumu warf Glenarvan einen eigentümlichen Blick zu, sodann hielt er den einen Arm schützend vor den Mörder, während er mit dem anderen die Eingeborenen zurückhielt, die sich auf den Europäer stürzen wollten.

Schließlich gelang es ihm, den Tumult zu übertönen.

»Tabu! Tabu!« schrie er.

Bei diesem Ruf machten die Eingeborenen augenblicklich vor Glenarvan und den Seinen halt, als würden sie von einer übernatürlichen Macht zurückgehalten.

Wenige Sekunden später wurden die Gefangenen zum Waré-Atua zurückgebracht. Aber Robert Grant und Jacques Paganel waren nicht mehr unter ihnen.

XII. KAPITEL

## DIE LEICHENFEIER FÜR EINEN MAORIHÄUPTLING

Wie es häufig in Neuseeland der Fall ist, bekleidete Kai-Kumu neben dem Rang des Stammeshäuptlings die Würde eines Ariki, eines Priesters, und konnte so Personen oder Gegenständen den geheimnisvollen Schutz des Tabus angedeihen lassen.

Das Tabu, die Unverletzlichkeit bestimmter Personen oder Dinge, ist bei den polynesischen Völkerstämmen der Südsee sehr verbreitet und bedeutet, daß jede Berührung mit Gegenständen oder Personen, die durch das Tabu geschützt werden, untersagt ist. Jeder, der an die unter dem Schutz des Tabus stehenden Personen oder Gegenstände Hand anlegt, wird von der erzürnten Gottheit mit dem Tode bestraft. Sollte der Gott aber zögern, diese Beleidigung zu ahnden, so würden seine Priester nicht verfehlen, an seiner Statt Rache zu nehmen.

Das Tabu wird aus politischen Gründen verhängt, sofern nicht ein gewöhnliches Ereignis des privaten Lebens den Anlaß gibt. Über einen Eingeborenen kann während einiger Tage das Tabu aus den verschiedensten Gründen verhängt werden, zum Beispiel, wenn er sich die Haare abgeschnitten hat oder wenn er tätowiert worden ist, wenn er eine Piroge zimmert oder eine Hütte baut, wenn er von einer tödlichen Krankheit befallen wurde oder wenn er gestorben ist. Sollten durch unvorhergesehenen großen Verbrauch die Fische auszusterben drohen oder sollten sich die Früchte der Pataten-Pflanzungen stark vermindern, so wird ein schützendes wirtschaftliches Tabu über diese Dinge verhängt. Will ein Häuptling unliebsame Personen von seiner Behausung fernhalten, will er zum eigenen Vorteil Beziehungen zu einem fremden Schiff aufnehmen, so bedient er sich wiederum des Tabus, will er einen europäischen Händler, mit dem er unzufrieden ist, ausschalten, dann muß auch das Tabu herhalten. Es hat die gleiche Wirkung wie in früheren Zeiten das königliche Vetorecht.

Sobald ein Gegenstand tabu ist, darf niemand ihn ungestraft berühren. Wenn über einen Eingeborenen das Tabu verhängt wurde, so ist ihm für eine gewisse Zeit das Berühren bestimmter Speisen verboten. Wenn ihm diese strenge Enthaltsamkeit auferlegt wird und er reich ist, helfen ihm seine Sklaven und stecken ihm die Bissen, die seine Hände nicht berühren dürfen, in den Mund; ist er aber arm, so muß er in einem solchen Falle die Nahrungsmittel mit den Lippen aufheben. So macht das Tabu ein Tier aus ihm.

Kurz gesagt, diese merkwürdige Sitte betrifft auch die nebensächlichsten Handlungen des Neuseeländers und ändert seine Gewohnheiten. Es ist ein ständiges Eingreifen der Gottheit in das soziale Leben. Das Tabu hat Gesetzeskraft, und man kann sagen, daß die ganze Rechtssprechung der Eingeborenen, die unanfechtbar und unangefochten ist, sich in der häufigen Anwendung des Tabus erschöpft.

Was nun die Gefangenen im Waré-Atua betraf, so standen sie unter dem Schutz des willkürlich verhängten Tabus, das sie vor dem Zorn des Stammes bewahrte. Einige der Eingeborenen, die Freunde Kai-Kumus, hatten sich bei dem Ruf ihres Häuptlings sofort ins Mittel gelegt und die Gefangenen beschützt.

Glenarvan machte sich jedoch über das Los, das ihn und die Seinen erwartete, keinerlei falsche Vorstellungen. Nur sein Tod konnte den Mord an einem Häuptling sühnen. Nun ist bei den wilden Naturvölkern ein solcher Tod nur das Ende langer Qualen. Glenarvan rechnete daher damit, die Tat, die ihm sein berechtigter Zorn eingegeben hatte, grausam büßen zu müssen, hoffte jedoch, Kai-Kumus Rache werde nur seine Person treffen.

Er und seine Gefährten verbrachten eine schreckliche Nacht. Wie soll man ihre Qualen schildern und ihren Seelenschmerz ermessen? Der arme Robert und der wackere Paganel waren nicht wieder aufgetaucht. Würden sie als erste dem Rachedurst der Eingeborenen zum Opfer fallen? Die Gefangenen hatten jede Hoffnung aufgegeben, die Gefährten jemals wiederzusehen. Sogar MacNabbs, der nicht so leicht verzweifelte, war niedergeschlagen. John Mangles schien dem Wahnsinn nahe, als er Mary Grants Verzweiflung über das Verschwinden ihres Bruders mitansehen mußte. Glenarvan dachte unablässig an Lady Helenas schreckliche Bitte, von seiner Hand sterben zu wollen, um dem Martyrium oder der Schändung zu entgehen! Würde er den Mut zu einer solchen Tat aufbringen?

›Und Mary, warum sollte sie sterben?‹ dachte John, dem das Herz brechen wollte.

Eine Flucht war offenbar völlig ausgeschlossen. Zehn bis an die Zähne bewaffnete Krieger bewachten den Zugang zur Hütte.

So dämmerte der Morgen des 13. Februars herauf. Die Eingeborenen und die vom Tabu geschützten Gefangenen hatten keinerlei Verbindung miteinander gehabt. In der Hütte befanden sich einige Nahrungsmittel, die jedoch von den Unglücklichen kaum berührt wurden. Der Schmerz hatte den Hunger vertrieben. Es verging der Tag, ohne daß sich etwas geändert oder daß sich eine Hoffnung gezeigt hätte. Vermutlich waren die Leichenfeier und das Martyrium der Gefangenen für die gleiche Zeit vorgesehen.

Während Glenarvan nicht mehr daran glaubte, daß Kai-Kumu sie gegen den Priester austauschen würde, hatte der Major noch nicht alle Hoffnungen aufgegeben.

»Wer weiß«, sagte er und erinnerte Glenarvan an die Wirkung, die Kara-Tétés Tod auf den Häuptling gehabt hatte, »ob Kai-Kumu Ihnen im Grunde nicht dankbar ist?«

Aber Glenarvan hatte jede Hoffnung aufgegeben. Auch der nächste Tag verging, ohne daß Vorbereitungen für das Martyrium der Gefangenen getroffen wurden.

Der Grund für diese Verzögerung war der, daß die Maoris glauben, die Seele bewohne noch drei Tage nach dem Tode den Körper des Verstorbenen; daher bleibt die Leiche dreimal vierundzwanzig Stunden unbestattet. An diesem Brauch wurde streng festgehalten. Bis zum 15. Februar schien der Pah wie verödet. John Mangles, der sich auf Wilsons Schultern gestellt hatte, beobachtete so, was in den äußeren Befestigungen vor sich ging. Kein einziger Eingeborener ließ sich sehen. Nur die sich ständig ablösenden Wachen am Eingang zu dem Waré-Atua waren auf ihrem Posten.

Jedoch am dritten Tag öffneten sich die Hütten der Eingeborenen, und die Maoris, Männer, Frauen und Kinder, mehrere hundert Personen im ganzen, versammelten sich stumm und würdevoll im Mittelpunkt des befestigten Dorfes.

Kai-Kumu trat aus seiner Hütte und nahm, umgeben von den wichtigsten Häuptlingen seines Stammes, auf einer wenige Fuß hohen Erhebung im Mittelpunkt der Umzäunung Platz. Einige Schritte entfernt bildete die Menge der Eingeborenen einen Halbkreis. Über der ganzen Versammlung lag tiefes Schweigen.

Auf ein Zeichen Kai-Kumus trat ein Krieger auf den Waré-Atua zu.

»Denke an meine Bitte«, mahnte Lady Helena ihren Gatten.

Lord Glenarvan drückte seine Frau ans Herz. In diesem Augenblick trat Mary Grant zu John Mangles.

»Da Lord und Lady Glenarvan der Meinung sind,

daß eine Frau von der Hand ihres Gatten sterben darf, um einem schändlichen Dasein zu entgehen«, sagte sie, »werden Sie es wohl auch richtig finden, daß eine Braut aus dem gleichen Grunde von der Hand ihres Verlobten sterben will. John, ich darf es Ihnen in dieser letzten Stunde gestehen, daß wir in unseren Herzen seit langem miteinander verlobt sind. Darf ich auf Sie ebenso rechnen, John, wie Lady Helena auf ihren Gatten?«

»Mary!« rief der junge Kapitän voller Verzweiflung aus, »ach, Mary ...«

Er konnte nicht weitersprechen; denn die Matte wurde hochgehoben, und die Gefangenen wurden zu Kai-Kumu gebracht. Die beiden Frauen hatten sich mit ihrem Schicksal abgefunden. Die Männer verbargen ihre Qualen unter einer gleichmütigen Miene, die zu bewahren übermenschliche Kraft erforderte.

Sie kamen vor den neuseeländischen Häuptling, und dieser ließ nicht auf seinen Richterspruch warten.

»Du hast Kara-Tété getötet«, sagte er zu Glenarvan.

»Ich habe ihn getötet«, sagte der Lord.

»Morgen bei Sonnenaufgang wirst du sterben.«

»Ich allein?« fragte Glenarvan, dessen Herz zum Zerspringen schlug.

»Ach, wäre das Leben unseres Tohonga nicht kostbarer als das eure«, rief Kai-Kumu, in dessen Augen ein zorniges Bedauern zu lesen war.

In diesem Moment kam Bewegung in die Eingeborenen. Glenarvan warf einen raschen Blick in die Runde. Die Menge teilte sich und ließ einen schweißtriefenden, zu Tode ermatteten Krieger vortreten.

Als Kai-Kumu ihn erblickte, fragte er, offenbar in

der Absicht, von den Gefangenen verstanden zu werden, auf englisch:

»Du kommst aus dem Lager der Pakekas?«

»Ja«, erwiderte der Maori.

»Hast du unseren gefangenen Oberpriester gesehen?«

»Ich habe ihn gesehen.«

»Lebt er?«

»Er ist tot. Die Engländer haben ihn erschossen.«

Nun war es um Glenarvan und die Seinen geschehen.

»Ihr alle«, rief Kai-Kumu, »werdet morgen bei Sonnenaufgang sterben!«

So sollte diese unglücklichen Menschen, ohne Unterschied, das gleiche Los treffen. Lady Helena und Mary sandten einen dankbaren Blick zum Himmel empor.

Die Gefangenen wurden nicht wieder zum Waré-Atua zurückgebracht. Sie mußten dem Leichenbegängnis des Häuptlings beiwohnen und die blutigen Zeremonien, die dazu gehörten, mitansehen. Eine Schar Eingeborener geleitete sie bis zum Fuß eines riesigen Koudibaumes. Ihre Wächter blieben in der Nähe stehen und ließen die Europäer nicht aus den Augen. Die übrigen Maoris nahmen an den offiziellen Trauerkundgebungen teil und schienen die Gefangenen vergessen zu haben.

Die drei vorgeschriebenen Wartetage seit Kara-Tétés Tod waren verstrichen. Die Seele des Verstorbenen hatte ihre sterbliche Hülle für immer verlassen. Die Feier begann.

Der Leichnam wurde auf eine kleine Anhöhe in der Mitte des Dorfes getragen; er war in ein prächtiges Gewand und in eine kostbare Phormiummatte gehüllt worden. Auf seinem mit Federn geschmückten Kopf saß ein grüner Blätterkranz. Gesicht, Arme und Brust waren mit Öl eingerieben worden und wiesen noch keine Verwesungsspuren auf.

Seine Verwandten und seine Freunde versammelten sich am Fuß des Hügels, und jäh, als habe ein Dirigent den Taktstock gehoben, wurden die Lüfte von einer Totenklage, einem Konzert aus Weinen, Klagen und Schluchzen erschüttert. Der Rhythmus dieser Totenklage war schwerfällig. Die nächsten Angehörigen des Häuptlings schlugen sich gegen die Stirnen; seine Verwandten zerfetzten sich die Gesichter mit ihren Nägeln, so daß mehr Blut als Tränen floß. Die Verwandten des Verstorbenen erfüllten diese wilden Bräuche auf das gewissenhafteste. Doch die Trauerkundgebungen genügten nicht, um die Seele des Verstorbenen zu besänftigen, der mit seinem Zorn sicherlich alle Überlebenden seines Stammes getroffen haben würde. Seine Krieger, die ihn nicht ins Leben zurückrufen konnten, wollten nicht, daß er im Jenseits das Wohlleben des Erdenlebens vermissen sollte. Darum durfte seine Gefährtin ihren Gatten nicht allein ins Grab steigen lassen. Die Unglückliche hätte sich auch geweigert, ihn zu überleben. Es war üblich und gehörte zu den Pflichten der Ehefrau, mit dem Gatten zu sterben. An Beispielen solcher Opfertode fehlte es in Neuseeland nicht.

Kara-Tétés Frau erschien. Sie war noch jung. Das Haar hing ihr wirr über die Schultern herab. Ihr Schluchzen und ihr Jammergeschrei gellten zum Himmel empor. Undeutliche Worte, Klagen und abgehackte Sätze, in denen sie die Tugenden des Verstorbenen pries, wurden von lautem Gejammer unterbrochen. In einem Ausbruch von wildem Schmerz warf sie sich am Fuße des Hügels nieder und schlug mit dem Kopf auf den Erdboden.

In diesem Augenblick näherte sich ihr Kai-Kumu. Das unglückliche Opfer sprang auf, doch ein heftiger Hieb mit der furchtbaren Keule, von den Eingeborenen ›Méré‹ genannt, die der Häuptling im Kreise schwang, schleuderte sie, wie vom Blitz getroffen, wieder zu Boden.

Sogleich erhob sich ein wüstes Geschrei. Hunderte Arme bedrohten die über diesen Anblick entsetzten Gefangenen. Doch keiner der Eingeborenen rührte sich von der Stelle, denn die Leichenfeier war noch nicht zu Ende.

Kara-Tétés Weib hatte ihren Gatten ins Grab begleitet. Die beiden Leichen blieben nebeneinander liegen. Aber für den Verstorbenen genügte diese treue Gefährtin für das Jenseits nicht. Wer hätte die beiden bei dem Gotte Nui-Atua bedienen sollen, wären ihnen ihre Sklaven nicht in die andere Welt nachgefolgt?

Sechs unglückliche Eingeborene wurden zu den Leichen ihrer Herren und Gebieter geführt. Es waren die Diener, die infolge der unbarmherzigen Kriegsgesetze der Maoris zu Sklaven erniedrigt worden waren. Während der Häuptling noch lebte, hatten sie die schlimmsten Entbehrungen erlitten, hatten Mißhandlungen erdulden müssen, waren schlecht ernährt worden und hatten unablässig schwere Arbeiten verrichtet, und jetzt sollten sie nach Maoriglauben und -sitte dieses Sklavendasein bis in alle Ewigkeit führen.

Diese unglücklichen Menschen hatten sich anscheinend mit ihrem Los abgefunden. Sie wunderten sich nicht über das lange erwartete Opfer. Ihre Hände waren nicht gefesselt; daraus ging hervor, daß sie den Tod hinnehmen würden, ohne sich zu wehren.

Übrigens war es ein schneller Tod, und lange Qualen blieben ihnen erspart. Die Torturen sollten denen vorbehalten bleiben, die den Mord an dem Häuptling begangen hatten und die sich jetzt in zwanzig Schritt Entfernung aneinanderdrängten und die Augen von dem grausigen Schauspiel abwandten, das noch viel widerwärtiger werden sollte.

Sechs Keulenschläge, die von sechs kräftigen Kriegern geführt wurden, streckten die Opfer in einer Blutlache zu Boden.

Das war das Signal zum Beginn einer grauenhaften Szene des Kannibalismus.

Die Leiber der Sklaven werden durch kein Tabu geschützt wie die ihrer Herren. Sie gehören dem Stamm. Sie sind die kleine Münze, die der Trauergesellschaft bei der Leichenfeier zugeworfen wird. Kaum war daher der Mord begangen worden, als sich die Massen der Eingeborenen – Häuptlinge, Krieger, Greise, Frauen, Kinder –, ohne Unterschied des Alters oder des Geschlechts, von einer tierischen Wut befallen auf die leblosen Körper der Opfer stürzten. In kürzerer Zeit, als es die gewandteste Feder zu schildern vermag, wurden die noch warmen Leiber zerrissen, zerteilt, nicht etwa in Stücke, nein, buchstäblich in kleine Brocken. Von den zweihundert bei der Zeremonie anwesenden Maoris bekam jeder seinen Anteil. Man kämpfte, stritt und schlug sich um den kleinsten Fetzen. Die Tropfen des noch warmen Blutes besudelten die grausigen Tischgäste, und die ganze widerwärtige Horde watete in einem Blutregen. Es war der Rausch und die Wut von beutegierigen Tigern. Man

hätte das Ganze für einen Zirkus halten können, in dem die Tierbändiger die wilden Bestien verschlangen. Sodann wurden an verschiedenen Stellen des Pahs zwanzig Feuer entzündet. Der Geruch von verbranntem Menschenfleisch verpestete die Luft. Ohne den abscheulichen Lärm dieses Gelages, ohne die Schreie, die sich noch diesen mit Menschenfleisch gestopften Kehlen entrangen, hätten die Gefangenen gehört, wie die Knochen der Opfer zwischen den Zähnen der Kannibalen krachten.

Keuchend versuchten Glenarvan und seine Gefährten, den Augen der beiden armen Frauen diese ungeheuerlichen Auftritte zu verbergen. Nun begriffen sie erst ganz, welches Martyrium sie am nächsten Tag bei Sonnenaufgang erwartete und welche grausame Pein ihrem Tode voraufgehen würde. Sie waren stumm vor Entsetzen.

Jetzt begannen die Totentänze der Trauernden. Starke Getränke, der Extrakt des *Piper excelsum*, ein wahrhaft gepfefferter Branntwein, steigerte den Blutrausch der Wilden. Nichts Menschliches war mehr an ihnen. Wer konnte wissen, ob sie das Tabu des Häuptlings nicht mißachteten und sich plötzlich auf die Gefangenen stürzen würden, die über den Anblick dieser Exzesse vor Entsetzen halb wahnsinnig waren? Doch inmitten der allgemeinen Trunkenheit hatte Kai-Kumu seine Vernunft bewahrt. Er räumte dieser blutigen Orgie eine Stunde Zeit ein, um sie auf ihren Höhepunkt gelangen und dann abflauen zu lassen. Danach spielte sich der letzte Akt der Leichenfeier in der gewohnten Weise ab. Die Leichen Kara-Tétés und seiner Frau wurden aufgehoben, ihre Glieder geknickt, und die beiden wurden nach neuseeländischem Brauch in hockender Stellung mit angezogenen Beinen auf eine Tragbahre gesetzt. Jetzt sollten sie bestattet werden, zwar noch nicht endgültig, sondern nur bis zu dem Zeitpunkt, an dem der Verwesungsprozeß in der Erde nur das Gerippe übriggelassen haben würde.

Die Grabstätte, von den Eingeborenen Udupa genannt, lag außerhalb der Palisaden, etwa zwei Meilen vom Lager entfernt, auf dem Gipfel eines kleinen Berges, am rechten Seeufer, ›Maunganamu‹ genannt.

Dorthin mußten die Leichen getragen werden. Eine

Art Sänfte oder besser eine einfache Bahre war zum Fuß dieser Anhöhe gebracht worden. Die Leichen wurden in zusammengekauerter Stellung, mehr sitzend als liegend und durch Lianen festgehalten, in voller Gewandung daraufgesetzt. Vier Krieger packten die Griffe der Bahre, und der ganze Stamm nahm den Trauergesang wieder auf und folgte in langer Prozession zur Begräbnisstätte.

Die Gefangenen, die noch immer bewacht wurden, sahen, wie der Zug die erste Umzäunung des Pahs verließ. Dann wurden Gesang und Schreie nach und nach leiser.

Für eine halbe Stunde verloren sie den Trauerzug, der in ein tiefes Tal hinabgestiegen war, aus den Augen. Dann tauchte er auf den Serpentinenpfaden, die sich bergan wanden, wieder auf. Aus der Ferne wirkte dieser lange, in Windungen aufwärts kriechende Zug geradezu gespenstisch.

In einer Höhe von etwa achthundert Fuß, auf dem Gipfel des Maunganamus, hielt der Trauerzug an; dort war die Grube für Kara-Tétés Bestattung ausgehoben worden.

Ein gewöhnlicher Maorikrieger hätte sich mit einem Loch und einem Steinhaufen als Grab begnügen müssen, doch für einen so mächtigen Häuptling, der vermutlich bald zum Range eines Gottes erhoben werden würde, hatte der Stamm eine seiner Taten würdige Grabstätte errichtet.

Die Grabstätte war von Palisaden eingezäunt worden, und neben der Grube, welche die Leichen aufnehmen sollte, steckten Pfähle im Erdboden, die mit geschnitzten und mit Ocker gefärbten Figuren verziert waren. Auch hatten die Angehörigen nicht vergessen, daß der ›Waidua‹, der Geist des Verstorbenen, sich ebenso wie der vergängliche Leib von irdischer Speise ernährt; daher waren innerhalb der Umzäunung Nahrungsmittel aufgehäuft worden, dazu die Waffen und die Kleider des Dahingeschiedenen.

Nichts fehlte, um den Aufenthalt im Grabe behaglich zu gestalten. Die Ehegatten wurden nebeneinander in die Grube gelegt und nach einer weiteren Folge von Totenklagen mit Erde und Gras zugedeckt.

Dann stieg der Zug wieder schweigend den Hügel hinunter. Von nun an durfte bei Todesstrafe keiner mehr den Maunganamu betreten; denn er war tabu, ebenso wie der Tongariro, auf dem die Gebeine eines im Jahre 1846 bei einem Erdbeben getöteten Häuptlings ruhten.

XIII. KAPITEL

## DIE LETZTEN STUNDEN

In dem Augenblick, da die Sonne jenseits des Tauposees hinter den Gipfeln des Tuhahuas und des Puketapus versank, wurden die Gefangenen in ihr Gefängnis zurückgeführt. Sie sollten es erst wieder verlassen, wenn die ersten Strahlen der Sonne die Gipfel der Wahitiberge rötlich färbten.

So blieb ihnen noch eine Nacht, um sich auf den Tod vorzubereiten. Trotz ihrer Verzweiflung, trotz des Grauens, das sie gepackt hatte, nahmen sie ihre Mahlzeit gemeinsam ein.

»Wir werden alle unsere Kräfte brauchen«, hatte Glenarvan gesagt, »um dem Tod gefaßt ins Auge sehen zu können. Man muß diesen Wilden zeigen, wie Europäer zu sterben wissen.«

Nach beendeter Mahlzeit sprach Lady Helena mit lauter Stimme das Nachtgebet. Alle ihre Gefährten hörten entblößten Hauptes zu. Welcher Mensch würde im Angesicht des Todes nicht an Gott denken?

Nachdem dies geschehen war, umarmten die Gefangenen einander.

In einer Ecke der Hütte streckten sich Mary Grant und Lady Helena aus. Der Schlaf, der alles vergessen läßt, schloß bald ihre Lider. Von der Müdigkeit nach langen schlaflosen Nächten überwältigt, versanken die beiden Frauen, eng umschlungen, in festen Schlummer. Nun nahm Glenarvan seine Freunde beiseite und sagte zu ihnen:

»Meine lieben Gefährten, unser Leben und das dieser armen Frauen steht in Gottes Hand. Wenn der Himmel beschlossen hat, daß wir morgen sterben, so werden wir, dessen bin ich sicher, sterben wie beherzte Menschen, wie Christen, die bereit sind, furchtlos vor den höchsten Richter zu treten. Gott, der uns ins Herz sehen kann, weiß, daß wir ein edles Ziel verfolgten. Wenn uns anstatt des Erfolges der Tod erwartet, so ist das sein Wille. So hart dieser Spruch auch sein mag, ich werde nicht dagegen murren. Doch in unserem Falle bedeutet der Tod nicht einfach, daß wir sterben müssen; ein Martyrium steht uns bevor, es bedeutet vielleicht Schande…, und bei uns sind zwei Frauen…«

Bei diesen Worten brach Glenarvans Stimme, die bis dahin fest geblieben war. Um seiner Bewegung Herr zu werden, hielt er inne. Nach kurzem Schweigen fuhr er fort:

»John, du hast Mary das gleiche versprochen, was ich Lady Helena zusicherte. Was hast du beschlossen?«

»Ich glaube, vor Gott das Recht zu haben, dieses Versprechen zu halten«, erwiderte der junge Kapitän.

»Ja, John, aber wir haben keine Waffe.«

»Hier habe ich eine Waffe«, sagte John und wies auf seinen Dolch. »Ich habe ihn Kara-Tété aus der Hand gerissen, als er tot zu Ihren Füßen hinstürzte. Mylord, derjenige von uns beiden, der den anderen überlebt, wird unser Lady Helena und Mary Grant gegebenes Versprechen einlösen.«

Nach diesen Worten herrschte tiefes Schweigen in der Hütte, das endlich von dem Major unterbrochen wurde; er sagte:

»Meine Freunde, wartet die letzten Minuten ab, bis ihr zu diesem äußersten Mittel greift. Ich bin kein Freund von Dingen, die sich nicht wiedergutmachen lassen.«

»Nicht in unserem Interesse habe ich davon gesprochen«, erwiderte Glenarvan. »Wir werden dem Tode, welcher Art er auch sein mag, tapfer ins Auge sehen. Ach, wären wir allein, ich hätte schon zwanzigmal vorgeschlagen: Freunde, laßt uns versuchen zu entfliehen. Wir wollen diese Schurken angreifen. Aber die Frauen! Die Frauen!...«

John schob in diesem Augenblick die Matte ein wenig zur Seite und stellte fest, daß fünfundzwanzig Eingeborene den Eingang zum Waré-Atua bewachten. Sie hatten ein mächtiges Feuer angezündet, von dem das hügelige Dorf auf unheimliche Weise angeleuchtet wurde. Einige der Wilden hatten sich um das Feuer gelagert, andere standen regungslos herum; sie zeichneten sich dunkel von dem hellen Flammenschein ab.

Doch alle blickten häufig zu der ihrer Bewachung anvertrauten Hütte hin.

Es heißt, daß von einem Wärter, der einen Gefangenen bewacht, und einem Gefangenen, der flüchten will, der Gefangene im Vorteil ist. Tatsächlich ist ja das Interesse des letzteren größer als das des Wärters, der vergessen kann, daß er wachen muß, während der Gefangene niemals vergißt, daß er bewacht wird. Der Gefangene denkt eher an Flucht als der Wächter daran, eine Flucht zu verhindern.

Deshalb glücken Fluchtversuche oft auf wunderbare Weise.

Hier hatten sich jedoch Haß und Rachedurst vereinigt, um die Wachsamkeit zu erhöhen; hier handelte es sich nicht um irgendeinen gleichgültigen Wärter. Die Gefangenen waren nicht gefesselt worden, da fünfundzwanzig Männer den einzigen Ausgang des Waré-Atuas bewachten.

Die Hütte, die sich an eine Felswand lehnte, bildete das Ende der Befestigung und war nur durch einen schmalen Landstreifen mit dem Hügel verbunden, auf dem der Pah angelegt worden war. Zu beiden Seiten dieses Felsengrats ragten steile Felsen empor, die auf der anderen Seite einen hundert Fuß tiefen Abgrund begrenzten. Dort hinunterzugelangen, war unmöglich. Auch über den hohen Felsen im Hintergrund war kein Entkommen möglich. Der einzige Zugang, der zum Waré-Atua führte, war der Streifen Land, der die Hütte wie eine Zugbrücke mit dem Pah verband. Er wurde von den Maoris streng bewacht. Eine Flucht war ausgeschlossen, und nachdem Glenarvan die Mauern des Gefängnisses wohl zum zwanzigsten Mal abgeklopft hatte, war er genötigt, dies einzugestehen.

Indessen flossen die Stunden dieser qualvollen Nacht dahin. Tiefes Dunkel umhüllte die Berge. Weder Mond noch Sterne erhellten die Finsternis. Ein paar böige Windstöße fegten über die Flanken des Pahs. Die Pfähle der Hütte knarrten. Bei jedem dieser Windstöße flackerte das Feuer der Eingeborenen auf, und die Flammen erleuchteten jäh das Innere der Hütte. Für Augenblicke wurde es um die Gruppe der Gefangenen hell. Die Bedauernswerten waren in ihre letzten Gedanken vertieft. Totenstille herrschte in der Hütte.

Es mochte etwa vier Uhr früh sein, als die Aufmerksamkeit des Majors von einem leisen Geräusch geweckt wurde, das von dorther zu kommen schien, wo die Rückwand der Hütte an den Felsen stieß. Er lauschte. Da es nicht aufhörte, preßte er, neugierig geworden, sein Ohr an die Erde, um besser hören zu können. Es schien ihm, als würde draußen gekratzt und gegraben.

Als er seiner Sache sicher war, schlich sich der Major zu Glenarvan und John Mangles, riß sie aus ihren schmerzlichen Gedanken und zog sie mit sich in den Hintergrund der Hütte.

»Horcht!« flüsterte er und forderte sie durch Zeichen auf, sich zu bücken.

Das Kratzen wurde immer lauter; es war jetzt deutlich zu hören, wie sich draußen Steine unter dem Druck eines spitzen Werkzeugs lösten und bergab polterten.

»Das wird irgendein Tier in seinem Bau sein«, meinte John Mangles.

Glenarvan schlug sich gegen die Stirn: »Wer weiß, ob es nicht ein Mensch ist.«

»Mensch oder Tier«, sagte der Major, »ich werde gleich wissen, was ich davon zu halten habe.«

Wilson und Olbinett hatten sich zu ihren Gefährten gesellt, und alle machten sich daran, ein Loch in den Fußboden zu brechen. John mit seinem Dolch, die anderen mit Steinen, die sie vom Erdboden aufgehoben hatten, oder mit ihren Nägeln, während Mulrady durch einen Spalt an der Seite der Matte die Gruppe der Wächter im Auge behielt.

Die Wilden hockten regungslos um das Feuer herum, sie ahnten nichts von dem, was sich zwanzig Schritt von ihnen entfernt ereignete.

Der Fußboden bestand aus lockerem, bröckligem Erdreich, das den silikathaltigen Tuffstein bedeckte. So erweiterte sich, trotz des primitiven Werkzeugs, das Loch sehr rasch. Bald erkannten Glenarvan und die Seinen, daß ein Mann, oder vielleicht mehrere Männer, von außen einen Tunnel zu dem Inneren der Hütte zu graben versuchten; sie mußten sich irgendwie an den Felswänden festgeklammert haben. Was mochte ihre Absicht sein? Wußten sie von der Anwesenheit der Gefangenen, oder war es ein rein zufälliger Versuch?

Die Gefangenen verdoppelten ihre Bemühungen. Ihre Fingerspitzen begannen zu bluten; aber sie gruben immer weiter. Nach einer halben Stunde mühevoller Arbeit war das von ihnen gegrabene Loch schon einen halben Klafter tief. An den immer deutlicher werdenden Geräuschen konnten sie feststellen, daß nur noch eine dünne Erdschicht eine direkte Verbindung mit den draußen Grabenden verhinderte.

Es vergingen noch einige Minuten, als der Major plötzlich seine Hand zurückzog, die von einer scharfen Klinge verletzt worden war. Gewaltsam mußte er einen Aufschrei unterdrücken.

John Mangles stieß mit seinem Dolch gegen die Klinge. Sorgsam vermeidend, von dem Messer, das jetzt durch das Erdreich drang, verletzt zu werden, griff er nach der Hand, die den Messergriff hielt.

Es war eine Frauen- oder eine Kinderhand, jedenfalls die Hand eines Europäers. Weder von der einen Seite noch von der anderen Seite war ein Wort gesprochen worden. Offenbar hatten beide Seiten ein Interesse, Schweigen zu bewahren.

»Ist es etwa Robert?« murmelte Glenarvan.

So leise er den Namen auch gesprochen hatte, Mary Grant, die von der Unruhe in der Hütte wach geworden war, hatte es gehört. Sie schlüpfte an Glenarvans Seite, griff nach der von Erde beschmutzten Hand und bedeckte sie mit Küssen.

»Du, du bist es«, flüsterte das junge Mädchen, für das es keine Täuschung geben konnte. »Du, mein kleiner Robert.«

»Ja, Schwesterchen. Ich bin hier, um euch allen Rettung zu bringen. Doch schweigt jetzt still«, antwortete Robert.

»Tapferer Junge«, murmelte Glenarvan.

»Seht nach, was die Wilden draußen machen«, flüsterte Robert.

Mulrady, den das Auftauchen des Jungen für einen Augenblick abgelenkt hatte, bezog seinen Beobachtungsposten wieder.

»Alles ist in Ordnung«, flüsterte er zurück, »nur noch vier der Eingeborenen sind wach; die anderen schlafen.«

»Mut!« antwortete Wilson.

Im Nu war die Öffnung erweitert worden, Robert zwängte sich hindurch und sank erst seiner Schwester und dann Lady Helena in die Arme. Um seinen Leib war ein langes Phormiumseil gewunden.

»Mein Kleiner, mein lieber Kleiner, die Wilden haben dich also nicht getötet?« flüsterte Lady Helena.

»Nein, gnädige Frau«, erwiderte Robert. »Ich weiß nicht, wie es möglich war; aber während des Tumults gelang es mir, mich vor ihnen zu verbergen und die Umzäunung zu verlassen. Zwei Tage lang hielt ich mich hinter Sträuchern verborgen und irrte während der Nacht umher, denn ich wollte euch wiedersehen. Während sich der ganze Stamm mit der Leichenfeier für den Häuptling beschäftigte, habe ich diesen Teil der Befestigungen, in dem euer Gefängnis liegt, durchforscht und dabei festgestellt, daß ich bis hierher gelangen könnte. In einer verlassenen Hütte stahl ich dieses Seil und dieses Messer. Grasbüschel und die Äste kleiner Bäume mußten mir beim Erklettern der Felsen die Stufen ersetzen. Durch Zufall entdeckte ich eine Höhle, dicht unterhalb der Stelle, an der die Hütte liegt. Ich brauchte nur durch weiches Erdreich einen Zugang zu euch graben, und hier bin ich.«

Ungezählte stumme Küsse waren die einzige Antwort, die Robert erhielt.

»Und nun, laßt uns gehen«, sagte er mit entschlossener Stimme.

»Erwartet Paganel uns unten?« fragte Glenarvan.

»Monsieur Paganel?« sagte der Junge, erstaunt über diese Frage.

»Ja, erwartet er uns?«

»Aber nein, Mylord. Wie denn, ist Monsieur Paganel nicht hier?«

»Nein, er ist nicht hier, Robert«, flüsterte Mary Grant.

»Wie denn, du hast ihn nicht gesehen?« fragte Glenarvan. »Seid ihr euch während des allgemeinen Durcheinanders nicht begegnet? Seid ihr nicht gemeinsam entkommen?«

»Nein, Mylord«, erwiderte Robert, der über die Abwesenheit seines Freundes Paganel ganz außer sich geriet.

»Wir müssen uns aus dem Staube machen«, sagte der Major. »Wir haben nicht eine Minute zu verlieren. Wo sich Paganel auch befinden mag, er kann nicht schlechter daran sein als wir. Also los!«

In der Tat, jede Sekunde war kostbar. Sie mußten schnell fliehen. Obwohl es galt, an einer fast senkrechten Steilwand hinter der Grotte hinunterzusteigen, die mindestens zwanzig Fuß tief sein mochte, war ihre Flucht nicht allzu schwierig. An die Steilwand schloß sich eine Böschung an, die bis zum Fuße des Berges ziemlich sanft abfiel. Von dort aus konnten die Gefangenen rasch in die tiefer gelegenen Täler gelangen, während die Maoris, sobald sie die Flucht der Gefangenen entdeckt haben würden, einen ziemlich großen Umweg machen mußten, um die Flüchtlinge einzuholen, da sie ja vom Vorhandensein des Tunnels zwischen dem Waré-Atua und der Böschung nichts ahnten.

Die Flucht begann. Es wurden alle Vorsichtsmaßnahmen getroffen, damit sie gelingen mußte. Einer nach dem anderen zwängten die Gefangenen sich durch den schmalen Tunnel und gelangten in die Höhle. Bevor er die Hütte verließ, räumte John Mangles allen Schutt beiseite und zog, nachdem auch er sich in den Tunnel gezwängt hatte, hinter sich die Fußbodenmatte über die Öffnung. Dadurch wurde der Zugang zum Tunnel gänzlich verdeckt.

Nun galt es, die Steilwand bis zu der schrägen Böschung hinabzusteigen. Das wäre unmöglich gewesen, hätte Robert nicht das Phormiumseil mitgebracht.

Es wurde aufgerollt und das eine Ende an einem Felszacken befestigt.

Ehe John Mangles es jedoch zuließ, daß seine Freunde sich an diesen zu einem Strick gewundenen Phormiumfasern hinabließen, prüfte er die Stärke des Seiles. Er hielt es nicht für sehr stark, und es durfte daher nicht überlastet werden; denn ein Sturz konnte den Tod zur Folge haben.

»Dieses Seil kann höchstens die Last von zwei Personen tragen«, sagte er. »Wir müssen entsprechend vorgehen. Lord und Lady Glenarvan mögen als erste hinuntergleiten; sobald sie an der Böschung angelangt sind, werden sie uns durch dreimaliges Anziehen des Seiles verständigen, damit wir ihnen folgen können.«

»Ich werde mich als erster hinunterlassen«, sagte Robert. »Ich habe am Fuße der Böschung einen ziemlich tiefen Einschnitt entdeckt, in dem sich die unten Angekommenen verbergen können, um die anderen zu erwarten.«

»Geh, mein Sohn«, sagte Glenarvan und drückte dem Knaben die Hand.

Robert verschwand durch die Öffnung der Höhle. Eine Minute später verkündete ein dreimaliges Zucken des Seiles, daß der Junge glücklich unten angekommen war.

Sogleich wagten sich Glenarvan und Lady Helena aus der Höhle hinaus. Noch war es ganz dunkel, nur schwache graue Streifen färbten die Berggipfel, die sich im Osten erhoben.

Die empfindliche Morgenkühle hatte die junge Frau

erfrischt. Sie fühlte, daß ihre Kräfte zurückkehrten, und begann beherzt den Abstieg.

Glenarvan und dann Lady Helena ließen sich an dem Seil hinuntergleiten bis zu der Stelle, an der die steile Wand an der schrägen Böschung endete. Dann kletterte Glenarvan als erster, seine Frau stützend, vorsichtig die Böschung hinab. Er suchte nach Grasbüscheln und kleinen Bäumen, um Lady Helenas Fuß einen Halt zu geben; erst prüfte er ihre Festigkeit und ließ dann seine Frau darauf treten. Einige aufgescheuchte Vögel flatterten auf und stießen leise Schreie aus. Die Flüchtenden erbebten jedesmal, wenn ein Stein sich aus dem Erdreich löste und polternd den Berg hinunterrollte.

Sie hatten die Mitte der Böschung erreicht, als eine Stimme vom Ausgang der Grotte her flüsterte:

»Vorsicht, wartet ein wenig.« Es war John Mangles.

Glenarvan, der sich mit der einen Hand an einen Steinquader klammerte und mit der anderen seine Frau festhielt, wartete und wagte kaum zu atmen.

Wilson hatte nämlich im Innern des Waré-Atuas ein Geräusch gehört, war bis zur Hütte zurückgekehrt und hatte durch den Spalt neben der Matte die Maoris beobachtet. Auf ein Zeichen von ihm hatte John Mangles Glenarvan gewarnt.

Tatsächlich mußte einer der Maorikrieger etwas bemerkt haben, denn er war aufgestanden und hatte sich dem Waré-Atua genähert. Zwei Schritte vor dem Eingang der Hütte war er eine Minute lang, die Wilson wie eine Stunde vorgekommen war, stehengeblieben, hatte gespannt gelauscht und ins Dunkel gespäht. Dann hatte er den Kopf geschüttelt wie ein Mensch, der seinen Irrtum eingesehen hat, war zu seinen Gefährten zurückgekehrt, hatte einen Arm voll dürren Reisigs vom Boden aufgehoben und auf das halb erloschene Feuer geworfen, das wieder hell aufflammte. Sein Gesicht, das deutlich zu erkennen gewesen war, hatte keinerlei Besorgnis mehr gezeigt. Nachdem der Krieger den ersten Schein der Morgendämmerung am

Himmel bemerkt, hatte er sich neben dem Feuer ausgestreckt, um seine kalten Glieder zu erwärmen.

»Alles in Ordnung«, sagte Wilson.

Und John gab Glenarvan ein Zeichen, den Abstieg fortzusetzen.

Glenarvan ließ sich behutsam den Abhang hinuntergleiten. Sehr bald faßten Lady Helena und er Fuß auf dem schmalen Pfad, auf dem Robert sie erwartete.

Sie zogen dreimal an dem Seil, und nun begann John Mangles, gefolgt von Mary Grant, den gefahrvollen Abstieg. Sobald auch sie unten waren, gesellten sie sich zu Lord und Lady Glenarvan; Robert erwartete sie in dem von ihm erwähnten Einschnitt.

Fünf Minuten später verließen alle Flüchtlinge, die dem Waré-Atua glücklich entronnen waren, ihre provisorische Zufluchtsstätte, und unter Umgehung der bewohnten Seeufer drangen sie auf schmalen Pfaden in den Bergen weiter vorwärts.

Sie gingen rasch und waren bestrebt, alle Stellen zu meiden, an denen sie hätten gesehen werden können. Sie sprachen nicht, sondern glitten wie Schatten durch das Strauchwerk. Wohin gingen sie? Auf gut Glück, aber sie waren frei! Gegen fünf Uhr begann der Tag zu dämmern. Bläuliche Wolkenstreifen zogen hoch am Himmel dahin. Nebelverhangene Berggipfel lösten sich aus dem Morgendunst. Sehr bald mußte die Sonne aufgehen, und diese Sonne würde, anstatt das Signal zur Strafvollstreckung zu geben, den Eingeborenen im Gegenteil die Flucht der Verurteilten verraten.

Daher mußten die Flüchtlinge, ehe dieser verhängnisvolle Augenblick eintrat, für die Wilden nicht mehr erreichbar sein, mußten so weit gelangen, daß die Maoris ihre Spur nicht mehr verfolgen konnten. Doch

sie kamen nur langsam voran; denn die Pfade waren steil. Lady Helena wurde von Lord Glenarvan fast getragen, und Mary Grant stützte sich schwer auf John Mangles' Arm. Robert, glücklich über seinen Erfolg, schritt frohen Herzens voran; die beiden Matrosen beschlossen den Zug.

Noch eine halbe Stunde, und das strahlende Gestirn würde aus dem Dunst emporsteigen.

Während dieser Zeit strebten die Flüchtenden weiter ins Ungewisse; denn Paganel war nicht bei ihnen, um sie zu führen – Paganel, dem ihre Angst und ihre Sorge galt, dessen Abwesenheit ihre Freude verdüsterte. Die Flüchtlinge hielten sich nach Möglichkeit in östlicher Richtung. Sehr bald waren sie fünfhundert Fuß hoch über dem Tauposee, und die Morgenkühle, die sich in dieser Höhe verstärkte, ließ sie frösteln. Langsam lösten sich die Umrisse der Hügel und Berge vor ihnen aus dem Dunst, doch Glenarvan wünschte nichts anderes, als sich darin zu verbergen. Später würde er versuchen, aus diesem bergigen Labyrinth zu entkommen. Endlich ging die Sonne auf und wärmte die Flüchtlinge mit ihren ersten Strahlen.

Plötzlich drang wüstes Geschrei an ihre Ohren, ein Gebrüll aus hundert Kehlen erschütterte die Luft. Es kam aus der Richtung des Maoridorfes, dessen genaue Lage Glenarvan jetzt nicht bestimmen konnte; denn der dichte Nebelschleier zu seinen Füßen hinderte ihn daran, die tiefer gelegenen Täler zu unterscheiden.

Doch es gab für die kleine Schar keinen Zweifel: Ihre Flucht war entdeckt worden. Würden sie der Verfolgung durch die Eingeborenen entgehen? Hatten die Maoris sie gesehen? Würden ihre Fußspuren sie verraten?

In diesem Moment hoben sich die Nebelschleier in der Tiefe, hüllten sie für Augenblicke in eine feuchte Wolke, und sie erblickten etwa dreihundert Fuß von ihnen entfernt im Tal die Menge der wutentbrannten Eingeborenen.

Sie sahen die Maoris, aber auch sie waren gesehen

worden. Von neuem erhob sich Geschrei, dazwischen erscholl wütendes Hundegebell, und der ganze Stamm stürzte, nach dem vergeblichen Versuch, den Felsen hinter dem Waré-Atua zu erklimmen, aus der Umfriedung des Lagers heraus und nahm auf den kürzesten Wegen die Verfolgung der Flüchtigen auf, die der grausamen Rache zu entkommen suchten.

XIV. KAPITEL

## DER VERBOTENE BERG

Bis zum Gipfel des Berges waren es noch ein paar hundert Fuß. Die Flüchtlinge mußten alles daransetzen, ihn zu erreichen, um auf dem gegenüberliegenden Abhang den Blicken der Maoris zu entgehen. Von dort aus hofften sie über einige gangbare Gebirgskämme zu den benachbarten Berggipfeln zu gelangen, die hier und dort in dem Gebirgsmassiv emporragten und die Paganel, wäre er unter ihnen gewesen, zweifellos hätte einordnen und bezeichnen können.

Von dem immer lauter anschwellenden Gebrüll der Eingeborenen vorwärtsgetrieben, beschleunigten die Flüchtlinge den Aufstieg. Schon hatten die Verfolger den Fuß des Berges erreicht.

»Mut! Mut! meine Freunde«, rief Glenarvan, seine Gefährten mit Blicken und Gebärden anspornend.

In weniger als fünf Minuten hatten sie den Gipfel des Berges erklommen. Von dort blickten sie zurück, um ihre Lage zu übersehen und festzustellen, in welcher Richtung sie fliehen mußten.

Aus dieser Höhe war die Landschaft um den Tauposee gut zu überblicken. Im Westen wurde der See von malerischen Bergen eingeschlossen, im Norden ragten die Pirongiagipfel empor, im Süden der feuerspeiende Krater des Tangariro; nur im Osten wurde der Ausblick von einem Gebirgszug völlig versperrt, der sich an die Wahiti-Ranges schloß, jene mächtige Bergkette, deren eng aneinandergereihte Glieder die ganze Nordinsel von der Cook-Straße bis zur Ostspitze durchziehen. So mußten die Reisenden den jenseitigen Gebirgshang hinuntersteigen und sich in enge Schluchten wagen, aus denen es möglicherweise keinen Ausweg mehr gab.

Glenarvan sah sich mit besorgten Blicken um. Da sich der Nebel unter der Wirkung des Sonnenscheins aufgelöst hatte, konnte man die geringsten Bodenerhebungen und -vertiefungen genau unterscheiden, und keine Bewegung der Maoris konnte den Blicken entgehen.

Die Eingeborenen waren keine fünfhundert Schritt mehr von den Flüchtenden entfernt. Sie hatten schon die Hochfläche erreicht, von der der einsame Bergkegel aufstieg.

Daher konnten Glenarvan und die übrige Gesellschaft sich nicht einen Augenblick länger aufhalten, so ermattet sie auch waren. Sie mußten weiter, um nicht abgeschnitten zu werden.

»Wir müssen wieder hinunter«, schrie er, »ehe sie uns den Weg abschneiden können!«

In dem Augenblick, da die gänzlich erschöpften Frauen sich erhoben, um eine letzte Anstrengung zu machen und weiterzulaufen, hielt MacNabbs sie zurück und rief:

»Es ist nicht nötig, Glenarvan, sehen Sie nur!«

Jetzt sahen alle die völlig unerklärliche Veränderung, die sich im Verhalten der Maoris vollzogen hatte.

Die Maoris hatten unvermittelt die Verfolgung aufgegeben. Die Vorbereitungen zum Ansturm auf den Bergkegel hatten wie auf einen Befehl, dem keiner zu trotzen wagte, ein plötzliches Ende gefunden. Die Horden der Eingeborenen waren wie Meereswogen vor einem unüberwindlichen Felsen zurückgebrandet.

Alle diese blutgierigen Wilden, die sich nun am Fuß des Berges drängten, brüllten und gestikulierten, schwenkten ihre Büchsen und Streitäxte, wagten jedoch offenbar nicht, auch nur um einen Fußbreit weiter vorzurücken. Sogar ihre Hunde waren wie angewurzelt stehengeblieben und ließen nur wütendes Gebell hören.

Was ging dort unten vor? Welche unsichtbare Macht hielt die Eingeborenen zurück? Verständnislos beobachteten die Flüchtlinge den Vorgang und fürchteten nur, der Zauber, der Kai-Kumus Stamm anscheinend an Ort und Stelle bannte, könnte plötzlich wirkungslos werden.

Da stieß John Mangles einen Schrei aus, der seine Gefährten veranlaßte, sich umzuwenden. Mit einer Handbewegung wies er auf kleine Befestigung auf dem Gipfel des Bergkegels.

»Das ist Kara-Tétés Grabstätte!« rief Robert.

»Ist das wahr, Robert?« fragte Glenarvan.

»Ja, Mylord, das ist das Grab! Ich erkenne es . . .«

Robert täuschte sich nicht. In fünfzig Fuß Höhe über ihnen war auf der äußersten Bergspitze eine Palisade aus frisch bemalten Pfählen errichtet worden. Auch Glenarvan erkannte jetzt das Grab des neuseeländischen Häuptlings. Während ihrer Flucht hatte der Zufall den Lord und seine kleine Schar unversehens auf den Gipfel des Maunganamus geführt.

Von seinen Gefährten gefolgt, erklomm der Lord die letzten Hänge, die zum Berggipfel und zu der Grabstätte hinaufführten. Eine breite, mit einer Matte verhängte Öffnung zwischen den Palisaden bildete den Zugang. Glenarvan wollte schon in das Innere der Udupa eindringen, als er plötzlich heftig zurückschreckte.

»Ein Eingeborener«, flüsterte er.

»Ein Eingeborener in dieser Grabstätte?« fragte der Major erstaunt.

»Ja, MacNabbs.«

»Trotzdem; gehen wir hinein.«

Glenarvan, der Major, Robert und John Mangles traten durch den Eingang. Ein Maori saß da in einem weiten Phormiummantel; die Dämmerung in der Udupa ließ seine Züge nicht erkennen. Er schien vollkommen ruhig und frühstückte mit größter Sorglosigkeit. Schon wollte Glenarvan das Wort an ihn richten, als der Eingeborene ihm zuvorkam und ihn im besten Englisch mit liebenswürdiger Stimme anredete:

»Treten Sie doch ein, lieber Lord. Das Frühstück wartet auf Sie.«

Es war Paganel. Beim Klang seiner Stimme stürzten sich alle in die Udupa und umarmten den vortrefflichen Gelehrten. Paganel war wieder unter ihnen! In seiner Person war die gemeinsame Rettung verkörpert. Er wurde mit Fragen bestürmt. Jeder wollte wissen, wie und wann er auf den Gipfel des Maunganamus gelangt war. Glenarvan aber zügelte mit einigen Worten diese wenig zeitgemäße Neugier seiner Gefährten.

»Denkt an die Maoris«, warnte er.

»An die Maoris?« Paganel zuckte verächtlich mit den Achseln. »Das sind Geschöpfe, vor denen ich nicht die geringte Angst habe«, sagte er.

»Aber können sie denn nicht? ...«

»Sehen Sie selbst!«

Alle folgten Paganel, der aus der Udupa hinaustrat. Die Maoris umkreisten immer noch den Fuß des Bergkegels, gräßliche Laute ausstoßend.

»Brüllt euch nur die Lungen aus dem Leibe, törichtes Pack«, rief Paganel. »Ihr wagt ja doch nicht, diesen Berg zu erklimmen!«

»Und weshalb nicht?« wollte Glenarvan wissen.

»Weil der Häuptling hier begraben liegt, weil sein Grab uns Schutz bietet, weil der Berg unverletzlich, weil er tabu ist.«

»Tabu?«

»Ja, meine Freunde, und deswegen habe ich mich hierher wie in eine jener allen Unglücklichen geöffneten mittelalterlichen Zufluchtsstätten gerettet.«

»Gott verläßt uns nicht«, rief Lady Helena und erhob die Hände zum Himmel.

Tatsächlich lag über dem Bergkegel das Tabu, und so durften die abergläubischen Wilden ihn nicht besteigen. Das bedeutete zwar noch nicht die endgültige Rettung der Flüchtlinge, gab ihnen jedoch eine willkommene Atempause, die sie auszunutzen gedachten. Glenarvan, den eine unaussprechliche Bewegung überwältigt hatte, konnte kein Wort hervorbringen, und der Major schüttelte nur höchst befriedigt den Kopf.

»Liebe Freunde«, sagte Paganel, »sollten diese Schurken glauben, daß wir ihre Geduld erproben werden, so täuschen sie sich. Ehe zwei Tage vergangen sind, werden wir längst aus der Reichweite dieser Wilden sein.«

»Wie sollte es möglich sein zu fliehen?« fragte Glenarvan.

»Das weiß ich noch nicht«, erwiderte Paganel, »aber fliehen werden wir auf jeden Fall.«

Nun wollten alle die Abenteuer des Geographen kennenlernen. Seltsamerweise mußten sie Paganel jedes Wort einzeln entlocken. Er, der sonst so gern erzählte, antwortete ausweichend auf die Fragen seiner Freunde.

›Man hat mir meinen Freund Paganel ausgewechselt‹, dachte MacNabbs.

Tatsächlich hatte sich der Gesichtsausdruck des würdigen Gelehrten verändert. Er hüllte sich streng in seinen Phormiummantel und suchte den neugierig forschenden Blicken seiner Freunde auszuweichen. Es entging keinem seiner Gefährten, daß er verlegen wurde, sobald von seinen Erlebnissen die Rede war; doch alle taten aus Taktgefühl so, als bemerkten sie das nicht. Wenn er nicht über sich selber reden mußte, war Paganel übrigens so munter wie zuvor.

Was nun seine Erlebnisse betraf, so hielt er es für richtig, nachdem sich alle neben ihm am Fuße des Palisadenzauns der Udupa niedergelassen hatten, das Folgende zu erzählen:

Nach der Ermordung Kara-Tétés hatte Paganel, ebenso wie Robert, das allgemeine Durcheinander und die Verwirrung der Eingeborenen ausgenutzt, um aus dem Pah zu entfliehen. Vom Glück weniger begünstigt als der kleine Robert, war er schnurstracks in ein anderes Maori-Lager geraten. Hier herrschte ein großer Häuptling, der einen weit intelligenteren Eindruck machte als alle Krieger seines Stammes; er sprach gutes Englisch und hatte den Geographen begrüßt, indem er seine Nasenspitze an der des Gastes gerieben.

Daher hatte sich Paganel gefragt, ob er sich als Gefangener betrachten müsse. Doch da er gemerkt hatte, daß er nicht einen Schritt machen konnte, ohne zuvorkommend von dem Häuptling begleitet zu werden, hatte er sehr bald gewußt, woran er war.

Dieser Häuptling namens Hihy, was soviel bedeutet wie Sonnenstrahl, war kein schlechter Mensch. Die Brille und das Fernglas des Geographen hatten ihn stark für Paganel eingenommen, und er hatte ihn nicht nur mit Wohltaten, sondern außerdem mit festen Phormiumstricken an seine Person gebunden, besonders bei Nacht.

Dieser Zustand hatte drei Tage angedauert. Hatte man Paganel während dieser Zeit gut oder schlecht behandelt? »Gut und schlecht«, meinte er, ohne sich näher zu erklären. Kurzum, er war gefangen gewesen und hatte seine Lage für nicht beneidenswerter als die seiner unglücklichen Gefährten gehalten.

Glücklicherweise war es ihm in einer Nacht gelungen, seine Fesseln mit den Zähnen zu durchbeißen und zu fliehen. Er hatte von weitem der Bestattung des Häuptlings Kara-Tété zugesehen und gewußt, daß die Maoris ihn auf dem Gipfel des Maunganamus beerdigt hatten und daß der Berg auf diese Weise tabu geworden war. Dorthin hatte er zu fliehen beschlossen, da er die Gegend, in der seine Freunde gefangengehalten wurden, nicht ohne sie verlassen wollte. Sein gefährliches Vorhaben war gelungen. Er war in der vorhergehenden Nacht beim Grabe Kara-Tétés angelangt und hatte, während er neue Kräfte gesammelt, gehofft, daß der Himmel seine Freunde auf irgendeine Weise befreien würde.

So lautete Paganels Bericht. Verheimlichte er absichtlich bestimmte Einzelheiten, seinen Aufenthalt bei den Eingeborenen betreffend? Mehr als einmal ließ seine Verlegenheit etwas Ähnliches vermuten. Wie dem auch sein mochte, alle beglückwünschten ihn einstimmig, und nachdem das Vergangene bekannt war, wurde die Gegenwart besprochen.

Noch immer war die Lage der Reisenden außergewöhnlich ernst. Wenn die Eingeborenen es auch nicht wagen würden, den Maunganamu zu besteigen, so rechneten sie doch vermutlich mit dem Hunger und dem Durst, welche die Gefangenen vom Berg vertreiben würden. Das war nur eine Frage der Zeit, und die Eingeborenen haben sehr viel Geduld.

Glenarvan verkannte die Schwierigkeiten ihrer gegenwärtigen Lage keineswegs, beschloß aber, günstige Umstände abzuwarten oder sie, wenn nötig, selber herbeizuführen.

Zunächst wollte Glenarvan den Maunganamu, sozusagen seine improvisierte Festung, genau kennenlernen, nicht um ihn zu verteidigen, denn ein Sturm war nicht zu befürchten, sondern um festzustellen, wie man ihn unbemerkt verlassen konnte. Der Major, John, Robert, Paganel und Glenarvan durchforschten den Berg nach allen Richtungen. Sie stellten fest, wohin die Bergpfade führten, wo sie mündeten und wie abschüssig sie waren. Der etwa eine Meile lange Gebirgskamm, der den Maunganamu mit der Wahitibergkette verband, fiel zur Ebene ab. Falls eine Flucht überhaupt in Frage kam, bot der schmale Grat die einzige Möglichkeit, unbemerkt im Schutze der Nacht zu entkommen; von dort aus konnte es vielleicht glükken, in die tiefen Täler vorzudringen und so die Maorikrieger von ihrer Fährte abzubringen.

Doch dieser Weg bot mehr als eine Gefahr. Sein unterer Teil lag in der Reichweite der Kugeln der Eingeborenen. Die am Fuße des Berges lauernden Maoris konnten die Flüchtlinge unter ein Kreuzfeuer nehmen, dem keiner von ihnen lebend entkommen würde.

Als Glenarvan und seine Freunde sich bis zu diesem bedrohten Teil des Felsengrates vorgewagt hatten, um ihn zu erkunden, wurden sie mit einem Kugelregen empfangen, der sie zum Glück nicht erreichte. Nur einige vom Winde fortgetragene Ladepfropfe gelangten bis zu ihnen; sie waren aus bedrucktem Papier gefertigt und wurden von Paganel aus reiner Neugier aufgesammelt und mühevoll entziffert.

»Wunderbar«, sagte er, »wissen Sie, liebe Freunde, womit diese Unmenschen dort ihre Gewehre laden?«

»Nein, Paganel«, antwortete Glenarvan.

»Mit Bibelblättern! Wenn das der Gebrauch ist, den sie von den heiligen Versen machen, so bedaure ich ihre Missionare! Es wird ihnen schwer werden, Maori-Bibliotheken zu gründen.«

»Und welchen Teil der Heiligen Schrift haben uns die Wilden mitten auf die Brust geschossen?« fragte Glenarvan.

»Ein Wort des allmächtigen Gottes«, antwortete John Mangles, der gerade das durch die Explosion beschmutzte Papier gelesen hatte. »Dieses Wort sagt uns, wir sollen auf Ihn hoffen«, fügte der Kapitän mit der unerschütterlichen Überzeugung seines schottischen Glaubens hinzu.

»Lies, John«, sagte Glenarvan.

Und John las den vom Pulver verschonten Vers:

»Psalm 90: *Weil er auf mich gehoffet hat, werde ich ihn erlösen.*«

»Liebe Freunde«, sagte Glenarvan, »wir müssen diese hoffnungsvollen Worte unseren tapferen Gefährtinnen mitteilen; sie werden ihre Herzen stärken.«

Sie erklommen die steilen Pfade zum Gipfel des Bergkegels und gingen auf die Grabstätte zu, die sie gründlich durchforschen wollten.

Verwundert stellten sie auf dem Wege dorthin in gewissen Abständen ein leichtes Beben der Erdoberfläche fest. Es waren keine heftigen Erschütterungen, sondern dauernde Vibrationen, wie man sie bei dem Deckel eines Wasserkessels beobachten kann, in dem das Wasser kurz vor dem Siedepunkt ist. Gewaltige Dampfmassen, durch die Hitze im Erdinnern entstanden, hatten sich offenbar auf diesem Berg, dicht unter der Erdoberfläche, angesammelt.

Diese Besonderheit konnte Leute, die eben erst zwischen den heißen Quellen des Waikato hindurchgefahren waren, nicht in Erstaunen setzen. Sie wußten, daß diese zentrale Region von Te Ika a Maui im wesentlichen vulkanisch ist; sie gleicht einem Haarsieb, dessen Netz die Erddämpfe in kochenden Quellen und Solfataren entweichen läßt.

Paganel, der dies schon beobachtet hatte, machte seine Freunde auf den vulkanischen Charakter des Berges aufmerksam. Der Maunganamu war nur einer der zahlreichen Kegel, die sich im zentralen Teil der Insel auftürmen, also ein zukünftiger Vulkan. Die geringste Einwirkung von außen konnte in dem weißlichen, kieselhaltigen Tuffstein zur Bildung eines Kraters führen.

»Aber wir sind hier in keiner größeren Gefahr als neben dem Kessel der *Duncan*«, sagte Glenarvan. »Die Erdkruste gleicht einer festen Kesselwand.«

»Das stimmt«, sagte der Major, »aber ein noch so guter Kessel platzt nach langer Dienstzeit eines Tages doch.«

»MacNabbs«, bemerkte Paganel, »ich will ja auch gar nicht auf diesem Bergkegel bleiben. Sollte sich ein gangbarer Ausweg finden, so würde ich ihn noch in dieser Stunde verlassen.«

»Oh, weshalb kann uns dieser Maunganamu nicht auf seinem eigenen Rücken forttragen«, antwortete John Mangles, »da doch in seinem Innern so gewaltige Kräfte schlummern? Vielleicht sind unter unseren Füßen viele Millionen Pferdekräfte nutzlos eingeschlossen? Unsere *Duncan* brauchte kaum ein Tausendstel davon, um uns von einem Ende der Welt zum anderen zu tragen.«

Diese von John Mangles geweckten Erinnerungen bewirkten, daß Glenarvans Gedanken eine traurige Richtung nahmen; denn so verzweifelt die augenblickliche Lage der Reisenden auch war, er vergaß sie manchmal und trauerte um seine brave Schiffsmannschaft.

Er dachte noch immer an die *Duncan*, als er auf dem Gipfel des Maunganamu wieder mit den Gefährten seines Unglücks zusammentraf. Lady Helena trat, als sie ihn erblickte, sogleich auf ihn zu.

»Mein lieber Edward«, sagte sie, »du hast unsere Lage geprüft? Haben wir Grund zur Hoffnung, oder sieht es trostlos aus?«

»Wir haben allen Grund zu hoffen, meine liebe Helena«, erwiderte Glenarvan. »Die Eingeborenen werden niemals die unsichtbare Grenze überschreiten, die diesen Berg umschließt, und wir werden Zeit genug haben, einen Fluchtplan zu entwerfen.«

»Übrigens, Madame«, sagte John Mangles, »Gott selbst ist es, der uns den Rat erteilt, zu hoffen.«

John Mangles reichte Lady Helena das Bibelblatt,

auf dem die heiligen Verse standen. Die junge Frau und das junge Mädchen, in ihren vertrauensvollen Herzen auf alle Eingriffe des Himmels gefaßt, betrachteten die Worte der Schrift als ein sicheres Vorzeichen des Heils.

»Und jetzt auf zur Udupa!« rief Paganel vergnügt. »Sie ist unsere Festung, unsere Burg, unser Speisesaal, unser Arbeitsraum. Keiner wird uns dort stören. Meine Damen, gestatten Sie, daß ich in dieser reizenden Behausung den Gastgeber spiele.«

Alle folgten der Einladung des liebenswürdigen Paganel. Als die Wilden von ihrem Standort aus sahen, daß die Flüchtlinge von neuem die geheiligte Grabstätte entweihten, schossen sie mehrmals in die Luft und stießen gellende Schreie aus, die ebenso laut wie die Schüsse waren. Glücklicherweise reichten die Kugeln nicht so weit wie die Schreie, sie fielen auf halbem Wege zu Boden, während das Gebrüll hoch in den Lüften verhallte.

Lady Helena, Mary Grant und ihre Gefährten waren nun völlig beruhigt, da sie sahen, daß der Aberglaube der Maoris stärker war als ihr Zorn; ohne zu zögern, betraten sie daher die Grabstätte.

Die Udupa des neuseeländischen Häuptlings war von einer Palisade aus rotbemalten Pfählen umgeben. Symbolische holzgeschnitzte Figuren mit nachgeahmten Tätowierungen berichteten von der edlen Abstammung und den tapferen Taten des Verstorbenen. Von einem Pfahl zum anderen schwankten Amulette sowie Ketten aus Muscheln oder geschliffenen Steinen. Im Innern der Palisade war der Erdboden mit grünem Laub bedeckt, aus dem in der Mitte eine leichte Erhöhung aufragte, der frischaufgeworfene Grabhügel.

Dort waren auch die Waffen des Häuptlings niedergelegt worden, seine geladenen Gewehre, sein Spieß, seine prächtige, aus grüner Jade gefertigte Axt, dazu ein Vorrat an Pulver und Blei, um ihn für die ewigen Jagdgründe auszurüsten.

»Ein ganzes Arsenal«, sagte Paganel, »das wir besser gebrauchen werden als der Verstorbene. Es war ein guter Einfall von diesem Häuptling, seine Waffen ins Jenseits mitzunehmen.«

»Das sind ja englische Waffen!« rief der Major.

»Natürlich«, bemerkte Glenarvan, »es ist eine recht törichte Sitte, den Eingeborenen Feuerwaffen zu schenken. Sie gebrauchen sie dann zur Abwehr gegen die Eindringlinge, und sie tun recht daran. Auf jeden Fall werden uns diese Gewehre gute Dienste leisten.«

»Noch bessere Dienste«, sagte Paganel, »werden uns die für Kara-Tété bestimmten Nahrungsmittel und das frische Wasser leisten.«

In der Tat hatten die Verwandten und Freunde des Toten hier ihr Bestes getan. Die reichlichen Vorräte bewiesen die große Hochachtung vor den Tugenden des Häuptlings. Sie reichten aus, um zehn Personen vierzehn Tage oder, besser gesagt, den Dahingegangenen eine Ewigkeit lang zu ernähren. Meist waren es pflanzliche Nahrungsmittel: Farnkräuter, süße Kartoffeln, ›Convolvulus batatas‹ nennen die Eingeborenen sie, und seit langem von den Europäern eingeführte gewöhnliche Kartoffeln waren hier angehäuft. Große Krüge mit frischem Wasser, das bei einer neuseeländischen Mahlzeit nicht fehlen darf, standen umher, ferner ein Dutzend kunstvoll geflochtener Körbe, die mit Tafeln aus einem grünen Gummiextrakt angefüllt waren, den die Reisenden nicht kannten.

So waren die Flüchtlinge für einige Tage gegen Hunger und Durst geschützt. Sie ließen sich auch nicht weiter nötigen, auf Kosten des Verstorbenen ihre erste Mahlzeit einzunehmen.

Glenarvan brachte die Nahrungsmittel für seine Freunde zu Mr. Olbinett. Der Steward, der auch in den ernstesten Situationen auf die Einhaltung der Formen bedacht war, fand die Speisekarte etwas dürftig. Auch wußte er nicht, wie diese Wurzeln zubereitet werden sollten. Außerdem fehlte ein Feuer.

Paganel half ihm aus der Verlegenheit, indem er ihm riet, die Wurzeln und die Bataten ganz einfach in die Erde zu stecken.

Tatsächlich waren die Hitzegrade unter der Erdoberfläche sehr hoch. Ein Thermometer, hier in die Erde gesteckt, hätte sicherlich sechzig bis fünfundsechzig Grad Celsius angezeigt. Beinahe hätte sich Olbinett schlimme Verbrennungen zugezogen; denn in dem Moment, in dem er sich ein Loch gegraben hatte, um darin seine Wurzeln zu schmoren, schoß zischend eine Dampfsäule einen Klafter hoch aus der Erde empor.

Der erschrockene Steward fiel auf den Rücken.

»Drehen Sie den Wasserhahn zu!« rief der Major, der mit den beiden Matrosen herbeieilte und den Erdspalt mit Steinen füllte, während Paganel das Naturschauspiel mit gespannten Blicken verfolgte. Dabei murmelte er zwischen den Zähnen:

»Seltsam! Aber warum auch nicht?«

»Haben Sie sich verbrannt?« fragte MacNabbs den Steward.

»Nein, Herr Major«, erwiderte Olbinett, »aber ich war nicht darauf gefaßt ...«

»So viele Wohltaten des Himmels zu erleben!« rief

Paganel munteren Tones. »Erst Kara-Tétés Speisen und das frische Wasser und nun auch noch Feuer aus dem Erdboden! Dieser Berg ist ja ein wahres Paradies. Ich schlage vor, hier eine Kolonie zu gründen,

den Boden zu bebauen und uns für den Rest unserer Tage hier niederzulassen. Wir werden die Robinsons des Maunganamus sein. Ich suche vergebens etwas, was uns auf diesem behaglichen Bergkegel fehlen könnte.«

»Nichts, wenn er nur genügend Sicherheit bietet«, erwiderte John Mangles.

»Nun, er ist ja nicht erst seit gestern hier und hat seit langem dem Feuer in seinem Innern standgehalten. Bis wir ihn verlassen, wird er schon noch ruhig bleiben.«

»Das Frühstück ist serviert«, verkündete Olbinett so ernsthaft, als versähe er seinen Dienst auf Schloß Malcolm.

Sogleich begannen die Flüchtlinge, die nahe der Palisade Platz genommen hatten, eine jener Mahlzeiten, die die Vorsehung ihnen seit einiger Zeit mit großer Pünktlichkeit in den schwierigsten Lagen schickte.

Keiner der Reisenden zeigte sich, was die Speisen betraf, wählerisch. Nur über die Farnwurzeln waren die Meinungen geteilt. Die einen fanden, sie hätten einen süßen und angenehmen Geschmack, die anderen erklärten die Wurzeln für schleimig, höchst fade schmeckend und ausgesprochen zäh. Die im heißen Erdreich geschmorten süßen Kartoffeln hingegen mundeten vortrefflich. Der Geograph wies darauf hin, daß Kara-Tété keineswegs zu beklagen war.

Nachdem der Hunger gestillt war, schlug Glenarvan vor, unverzüglich einen Fluchtplan zu entwerfen.

»Schon?« sagte Paganel in wahrhaft kläglichem Ton, »wie denn, Sie wollen diesen gastlichen Ort bereits wieder verlassen?«

»Aber Monsieur Paganel«, antwortete Lady Helena, »nehmen wir an, wir befänden uns hier in Capua, so wissen Sie doch, daß man es nicht machen darf wie Hannibal.«

»Madame«, antwortete Paganel, »ich werde mir keinen Widerspruch erlauben, und da Sie einen Fluchtplan zu entwerfen wünschen, wollen wir es tun.«

»Ich denke, wir sollten versuchen zu fliehen, ehe wir durch den Hunger dazu gezwungen werden«, sagte Glenarvan. »Noch reichen unsere Kräfte; wir sollten sie ausnutzen. In der kommenden Nacht wollen wir versuchen, die Täler im Osten zu erreichen. Den Ring der Eingeborenen müssen wir im Schutze der Dunkelheit zu durchbrechen versuchen.«

»Ausgezeichnet«, sagte Paganel, »sofern die Maoris uns durchlassen.«

»Und was, wenn sie uns daran hindern?« fragte John Mangles.

»Dann werden wir schweres Geschütz auffahren«, erwiderte Paganel.

»Sie haben also schweres Geschütz?« fragte der Major.

»Mehr als nötig ist«, versetzte Paganel, gab jedoch keine näheren Erklärungen ab.

So blieb nichts anderes übrig, als die Nacht abzuwarten und dann zu versuchen, die Reihen der Eingeborenen zu durchbrechen.

Die Maoris hatten sich noch nicht von der Stelle gerührt. Ihre Zahl schien sich durch Nachzügler ihres Stammes noch vergrößert zu haben. Hier und dort flammten Feuer auf und bildeten einen brennenden Gürtel rings um den Bergkegel. Als die umliegenden Täler sich in Dunkelheit hüllten, schien der Maunganamu aus einem riesigen Glutbecken aufzuragen, und sein Gipfel verlor sich in dichten Schatten. Aus einer Entfernung von sechshundert Fuß drangen Schreie und der Lärm des feindlichen Heerlagers zu Glenarvan und den Seinen herauf.

Um neun Uhr, es war bereits stockfinster, beschlossen Glenarvan und John Mangles, die Lage zu erkunden, ehe sie ihre Gefährten auf diesen gefährlichen Weg führten. Geräuschlos kletterten sie etwa zehn Minuten lang auf dem schmalen Grat abwärts, der in einer Höhe von fünfzig Fuß zwischen den Lagerplätzen der Eingeborenen entlangführte.

Es schien, als ob alles glatt vonstatten gehen sollte. Die Krieger an ihren Lagerfeuern bemerkten anscheinend die beiden Flüchtlinge nicht. Und so wagten sich die beiden noch einige Schritte weiter vor, als plötzlich gleichzeitig von rechts und links das Geknatter einer Salve die Luft zerriß.

»Zurück!« rief Glenarvan. »Diese Schurken haben Augen wie Katzen und vorzügliche Gewehre.«

Der Lord und John Mangles erklommen rasch wieder den steilen Abhang; sie beruhigten ihre Gefährten, die durch das Schießen erschreckt worden waren. Glenarvans Hut war von zwei Kugeln durchbohrt worden. Es war also unmöglich, sich zwischen den beiden Schützenketten auf den endlos langen Felsengrat hinauszuwagen.

»Auf morgen«, sagte Paganel. »Da wir die Wachsamkeit dieser Eingeborenen nicht überlisten können, so gestatten Sie mir, ihnen auf meine Art heimzuleuchten.«

Es war ziemlich kalt. Glücklicherweise hatte Kara-Tété für seine Reise in die Ewigkeit seine besten

Nachtgewänder mit in das Grab genommen, warme Phormiumdecken, in die sich die Flüchtlinge jetzt ohne Umstände einhüllten. Sehr bald schliefen Glenarvan und die Seinen im sicheren Schutze des Aberglaubens der Eingeborenen auf dem warmen Erdreich, das von unterirdischen brodelnden Dämpfen ständig in leichter Bewegung war.

XV. KAPITEL

# PAGANELS SCHWERES GESCHÜTZ

Am nächsten Tage – es war der 17. Februar – weckte die Sonne die Schläfer auf dem Maunganamu mit ihren ersten Strahlen. Schon seit geraumer Zeit liefen die Maoris am Fuße des Bergkegels hin und her, ohne jedoch bei ihren Beobachtungen die unsichtbare Grenze zu überschreiten. Die Europäer wurden, als sie das von ihnen geschändete Heiligtum verließen, mit lautem Gebrüll empfangen.

Alle warfen einen raschen Blick auf die Berge ringsum, auf die im Dunst liegenden Täler und auf den Tauposee, dessen Wasserspiegel sich im Morgenwind leicht kräuselte.

Dann versammelten sich alle um Paganel; sie waren höchst begierig, seine Vorschläge zu hören, und blickten ihn fragend an.

Paganel war sogleich bereit, die Neugier seiner Gefährten zu befriedigen.

»Liebe Freunde«, begann er, »mein Plan ist insofern vorzüglich, als sich unsere Lage, selbst wenn der Plan nicht ganz das hält, was ich von ihm erwarte, ja sogar wenn er fehlschlägt, nicht verschlechtern wird. Aber er muß und wird gelingen.«

»Und was wäre das für ein Plan?« fragte MacNabbs.

»Hören Sie mich an«, erwiderte Paganel. »Der Aberglaube der Eingeborenen hat diesen Berg zu einer Zufluchtsstätte für uns werden lassen. Jetzt muß uns dieser Aberglaube dazu verhelfen, von hier zu entkommen. Wenn es mir gelingt, Kai-Kumu und seine Krieger davon zu überzeugen, daß wir für die Schändung des Heiligtums bestraft worden sind, daß uns der göttliche Zorn vernichtet hat, daß wir eines gräßlichen Todes gestorben sind, werden sie dann nicht die Hochfläche des Maunganamus verlassen und in das Dorf zurückkehren?«

»Ohne Zweifel«, sagte Glenarvan.

»Und was für einen gräßlichen Tod prophezeien Sie uns?« fragte Lady Helena.

»Den Tod, der den Schändern einer Grabstätte zukommt«, erwiderte Paganel. »Unter unseren Füßen lauern die rächenden Flammen. Wir brauchen ihnen nur einen Weg nach außen zu bahnen.«

»Was denn, Sie wollen einen Vulkan zum Ausbruch bringen?« rief John Mangles.

»Ja, einen Vulkan, aber einen von uns geschaffenen, dessen Wutausbrüche wir lenken werden. Unter der Erde haben sich ungeheuer starke Dämpfe und unterirdische Feuer angesammelt, die nach außen drängen. Inszenieren wir also einen künstlichen Ausbruch zu unserer Rettung!«

»Die Idee ist gut«, sagte der Major. »Das haben Sie sich klug ausgedacht, Paganel.«

»Sie verstehen, wir müssen so tun, als würden wir

von den Flammen des neuseeländischen Pluto verschlungen«, erklärte der Geograph. »Wir verschwinden im Grabe Kara-Tétés ...«

»... in dem wir drei Tage, vier Tage, wenn es sein muß fünf Tage bleiben müssen, das heißt so lange, bis die Eingeborenen, von unserem Tode überzeugt, das Feld räumen.«

»Wenn sie nun aber auf den Einfall kommen sollten, sich mit eigenen Augen von unserer Bestrafung zu überzeugen«, sagte Miss Grant, »wenn sie auf den Berg heraufkämen?«

»Nicht doch, meine liebe Miss Grant«, erwiderte Paganel, »das werden sie niemals tun. Der Berg ist tabu, und wenn die Personen, die ihn geschändet haben, von dem Berg selber vernichtet wurden, so hat das Tabu nur eine noch stärkere Wirkung!«

»Dieser Plan ist wirklich klug erdacht«, sagte Glenarvan. »Es gibt nur eins, was dagegen spricht, und das wäre die Möglichkeit, daß die Eingeborenen darauf beharrten, so lange am Fuße des Maunganamus zu bleiben, bis unsere Lebensmittel knapp werden. Doch das ist nicht sehr wahrscheinlich, besonders dann nicht, wenn wir unseren Theatercoup geschickt landen.«

»Und wann wollen wir diesen letzten Versuch zu unserer Rettung unternehmen?« fragte Lady Helena.

»Noch heute abend«, erwiderte Paganel, »sobald die Finsternis hereingebrochen ist.«

»Einverstanden!« rief MacNabbs, »Paganel, Sie sind wirklich ein Genie, und ich, der ich mich selten für etwas begeistere, bin überzeugt von dem Erfolg Ihres Planes. Wir werden diesen Kerlen mit einem kleinen Wunder aufwarten, das ihre Bekehrung zum

Christentum allerdings um ein Jahrhundert verzögern dürfte. Hoffentlich werden uns die Missionare deswegen nicht böse sein.«

Paganels Plan wurde also angenommen; denn die abergläubischen Vorstellungen der Maoris bürgten ja tatsächlich für sein Gelingen. Es galt nur noch, ihn auszuführen. Die Idee war gut, doch die Ausführung würde nicht leicht sein. Würde der Vulkan diese waghalsigen Menschen, die dem unterirdischen Feuer einen Krater öffneten, nicht verschlingen? Würde es gelingen, diesen Ausbruch, nachdem die Flammen und die Lava einmal entfesselt waren, zu meistern und zu lenken? Würde nicht der ganze Bergkegel in einem Feuerschlund versinken? Hieß das nicht, mit Kräften spielen, deren Entfesselung die Natur sich ausschließlich vorbehalten hatte?

Paganel hatte diese Schwierigkeiten vorausgesehen, und er beabsichtigte, sehr behutsam vorzugehen und nicht das Äußerste zu wagen. Um die Maoris zu täuschen, würde ein bloßes Schauspiel genügen; ein echter Ausbruch war dazu nicht erforderlich.

Wie schien dieser Tag sich in die Länge zu ziehen! Jeder zählte die Stunden, die kein Ende nehmen wollten. Alles war für die Flucht vorbereitet. Die in der Udupa vorgefundenen Lebensmittel waren aufgeteilt und zu kleinen, wenig hinderlichen Bündeln verpackt worden. Ein paar Matten und einige Feuerwaffen vervollständigten dieses leichte Gepäck. Natürlich traf man diese Vorbereitungen innerhalb der Palisade und von den Wilden unbeobachtet.

Um sechs Uhr trug der Steward noch einmal ein kräftigendes Mahl auf; denn niemand konnte voraussagen, wo und wann es in den Tälern, in welche sie hinabsteigen wollten, Gelegenheit zum Essen geben würde. So aß man für die Zukunft. Das Hauptgericht bestand aus einem halben Dutzend großer Ratten, die Wilson gefangen und über den Erddämpfen gedünstet hatte. Lady Helena und Mary Grant weigerten sich hartnäckig, von diesem in Neuseeland so beliebten Wildbret zu kosten; nur die Männer aßen mit großem Appetit wie echte Maoris. Das Fleisch dieser Tiere schmeckte auch wirklich ausgezeichnet. Die sechs Nagetiere wurden bis auf die Knochen verzehrt.

Der Abend dämmerte herauf. Die Sonne versank hinter einem dichten Wolkenschleier, der ein aufziehendes Gewitter verhieß. Einige Blitze erhellten den Horizont, und ferner Donner grollte.

Paganel begrüßte das Gewitter, das seinen Absichten entgegenkam und die düstere Szenerie vervollständigte. Die abergläubischen Eingeborenen lassen sich von jedem Naturgeschehen tief beeindrucken, und die Neuseeländer halten den Donner für die zürnende Stimme ihres Gottes Nui-Atua. Der Blitz aber ist für sie nichts anderes als ein zorniges Aufleuchten seiner Augen. So hatte es den Anschein, als sei ihr Gott persönlich zu dem Berg hinabgestiegen, um die Schänder des Tabus zu bestrafen. Schon um acht Uhr hüllte sich der Gipfel des Maunganamus in bedrohliche Finsternis. Der Himmel bildete den dunklen Hintergrund für das Flammenmeer, das Paganel zu entfesseln gedachte. Es war zu dunkel, als daß die Maoris ihre Gefangenen hätten beobachten können. Der Augenblick zum Handeln war gekommen.

Paganel, Glenarvan, MacNabbs, Robert, der Steward und die beiden Matrosen gingen vereint ans Werk.

Für den Ausbruch wurde ein Platz in einer Entfernung von etwa dreißig Schritt vom Grabe Kara-Tétés ausgesucht; denn es war wichtig, daß die Udupa von dem Ausbruch verschont blieb, weil zugleich mit dem Grabe das Tabu, die Unverletzlichkeit des Berges, ein Ende gehabt hätte. An der gewählten Stelle lag ein riesiger Felsblock, in dessen Umkreis dichte Dampfwolken aus dem Erdreich quollen. Dieser Felsblock schien einen von der Natur geschaffenen kleinen Krater auf dem Bergkegel zu verschließen. Nur mit seinem Gewicht und seinem Umfang verhinderte der Block den Ausbruch des unterirdischen Flammenherdes. Wenn es daher gelang, diesen Felsblock aus seinem Bett herauszuwälzen, würden die heißen Dämpfe und die Lava dem Krater sogleich entweichen.

Pfähle aus dem Innern der Grabstätte dienten Glenarvans Gefährten als Hebewerkzeuge. Gemeinsam gingen sie zum Angriff gegen den Felsblock vor. Ihren vereinten Kräften gelang es sehr bald, ihn zu lockern. Nun gruben sie an dem Abhang eine Rinne, damit der Felsblock hier abwärts gleiten konnte. Je weiter er aus seinem Bett herausgehoben wurde, desto stärker machten sich die Erdstöße bemerkbar.

Dumpf grollten die eingeschlossenen Flammen, und ein Zischen wie aus einem feurigen Ofen war dicht unter der Erdkruste zu hören. Die beherzten Männer rückten wie wahre Zyklopen dem Feuer im Innern des Berges zu Leibe. Sie arbeiteten stumm. Sehr bald klafften Erdspalten, aus denen kochender Dampf entwich, und sie begriffen, daß hier Gefahr drohte. Mit einer letzten Anstrengung hoben sie den Felsblock aus seinem Bett; er glitt durch die Rinne den Abhang hinunter und verschwand in der Tiefe.

Im gleichen Augenblick aber brach die dünne Erdschicht auf, eine Glutsäule schoß mit gewaltigem Getöse zum Himmel empor, Ströme von kochendem Wasser und glühender Lava ergossen sich auf das Lager der Eingeborenen und in die Täler zu Füßen des Berges.

Der ganze Bergkegel erbebte; er schien im nächsten Augenblick in einen unermeßlich tiefen Abgrund versinken zu wollen. Glenarvan und seine Gefährten fanden kaum Zeit, sich vor der Gewalt des Ausbruches in Sicherheit zu bringen. Sie flüchteten ins Innere der Udupa, wobei sie einige Spritzer des auf 94 Grad erhitzten Wassers trafen. Es verbreitete zunächst einen etwas an Fleischbrühe erinnernden Geruch, der sich aber bald in einen ausgesprochenen Schwefelgeruch verwandelte.

Nun verschmolzen Schlamm, Lava und vulkanische Trümmer zu einem einzigen Feuerherd. Feurige Ströme stürzten den Maunganamu hinab. Der Widerschein des Kraterausbruchs beleuchtete die nächstliegenden Berge und die umliegenden Täler taghell.

Die Wilden waren aufgesprungen und brüllten im Feuer der Lavabäche, die kochend mitten durch ihr Zeltlager flossen. Wer vom Feuer nicht erfaßt war, floh auf die umliegenden Höhen. Entsetzt betrachteten sie das schreckliche Naturschauspiel, diesen Vulkan, mit dem der Zorn ihres Gottes die Schänder des geheiligten Berges vernichtet hatte. In bestimmten Augenblicken, in denen der Lärm des Vulkans schwächer wurde, war ihr feierliches Geschrei zu hören:

»Tabu! Tabu! Tabu!«

Währenddessen quollen Dämpfe, Lava und glühendes Gestein in gewaltigen Massen aus dem Krater des Maunganamu. Das war kein gewöhnlicher Geiser mehr, wie man sie um den Hekla in Island findet, sondern der Hekla selbst. Der ganze vulkanische Herd war bis jetzt von dem Mantel des Bergkegels zusammengehalten worden, da die Ventile des Tongariro für seine Ausdehnung gereicht hatten; als man ihm aber eine neue Ausflußstelle öffnete, ergoß sich die Lava mit äußerster Heftigkeit, und in der gleichen Nacht mußten die übrigen Ausbrüche auf der Insel – dem Gesetz des Gleichgewichts folgend – ihre sonstige Gewalt verlieren.

Eine Stunde nach dem Debut dieses Vulkans in der

Weltgeschichte flossen breite, weißglühende Lavabäche seine Abhänge hinab. Ganze Legionen von Ratten verließen ihre unbewohnbar gewordenen Löcher und flohen den glühenden Boden.

Die ganze Nacht hindurch, während hoch am Himmel ein Gewitter tobte, entwickelte der Krater eine so heftige Tätigkeit, daß Glenarvan stark beunruhigt war; denn schon reichten die Flammen weit über die Kraterränder hinaus. Die Gefangenen, die sich hinter den Palisaden verborgen hielten, verfolgten die erschreckenden Fortschritte der Naturkatastrophe.

Der Morgen kam, doch die Gewalt des Ausbruches ließ nicht nach. Gelbliche Dämpfe vermischten sich mit den Flammen, und an allen Seiten floß die Lava in Strömen bergab.

Mit aufmerksamen Blicken und klopfendem Herzen versuchte Glenarvan durch die Ritzen der Palisadenwände hindurch das Lager der Maoris zu beobachten.

Die Eingeborenen waren auf die benachbarten Hochflächen geflüchtet, wohin die Lava nicht gelangte. Einige im Feuer verkohlte Leichname lagen am Fuße des Kegels. Etwas weiter, in Richtung der Siedlung, hatten die Lavabäche etwa zwanzig Hütten erreicht, die noch qualmten. Die Neuseeländer standen in Gruppen herum und blickten mit religiöser Inbrunst zu dem in Qualm gehüllten Gipfel des Maunganamus empor.

Jetzt trat Kai-Kumu in den Kreis seiner Krieger; er begab sich an die von der Lava verschonte Seite des Bergkegels. Er ging bis zum Fuß des Berges, wagte sich aber nicht einen Schritt weiter vor.

Mit ausgebreiteten Armen, wie ein Zauberer bei einer Beschwörung, stand er dort und schnitt Grimassen, deren Sinn den Gefangenen nicht verborgen bleiben konnte. Wie Paganel vorausgesehen hatte, verhängte der Häuptling ein noch strengeres Tabu über den Berg.

Gleich darauf verließen die Eingeborenen die Hochfläche und begaben sich auf den gewundenen Pfaden im Gänsemarsch zum Pah hinab.

»Sie gehen!« rief Glenarvan. »Sie verlassen ihren Beobachtungsposten! Gott sei gelobt! Unsere List ist gelungen. Meine liebe Helena, meine tapferen Gefährten, wir sind tot, wir sind begraben; aber heute abend, wenn es dunkel wird, werden wir auferstehen und die Maoris, diesen barbarischen Volksstamm, verlassen!«

Man kann sich nur schwer die Freude vorstellen, die jetzt in der Udupa herrschte. Die Herzen aller waren von neuer Hoffnung erfüllt. Die tapferen Reisenden vergaßen die Vergangenheit, sie vergaßen auch die Zukunft und dachten nur noch an die Gegenwart. Und doch war ihr Vorhaben, war der Versuch, inmitten dieses unbekannten Landes zu europäischen Siedlungen vorzudringen, keineswegs leicht. Da aber Kai-Kumu von ihnen überlistet worden war, glaubten sie sich vor der Grausamkeit aller Wilden in Neuseeland in Sicherheit.

Der Major machte keinen Hehl aus der grenzenlosen Verachtung, die ihm die Maoris einflößten, und es fehlte ihm nicht an entsprechenden Bezeichnungen für sie. Es war wie ein Wettstreit zwischen Paganel und ihm. Sie schimpften sie unverzeihliche Rohlinge, blöde Esel, Schwachköpfe des Pazifiks, Wilde von Bedlam, Kretins der Antipoden und so fort. Ihr Vorrat war unerschöpflich.

Ein ganzer Tag mußte jedoch noch vergehen, ehe die kleine Schar endgültig fliehen konnte. Er wurde dazu verwandt, den Fluchtplan genau festzulegen. Paganel hatte die Landkarte von Neuseeland treu aufbewahrt; man ermittelte darauf die sichersten Wege.

Die Flüchtlinge entschieden sich nach längerer Beratung, in östlicher Richtung zur Plenty-Bucht zu wandern. Das bedeutete, daß sie ein unerforschtes, aber vermutlich auch verödetes Gebiet durchziehen mußten. Da die Reisenden es schon gewohnt waren, die Schwierigkeiten der Natur zu überwinden, fürchteten sie nur eine neuerliche Begegnung mit den Maoris. Sie wollten den Eingeborenen um jeden Preis aus dem Wege gehen, um schnell die Ostküste zu erreichen, an der es einige Missionsstationen gab. Auch war dieser Teil der Insel bisher von den Schrecken des Krieges verschont geblieben; mit umherziehenden Eingeborenenstämmen war daher nicht zu rechnen.

Die Entfernung vom Tauposee bis zur Plenty-Bucht mochte etwa hundert Meilen betragen. Zehn Tagesmärsche zu je zehn Meilen würden zwar ziemlich ermüdend sein, aber diesen tapferen Menschen war kein noch so weiter Weg zu lang. Sobald die erste Missionsstation erreicht war, konnten die Reisenden ausruhen und auf eine günstige Gelegenheit warten, nach Auckland zu gelangen, denn es war noch immer diese Stadt, die sie erreichen wollten.

Nachdem diese verschiedenen Punkte besprochen waren, wurden bis zum Abend die weiteren Bewegungen der Eingeborenen beobachtet. Nicht einer von ihnen war am Fuße des Berges zurückgeblieben, und als sich die Dunkelheit auf die Täler um den Tauposee herabsenkte, ließ kein einziges Lagerfeuer die Anwesenheit von Maoris vermuten. Der Weg für die Flüchtlinge war frei.

Um neun Uhr, bei stockfinsterer Nacht, gab Glenarvan das Zeichen zum Aufbruch. Er und seine Gefährten hatten sich auf Kara-Tétés Kosten ausgerüstet und bewaffnet; vorsichtig begannen sie die Abhänge des Maunganamus hinunterzuklettern. John Mangles und Wilson gingen an der Spitze des kleinen Zuges; sie lauschten und spähten aufmerksam in die Nacht. Bei dem leisesten Geräusch blieben sie stehen und beachteten auch den geringsten Lichtschein. Um keinesfalls gesehen zu werden, ließen sie sich die Abhänge flach auf dem Rücken liegend hinabgleiten.

Zweihundert Fuß unterhalb des Berggipfels erreichten John Mangles und sein Matrose den Grat, den die Eingeborenen so hartnäckig verteidigt hatten. Sollten die Maoris, listiger als die Flüchtlinge, ihren Abzug nur vorgetäuscht haben, um sie hinunterzulocken? Sollten sie auf das Naturschauspiel des Vulkanausbruchs nicht hereingefallen sein, so würde sich ihre Anwesenheit an dieser Stelle bemerkbar machen müssen. Trotz seiner Zuversicht und trotz Paganels Scherzen erschauerte Glenarvan bei diesem Gedanken. Während der zehn Minuten, die sie brauchten, um den Felsengrat zu überqueren, mußte sich ihr Geschick endgültig entscheiden. Er fühlte, wie Lady Helena sich an seinen Arm klammerte, wie ihr Herz klopfte.

Er dachte übrigens nicht daran, zurückzuweichen. John ebensowenig. Von der tiefen Finsternis begünstigt, kroch der junge Kapitän voran, gefolgt von der kleinen Reisegesellschaft. Besorgt hielt er jedesmal an, wenn ein losgelöster Stein ins Tal hinunterpolterte.

Falls die Wilden dort noch im Hinterhalt lagen, mußten solche verdächtigen Geräusche sogleich zu beiden Seiten der Flüchtenden Gewehrsalven auslösen.

Da sie wie die Schlangen die Abhänge hinuntergleiten mußten, kamen die Flüchtlinge nur langsam vorwärts. Als John Mangles die tiefste Stelle des Abhangs erreicht hatte, trennten ihn kaum noch fünfundzwanzig Fuß von der Hochfläche, auf der die Eingeborenen am vorhergehenden Tage ihr Lager aufgeschlagen hatten. Von hier aus stieg der Felsengrat ziemlich steil wieder an und führte zu einem Gehölz, das etwa eine Viertelmeile entfernt lag.

Dieser tiefste Teil des Weges wurde ohne Zwischenfall zurückgelegt, dann kletterte die kleine Schar schweigend bergauf. Das Gehölz war unsichtbar, aber man wußte, es war da. Vorausgesetzt, daß die Eingeborenen nicht im Gebüsch im Hinterhalt lagen, hoffte Glenarvan bald das Gehölz zu erreichen und in Sicherheit zu sein.

Allerdings wurden sie jetzt nicht mehr durch das Tabu geschützt; denn der aufsteigende Felsengrat gehörte nicht mehr zum Maunganamu, sondern zum Gebirgsmassiv, das den östlichen Teil des Tauposees umgibt. Und so mußten sie hier nicht nur die Kugeln der Eingeborenen fürchten, sondern auch mit einem gefährlichen Handgemenge rechnen.

Zehn Minuten bewegte sich die kleine Gruppe fast unhörbar zu den höhergelegenen Plateaus hinauf. John konnte das dunkle Gehölz zwar noch nicht genau erkennen, wußte aber, daß sie keine zweihundert Schritte mehr von ihm entfernt waren.

Plötzlich blieb er stehen, trat einen Schritt zurück. Er glaubte in der Dunkelheit ein Geräusch gehört zu haben. Sein Zögern ließ auch die Nachfolgenden anhalten.

Er verharrte regungslos, und das genügte, um die Nachfolgenden zu beunruhigen. Alle verharrten in unbeschreiblicher Angst. Würden sie genötigt sein, umzukehren und wieder auf dem Maunganamu Schutz zu suchen?

Doch da das Geräusch sich nicht wiederholte, setzte John Mangles den Aufstieg auf dem schmalen Felsengrat fort.

Bald zeichnete sich das Gehölz undeutlich im Dunkel ab. Noch einige Schritte, und sie waren angelangt und krochen durch das dichte Laubwerk weiter.

## XVI. KAPITEL

# ZWISCHEN ZWEI FEUERN

Die Nacht begünstigte ihre Flucht; sie mußte ausgenutzt werden, die unheimliche Gegend um den Tauposee zu verlassen. Paganel übernahm jetzt die Führung des kleinen Trupps. Der wunderbare und sichere Instinkt des Geographen machte sich während dieser mühseligen Wanderung über das Gebirge wiederum bemerkbar. Er bewegte sich mit erstaunlicher Sicherheit in der Finsternis und wählte ohne zu zögern Pfade, die kaum zu erkennen waren. Ständig hielt er die vorgesehene Richtung ein und wich nicht im geringsten von ihr ab. Allerdings wurde er durch seine Nyktalopie stark unterstützt, denn seine Katzenaugen gestatteten ihm, trotz der tiefen Dunkelheit die kleinsten Gegenstände zu erkennen.

Drei Stunden zogen die Reisenden an den langgestreckten östlichen Berghängen hin, ohne zu rasten. Paganel hielt sich ein wenig in südöstlicher Richtung, um zu einem zwischen der Kaimanawa- und der Wahiti-Bergkette gelegenen engen Paß zu gelangen, von wo aus sich die Straße von Auckland zur Hawkes-Bucht hinzieht. Lag diese Schlucht erst einmal hinter ihnen, dann wollte er auf Nebenwegen im Schutze der hohen Berge durch die unbewohnten Teile der Provinz zur Küste vordringen.

Um neun Uhr morgens hatten die Flüchtlinge in zwölf Stunden zwölf Meilen zurückgelegt und den Paß erreicht, der die beiden Gebirgszüge voneinander scheidet. Den tapferen Frauen konnte kaum mehr zugemutet werden. Außerdem schien der Ort geeignet, um ein Lager aufzuschlagen. Die Flüchtigen hatten den Paß erreicht, der die beiden Gebirgsketten trennt. Die Straße vom Oberland führte rechter Hand nach Süden. Paganel schlug, die Karte in der Hand, einen Haken nach Nordosten; um zehn Uhr gelangte die kleine Gesellschaft zu einer Art steilem Felszacken, der von einem Gebirgsvorsprung gebildet wurde. Die Eßwaren wurden aus den Beuteln genommen, und man tat ihnen alle Ehre an. Mary Grant und der Major, die bis dahin wenig Geschmack an den eßbaren Farnkräutern gefunden hatten, verschmähten sie an diesem Tage nicht. Die Rast wurde bis zwei Uhr nachmittags ausgedehnt. Dann wanderten sie in östlicher Richtung weiter und machten am Abend acht Meilen von den Bergen entfernt halt. Und niemand zierte sich, im Freien zu schlafen.

Am nächsten Tage bot der Weg recht große Schwierigkeiten. Das merkwürdige Gebiet östlich der Wahiti-

Bergkette, das so reich an vulkanischen Seen und schwefelhaltigen Geisern ist, mußte durchquert werden. Das Auge fand mehr Gefallen daran als die Beine. Nach jeder Viertelmeile galt es, Umwege zu machen, Hindernisse zu überwinden, ermüdende Haken zu schlagen. Aber welch einen ungewöhnlichen Anblick und welche unendliche Vielfalt bietet diese großartige Landschaft! Aus einheimischen Teebaumwäldern sprudelten Salzquellen von wunderbarer Klarheit, bevölkert von Myriaden Insekten. Sie verbreiteten einen aufdringlichen Geruch von verbranntem Pulver und hinterließen auf dem Boden weiße Rückstände, die wie Schnee leuchteten. Das klare Wasser war siedend heiß, während andere umliegende Quellen zu Eis gefroren waren. Riesenfarne wuchsen an ihren Rändern unter den gleichen Bedingungen wie die silurische Vegetation. Überall schossen flüssige, dampfumwirbelte Garben aus dem Boden wie Fontänen in einem Park, manche ununterbrochen, andere wieder mit Intervallen, als lenke sie die Willkür eines launischen Pluto. Sie waren ähnlich den heutigen Zierbrunnen in einem aufsteigenden Halbrund terrassenförmig angeordnet. Unter den weißen Dampfschwaden vermischten sich ihre Wasser allmählich, um dann in kochenden Kaskaden über die halb durchsichtigen Stufen dieser gigantischen Treppen in die tieferliegenden Seen zu stürzen. In einiger Entfernung folgten auf die heißen Quellen und die brodelnden Geiser schwefelhaltige Quellen. Das Erdreich schien hier wie mit dicken Pusteln besät; es waren teilweise erloschene Krater, aus deren Spalten Gase entwichen. Ein scharfer Geruch von schwefelhaltigen Säuren erfüllte die Luft. Der Schwefel hatte sich in Kristallen am Boden abgelagert und war dort verkrustet. Seit vielen Jahrhunderten häufen sich hier unübersehbare und ungenutzte Reichtümer, und hier, in diesem noch wenig bekannten Teil Neuseelands, wird sich die Industrie mit Rohstoffen versorgen, wenn die Schwefellager Siziliens einst erschöpft sein werden.

Man kann sich gut vorstellen, wie ermüdend die Wanderung durch dieses Gebiet voller Hindernisse für die Reisenden sein mußte. Es war fast unmöglich, dort zu rasten, und den Jägern kam nicht ein einziger Vogel vor den Flintenlauf, der es verlohnt hätte, von Mister Olbinett gerupft zu werden. So mußte sich die kleine Schar meist mit Farnwurzeln und süßen Kartoffeln begnügen, ein mageres Essen, bei dem sich die erschöpften Kräfte nicht erneuern konnten. Jeden der Reisenden verlangte es danach, bald dieses öde und verlassene Gebiet hinter sich zu lassen.

Indessen dauerte es vier Tage, bis diese ungastliche Gegend durchwandert war. Erst am 23. Februar konnten Glenarvan und die Seinen, fünfzig Meilen vom Maunganamu entfernt, am Fuße eines Berges kampieren, dessen Name ihnen unbekannt war, den sie aber auf Paganels Karte verzeichnet fanden. Soweit die Blicke reichten, erstreckten sich Ebenen mit niedrigem Baumbestand. Erst am Horizont tauchten wieder die großen Wälder auf.

Die Aussichten für ein Weiterkommen waren günstig, vorausgesetzt, daß dieser Landstrich nicht zu viele Eingeborene angelockt hatte. Bis jetzt hatten die Reisenden auch nicht den Schatten eines Maoris zu Gesicht bekommen.

An diesem Tage erlegten MacNabbs und Robert drei Kiwis, die sich auf dem Eßtisch des Lagers sehr gut ausnahmen, allerdings nicht lange, denn in wenigen Minuten waren sie vom Schnabel bis zu den Zehen verschlungen.

Beim Nachtisch, zwischen den süßen Bataten und den Erdäpfeln, machte Paganel einen Vorschlag, der mit Begeisterung aufgenommen wurde.

Nämlich den namenlosen Berg, der sich in einer Höhe von dreitausend Fuß in den Wolken verlor, Glenarvan zu nennen. Der Name des schottischen Lords wurde sogleich sorgfältig auf Paganels Landkarte vermerkt.

Es ist unnötig, auf die ziemlich gleichförmigen und wenig interessanten Vorkommnisse einzugehen, die den Rest der Reise ausfüllten. Lediglich zwei oder drei Ereignisse von einiger Bedeutung kennzeichneten diese Wanderung von den Seen bis zum Pazifischen Ozean.

Den ganzen Tag über ging die Wanderung durch Wälder und Ebenen. John bestimmte die Richtung nach der Sonne und den Sternen. Der Himmel blieb ziemlich gnädig und ersparte den Reisenden große Hitze und heftige Regengüsse. Dennoch wurden diese so schwer geprüften Menschen, obwohl sie es eilig hatten, zu den Missionsstationen zu gelangen, durch ihre zunehmende Ermattung immer mehr am Weiterkommen gehindert. Wohl sprachen sie miteinander, aber ihre Unterhaltungen waren nicht mehr so ausgedehnt wie bisher. Die kleine Gesellschaft hatte sich in einzelne Gruppen aufgeteilt, für die nicht eine besondere gegenseitige Zuneigung, sondern eigentlich mehr das Übereinstimmen der Gedanken maßgebend war.

Glenarvan ging zumeist allein und sann, je näher sie der Küste kamen, desto intensiver über das Schicksal der *Duncan* und ihrer Mannschaft nach. Er vergaß die Gefahren, von denen sie bis zu ihrer Ankunft in Auckland bedroht waren, und dachte oft an seine hingemetzelten Matrosen. Dieses grauenhafte Bild verfolgte ihn unablässig.

Von Harry Grant wurde im allgemeinen nicht mehr gesprochen. Wozu hätte das auch dienen sollen, da sie nichts mehr für ihn tun konnten! Wenn sein Name überhaupt fiel, dann nur in den Gesprächen zwischen seiner Tochter und John Mangles.

John hatte es vermieden, Mary an das zu erinnern, was sie ihm während der letzten Nacht im Waré-Atua gesagt hatte. Seine Diskretion verbot ihm, auf etwas zurückzukommen, was in einem Augenblick äußerster Verzweiflung und höchster Not gesagt worden war.

Wenn John von Harry Grant sprach, dann nur, um Pläne für seine spätere Errettung zu machen. Er versicherte Mary, daß Lord Glenarvan die fehlgeschlagene Suche sicherlich wieder aufnehmen werde. Dabei ging er davon aus, daß die Echtheit des aufgefundenen Dokuments nicht zu bezweifeln sei. Also lebte Harry Grant irgendwo. Und wenn es auch galt, die ganze Welt zu durchwandern, der Aufenthaltsort Harry Grants mußte gefunden werden. Mary berauschte sich an solchen Worten, und John und sie, durch die gleichen Gedanken geeint, verbanden sich jetzt in der gleichen Hoffnung. Häufig nahm Lady Helena an diesen Gesprächen teil; sie gab sich keinen trügerischen Hoffnungen hin, hütete sich aber wohl, die jungen Leute an die traurige Wirklichkeit zu erinnern.

Währenddessen jagten MacNabbs, Robert, Wilson und Mulrady nach Wildbret, ohne sich jedoch allzu weit von der kleinen Reisegesellschaft zu entfernen; jeder von ihnen steuerte auf diese Weise seinen Teil zu den Mahlzeiten bei.

Paganel hüllte sich noch immer fest in seinen Phormium-Umhang; er hielt sich abseits von den anderen, war schweigsam und nachdenklich.

Obgleich sich gewöhnlich die besten Charaktere aneinander reiben und gereizt werden, wenn Prüfungen, Gefahren, Strapazen und Entbehrungen überhandnehmen, blieben diese Gefährten im Unglück erfreulicherweise einig, einander ergeben, ja jederzeit bereit, füreinander zu sterben.

Am 25. Februar verlegte ihnen ein Flußlauf den Weg; es mußte nach Paganels Landkarte der Waikari sein. Durch eine Furt gelangten sie ohne große Mühe ans andere Ufer.

Zwei Tage lang zogen sie über eine mit niedrigen Bäumen bestandene Ebene. Jetzt hatten sie die Hälfte der Strecke, die den Tauposee von der Küste trennt, ohne unangenehme Begegnungen, wenn auch mühselig, zurückgelegt.

Nun tauchten riesige, nicht enden wollende Wälder auf, die an die Wälder auf dem australischen Festland erinnerten. Nur gab es hier Kauris anstelle der Eukalyptusbäume. Wenn auch die Begeisterungsfähigkeit der Reisenden in den vier Monaten ihrer Wanderschaft geringer geworden war, so entzückte der Anblick dieser riesigen Nadelbäume, die an die Zedern auf dem Libanon und an die Mammutbäume Kaliforniens erinnerten, Lord Glenarvan und seine Gefährten immer wieder: Diese Kauris, in der Sprache der Botaniker *Abietaceae damarines*, waren bis zur ersten Astgabelung hundert Fuß hoch. Sie wuchsen in einzelnen Gruppen, und der Wald bestand nicht aus Bäumen, sondern aus zahllosen Baumgruppen, die ihren grünen Blätterschirm zweihundert Fuß hoch in den Himmel reckten.

Einige dieser Bäume waren noch jung, das heißt kaum hundert Jahre alt. Sie erinnern an europäische Rottannen. Ihre Kronen gleichen dunklen, spitz zulaufenden Kegeln. Die älteren Bäume, die zum Teil fünf- oder sechshundert Jahre alt sind, bilden mit ihrem unentwirrbar verschlungenen Geäst ein einziges riesiges grünes Dach. Diese ›Patriarchen‹ des neuseeländischen Urwaldes haben häufig einen Umfang bis zu fünfzig Fuß. Allen Reisenden gemeinsam gelang es nicht, einen dieser gewaltigen Stämme mit ihren Armen zu umspannen.

Drei Tage lang zog die kleine Gesellschaft unter diesen Baumriesen über tonhaltiges Erdreich hin, das noch kein menschlicher Fuß je betreten hatte. Das bewiesen die Harzmengen, die sich am Fuße der Kauris angesammelt hatten und für einen jahrelangen Export ausgereicht hätten.

Die Jäger trafen auf zahlreiche Schwärme von Kiwis, die in den von den Maoris durchzogenen Gebieten recht selten sind. Diese sonderbaren Vögel, die von den neuseeländischen Hunden gejagt werden, haben sich in diese unzugänglichen Wälder zurückgezogen; sie lieferten den Reisenden eine reichliche und kräftige Mahlzeit.

Paganel entdeckte sogar in einem wilden Dickicht in der Ferne ein Paar Riesenvögel, die seinen Forscherdrang weckten. Er rief seine Gefährten, und trotz ihrer Müdigkeit nahmen der Major, Robert und er sogleich die Verfolgung dieser Tiere auf.

Man wird den brennenden Eifer des Geographen begreifen, denn er hatte in diesen Vögeln Moas erkannt oder zu erkennen geglaubt, Vögel, die zu der Spezies der Dinornis gehören, welche manche Wissenschaftler zu den ausgestorbenen Arten zählen. Nun aber bestätigte diese Begegnung die Meinung Hochstetters und anderer Reisender, daß diese flügellosen Riesen heute noch in Neuseeland lebten.

Diese von Paganel verfolgten Moas, Zeitgenossen der Megatherien und der Pterodactylen, mochten eine Höhe von achtzehn Fuß erreichen. Es waren übergroße und sehr furchtsame Straußenvögel, die mit größter Schnelligkeit die Flucht ergriffen. Doch keine Kugel konnte sie in ihrem Lauf aufhalten! Nach einigen Minuten der Verfolgung verschwanden die unerreichbaren Moas hinter den hohen Bäumen, und die Jäger hatten für ihren Aufwand an Pulver und Anstrengung das Nachsehen.

Am Abend dieses Tages – es war der 1. März – lagerte die Gesellschaft, nachdem sie die riesigen Kauriwälder durchquert hatte, am Fuße des fünftausendfünfhundert Fuß hohen Ikirangis.

Seit dem Verlassen des Maunganamus hatten sie fast hundert Meilen zurückgelegt, und bis zur Küste waren noch dreißig Meilen zu bewältigen. John Mangles hatte gehofft, die Strecke in zehn Tagen bewältigen zu können, hatte jedoch die Schwierigkeiten, die dieses Gebiet ihnen entgegensetzte, außer acht gelassen.

Tatsächlich war die vorgesehene Zeit infolge der Umwege und der Hindernisse sowie der unzulänglichen Angaben auf der Karte bereits um ein Fünftel überschritten worden. Hinzu kam, daß die kleine Gesellschaft, als sie am Fuße des Ikirangis anlangte, völlig erschöpft war.

Es waren nun noch mindestens zwei lange Tagesmärsche erforderlich, um bis zur Küste zu gelangen, und von jetzt ab mußte wieder äußerste Wachsamkeit geübt werden; denn die Reisenden gelangten in ein Gebiet, das häufig von Eingeborenen aufgesucht wird.

Ihr Wille jedoch war stärker als ihre Müdigkeit, und am nächsten Tage brachen die Reisenden beim Morgengrauen wieder auf.

Zwischen dem Ikirangi, den man rechts liegen ließ, und dem Hardy, dessen Gipfel zur Linken dreitausendsiebenhundert Fuß in die Höhe ragte, wurde das Vorwärtskommen äußerst schwierig. Die Gesellschaft mußte eine etwa zehn Meilen lange Ebene durchqueren, die mit ›Supplejacks‹ bewachsen war, einer biegsamen Liane, die zu Recht auch ›würgende Schlingpflanze‹ genannt wird. Bei jedem Schritt verfingen sich Arme und Beine in diesen Schlingpflanzen, die gleich Schlangen die Körper der Reisenden umwanden. Zwei Tage lang mußten sie sich mit der Axt in der Hand einen Weg bahnen und gegen diese Hydra mit den hunderttausend Köpfen, diese lästigen und zähen Pflanzen kämpfen, die Paganel gerne zu den Zoophyten gerechnet hätte.

Auf dieser Ebene konnte nicht gejagt werden, und die Jäger kamen nicht mehr zu der gewohnten Beute. Die Vorräte gingen zu Ende, und es war nicht möglich, sie zu erneuern. Außerdem fehlte es an Wasser, und so konnten die ermatteten Reisenden nicht einmal ihren Durst stillen.

Die Leiden steigerten sich ins Entsetzliche, und zum erstenmal waren Glenarvan und die Seinen nahe daran, mutlos zu werden.

Sie gingen nicht mehr, sie schleppten nur noch ihre seelenlosen Körper vorwärts, geführt allein vom Selbsterhaltungstrieb, der stärker war als alle anderen

Empfindungen. So gelangten sie schließlich zur Halbinsel Lottin am Stillen Ozean.

Dort fanden sie nur einige verlassene, vom Krieg zerstörte Hütten, verödete Äcker und überall Spuren von Brandschatzung und Plünderung. Hier sollte das Verhängnis den Reisenden eine neue fürchterliche Prüfung auferlegen.

Sie irrten am Meeresstrande entlang, als eine Meile von der Küste entfernt ein Trupp Eingeborener auftauchte, der sich ihnen aufgeregt gestikulierend näherte. Da Glenarvan und die Seinen das Meer im Rücken hatten, gab es keine Fluchtmöglichkeit. Die Männer rafften ihre letzten Kräfte zusammen, um sich auf einen Kampf vorzubereiten, als John Mangles ausrief:

»Ein Boot! Ein Boot!«

Tatsächlich lag zwanzig Schritt von ihnen entfernt eine Piroge auf dem Sande. Das Boot flottzumachen, sich hineinzuflüchten und diesen gefährlichen Strand zu verlassen, war das Werk weniger Sekunden. John Mangles, MacNabbs, Wilson und Mulrady griffen nach den Rudern. Glenarvan nahm das Steuer. Die beiden Frauen, Olbinett und Robert streckten sich auf dem Boden des Fahrzeugs aus.

Schon nach zehn Minuten schwamm das Boot auf dem offenen Meer, eine Viertelmeile vom Strand entfernt. Die See war ruhig, und die Reisenden ruderten schweigend.

John, der sich nicht allzu weit von der Küste zu entfernen beabsichtigte, wollte gerade den Befehl geben, am Ufer entlangzufahren, als er plötzlich das Ruder sinken ließ.

Er hatte drei Pirogen entdeckt, die die Landspitze

von Lottin umschifften, in der offensichtlichen Absicht, Jagd auf die Flüchtlinge zu machen.

»Ins offene Meer hinaus!« rief er. »Lieber wollen wir in den Fluten umkommen!«

Die von den vier Ruderern angetriebene Piroge steuerte rasch wieder auf das offene Meer hinaus. Während einer halben Stunde gelang es den Flüchtlingen, den Abstand von ihren Verfolgern zu halten; doch dann ließen ihre Kräfte nach, und die Pirogen der Eingeborenen näherten sich ihnen mit großer Geschwindigkeit.

Jetzt trennten sie nur noch etwa zwei Meilen von den Verfolgern. Es gab keine Möglichkeit, den Eingeborenen zu entkommen, die sich bereit machten, mit ihren langen Flinten auf Glenarvan und die Seinen zu feuern.

Was sollte Glenarvan nun tun? Er stand aufrecht im Heck der Piroge und suchte mit den Blicken den Horizont nach einer Hilfe ab, die sich nur durch ein Wunder einstellen konnte. Was erwartete er? Was wollte er? Hatte er so etwas wie eine Vorahnung?

Plötzlich leuchteten seine Augen auf, und er wies mit der Hand auf das Meer hinaus, auf einen Punkt in der Ferne.

»Ein Schiff«, rief er, »ein Schiff, Freunde, rudert, so schnell ihr könnt!«

Nicht einer der vier Männer, welche die Ruder bedienten, blickte sich um; keiner nahm sich Zeit, das unerwartete Schiff zu betrachten; denn auch nicht ein einziger Ruderschlag durfte versäumt werden. Nur Paganel war aufgesprungen und richtete sein Fernglas auf die bezeichnete Stelle.

»Ja«, rief er, »es ist ein Schiff, ein Dampfer, er

fährt unter Volldampf! Er kommt auf uns zu! Nur Mut, meine wackeren Gefährten!«

Mit der neuen Hoffnung kehrten die Kräfte zurück. So hielten die Flüchtenden noch während einer halben Stunde den bisherigen Abstand von den Verfolgern; sie trieben das Boot mit kräftigen Ruderschlägen voran. Immer deutlicher war der Dampfer zu erkennen. Seine beiden Maste mit den herabhängenden Segeln waren ebenso deutlich wie die dicken schwarzen Rauchwolken zu sehen. Glenarvan hatte Robert das Steuer überlassen und nach Paganels Fernglas gegriffen, um sich auch nicht eine Bewegung des herankommenden Schiffes entgehen zu lassen.

Was jedoch mochten John Mangles und seine Gefährten denken, als sie sahen, wie Glenarvans Züge sich zusammenkrampften, sein Gesicht erbleichte und das Fernglas seinen Händen entglitt?

Ein einziges Wort erklärte ihnen diese plötzliche Verzweiflung.

»Die *Duncan!*« schrie er. »Die *Duncan* und die Sträflinge!«

»Die *Duncan?*« rief John, ließ sein Ruder los und sprang auf.

»Nun droht uns der Tod von zwei Seiten«, murmelte Glenarvan, von so viel Unheil überwältigt.

Es war tatsächlich die Jacht. Ein Irrtum war ausgeschlossen. Es war die *Duncan* mit den Piraten. Der Major konnte einen Fluch nicht unterdrücken. Das war das Ende!

Die Piroge mochte treiben, wohin sie wollte. Wohin sollten die Flüchtlinge das Boot auch lenken, wohin sollten sie flüchten? War es möglich, zwischen den Wilden und den Sträflingen zu wählen?

Von dem dicht hinter ihnen liegenden Kanu der Eingeborenen her krachte ein Schuß. Die Kugel traf Wilsons Ruder. Mit ein paar weiteren Ruderschlägen wurde das Boot auf die *Duncan* zugetrieben.

Die Jacht lief unter Volldampf und war höchstens noch eine halbe Meile von dem Boot entfernt. John Mangles, der sich von allen Seiten bedroht sah, wußte nicht, wohin er sich wenden, in welcher Richtung er fliehen sollte. Die beiden armen Frauen hatten sich verzweifelt auf die Knie geworfen und beteten.

Die Eingeborenen schossen ohne Unterbrechung, es regnete Kugeln auf die Piroge. In diesem Augenblick war eine heftige Detonation zu hören, und eine Granate aus dem Geschütz der Jacht flog über die Köpfe der Flüchtlinge hinweg. Die Unseligen, die sich nun von zwei Seiten beschossen sahen, blieben regungslos zwischen der *Duncan* und den Pirogen der Eingeborenen liegen.

John Mangles, den die Sorge fast um den Verstand gebracht hatte, griff nach einer Axt. Er wollte die Piroge damit zertrümmern und mit seinen unglücklichen Gefährten in den Fluten versinken; da hielt ein Aufschrei des jungen Robert ihn zurück.

»Tom Austin! Tom Austin!« rief der Kleine. »Er ist an Bord. Ich kann ihn sehen. Er hat uns erkannt. Er winkt uns mit seiner Mütze zu.«

Die Axt in John Mangles' Hand sank herab.

Wieder pfiff eine Granate über die Köpfe der Flüchtenden hinweg und traf die nächste der drei heranschießenden Pirogen. An Bord der *Duncan* erhob sich lautes Hurrarufen.

Die entsetzten Eingeborenen in den beiden anderen Booten flüchteten dem Strande zu.

»Zu Hilfe! Zu Hilfe, Tom!« hatte John Mangles mit gellender Stimme gerufen.

Wenige Minuten später befanden sich die Flüchtlinge, ohne recht zu wissen, wie ihnen geschah, an Bord der *Duncan* in Sicherheit.

# WARUM DIE *DUNCAN* VOR DER OSTKÜSTE VON NEUSEELAND KREUZTE

Wir müssen es uns versagen, die Empfindungen zu schildern, die Lord Glenarvan und die Seinen in dem Augenblick erfüllten, als sie die alten schottischen Lieder hörten; denn als der Lord und seine Gefährten den Fuß an Bord der *Duncan* gesetzt hatten, griff der Dudelsackpfeifer nach seinem Instrument und stimmte die Hymne des Malcolm-Clans an, und kräftiges Hurrarufen begrüßte die Rückkehr des Lords an Bord seines Schiffes.

Glenarvan, John Mangles, Paganel, Robert und selbst der Major waren sich mit Tränen in den Augen in die Arme gesunken. An Bord herrschte wilder Trubel. Der Geograph war vollends närrisch. Er vollführte Freudensprünge und versuchte zwischendurch stets von neuem, mit seinem Fernglas die Pirogen zu verfolgen, die eilends auf die Küste zu flüchteten.

Doch bei näherem Betrachten der Unglücklichen, deren Kleidung in Fetzen herabhing und deren hagere Züge die Spuren entsetzlicher Leiden verrieten, stockte der Jubel der Mannschaft. Diese Menschen, die an Bord zurückgekehrt waren, glichen Gespenstern. Sie hatten nichts mehr gemein mit den kühnen, tatendurstigen Reisenden, die drei Monate zuvor mit stolzen Hoffnungen auf die Suche nach den Schiffbrüchigen der *Britannia* ausgezogen waren. Und nur der Zufall, nichts anderes, hatte sie an Bord dieses Schiffes zurückgeführt, das wiederzusehen sie nicht erwartet hatten. Und in welch erbärmlich erschöpftem und geschwächtem Zustand sie sich befanden!

Bevor Lord Glenarvan den gebieterischen Forderungen der Natur nach Speise, Trank und Schlaf nachkam, fragte er Tom Austin, was ihn in diese Gewässer geführt habe.

Wieso befand sich die *Duncan* an der Ostküste von Neuseeland? Wie kam es, daß sie nicht in der Gewalt des Verbrechers Ben Joyce war? Durch welche Fügung hatte die Jacht den Fluchtweg der Reisenden gekreuzt?

Warum? Wieso? Zu welchem Zweck? so begannen alle Fragen, mit denen Tom Austin von allen Seiten zugleich überschüttet wurde. Der alte Seemann wußte nicht, worauf er zuerst antworten sollte. Daher beschloß er, nur Lord Glenarvans Fragen anzuhören und sie der Reihe nach zu beantworten.

»Was haben Sie mit den Sträflingen gemacht?« fragte Glenarvan.

»Mit was für Sträflingen? ...« gab Tom Austin in einem Ton zurück, aus dem hervorging, daß er von der Frage auch nicht das geringste begriffen hatte.

»Nun, ich meine die Schurken, die die Jacht angegriffen haben.«

»Welche Jacht?« wunderte sich Tom Austin. »Diese Jacht etwa, die Euer Gnaden gehört?«

»Natürlich, Tom, die *Duncan* und dieser Ben Joyce, der zu euch an Bord gekommen ist ...«

»Ich kenne diesen Ben Joyce ja gar nicht, ich habe ihn nie gesehen«, sagte Tom Austin.

»Du hast ihn nie gesehen?« rief Glenarvan, höchst verblüfft über die Antworten des alten Seemannes. »Dann erkläre mir, Tom, warum die *Duncan* in diesem Augenblick vor der Ostküste von Neuseeland kreuzt?«

Wenn Glenarvan, Lady Helena, Mary Grant, Paganel, der Major, Robert, John Mangles, Olbinett, Mulrady und Wilson schon die Verwunderung des alten Seemannes nicht begriffen, so steigerte sich ihr Erstaunen ins Unermeßliche, als Tom mit ruhiger Stimme antwortete:

»Die *Duncan* kreuzt auf Befehl von Euer Gnaden in diesen Gewässern.«

»Auf meinen Befehl?« rief Glenarvan.

»Gewiß, Mylord. Ich habe mich nur nach Ihren Anweisungen gerichtet, die in Ihrem Schreiben vom 14. Januar enthalten waren.«

»Mein Schreiben! Mein Schreiben!« rief Glenarvan.

Jetzt umdrängten die zehn Reisenden Tom Austin. Der am Snowyfluß geschriebene Brief war demnach bis zur *Duncan* gelangt.

»Höre, Tom, du mußt dich deutlicher erklären; denn mir kommt es so vor, als träumte ich. Du hast also einen Brief erhalten, Tom?«

»Ja, einen Brief von Euer Gnaden.«

»In Melbourne?«

»Jawohl, in Melbourne, in dem Augenblick, da die Schiffsreparatur beendet war.«

»Und dieser Brief?«

»Dieser Brief war nicht von Ihrer Hand geschrieben, Mylord, wohl aber hatten Sie ihn persönlich unterzeichnet.«

»Das stimmt. Und dieser Brief wurde dir von einem Sträfling namens Ben Joyce überbracht?«

»Nein, von einem Matrosen namens Ayrton, der Bootsmaat auf der *Britannia* gewesen ist.«

»Ja, Ayrton und Ben Joyce sind ein und dieselbe Person. Nun, und was stand in dem Schreiben?«

»Es enthielt den Befehl, Melbourne unverzüglich zu verlassen und mich zur Ostküste von ...«

»... von Australien zu begeben!« rief Glenarvan mit einer Heftigkeit, die den alten Seemann aus dem Konzept brachte.

»... von Australien?« wiederholte Tom Austin und riß die Augen weit auf, »aber nein ... von Neuseeland.«

»Von Australien, Tom, von Australien«, erwiderten Glenarvans Gefährten wie aus einem Munde.

Austin war jetzt völlig verwirrt. Glenarvan hatte mit einer solchen Bestimmtheit gesprochen, daß Tom fürchtete, das Schreiben nicht richtig gelesen zu haben. Sollte er, der treue und gewissenhafte Seemann, einen solchen Irrtum begangen haben? Er wurde rot und verlegen.

»Beruhigen Sie sich, Tom«, rief Lady Helena, »die Vorsehung hat es so gewollt ...«

»Aber nein, gnädige Frau«, nahm Tom Austin wieder das Wort. »Nein, das ist nicht möglich. Ich habe mich nicht geirrt. Ayrton hat ebenfalls das Schreiben gelesen, und er war es, der mich bewegen wollte, zur Ostküste Australiens zu fahren.«

»Ayrton?« rief Glenarvan.

»Ja gewiß, Ayrton, er hat behauptet, es müsse ein Irrtum sein; denn Sie wollten in der Twofold-Bucht mit mir zusammentreffen.«

»Haben Sie den Brief noch, Tom?« fragte MacNabbs, im höchsten Grade verwundert.

»Ja, Herr Major«, erwiderte Austin, »ich gehe, ihn zu holen.«

Austin lief in seine Kabine im Vorderkastell. Während der kurzen Zeit seiner Abwesenheit wechselten die Reisenden erstaunte Blicke, bis auf den Major, der die Arme über der Brust gekreuzt hatte und Paganel scharf ins Auge faßte; dann sagte er:

»Na, Paganel, ich muß schon sagen, das wäre doch ein wenig zu stark.«

»Was denn?« fragte der Geograph, der mit gekrümmtem Rücken, die Brille auf die Stirn geschoben, wie ein großes Fragezeichen dastand.

Austin kam zurück. In der Hand hielt er den von Paganel geschriebenen und von Glenarvan unterzeichneten Brief.

»Lesen Sie selbst, Euer Gnaden«, bat der alte Seemann.

Glenarvan nahm den Brief und las: »Befehl an Tom Austin, unverzüglich in See zu stechen und die *Duncan* unter dem 37. Breitengrad an die Ostküste von Neuseeland zu bringen!...«

»Von Neuseeland!« rief Paganel und machte vor Entsetzen einen Luftsprung.

Er riß Glenarvan den Brief aus der Hand, rieb sich die Augen, rückte die Brille zurecht und las nun selber.

»Neuseeland«, wiederholte er in einem Ton, der sich nicht beschreiben läßt. Das Blatt entglitt seinen Händen.

In diesem Moment spürte er, wie sich eine Hand schwer auf seine Schulter legte. Er fuhr in die Höhe und begegnete den Blicken des Majors.

»Nun, mein wackerer Paganel, ein Glück nur, daß Sie unsere *Duncan* nicht nach Cochinchina geschickt haben!«

Dieser Spott vernichtete den armen Geographen

vollends. Die Mannschaft war in ein vielstimmiges homerisches Gelächter ausgebrochen. Paganel rannte wie närrisch auf und ab, er hielt sich den Kopf mit beiden Händen und riß sich ganze Büschel seiner Haare aus. Er wußte nicht mehr, was er tat, er wußte auch nicht, was er nun beginnen sollte. Mechanisch kletterte er die Treppe zum Oberdeck hinunter, stolperte wieder auf die Kommandobrücke, ging weiter, ohne recht zu wissen, wohin, und kletterte dann zum Vorderkastell empor. Seine Füße verhakten sich in einem Haufen aufgerollter Taue. Er taumelte und hielt sich, ohne hinzusehen, an einem der Taue fest.

Plötzlich gab es einen heftigen Knall. Das Geschütz auf dem Vorderkastell war losgegangen, und eine Kartätschensalve wühlte das ruhige Wasser auf. Der unselige Paganel hatte eine Zündschnur zu fassen bekommen, und der Hahn war auf die Zündpatrone aufgeschlagen. Daher der Kanonenschuß. Der Geograph fiel rücklings auf die nach unten führende Leiter und landete im Matrosenquartier.

Der Überraschung, die der Kanonenschuß ausgelöst hatte, folgte ein Schrei des Entsetzens. Alle glaubten, es sei ein Unglück geschehen. Zehn Matrosen stiegen eilig zum Zwischendeck hinunter und brachten den wie ein Taschenmesser zusammengeklappten Paganel wieder zum Vorschein. Dem Geographen hatte es die Sprache verschlagen.

Der Gelehrte wurde auf das Oberdeck getragen. Die Gefährten des tüchtigen Franzosen waren verzweifelt. Der Major, der in Notfällen immer den helfenden Arzt spielen mußte, machte sich daran, den unglücklichen Paganel zu entkleiden, um seine Verletzungen zu verbinden. Doch kaum hatte seine Hand

den scheinbar ohnmächtigen Gelehrten berührt, als dieser sich mit einem Ruck aufrichtete, als sei er von einem elektrischen Schlag getroffen worden.

»Nie und nimmer!« schrie er und raffte die Kleider über seinem abgemagerten Körper zusammen; mit erstaunlicher Hast knöpfte er seine Jacke wieder zu.

»Aber, Paganel«, sagte der Major.

»Nein, nein, sage ich Ihnen!«

»Ich muß doch sehen ...«

»Gar nichts werden Sie sehen!«

»Vielleicht haben Sie sich etwas gebrochen«, versetzte MacNabbs.

»Ja«, sagte Paganel und stellte sich fest auf seine langen Beine, »aber was ich gebrochen habe, wird der Zimmermann wieder zusammenleimen.«

»Was soll das heißen?«

»Die Deckenstütze im Vorderkastell ist bei meinem Sturz in Brüche gegangen!«

Diese Antwort löste von neuem großes Gelächter aus. Paganels Antworten hatten die Freunde des würdigen Gelehrten vollständig beruhigt. Er hatte sein Abenteuer auf dem Vorderkastell, ohne Schaden zu nehmen, überstanden.

›Auf jeden Fall ist dies ein ungewöhnlich schamhafter Geograph‹, dachte der Major; er wunderte sich über Paganels Verhalten.

Dennoch mußte Paganel, nachdem seine Erregung sich gelegt hatte, eine unvermeidliche Frage beantworten.

»Jetzt geben Sie uns ehrlich Auskunft, lieber Paganel«, sagte Glenarvan. »Ich erkenne an, daß diesmal Ihre Zerstreutheit der Vorsehung gedient hat. Ohne Sie wäre die *Duncan* zweifellos in die Hände der Sträflinge gefallen; ohne Sie hätten die Maoris uns neuerlich zu Gefangenen gemacht. Aber sagen Sie mir um Gottes willen, durch welche merkwürdige Ideenverbindung, durch welche Geistesverwirrung sind Sie dazu gekommen, anstatt Australien Neuseeland zu schreiben?«

»Ach, zum Teufel ...«, schrie der Geograph, »es war ...!«

Doch ehe er den Satz beendet hatte, fiel sein Blick auf Robert und dann auf Mary Grant. Er stockte und fuhr nach einer kleinen Pause fort: »Was wollen Sie, mein lieber Glenarvan, ich bin ein Tor, ein Narr, ein unverbesserliches Geschöpf. Ich werde in der Haut des zerstreutesten Menschen sterben, den es je gegeben hat.«

»Wenn man Ihnen nicht vorher die Haut abzieht«, meinte der Major.

»Mir die Haut abziehen?« rief der Geograph in höchstem Zorn, »soll das etwa eine Anspielung sein?«

»Was für eine Anspielung, Paganel?« fragte MacNabbs mit seiner friedlichsten Stimme.

Der kleine Zwischenfall hatte keine weiteren Folgen. Das wunderbare Auftauchen der *Duncan* hatte seine Erklärung gefunden. Die auf so geheimnisvolle Weise geretteten Reisenden dachten jetzt nur noch daran, ihre behaglichen Kabinen aufzusuchen und das erste Frühstück an Bord einzunehmen.

Doch Glenarvan und John Mangles ließen Lady Helena und Mary Grant, den Major, Paganel und Robert in die Kajüte hinuntersteigen. Dann winkten sie Tom Austin zu sich, um ihn eingehender zu befragen.

»Nun sage uns einmal, mein guter Tom«, begann Glenarvan, »hat dieser Befehl, vor der Küste von Neuseeland zu kreuzen, dich nicht befremdet?«

»Gewiß, Euer Gnaden, ich war im höchsten Grade erstaunt, aber ich bin es gewohnt, die Befehle, die ich bekomme, genauestens zu befolgen. Konnte ich anders handeln? Wäre, falls ich Ihre Anweisungen nicht aufs

Wort befolgt hätte, ein Unglück geschehen, so hätte mich die Schuld daran getroffen. Hätten Sie denn anders gehandelt, Kapitän?«

»Nein, Tom«, versetzte John Mangles.

»Was hast du dir aber gedacht?« fragte der Lord.

»Ich habe mir gedacht, ich müßte im Interesse der Auffindung des Kapitäns Grant dorthin fahren, wohin Sie mich beordert haben, Euer Gnaden. Ich habe mir gedacht, nach neuesten Überlegungen würde Sie ein anderes Schiff nach Neuseeland bringen, und ich müßte Sie an der Ostküste dieser Insel erwarten. Übrigens habe ich bei der Abreise von Melbourne meinen Bestimmungsort geheimgehalten. Die Mannschaft hat erst davon erfahren, als wir schon auf offener See waren und die australische Küste unseren Blicken bereits entschwunden war. Doch dann hat sich an Bord etwas ereignet, was mich stark beunruhigt hat.«

»Was willst du damit sagen, Tom?« fragte Glenarvan.

»Ich will damit sagen, daß der Bootsmaat Ayrton, als er am nächsten Morgen nach der Ausfahrt den Bestimmungsort der *Duncan* erfuhr ...«

»Ayrton!« rief Glenarvan, »er befindet sich an Bord?«

»Ja, Euer Gnaden.«

»Ayrton ist hier?« wiederholte Glenarvan und warf John Mangles einen raschen Blick zu.

»Gott hat es gewollt!« antwortete der junge Kapitän.

In diesem Augenblick gedachten die beiden Männer der ganzen Vergangenheit dieses Schurken, seines von langer Hand vorbereiteten Verrats, Glenarvans Verwundung, des beabsichtigten Mordes an Mulrady, der

Qualen der im Sumpfgebiet am Snowy steckengebliebenen Expedition. Und nun befand sich, durch ein mehr als ungewöhnliches Zusammentreffen, der Sträfling in ihrer Hand.

»Wo ist er?« fragte Glenarvan hastig.

»In einer Kabine des Vorderkastells. Wir lassen ihn nicht aus den Augen.«

»Und weshalb diese Bewachung?«

»Weil Ayrton, als er erfuhr, daß die Jacht Kurs auf Neuseeland nahm, in Wut geriet, weil er mich veranlassen wollte, den Kurs zu ändern, weil er mich bedroht hat und schließlich, weil er die Leute zur Meuterei aufstacheln wollte. Mir wurde klar, daß es sich bei Ayrton um einen gefährlichen Menschen handeln mußte, und ich war genötigt, Vorsichtsmaßnahmen gegen ihn zu ergreifen.«

»Und seit der Zeit?«

»Seit der Zeit ist er in seiner Kabine geblieben und hat keinen Versuch gemacht, sie zu verlassen.«

»Gut, Tom.«

Glenarvan und John Mangles wurden in die Kajüte gerufen. Das Frühstück, nach dem sie ein großes Verlangen hatten, war bereit. Sie nahmen ihre gewohnten Plätze im Messeraum ein, sprachen aber während des Essens nicht von Ayrton.

Doch als die Mahlzeit beendet und die Tischgäste gesättigt und erfrischt waren, begaben sich alle zur Kommandobrücke, und Lord Glenarvan setzte die Seinen von der Anwesenheit des Bootsmaats an Bord der *Duncan* in Kenntnis. Gleichzeitig teilte er ihnen seine Absicht mit, Ayrton rufen zu lassen.

»Darf ich mich entschuldigen und diesem Verhör fernbleiben?« fragte Lady Helena. »Ich gestehe dir, lieber Edward, daß der Anblick dieses Unglücklichen mir sehr peinlich wäre.«

»Es handelt sich um eine Gegenüberstellung, Helena«, erwiderte Lord Glenarvan, »bleibe hier, ich bitte dich darum. Es ist notwendig, daß Ben Joyce sich allen seinen Opfern gegenübersieht.«

Lady Helena fügte sich dieser Erklärung. Sie und Mary Grant nahmen an Lord Glenarvans Seite Platz. Der Major, Paganel, John Mangles, Robert, Wilson, Mulrady und Olbinett ließen sich im Kreise nieder; alle hatten ja durch den Verrat des Sträflings schwer leiden müssen. Die Mannschaft der *Duncan*, die den Ernst der Lage noch nicht begriffen hatte, hielt sich stillschweigend in der Nähe.

»Ayrton soll herkommen«, befahl Glenarvan.

XVIII. KAPITEL

## AYRTON ODER BEN JOYCE

Ayrton erschien. Festen Schrittes überquerte er die Kommandobrücke. Seine Augen blickten finster; er hatte die Zähne aufeinandergepreßt und die Hände krampfhaft zu Fäusten geballt. Sein Auftreten war weder überheblich noch bescheiden. Sobald er Glenarvan gegenüberstand, kreuzte er die Arme über der Brust und wartete schweigend und gelassen auf die Fragen, die der Lord an ihn richten würde.

»Ayrton«, begann Glenarvan, »nun befinden wir uns alle, wir und auch Sie, auf dieser *Duncan*, die Sie den Sträflingen unter der Führung eines Ben Joyce ausliefern wollten!«

Bei diesen Worten bebten die Lippen des Bootsmaats sichtlich. Sein undurchdringliches Gesicht wurde von einer flüchtigen Röte überzogen. Er errötete jedoch nicht aus Scham, sondern in Erinnerung an den mißlungenen Anschlag. Nun war er auf dieser Jacht, deren

Führung er hatte an sich reißen wollen, ein Gefangener. In wenigen Sekunden würde sich sein Schicksal entscheiden.

Er antwortete jedoch nicht, sondern verharrte in hartnäckigem Schweigen. Glenarvan wartete geduldig auf ein Wort von ihm.

Schließlich sagte der Lord:

»Reden Sie, Ayrton, was haben Sie vorzubringen?«

Ayrton zögerte noch immer; die Falten auf seiner Stirn vertieften sich. Endlich begann er mit ruhiger Stimme:

»Ich habe nichts zu sagen, Mylord. Ich habe die Dummheit begangen, in eine Falle zu gehen. Tun Sie mit mir, was Ihnen beliebt.«

Nachdem er das gesagt hatte, ließ der Bootsmaat seine Blicke zur Küste schweifen, die sich im Westen hinzog; er täuschte völlige Gleichgültigkeit gegen seine Umgebung vor. Wenn man ihn so dastehen sah, war man geneigt zu glauben, er hätte mit den ernsten Dingen um ihn her nicht das geringste zu tun. Doch Glenarvan hatte beschlossen, sich in Geduld zu fassen. Er hatte ein starkes Interesse daran, über die geheimnisvolle Persönlichkeit dieses Ayrton Näheres zu erfahren, insbesondere was seine Beziehungen zu Harry Grant und zu der *Britannia* anging. Daher nahm er das Verhör wieder auf; er sprach sehr leise und war bemüht, seine zornige Erregung zu unterdrücken.

»Ich denke«, versetzte er, »Sie werden sich nicht weigern, bestimmte Fragen, die ich Ihnen stellen möchte, zu beantworten. Erstens, wie soll ich Sie nennen, Ayrton oder Ben Joyce? Sind Sie der Bootsmaat der *Britannia*, oder sind Sie es nicht?«

Ayrton rührte sich nicht. Er blickte zur Küste hinüber und tat so, als hätte er diese Frage gar nicht gehört.

Glenarvan, in dessen Augen Zorn aufflammte, fuhr mit dem Verhör des Bootsmaats fort.

»Wollen Sie mir sagen, auf welche Weise Sie die *Britannia* verlassen haben und wieso Sie nach Australien gekommen sind?« Das gleiche Schweigen.

»Hören Sie mir gut zu, Ayrton. Es liegt in Ihrem Interesse, zu sprechen. Ein aufrichtiges Geständnis könnte Ihre letzte Rettung sein. Ich frage Sie noch einmal, wollen Sie meine Fragen beantworten?«

Ayrton wandte sich um und blickte Glenarvan in die Augen.

»Mylord«, sagte er, »ich habe nichts zu antworten. Es ist Sache eines Gerichtes, mich abzuurteilen.«

»Es wird ein leichtes sein, die Beweise für Ihre Schuld zu erbringen«, erwiderte Glenarvan.

»Ein leichtes, Mylord?« wiederholte Ayrton spöttisch. »Euer Gnaden greifen den Dingen vor. Ich versichere Ihnen, meine Person dürfte den Richter von Temple-Bar in Verlegenheit bringen! Wer wird Auskunft darüber geben, wie ich nach Australien gekommen bin, da Kapitän Grant nicht lebt, um es zu bezeugen? Wer sollte beweisen, daß ich der von der Polizei steckbrieflich verfolgte Ben Joyce bin, da die Polizei meiner niemals habhaft geworden ist und da meine Gefährten sich in Freiheit befinden? Wer sollte mich eines Verbrechens beschuldigen? Was ich Ihnen gegenüber begangen habe, ist eine tadelnswerte Handlung, nicht aber ein Verbrechen. Wer sollte bestätigen, daß ich mich dieses Fahrzeuges bemächtigen und es den Sträflingen ausliefern wollte? Niemand könnte das tun. Hören Sie, Mylord, niemand! Sie haben einen

Verdacht! Schön. Um aber einen Menschen verurteilen zu können, bedarf es der Tatsachen, und Tatsachen können Sie nicht vorbringen. Bis nicht das Gegenteil bewiesen wird, bin ich kein anderer als Ayrton, der Bootsmaat der *Britannia.*«

Ayrton hatte sich in Hitze geredet, doch dann legte er wieder die anfängliche Gleichgültigkeit an den Tag. Er glaubte wohl, daß Glenarvan nach dieser Erklärung auf ein weiteres Verhör verzichten würde. Doch der Lord fuhr fort:

»Ayrton, ich bin kein Untersuchungsrichter, der den Auftrag hat, Sie zu vernehmen. Das ist nicht meine Sache. Es geht darum, unsere beiderseitige Auffassung zu klären. Ich stelle Ihnen keine Fragen, die Ihnen schaden könnten. Das ist Aufgabe des Gerichts. Sie wissen aber, welche Spur ich verfolge, und Sie können mich mit einem Wort auf diese verlorene Spur zurückbringen. Wollen Sie also sprechen?«

Ayrton schüttelte den Kopf wie ein Mensch, der entschlossen ist, Schweigen zu bewahren.

»Wollen Sie mir nicht mitteilen, wo wir Kapitän Grant finden können?«

»Nein, Mylord«, erwiderte Ayrton.

»Wollen Sie mir nicht angeben, an welcher Stelle die *Britannia* untergegangen ist?«

»Auch das will ich nicht.«

»Ayrton«, fuhr Glenarvan in beinahe flehendem Tone fort, »wollen Sie nicht wenigstens, falls Sie es wissen, diesen Kindern sagen, wo sich Harry Grant aufhalten könnte? Sie ersehnen angstvoll ein Wort aus Ihrem Munde.«

Ayrton zögerte. Sein Gesicht verzerrte sich. Doch dann sagte er mit leiser Stimme:

»Ich kann es nicht, Mylord.«

Und in heftigem Tone, als bedauere er diesen einen Augenblick der Schwäche, fuhr er fort:

»Nein, ich werde nicht sprechen! Lassen Sie mich aufknüpfen, wenn Sie wollen!«

»Ich werde Sie aufknüpfen lassen!« schrie Glenarvan, den plötzlich der Zorn gepackt hatte.

Doch dann faßte er sich und fügte mit ernster Stimme hinzu:

»Ayrton, hier an Bord stehen mir weder ein Richter noch ein Henker zur Verfügung. Doch bei unserer ersten Landung werden wir Sie den britischen Behörden übergeben.«

»Das soll mir recht sein«, entgegnete der Bootsmaat.

Dann kehrte er gelassenen Schrittes in die Kabine zurück, die als Gefängniszelle diente. Zwei Matrosen wurden vor seiner Tür postiert. Sie erhielten den Befehl, auf jede seiner Handlungen genauestens zu achten. Die Zeugen dieses Auftritts zogen sich empört und verzweifelt zurück.

Was blieb noch zu tun übrig, da Glenarvans Bemühungen an der Hartnäckigkeit des Bootsmaats gescheitert waren? Offenbar nichts anderes, als den in Eden gefaßten Plan zu verwirklichen und nach Europa zurückzukehren. Später würde es ihnen allerdings unmöglich sein, ein neues Suchunternehmen einzuleiten; denn die Spuren der *Britannia* würden dann endgültig verloren sein, und das Dokument ließ keine neue Auslegung mehr zu. Am 37. Parallelkreis lag kein anderes Land mehr, und deshalb blieb der *Duncan* nichts weiter übrig, als heimzukehren.

Nachdem Glenarvan mit seinen Gefährten die Lage beraten hatte, besprach er die Fragen der Rückfahrt mit John Mangles. John überprüfte die Kohlenbunker. Der Kohlenvorrat reichte höchstens noch für vierzehn Tage. Dann mußte das Schiff den nächsten Hafen anlaufen und ihn erneuern.

John schlug Lord Glenarvan vor, Kurs auf das Kap Talcahuano zu nehmen, wo sich die *Duncan*, ehe sie ihre Weltreise angetreten hatte, bereits einmal verproviantiert hatte. Das bedeutete, daß man Kurs längs des 37. Parallelkreises nehmen mußte. Dann würde die Jacht, nachdem sie Kohlen eingenommen und sich gut verproviantiert hatte, Kurs nach Süden nehmen, das Kap Horn umsegeln und über den Atlantischen Ozean nach Schottland zurückkehren.

Nachdem der Plan angenommen war, wurde dem Ingenieur Weisung gegeben, den Druck in den Kesseln zu steigern. Eine halbe Stunde später war der Kurs in Richtung auf das Kap Talcahuano eingeschlagen worden. Der Stille Ozean machte seinem Namen alle Ehre. Um sechs Uhr abends verschwanden die letzten Berge von Neuseeland im heißen Dunst am Horizont.

Eine traurige Heimfahrt stand diesen kühnen Reisenden bevor, die zurückkehren mußten, ohne Kapitän Grant gefunden zu haben. Geschlagen und entmutigt machte sich die Mannschaft, die bei der Abreise so froh und zuversichtlich gewesen war, auf den Heimweg nach Europa. Nicht einer dieser tapferen Seeleute empfand freudige Rührung bei dem Gedanken, seine Heimat wiederzusehen, und sie alle hätten noch lange Zeit den Gefahren des Meeres getrotzt, um Kapitän Grant wiederzufinden. Den jubelnden Hurrarufen, mit denen Glenarvan empfangen worden war, folgte eine enttäuschte Stimmung. Zu Ende war die Zeit der ständigen Unterhaltungen zwischen den Passagieren, vorbei die Kurzweil, die früher die Reise erheiterte. Jeder blieb für sich allein in seiner Kabine; selten ließ sich einer der Reisenden auf der Kommandobrücke sehen.

Ja sogar derjenige unter ihnen, der bisher seinen Empfindungen, den trüben wie den heiteren, besonderen Ausdruck gegeben hatte, Paganel, der früher, wenn es nötig gewesen wäre, einen Grund zur Hoffnung erfunden hätte, auch er verhielt sich mürrisch und schweigsam. Er ließ sich kaum sehen. Seine gewohnte Redseligkeit, seine französische Lebhaftigkeit waren einer stummen Niedergeschlagenheit gewichen. Er schien sogar von einer noch tieferen Mutlosigkeit ergriffen als seine Gefährten. Wenn Glenarvan davon sprach, die Suche wieder aufzunehmen, schüttelte Paganel nur den Kopf wie ein Mensch, der jede Hoffnung aufgegeben und der sich über das Schicksal der Schiffbrüchigen der *Britannia* seine feste Meinung gebildet hat. Es war deutlich zu spüren, daß er nicht mehr an ihre Rettung glaubte.

Indessen gab es an Bord einen Mann, der zur Aufklärung der Katastrophe hätte beitragen können, der aber hartnäckig schwieg. Das war Ayrton. Es gab keinen Zweifel, daß dieser Schurke, wenn nicht die gegenwärtige Lage des Kapitäns, so doch die Stelle kannte, an welcher der Schiffbruch sich ereignet hatte. Aber der wiedergefundene Grant wäre ein Belastungszeuge gegen ihn gewesen. Daher schwieg der Bootsmaat eigensinnig. Besonders die Matrosen waren darüber im höchsten Grade empört und hätten ihm gern einen schlimmen Streich gespielt.

Glenarvan erneuerte mehrmals seinen Versuch, den Bootsmaat zum Sprechen zu bringen. Jedoch Ver-

sprechungen erwiesen sich hier als ebenso unwirksam wie Drohungen. Ayrton trieb seinen kaum erklärlichen Eigensinn so weit, daß der Major zu der Überzeugung gelangte, er wisse überhaupt nichts. Diese Ansicht wurde übrigens von dem Geographen geteilt und bestärkte ihn in seiner Meinung über Harry Grant.

Wenn aber Ayrton nichts wußte, weshalb gestand er dann seine Unwissenheit nicht ein? Das hätte sich doch nicht gegen ihn auswirken können. Sein Schweigen vergrößerte nur die Schwierigkeit, einen neuen Entschluß zu fassen. Mußte man nicht von der Anwesenheit des Bootsmaats in Australien auf die des Kapitäns Grant schließen? Ayrton mußte um jeden Preis dazu gebracht werden, sich über die Schiffskatastrophe zu äußern.

Als Lady Helena sah, daß ihr Gatte nichts erreichte, bat sie um die Erlaubnis, selber zu versuchen, den Eigensinn des Bootsmaats zu brechen. Da, wo ein Mann keinen Erfolg gehabt hatte, konnte eine Frau mit ihrem sanfteren Wesen vielleicht etwas erreichen. Bleibt die Parabel von dem Orkan nicht ewig wahr, dem es nicht gelang, dem Reisenden den Mantel von den Schultern zu reißen, während der geringste Sonnenstrahl ihn sogleich veranlaßte, den Mantel abzunehmen? Glenarvan, der die Klugheit seiner jungen Gattin zur Genüge kannte, ließ sie gewähren.

Ayrton wurde also an diesem Tage, es war der 5. März, in Lady Helenas Kabine geführt. Mary Grant mußte der Zusammenkunft beiwohnen; denn der Einfluß des jungen Mädchens konnte sich als wichtig erweisen, und Lady Helena wollte nichts außer acht lassen, was zu einem Erfolg hätte führen können.

Eine Stunde lang blieben die beiden Frauen mit dem Bootsmaat der *Britannia* allein, ohne daß irgend etwas über den Inhalt ihrer Unterredung laut geworden wäre. Was sie sprachen, die Argumente, die sie gebrauchten, um dem Sträfling sein Geheimnis zu entlocken, die Einzelheiten des Verhörs erfuhr niemand. Übrigens schien es, als Ayrton entlassen wurde, als hätten sie nichts erreicht; denn auf ihren Gesichtern malte sich ehrliche Enttäuschung.

Es war daher kein Wunder, daß die Matrosen, als sie den Bootsmaat in seine Kabine zurückführten, ihn mit heftigen Drohungen bedachten. Ayrton begnügte sich damit, die Achseln zu zucken, was die Wut der Seeleute noch steigerte. Lord Glenarvan und John Mangles mußten eingreifen, um sie zu besänftigen.

Jedoch Lady Helena gab sich noch nicht geschlagen. Sie wollte bis zum äußersten mit diesem hartnäckigen Gesellen kämpfen; daher ging sie am nächsten Morgen zur Kabine des Sträflings, um zu verhindern, daß sein Erscheinen an Deck zu neuen Auftritten führte.

Während zweier langer Stunden blieb die gütige und sanfte Schottin mit dem Banditenhäuptling allein. Glenarvan, den eine nervöse Unruhe erfaßt hatte, ging erregt vor der Kabine auf und ab; bald war er nahe daran, diese peinliche Unterredung abzubrechen, bald neigte er dazu, alles zu versuchen, was zum Gelingen beitragen konnte.

Als Lady Helena Ayrton verließ, lag Zuversicht in ihrer Miene. War es ihr gelungen, dem Sträfling sein Geheimnis zu entreißen und die letzten Reste von Erbarmen im Herzen dieses Schurken wachzurufen?

MacNabbs, der sie zuerst erblickte, konnte eine begreifliche zweifelnde Regung nicht unterdrücken.

Sehr bald aber verbreitete sich unter der Mannschaft das Gerücht, der Bootsmaat habe Lady Helenas dringender Bitte endlich stattgegeben. Das wirkte wie ein elektrischer Schlag. Alle Matrosen versammelten sich an Deck, schneller, als wenn Tom Austins Signalpfeife sie zum Dienst zusammengerufen hätte.

Glenarvan war inzwischen auf seine Frau zugeeilt.

»Hat er endlich gesprochen?«

»Nein«, erwiderte Lady Helena, »aber auf mein Flehen hin hat er um eine Unterredung mit dir gebeten.«

»Ach, teure Helena, du hast demnach doch Erfolg gehabt!«

»Ich hoffe es, Edward.«

»Hast du ihm irgendwelche Versprechungen gemacht, die ich einhalten muß?«

»Ein einziges Versprechen, mein Freund, daß du deinen ganzen Einfluß geltend machen wirst, um sein Los zu erleichtern.«

»Es ist gut, liebe Helena. Ayrton kann sogleich zu mir kommen.«

Lady Helena zog sich, von Mary Grant begleitet, in ihre Kabine zurück. Der Bootsmaat wurde in den Messeraum gebracht, in dem Lord Glenarvan ihn erwartete.

XIX. KAPITEL

## EIN GESCHÄFT

Sobald der Bootsmaat sich zu Lord Glenarvan begeben hatte, zogen sich seine Wächter zurück.

»Sie wollen mich sprechen, Ayrton?« sagte Glenarvan.

»Ja, Mylord«, erwiderte der Bootsmaat.

»Sie wollen mich allein sprechen?«

»Ja, aber ich glaube, wenn Major MacNabbs und Monsieur Paganel der Unterredung beiwohnten, wäre es noch besser.«

»Für wen?«

»Für mich.«

Ayrton sprach in gelassenem Ton. Glenarvan blickte ihn scharf an; dann ließ er MacNabbs und Paganel rufen, die seiner Aufforderung sogleich folgten.

»Wir sind bereit zu hören, was Sie zu sagen haben«,

eröffnete Glenarvan die Unterredung, sobald seine beiden Freunde am Tisch der Kajüte Platz genommen hatten.

Ayrton sammelte sich während einiger Augenblicke, dann begann er ruhig:

»Mylord, es ist üblich, daß bei jedem Vertrag oder bei jedem Übereinkommen zwischen zwei Parteien Zeugen zugegen sind. Deswegen bat ich, die Herren Paganel und MacNabbs rufen zu lassen; denn ich möchte Ihnen ein Geschäft vorschlagen.«

Glenarvan, der an Ayrtons Art gewöhnt war, zeigte keinerlei Befremden, obwohl ihm ein Geschäft mit einem solchen Mann recht seltsam vorkam.

»Und was wäre das für ein Geschäft?« fragte er.

»Das folgende«, erwiderte Ayrton. »Sie wollen von mir bestimmte Auskünfte haben, um daraus Nutzen zu ziehen. Ich möchte von Ihnen bestimmte Vorteile erlangen, aus denen ich Nutzen zu ziehen gedenke. Eine Hand wäscht die andere, Mylord. Sind Sie damit einverstanden oder nicht?«

»Um welche Auskünfte handelt es sich?« warf Paganel lebhaft dazwischen.

»Nicht doch«, unterbrach der Lord. »Was sind das für Vorteile?«

Mit einem Kopfnicken zeigte Ayrton, daß er den von Glenarvan gemeinten Unterschied begriffen hatte.

»Die Vorteile, die ich erstrebe, sind folgende. Mylord, haben Sie immer noch die Absicht, mich den Händen der britischen Behörden auszuliefern?«

»Gewiß, Ayrton, das verlangt die Gerechtigkeit.«

»Ich bestreite das nicht«, erwiderte der Bootsmaat gelassen. »Sie werden demnach nicht einwilligen, mir meine Freiheit zurückzugeben?«

Glenarvan zögerte, ehe er auf eine so unumwundene Frage antwortete. Vielleicht hing von seiner Antwort Harry Grants Schicksal ab.

Indessen überwog sein Gerechtigkeitssinn und sein Pflichtgefühl, und er sagte: »Nein, Ayrton, ich kann Ihnen Ihre Freiheit nicht zurückgeben.«

»Ich verlange das auch nicht«, entgegnete der Bootsmaat nicht ohne Stolz.

»Was wollen Sie also?«

»Ein Mittelding, Mylord, zwischen der Freiheit, die Sie mir nicht zurückgeben können, und dem Galgen, der mich erwartet.«

»Und das wäre ...«

»Mich, mit den notwendigsten Dingen ausgerüstet, auf einer der einsamen Inseln des Stillen Ozeans auszusetzen. Ich werde mir zu helfen wissen, so gut es geht, und wenn ich die Zeit dazu finde, werde ich meine Taten bereuen.«

Glenarvan, der auf diese Eröffnung nicht vorbereitet gewesen war, blickte seine beiden Gefährten an. Die schwiegen jedoch. Nachdem er kurze Zeit nachgedacht hatte, erwiderte der Lord:

»Wenn ich Ihre Bitte erfülle, Ayrton, wollen Sie mir dann alles sagen, was für mich von Interesse ist?«

»Ja, Mylord, das heißt alles, was ich über Kapitän Grant und die *Britannia* weiß.«

»Werden Sie mir die volle Wahrheit sagen?«

»Gewiß, die volle Wahrheit.«

»Wer bürgt mir dafür? ...«

»Ich sehe wohl, was Sie beunruhigt, Mylord. Sie werden mir, einem Verbrecher, Glauben schenken müssen. Daran können Sie nichts ändern. Sie können nur zustimmen oder ablehnen.«

»Gut, ich werde Ihnen Glauben schenken, Ayrton«, sagte Glenarvan schlicht.

»Und Sie tun gut daran, Mylord. Übrigens bleibt Ihnen immer noch die Möglichkeit, sich zu rächen, falls ich nicht die Wahrheit gesagt habe.«

»Welche Möglichkeit?«

»Sie können mich von der Insel, auf der Sie mich abgesetzt haben und von der ich nicht werde flüchten können, wieder herunterholen.«

Ayrton war um keine Antwort verlegen. Er sah jede Schwierigkeit voraus und hatte unwiderlegliche Argumente. Daran war zu sehen, daß er sein Geschäft absolut ehrlich abwickeln wollte. Sich vertrauensvoller in jemandes Hände zu geben, war unmöglich. Doch ging er noch weiter in seiner Uneigennützigkeit und Aufrichtigkeit.

»Mylord, meine Herren«, fügte er hinzu, »ich möchte, daß Sie mir Vertrauen schenken, daher lege ich meine Karten offen auf den Tisch. Ich versuche nicht, Sie zu täuschen, und ich werde Ihnen einen neuen Beweis meiner Ehrlichkeit in dieser Sache geben. Ich handle aufrichtig, weil ich selber auf Ihre Großmut rechne.«

»Sprechen Sie, Ayrton«, versetzte Glenarvan.

»Mylord, ich habe Ihre Zusicherung, daß Sie auf meinen Vorschlag eingehen wollen, noch nicht bekommen, dennoch zögere ich nicht, Ihnen das wenige zu verraten, das ich über das Schicksal Harry Grants weiß.«

»Das wenige!« rief Glenarvan.

»Ja, Mylord, alles Nähere, was ich Ihnen über den Kapitän sagen kann, bezieht sich auf mich; es sind Dinge, die mich persönlich angehen. Sie werden kaum dazu dienen, Sie auf die verlorene Fährte zurückzubringen.«

Auf Glenarvans und des Majors Zügen malte sich heftige Enttäuschung. Sie hatten geglaubt, der Bootsmaat habe Kenntnis von wichtigen Geheimnissen, während Ayrton versicherte, was er wisse, sei kaum von Nutzen für sie. Paganel verhielt sich gleichgültig und teilnahmslos.

Dennoch machte das Geständnis des Bootsmaats, der sich ihnen sozusagen ohne Sicherheiten auslieferte, seine Zuhörer betroffen, besonders als Ayrton noch hinzufügte:

»Nun wissen Sie, woran Sie sind, Mylord. Das Geschäft wird für Sie weniger einträglich sein als für mich.«

»Das macht nichts«, bemerkte Glenarvan. »Ich nehme Ihren Vorschlag an, Ayrton, Sie haben mein Wort, daß ich Sie auf einer der einsamen Inseln im Stillen Ozean absetzen werde.«

»Gut, Mylord«, erwiderte der Bootsmaat.

War dieser merkwürdige Mensch mit der Entscheidung zufrieden? Man hätte daran zweifeln können, denn sein gleichmütiges Gesicht verriet keinerlei Bewegung. Fast schien es, als verhandle er für einen Dritten und nicht für sich selbst.

»Ich bin bereit, auf Ihre Fragen zu antworten«, sagte er.

»Wir haben keine Fragen zu stellen«, erwiderte Glenarvan. »Teilen Sie uns mit, was Sie wissen, Ayrton, und fangen Sie damit an, uns zu sagen, wer Sie wirklich sind.«

»Meine Herren, ich bin tatsächlich Tom Ayrton«, begann der Seemann. »Ich war Bootsmaat auf der

*Britannia* und habe Glasgow am 12. März 1861 auf Harry Grants Schiff verlassen. Vierzehn Monate lang haben wir gemeinsam die Gewässer des Stillen Ozeans befahren und nach einer geeigneten Stelle gesucht, um eine schottische Kolonie zu gründen. Harry Grant war der Mann dazu, große Dinge zu vollbringen; aber ich hatte häufig heftige Auseinandersetzungen mit ihm. Sein Wesen sagte mir nicht zu. Ich kann mich nicht beugen. Wenn Harry Grant aber einmal einen Entschluß gefaßt hatte, gab es keinen Widerstand. Dieser Mann ist eisern gegen sich selbst und andere. Dennoch habe ich es gewagt, mich gegen ihn aufzulehnen. Ich habe versucht, die Mannschaft auf meine Seite zu bringen und mich des Schiffes zu bemächtigen. Ob das recht oder unrecht war, tut nichts zur Sache. Harry Grant hat nicht gezögert, sondern hat mich am 8. April 1862 an der Westküste Australiens an Land gesetzt.«

»Australiens?« unterbrach der Major Ayrtons Bericht, »demnach haben Sie die *Britannia* vor der Landung in Callao verlassen; von dorther stammen aber die letzten Nachrichten.«

»Ja«, erwiderte der Bootsmaat, »die *Britannia* ist, solange ich an Bord war, nicht in Callao gelandet. Und wenn ich Ihnen in Paddy O'Moores Farm etwas von Callao erzählt habe, so war mir der Name erst durch Ihren Bericht geläufig.«

»Fahren Sie fort, Ayrton«, sagte Glenarvan.

»Ich befand mich also an einer verlassenen Küste, nur etwa zwanzig Meilen von der Strafanstalt in Perth entfernt. Während ich am Strande umherirrte, traf ich zufällig auf eine Gruppe von Sträflingen, die aus der Anstalt geflohen waren. Ich gesellte mich zu ihnen. Ersparen Sie es mir, Mylord, Ihnen mein Leben während der nächsten zweieinhalb Jahre zu schildern. Sie müssen nur wissen, daß ich unter dem Namen Ben Joyce der Häuptling dieser Bande wurde. Im Monat September des Jahres 1864 begab ich mich zu der Farm des Irländers. Ich wurde unter meinem richtigen Namen Ayrton als Knecht eingestellt. Dort wollte ich eine Gelegenheit abwarten, mich eines Schiffes zu bemächtigen. Das war mein eigentliches Ziel. Zwei Monate später tauchte die *Duncan* auf. Während Ihres Besuches auf der Farm haben Sie Kapitän Grants ganze Geschichte erzählt. Ich erfuhr, was mir unbekannt geblieben war, nämlich, daß die *Britannia* vor Callao gelegen hatte und daß die letzten Nachrichten vom Juni 1862 stammten, daß sie also zwei Monate nachdem ich an Land gegangen war, abgeschickt worden waren. Ich erfuhr von dem Dokument, von dem Untergang des Schiffes an irgendeinem Punkt des 37. Parallelkreises und schließlich auch von den schwerwiegenden Gründen, die Sie veranlaßt hatten, Harry Grant auf dem australischen Kontinent zu suchen. Nun gab es für mich kein Zögern mehr. Ich beschloß, mich der *Duncan* zu bemächtigen. Es ist eine prächtige Jacht, schneller als die besten Schiffe der britischen Kriegsmarine. Doch das Schiff hatte schwere Havarien gehabt und mußte repariert werden. Daher ließ ich zu, daß die *Duncan* nach Melbourne geschickt wurde. Ich gab mich Ihnen in meiner Eigenschaft als Bootsmaat zu erkennen und bot Ihnen an, Sie zum Schauplatz des Schiffbruchs zu führen, von dem ich fälschlich angab, er habe an der Ostküste Australiens stattgefunden. So kam es, daß ich, bald von meiner Verbrecherbande gefolgt, bald von ihr angeführt, Ihre Expedition durch die Provinz Victoria begleitete. Bei der Camden-Bridge hat diese Bande ein sinnloses Verbrechen begangen. Sobald die *Duncan* einmal die Küste erreicht haben würde, konnte sie mir nicht mehr entgehen, und mit dieser Jacht wäre ich der Beherrscher des Stillen Ozeans geworden. Daher führte ich Sie, ohne daß Sie Argwohn schöpften, bis zum Snowyfluß. Die Pferde und die Ochsen gingen nach und nach durch das Gift der Gastrolobiumpflanze zugrunde. Den Karren ließ ich absichtlich im Sumpfgebiet am Snowy einsinken. Auf meine Veranlassung ... doch das übrige wissen Sie ja, Mylord. Sie dürfen gewiß sein, daß ohne Monsieur Paganels Zerstreutheit die *Duncan* jetzt unter meinem Befehl stehen würde. Das, meine Herren, ist meine Geschichte. Bedauerlicherweise können meine Enthüllungen Sie nicht auf Kapitän Grants Fährte zurückbringen. Sie sehen nun selber, daß Sie mit mir ein schlechtes Geschäft gemacht haben.«

Der Bootsmaat schwieg, kreuzte wie üblich die Arme über der Brust und wartete. Auch Glenarvan und seine Freunde schwiegen. Sie waren sich bewußt, daß sie von diesem merkwürdigen Verbrecher die volle Wahrheit gehört hatten. Ein Zwischenfall, der außerhalb seiner Berechnungen und seines Willens gelegen hatte, war die alleinige Ursache dafür gewesen, daß Ayrton sich der *Duncan* nicht hatte bemächtigen können. Seine Komplicen hatten ihn am Ufer der Twofold-Bucht erwartet; die zurückgelassene Sträflingsjacke, die Glenarvan gefunden hatte, war ein Beweis dafür. Dort hatten sie, den Befehlen ihres Anführers Ben Joyce entsprechend, auf das Auftauchen der Jacht gewartet; schließlich waren sie, nachdem es ihnen zu lange gedauert hatte, ihrem alten Gewerbe, dem Plündern und Brandschatzen der einsam gelegenen Farmen in Neusüdwales, wieder nachgegangen. Der Major nahm das Verhör wieder auf; er wollte die Daten, soweit sie sich auf die *Britannia* bezogen, genau feststellen.

»Sie sind also am 8. April an der Westküste Australiens an Land gesetzt worden?« fragte er den Bootsmaat.

»Ja«, antwortete Ayrton.

»Ist Ihnen bekannt, welche Pläne Harry Grant damals hatte?«

»Nur unvollkommen.«

»Sprechen Sie trotzdem, Ayrton«, sagte Glenarvan. »Der geringste Fingerzeig kann uns auf den Weg bringen.«

»Was ich dazu sagen könnte, wäre folgendes, Mylord«, erwiderte der Bootsmaat. »Kapitän Grant hatte die Absicht, Neuseeland aufzusuchen. Solange ich an Bord war, geschah es nicht. Es wäre daher nicht ausgeschlossen, daß Grant nach dem Verlassen von Callao eine Reise zur Erforschung Neuseelands angetreten hat. Das würde mit dem Datum des 27. Juni 1862 übereinstimmen, das in dem Dokument über den Schiffbruch des Dreimasters verzeichnet ist.«

»Offensichtlich«, sagte Paganel.

»Aber nichts von den im Dokument enthaltenen Silben weist auf Neuseeland hin«, bemerkte Glenarvan.

»Dazu kann ich mich nicht äußern«, versetzte der Bootsmaat.

»Gut, Ayrton«, sagte Lord Glenarvan, »Sie haben Ihr Wort gehalten, und ich werde das meine halten. Wir werden noch beschließen, auf welcher Insel im Stillen Ozean wir Sie absetzen wollen.«

»Das spielt keine Rolle, Mylord«, sagte Ayrton.

»Gehen Sie in Ihre Kabine zurück und warten Sie unseren Beschluß ab!« Von zwei Matrosen begleitet, entfernte sich der Bootsmaat.

»Dieser Schurke hätte das Zeug zu einem anständigen Kerl gehabt«, bemerkte der Major.

»Ja«, erwiderte Glenarvan. »Er ist ungewöhnlich intelligent und besitzt Charakterstärke. Weshalb mußte er mit seinen Fähigkeiten dem Bösen verfallen?«

»Was soll aber nun mit Harry Grant werden?«

»Ich fürchte, er ist unwiederbringlich verloren! Die armen Kinder, wer soll ihnen sagen, wo ihr Vater sich befindet?«

»Ich«, erwiderte Paganel. »Jawohl, ich.«

Es hätte auffallen müssen, daß der sonst so redselige und ungeduldige Gelehrte während der ganzen Unterredung mit Ayrton kaum ein Wort gesprochen hatte. Er hatte stumm zugehört. Doch die Worte, die er soeben gesagt hatte, wogen sein Stillschweigen reichlich auf. Glenarvan fuhr in die Höhe.

»Sie?« rief er, »Sie, Paganel, Sie wissen, wo sich Kapitän Grant befindet?«

»Soweit man das wissen kann, ja«, erwiderte der Geograph.

»Und woher wissen Sie das?«

»Aus dem Dokument.«

»Ach!« sagte der Major in ungläubigem Ton.

»Hören Sie mich erst an, MacNabbs«, sagte Paganel, »nachher können Sie Ihre Zweifel äußern. Ich habe bisher nichts gesagt, weil Sie mir doch nicht geglaubt hätten. Also war es unnütz. Wenn ich mich jetzt entschließe zu sprechen, dann deswegen, weil Ayrtons Meinung mit der meinen übereinstimmt.«

»Demnach ist Neuseeland ...«, sagte Glenarvan.

»Hören Sie mich an, und dann urteilen Sie«, erwiderte Paganel. »Nicht ohne Sinn und Verstand, das heißt nicht ganz ohne Grund, habe ich den Irrtum begangen, der uns schließlich gerettet hat. In dem Augenblick, in dem ich den Brief nach Glenarvans Diktat geschrieben habe, beschäftigten sich meine Gedanken mit dem Namen Neuseeland. Der Grund ist folgender: Sie erinnern sich, daß wir uns in dem Karren befanden. MacNabbs hatte Lady Helena gerade die Geschichte der Sträflinge berichtet und ihr die Nummer der ›*Australian- and New-Zealand-Gazette*‹ gereicht, in der die Katastrophe an der Camden-Bridge beschrieben wurde. In dem Moment, als ich schrieb, lag die Zeitung am Boden und war so zusammengefaltet, daß nur zwei Silben der Überschrift zu lesen waren. Diese beiden Silben waren *aland*. Da kam es wie eine Erleuchtung über mich. *Aland* waren zwei Silben aus dem englisch geschriebenen Namen New Zealand. Wir hatten sie bisher mit *landen* übersetzt, in Wirklichkeit mußten es die zwei letzten Silben der englischen Bezeichnung für Neuseeland – *New Zealand* sein.«

»Was sagen Sie da?« rief Glenarvan.

»So ist es«, versetzte Paganel bestimmt. »Mir war diese Möglichkeit der Auslegung bisher entgangen, und Sie wissen ja auch weshalb. Weil meine Nachforschungen sich auf das französische Dokument stützen, das besser erhalten war als die übrigen, auf dem jedoch diese wichtigen Silben fehlen.«

»Oh, oh«, bemerkte der Major, »geht Ihre Einbildungskraft nicht wieder mit Ihnen durch? Sie haben wohl vergessen, daß Sie sich vorher zweimal geirrt haben?«

»Sprechen Sie sich aus, Major, ich bin bereit, Ihnen zu antworten.«

»Nun«, sagte MacNabbs, »und was wird mit den Silben *austra?*«

»Sie bleiben das, was sie vorher waren, sie bedeuten aber ganz einfach *südlich.*«

»Schön, und die Silben *indi*, die beim erstenmal *Indianer* und beim zweiten *Indigènes*, das heißt *Eingeborene*, bedeuten sollten?«

»Nun gut, zum dritten und letzten Mal werden es die ersten Silben des Wortes *indigence*, was *Notlage* heißt, sein!«

»Und *Contin*«, rief MacNabbs, »bedeutet das immer noch *Kontinent?*«

»Nein, das nicht, da Neuseeland ja nur eine Insel ist.«

»Was bedeutet es dann?« fragte Glenarvan.

»Mein lieber Lord«, erwiderte Paganel, »ich werde Ihnen das Dokument, meiner dritten Auslegung entsprechend, vorlesen, und Sie sollen Ihr Urteil abgeben. Ich mache Sie nur auf zweierlei aufmerksam. Erstens, vergessen Sie so vollständig wie möglich die beiden bisherigen Deutungen, machen Sie sich überhaupt von allen früheren Erwägungen frei; zweitens werden Ihnen einige Passagen etwas gewaltsam interpretiert erscheinen, und es ist möglich, daß ich sie falsch übersetze, doch sie haben keine Bedeutung, zum Beispiel das Wort *Agonie*, woran ich mich stoße, das ich aber nicht anders erklären kann. Außerdem dient mir das Dokument in französischer Sprache auch jetzt als Grundlage für meine Auslegung. Vergessen Sie dabei nicht, daß es von einem Engländer geschrieben wurde, dem die französischen Ausdrücke wohl nicht ganz geläufig waren. Dies vorausgesetzt, beginne ich.«

Und Paganel las langsam und deutlich folgende

Sätze vor, die wir hier in deutscher Sprache wiedergeben:

»Am 27. Juni 1862 ist der Dreimaster *Britannia* aus Glasgow nach langem, verzweifeltem Kampf in den südlichen Meeren an der Küste von Neuseeland gesunken. Zwei Matrosen und der Kapitän Grant konnten an Land gehen. Dort ständig in grausamer Notlage, haben sie das Dokument unter ... Länge und 37° 11′ Breite ins Meer geworfen. Kommt ihnen zu Hilfe, oder sie sind verloren.«

Paganel hielt inne. Diese Auslegung war zulässig. Aber gerade weil sie ebenso wahrscheinlich erschien wie die vorhergehenden, konnte sie ebenso falsch sein. Deshalb versuchten weder Glenarvan noch der Major zu widersprechen. Da sich aber weder an den Küsten Patagoniens noch an der australischen Küste Spuren der *Britannia* an der Stelle gefunden hatten, die von dem 37. Parallelkreis geschnitten wird, wies alles darauf hin, daß es sich bei dem Ort der Katastrophe um Neuseeland handeln mußte.

Diese Bemerkung Paganels leuchtete seinen Freunden ein. – »Und nun sagen Sie mir, Paganel, weshalb Sie diese Auslegung seit zwei Monaten geheimgehalten haben?« fragte Glenarvan.

»Weil ich nicht wollte, daß Sie wiederum eine vergebliche Hoffnung hegen sollten. Außerdem waren wir auf dem Wege nach Auckland, also genau nach dem Punkte, der auf dem Dokument angegeben ist.«

»Doch jetzt, nachdem wir diesen Kurs verlassen hatten, weshalb haben Sie jetzt nicht gesprochen?«

»Weil meine Mutmaßungen, so richtig sie auch sein mögen, nicht zur Rettung des Kapitäns beitragen können.«

»Aus welchem Grunde, Paganel?«

»Selbst wenn wir die Möglichkeit zugeben, daß Kapitän Grant an der Küste von Neuseeland gestrandet ist, muß er, nachdem er nach zwei Jahren nicht wieder aufgetaucht ist, bei dem Schiffbruch zugrunde gegangen oder von den Neuseeländern ermordet worden sein.«

»Und Ihre Meinung ist . . .«, fragte Glenarvan.

»Daß man vielleicht irgendwelches Strandgut auffinden könnte, daß die Schiffbrüchigen aber unwiderruflich verloren sind.«

»Wir wollen über diese Dinge Schweigen bewahren, Freunde«, sagte Glenarvan. »Überlassen Sie es mir, den Augenblick zu bestimmen, an dem wir den Kindern des Kapitäns Grant diese traurige Tatsache mitteilen.«

XX. KAPITEL

## EIN AUFSCHREI IN DER NACHT

Sehr bald erfuhr die Mannschaft der *Duncan*, daß Kapitän Grants Schicksal durch Ayrtons Enthüllungen nicht aufgeklärt worden war. An Bord war die Enttäuschung darüber sehr groß, denn alle hatten auf den Bootsmaat gerechnet. Und nun wußte der Bootsmaat nichts, was die Passagiere der *Duncan* auf die Spur der *Britannia* hätte lenken können.

Der Kurs, den die Jacht genommen hatte, wurde daher beibehalten. Es blieb nur noch die Entscheidung darüber, auf welcher Insel Ayrton an Land gesetzt werden sollte.

Paganel und John Mangles studierten die an Bord

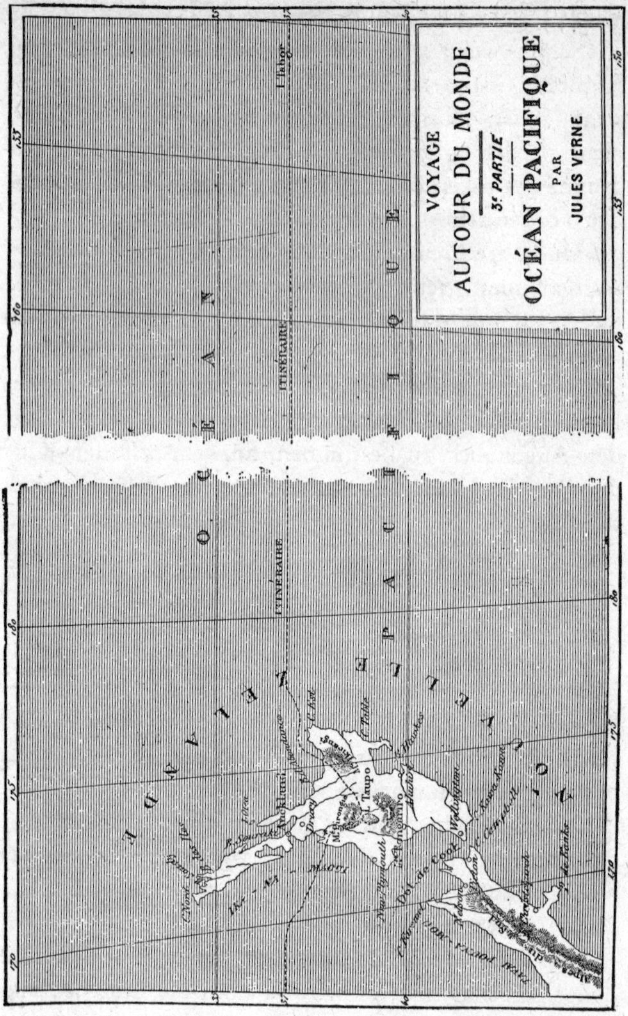


befindlichen Karten. Genau auf der Höhe des 37. Parallelkreises gab es eine Insel, die Maria Theresia genannt wurde; es war ein einsamer Felsen, ein inmitten des Stillen Ozeans liegendes Eiland, das 3500 Meilen von der amerikanischen und 1500 Meilen von der neuseeländischen Küste entfernt lag. Im Norden waren die nächstgelegenen Landstriche die unter französischem Protektorat stehenden Pomotu-Inseln. Im Süden gab es bis zum Packeis des Südpols überhaupt kein Land mehr. Nie näherte sich ein Schiff dieser einsamen Insel. Kein Echo aus der von Menschen bewohnten Welt gelangte bis an ihre Küsten. Es konnte höchstens geschehen, daß sich die Sturmvögel auf ihren langen Flügen hier ausruhten. Viele Karten verzeichneten diesen von den Fluten des Stillen Ozeans umspülten einsamen Felsen überhaupt nicht.

Wenn es irgendwo auf der Welt etwas völlig Abgelegenes gab, dann war es diese Insel, fernab aller von den Menschen benutzten Schiffahrtsstraßen gelegen. Es wurde Ayrton mitgeteilt, wo sich die Insel befand. Der willigte ein, dort, fern von allen Menschen, zu leben, und die Jacht nahm Kurs auf die Insel Maria Theresia. In diesem Augenblick hätte eine absolut gerade Linie die Achse der *Duncan* mit der Insel und der Bucht von Talcahuano verbunden.

Zwei Tage später verkündete um zwei Uhr die Wache im Mastkorb Land am Horizont. Es war das Eiland Maria Theresia, eine langgezogene tiefliegende und kaum aus den Fluten herausragende Insel, die einem riesigen Walfisch glich. Noch trennten aber dreißig Meilen die Insel von der Jacht, deren Kiel mit einer Geschwindigkeit von sechzehn Knoten die Wellen durchschnitt.

Nach und nach zeichneten sich die Umrisse der kleinen Insel vom Horizont deutlich ab. Die Sonne, die im Westen unterging, zeigte ihre sonderbare Silhouette in vollem Licht. Einige wenige, nicht sehr hohe Gipfel tauchten hier und dort aus dem Dunst auf, von den letzten Strahlen der sinkenden Sonne beschienen.

Gegen fünf Uhr glaubte John Mangles eine dünne Rauchwolke zu erkennen, die sich zum Himmel emporringelte.

»Ist das ein Vulkan?« fragte er Paganel, der mit seinem Fernglas die neue Insel musterte.

»Ich weiß nicht, was ich davon halten soll«, erwiderte der Geograph. »Die Insel Maria Theresia ist wenig bekannt. Es wäre nicht erstaunlich, wenn ihr Entstehen auf vulkanische Unterwasserkatastrophen zurückzuführen wäre.«

»Wenn die Insel auf solche Weise entstanden ist«, warf Glenarvan dazwischen, »ist dann nicht zu befürchten, daß ein neuer Ausbruch sie wieder zerstören könnte?«

»Das ist nicht sehr wahrscheinlich«, erwiderte Paganel. »Das Vorhandensein der Insel ist schon seit mehreren Jahrhunderten bekannt; das bietet eine Gewähr für ihren Bestand. Als die Insel Julia aus dem Mittelmeer auftauchte, blieb sie nicht lange über der Oberfläche, sondern verschwand wenige Monate nach ihrer Entstehung wieder.«

»Gut«, sagte Glenarvan, »was meinen Sie, John, können wir vor Einbruch der Dunkelheit die Insel anlaufen?«

»Nein, Euer Gnaden. Ich darf es nicht wagen, die *Duncan* in der Finsternis an eine mir unbekannte Küste heranzusteuern. Ich werde unter schwachem Druck vor der Küste lavieren und morgen, ganz früh, ein Boot an Land schicken.«

Um acht Uhr abends glich die Insel Maria Theresia, obwohl das Schiff keine fünf Meilen mehr von ihr entfernt war, nur noch einem länglichen, kaum sichtbaren Schatten. Die *Duncan* näherte sich ihr noch immer. Um neun Uhr leuchtete in der Dunkelheit ein Feuerschein und verbreitete helles Licht. Das Feuer brannte gleichmäßig und immer an derselben Stelle.

»Das würde das Vorhandensein eines Vulkans bestätigen«, sagte Paganel.

»Dann müßten wir auf diese Entfernung bereits den Lärm hören, der Vulkanausbrüche stets begleitet; aber der Wind trägt kein Geräusch zu uns herüber«, meinte John Mangles.

»Ja, wirklich«, erwiderte Paganel, »dieser Vulkan leuchtet, aber er ist nicht zu hören. Man sollte außerdem meinen, er leuchtet in Abständen auf, wie ein Blinkfeuer.«

»Sie haben recht«, versetzte John Mangles. »Ach«, rief er dann, »dort ist ja noch ein Feuer! Diesmal am Strand, und es bewegt sich von der Stelle.«

John täuschte sich nicht, ein zweites Feuer leuchtete auf; es schien von Zeit zu Zeit zu verlöschen, um dann plötzlich wieder aufzuflackern.

»Demnach muß die Insel bewohnt sein!« rief Glenarvan.

»Ja, offenbar von Eingeborenen«, meinte Paganel.

»Dann dürfen wir den Bootsmaat hier nicht an Land setzen.«

»Nein«, erwiderte der Major, »denn das hieße, selbst den Wilden ein zu schlechtes Geschenk machen.«

»Wir werden also nach einer anderen Insel Ausschau halten«, sagte Glenarvan, der nicht umhin konnte, über MacNabbs' Zartgefühl zu lächeln. »Ich habe

Ayrton versprochen, ihm das Leebn zu schenken, und will mein Versprechen halten.«

»Auf alle Fälle müssen wir uns vorsehen«, meinte Paganel. »Die Neuseeländer haben die barbarische Angewohnheit, mit Feuersignalen Schiffe anzulocken, wie es früher auch die Bewohner von Cornwall getan haben. Es ist möglich, daß die Eingeborenen auf der Insel Maria Theresia es ebenso machen.«

»Um ein Viertel beidrehen!« rief John dem Matrosen am Steuer zu. »Morgen früh, bei Sonnenaufgang, werden wir wissen, woran wir uns zu halten haben.«

Um elf Uhr suchten John und die Passagiere ihre Kabinen auf. Auf dem Vorderschiff ging die Bordwache auf und ab. Auf dem Hinterschiff versah der Mann am Steuer allein seinen Dienst.

In diesem Augenblick waren Robert und Mary Grant zum Schanzdeck hinaufgestiegen.

Angelehnt an den Heckbalken, betrachteten die beiden Kinder des Kapitäns kummervoll die phosphoreszierenden Meereswogen und die leuchtende Kielspur der *Duncan*. Mary dachte an Roberts und Robert an Marys Zukunft, und beide dachten an ihren verschollenen Vater. Lebte dieser zärtlich geliebte Vater noch? Mußten sie jede Hoffnung auf ein Wiedersehen aufgeben? Aber nein, wie trostlos würde das Leben ohne ihn sein. Was sollte ohne den Vater aus ihnen werden? Was wäre ohne Lord Glenarvans und Lady Helenas Fürsorge bisher aus ihnen geworden?

Der Knabe erriet die Gedanken seiner Schwester. Er nahm Marys Hand.

»Mary«, sagte er, »man darf nie verzweifeln. Denke an die Lehren unseres Vaters. ›Der Mut ist alles hier

auf Erden, er ersetzt alles übrige‹, pflegte er zu sagen. Halten wir daher hartnäckig an der Hoffnung fest, die ihn zu allem befähigt hat. Bis jetzt hast du für mich gesorgt, Mary, von nun an will ich für dich arbeiten.«

»Lieber Robert!« sagte das junge Mädchen gerührt.

»Ich muß dir etwas verraten, Mary«, sagte Robert, »aber du darfst mir nicht böse sein.«

»Weshalb soll ich dir böse sein, mein Junge?«

»Und wirst du mich gewähren lassen?«

»Was willst du damit sagen?« fragte Mary ein wenig besorgt.

»Mary, ich will Seemann werden . . .«

»Du willst mich verlassen?« rief das junge Mädchen und drückte die Hand ihres Bruders.

»Ja, meine Schwester! Ich will Seemann werden wie mein Vater und wie Kapitän John! Mary, meine liebe Mary, Kapitän John hat noch nicht jede Hoffnung aufgegeben. Du mußt ebenso wie ich seiner Ergebenheit vertrauen! Er wird, das hat er mir versprochen, aus mir einen tüchtigen Seemann machen, und bis dahin werden wir gemeinsam nach unserem Vater suchen. Sage, daß du damit einverstanden bist! Es ist unsere Pflicht – die meine wenigstens –, das für unseren Vater zu tun, was er für uns getan hätte. Mein Leben hat ein Ziel, und dem will ich es ganz weihen: denjenigen zu suchen, ihn unentwegt zu suchen, der uns beide nie im Stich gelassen hätte. Ach, liebe Mary, wie gut war doch unser Vater.«

»Wie edel war er und wie großherzig«, versetzte Mary. »Weißt du denn, Robert, daß er in unserem Lande bereits berühmt war, daß er einer der großen Männer unserer Heimat geworden wäre, hätte ihn das Schicksal nicht auf seinem Wege aufgehalten?«

»Natürlich weiß ich das«, sagte Robert.

Mary Grant drückte den Knaben an ihr Herz; er spürte, wie ihre Tränen auf seine Stirne flossen.

»Mary, Mary!« rief er, »was unsere Freunde auch

sagen mögen, wenn sie auch verlegen schweigen, ich gebe die Hoffnung nicht auf. Ein Mann wie unser Vater stirbt nicht, bevor er seine Lebensaufgabe erfüllt hat.«

Darauf vermochte Mary Grant nichts zu erwidern. Schluchzen erstickte ihre Stimme. Tausenderlei Gedanken bestürmten sie bei der Vorstellung, daß neue Versuche gemacht werden würden, um Harry Grant zu finden; sie wußte, daß die Ergebenheit des jungen Kapitäns keine Grenzen kannte.

»Also hat Herr John die Hoffnung noch nicht aufgegeben?« fragte sie.

»Nein«, erwiderte Robert, »er ist unser Bruder, der uns nie im Stich lassen wird. Ich will Seemann werden, hörst du, Schwester, Seemann, weil ich gemeinsam mit ihm nach unserem Vater suchen will. Du bist doch damit einverstanden?«

»Und ob ich einverstanden bin«, entgegnete Mary. »Doch dann müssen wir uns trennen...«, murmelte das junge Mädchen.

»Du wirst nicht allein sein, Mary, das weiß ich. Mein Freund John hat es mir gesagt. Lady Helena wird nicht zulassen, daß du dich von ihr trennst. Du bist eine Frau, und daher darfst du ihre Wohltaten entgegennehmen. Es wäre undankbar von dir, sie zurückzuweisen! Ein Mann jedoch, das hat Vater mir hundertmal gesagt, ein Mann muß sein Geschick selber in die Hand nehmen.«

»Was soll dann aber aus unserem lieben Haus in Dundee werden, das so voller Erinnerungen steckt?«

»Wir werden das Haus behalten, Schwester! Unser Freund John und Lord Glenarvan werden diese Dinge regeln. Du wirst auf Schloß Malcolm bleiben und wie

Lady Helenas eigene Tochter gehalten werden! Der Lord hat es meinem Freunde John gesagt, und John hat es mir verraten. Du wirst dort ein Heim haben, du wirst mit Lady Helena von unserem Vater sprechen können und wirst abwarten, bis wir, John und ich, eines Tages mit unserem Vater zu dir heimkehren werden! Ach, wird das ein herrlicher Tag werden!« rief Robert, dessen Gesicht vor Begeisterung strahlte.

»Mein Bruder, mein kleiner Robert«, erwiderte Mary, »wie glücklich wäre unser Vater, wenn er dich jetzt hören konnte! Wie sehr du ihm ähnlich siehst, Robert, unserem geliebten Vater! Du wirst sein Ebenbild sein, wenn du erst zum Manne herangewachsen bist.«

»Das walte Gott«, erwiderte Robert, der über und über rot geworden war, voller Innigkeit.

»Wie sollen wir aber Lord und Lady Glenarvan jemals unsere Dankesschuld abtragen?« versetzte Mary Grant.

»Das wird nicht schwer sein«, rief Robert in kindlicher Einfalt. »Wir lieben sie. Wir verehren sie. Das sagen wir ihnen. Wir umarmen sie, und eines Tages, falls es das Schicksal so fügen sollte, werden wir für sie zu sterben wissen!«

»Nein, im Gegenteil, du sollst für sie leben!« rief das junge Mädchen und küßte ihren Bruder auf die Stirn. »Das wird ihnen, und auch mir, lieber sein!«

Nach diesem Gespräch überließen sich die Kinder des Kapitäns Grant in der ungewissen nächtlichen Dunkelheit unaussprechlichen Träumereien. In Gedanken jedoch führten sie ihr Gespräch weiter; sie redeten miteinander, sie stellten immer neue Fragen und beantworteten sie. Das Meer wiegte sich in weichen Wogen, in der Dunkelheit ließ die Schiffsschraube die schäumenden Wellen aufleuchten. Doch dann geschah etwas, das sehr seltsam, ja wahrhaft übernatürlich schien. Bruder und Schwester erlagen im gleichen Augenblick, durch einen jener magnetischen Ströme, die Seelen so geheimnisvoll verbinden, der gleichen Sinnestäuschung. Aus den Fluten, die abwechselnd dunkel und leuchtend waren, glaubten Mary und Robert eine Stimme zu vernehmen, eine tiefe, klagende Stimme, die sie im Innersten erbeben ließ.

»Zu Hilfe«, rief diese Stimme, »zu Hilfe!«

»Mary«, sagte Robert, »hast du das gehört?«

Beide richteten sich gleichzeitig auf, sie beugten sich weit über die Reling; sie spähten und lauschten angstvoll in die Finsternis hinaus.

Doch es war nichts zu sehen und zu hören, nur die weite dunkle Fläche lag vor ihren Augen.

»Robert«, rief Mary, sie war vor Erregung ganz blaß geworden. »Robert, mir war eben, als hätte ich ... Ach, wir haben Fieberphantasien, alle beide ...!«

Doch ein zweiter Ruf ließ sich vernehmen, und dieses Mal war die Täuschung so stark, daß beide zu gleicher Zeit aufschrien.

»Vater! Vater!«

Das war zuviel für Mary Grant. Von der Erregung überwältigt, sank sie ohnmächtig in die Arme ihres Bruders.

»Hilfe«, schrie Robert, »Hilfe, mein Vater, meine Schwester, zu Hilfe!«

Der Matrose, der das Steuer bediente, lief herbei, um das junge Mädchen aufzuheben. Auch die beiden wachthabenden Matrosen eilten zu Hilfe, und dann stürzten John Mangles, Lady Helena und Lord

Glenarvan, die jäh erwacht waren, auf die Kommandobrücke.

»Meine Schwester stirbt, und mein Vater ist dort drüben«, rief Robert, auf die Wellen zeigend. Niemand begriff, was Robert sagen wollte. »Doch«, sagte er, »mein Vater ist dort. Ich habe die Stimme meines Vaters gehört, und Mary hat sie ebenfalls gehört!«

»Ja«, wiederholte er, »mein Vater muß da drüben sein. Ich habe seine Stimme erkannt. Und Mary hat sie auch gehört.«

In diesem Augenblick rief Mary, die wieder zu sich gekommen war und verstört um sich blickte:

»Mein Vater! Da drüben ist mein Vater!«

Das junge Mädchen richtete sich auf, beugte sich weit über die Reling und schien sich ins Meer stürzen zu wollen.

»Mylord, Lady Helena«, wiederholte Mary und rang verzweifelt die Hände, »ich sage Ihnen, daß mein Vater dort drüben ist! Ich habe klar und deutlich gehört, wie seine Stimme über die Wogen zu uns herüberdrang wie ein Klageruf oder ein letztes Adieu.«

Krampfhaftes Schluchzen erschütterte die arme Mary. Sie mußte in die Kabine getragen werden. Lady Helena folgte ihr, um sie zu betreuen, während Robert in einem fort wiederholte:

»Mein Vater! Mein Vater ist drüben, ich weiß es bestimmt, Mylord.«

Die Zeugen dieser schmerzlichen Szene glaubten, die beiden Kinder des Kapitäns Grant seien die Opfer einer Sinnestäuschung geworden. Wie sollte man ihre umnebelten Sinne wieder zur Vernunft bringen?

Glenarvan unternahm den Versuch. Er ergriff Roberts Hand und sagte zu ihm:

»Du hast die Stimme deines Vaters gehört, mein lieber Junge?«

»Ja, Mylord, sie kam aus den Wogen heraus, sie rief: ›Zu Hilfe! Zu Hilfe!‹«

»Und du hast seine Stimme erkannt?«

»Ja, ich habe seine Stimme erkannt, Mylord! Meiner Schwester ist es genauso ergangen. Wir können uns doch nicht beide getäuscht haben, Mylord. Eilen wir meinem Vater zu Hilfe! Ein Boot! Ein Boot!«

Glenarvan war sich sehr schnell im klaren, daß es nicht möglich sein würde, das arme Kind zur Vernunft zu bringen. Dennoch machte er einen letzten Versuch. Er rief den Matrosen herbei, der das Steuer bedient hatte. »Hawkins«, fragte er, »du warst am Steuer, als Miss Mary ohnmächtig wurde?«

»Ja, Euer Gnaden«, erwiderte Hawkins.

»Und du hast nichts gehört?«

»Nichts, Euer Gnaden!«

»Siehst du, Robert!«

»Wäre es sein Vater gewesen«, sagte Robert mit erstaunlicher Hartnäckigkeit, »dann würde Hawkins jetzt nicht sagen, daß er nichts gehört habe. Es war aber mein Vater, Mylord, mein Vater.«

Roberts Stimme wurde von Schluchzen erstickt. Nun wurde auch er totenblaß und verlor das Bewußtsein. Glenarvan ließ den Jungen zu Bett bringen, wo er, von der Erregung ermattet, sofort in eine tiefe Betäubung verfiel.

»Die armen Waisen«, sagte John Mangles, »Gott legt ihnen eine harte Prüfung auf.«

»Ja«, erwiderte Glenarvan, »aber ist es denn möglich, daß beide zu gleicher Zeit einer solchen Sinnestäuschung zum Opfer gefallen sind?«

»Beide zu gleicher Zeit«, murmelte Paganel. »Das ist höchst seltsam. Die Wissenschaft würde das niemals zugeben.«

Paganel beugte sich weit über die Reling und spähte nun selber aufs Meer hinaus. Er hatte allen ein Zeichen gegeben, zu schweigen, und lauschte angestrengt. Tiefe Stille herrschte. Paganel rief mit lauter Stimme in die Nacht hinein. Niemand antwortete.

»Das ist merkwürdig«, wiederholte der Geograph; dann kehrte er in seine Kabine zurück. Selbst die Übereinstimmung der Gedanken zweier eng miteinander verbundener Wesen konnte ein solches Wunder nicht erklären.

Am nächsten Morgen, dem 8. März, um fünf Uhr früh, hatten sich alle Passagiere, auch Robert und Mary, die sich nicht zurückhalten ließen, an Deck eingefunden. Jeder wollte das gestern nur flüchtig erspähte Land genauer betrachten.

Mit den Ferngläsern wurde der Strand der Insel begierig abgesucht. Die Jacht fuhr in nur einer Meile Entfernung an der Küste entlang, und so war es möglich, auch die kleinste Einzelheit zu erspähen. Ein jäh von Robert ausgestoßener Schrei ließ alle aufhorchen. Der Junge behauptete, zwei Männer gesehen zu haben, die gestikulierend am Strand entlang liefen, während ein dritter eine Fahne schwenkte.

»Es ist die britische Flagge!« rief John Mangles, der durch seine Ferngläser blickte.

»Tatsächlich!« schrie Paganel und wandte sich hastig an Robert.

»Mylord«, sagte Robert, der vor Erregung zitterte, »wenn Sie nicht wollen, daß ich mich ins Meer stürze und zu der Insel hinüberschwimme, bitte ich Sie auf den Knien, lassen Sie ein Boot hinunter und erlauben Sie mir, als erster an Land zu gehen.«

Keiner der an Bord Anwesenden wagte etwas zu sagen. Wie war das möglich?! Auf dieser vom 37. Parallelkreis durchschnittenen Insel gab es drei Männer, drei Schiffbrüchige, Engländer! Und ein jeder erinnerte sich der Vorgänge am gestrigen Abend und an die Stimme, die von Robert und Mary in der Nacht gehört worden war! ... Vielleicht hatten die Kinder des Kapitäns Grant sich in diesem Punkt nicht getäuscht. Es war eine Stimme an ihr Ohr gedrungen, aber war es die Stimme ihres Vaters gewesen? Nein, und tausendmal nein. Alle erbebten bei dem Gedanken, daß den Kindern des Kapitäns Grant abermals eine entsetzliche Enttäuschung bevorstehen konnte, die wohl ihre seelischen Kräfte übersteigen würde. Wie aber sollte man das verhüten? Lord Glenarvan fand nicht den Mut dazu:

»Laßt ein Boot hinunter!« rief er.

Eine Minute später schwamm das Beiboot auf dem Wasser. Die beiden Kinder des Kapitäns Grant, Glenarvan, John Mangles und Paganel saßen darin, und, von sechs Matrosen gerudert, entfernte es sich rasch von der *Duncan*.

Als sie noch etwa zehn Klafter vom Ufer entfernt waren, stieß Mary einen gellenden Schrei aus.

»Mein Vater!« rief sie.

Am Ufer stand zwischen zwei anderen Männern eine hohe, kräftige Gestalt; das Gesicht dieses Mannes war zugleich sanft und streng; in seinen Zügen verschmolzen aufs eindrucksvollste die Gesichtszüge der beiden Kinder. Wirklich, es war der Mann, den Mary und Robert so oft beschrieben hatten. Ihre Herzen

hatten recht behalten. Es war ihr Vater! Es war Kapitän Grant!

Er hatte Marys Aufschrei gehört, breitete die Arme aus und stürzte, wie vom Blitz getroffen, zu Boden.

XXI. KAPITEL

# DIE INSEL TABOR

An übergroßer Freude ist selten ein Mensch gestorben. Harry Grant und seine Kinder kamen wieder zu sich, noch bevor sie sich an Bord der *Duncan* befanden. Wie aber soll man die Szene schildern, die sich hier abspielte? Worte reichen dazu nicht aus. Allen Matrosen standen beim Anblick dieser drei wiedervereinten Menschen Tränen in den Augen. Als Kapitän Grant auf die Brücke kam, sank er in die Knie. Er wollte in dem Augenblick, in dem er die Schiffsplanken betrat, die für ihn das Symbol des Heimatbodens waren, zuerst Gott für seine Errettung danken.

Dann wandte er sich an Lady Helena und Lord Glenarvan und dankte ihnen mit einer vor Rührung bebenden Stimme. Seine Kinder hatten ihm während der kurzen Überfahrt zur Jacht in knappen Worten die Geschichte der Reise mit der *Duncan* geschildert.

Wie ungeheuer groß war Kapitän Grants Dankesschuld an diese edle Frau und ihre Gefährten! Hatten sie nicht alle, von Lord Glenarvan bis zu seinem letzten Matrosen, um seinetwillen gelitten und gekämpft? Harry Grant brachte die dankbaren Gefühle, die sein Herz zu sprengen drohten, mit so viel Schlichtheit und Größe zum Ausdruck, sein männliches Gesicht zeigte eine so echte Erschütterung, daß sich alle Beteiligten schon hierdurch reichlich belohnt fühlten für die erlittenen Qualen. Selbst der stets so beherrschte Major konnte nicht verhindern, daß ihm Tränen in die Augen traten, und der würdige Paganel schluchzte wie ein Kind, das nicht daran denkt, seine Tränen zu verbergen.

Harry Grant konnte sich an seiner Tochter gar nicht satt sehen. Er fand, sie sei ein schönes und anmutiges Mädchen geworden, und er sagte ihr das immer wieder. Lady Helena mußte bestätigen, daß er in seiner väterlichen Zuneigung nicht übertrieb. Dann wandte er sich seinem Sohne zu.

»Wie groß er geworden ist! Schon ein richtiger Mann!« rief er begeistert aus.

Und er überschüttete die beiden geliebten Wesen mit Liebkosungen, die er in zwei langen Jahren der Abwesenheit für sie aufgespart hatte.

Robert machte ihn der Reihe nach mit seinen Freunden bekannt; er brachte es fertig, bei dieser Vorstellung immer neue Worte zu finden, obwohl er von jedem das gleiche zu sagen hatte; denn alle waren zu den beiden Waisen gleich gütig gewesen. Als die Reihe an John Mangles kam, errötete der junge Kapitän wie ein Backfisch, und seine Stimme zitterte, als er mit Marys Vater einige Worte wechselte.

Dann erzählte Lady Helena Kapitän Grant den Verlauf der Reise, was ihn mit noch größerem Stolz auf seine Tochter und seinen Sohn blicken ließ.

Harry Grant erfuhr die Abenteuer seines tapferen Sohnes, er hörte auch, wie dieser Knabe schon einen Teil der väterlichen Dankesschuld an Lord Glenarvan hatte abtragen können. Dann sprach John Mangles mit solcher Begeisterung von Mary, daß Kapitän Grant, den Lady Helena mit einigen Worten vom Stand der Dinge unterrichtet hatte, die Hand seiner Tochter in die des Kapitäns legte. Zu Lord und Lady Glenarvan gewandt, sagte er:

»Mylord, und Sie, gnädige Frau, segnen Sie, so wie ich, unsere lieben Kinder!«

Nachdem alles erzählt und manches auch wiederholt worden war, berichtete Lord Glenarvan von dem Zusammentreffen mit Ayrton. Grant bestätigte das, was der Bootsmaat über seine Landung an der australischen Küste erzählt hatte.

»Ayrton ist ein waghalsiger, intelligenter Mensch«, fügte Kapitän Grant hinzu; »aber seine Leidenschaften haben ihn auf schlechte Wege gebracht. Hoffentlich wird er nachdenken, Reue empfinden und dadurch gebessert werden.«

Ehe Ayrton jedoch auf die Insel Maria Theresia gebracht wurde, wollte Harry Grant seine neuen Freunde mit seiner Felseninsel bekannt machen. Er lud sie ein, sein Holzhaus zu besichtigen. Auch wollte dieser Robinson des Stillen Ozeans sie in seinem Heim auf der Insel bewirten. Glenarvan und die Seinen folgten dieser Aufforderung nur allzu bereitwillig. Mary und Robert aber brannten darauf, den einsamen Ort kennenzulernen, an dem ihr Vater seine fernen Kinder so lange beweint hatte.

Es wurde ein Boot herabgelassen und ausgerüstet. Harry Grant, seine beiden Kinder, Lord Glenarvan, der Major, John Mangles und Paganel landeten kurz darauf am Strand der Insel.

Wenige Stunden genügten, um Harry Grants kleines Herrschaftsgebiet kennenzulernen. Die Insel war nichts weiter als der Gipfel eines aus dem Meer herausragenden Berges, eine kleine Hochfläche auf einem Basaltfelsen; sie bestand aus den Überresten erloschener Vulkane. In einer vorgeschichtlichen Epoche war diese Insel infolge der vulkanischen Tätigkeit im Erdinnern nach und nach aus der Tiefe des Stillen Ozeans emporgestiegen, doch schon seit Jahrhunderten war der

Vulkan zu einem friedlichen Berg geworden, und sein verschütteter Krater erhob sich als Insel aus dem Wasser. Es hatte sich Humus auf dem Felsengrund abgelagert, die Pflanzenwelt hatte sich ausgebreitet, und einige vorüberziehende Walfänger hatten Haustiere, wie zum Beispiel Schafe und Schweine, ausgesetzt. Und so war eine blühende Insel aus dem Felseneiland geworden.

Als die Schiffbrüchigen der *Britannia* dorthin verschlagen worden waren, half die Hand des Menschen dem Wirken der Natur nach. In zweieinhalb Jahren hatten Harry Grant und seine beiden Matrosen die Insel ganz und gar umgewandelt. Mehrere Hektar Land, die sorgfältig bebaut worden waren, lieferten vorzügliche Gemüsesorten.

Die Gäste gelangten sehr bald zu dem von hohen belaubten Kautschukbäumen beschatteten Wohnhause. Von den Fenstern aus konnte man auf das weite Meer hinausblicken, das im strahlenden Sonnenschein funkelte. Harry Grant ließ den Tisch im Schatten der schönen Bäume herrichten, und alle nahmen daran Platz. Das schlichte Mahl, der Schäfer Arkadiens würdig, bestand aus Ziegenbraten, Nardubrot, Schalen mit Milch, zwei oder drei Stangen wildwachsender Endivien und frischem klarem Wasser.

Paganel war entzückt. Seine alten Robinsonträume erwachten wieder.

»Dieser Gauner, dieser Ayrton, ist wahrhaftig nicht zu bedauern!« rief der begeisterte Gelehrte. »Diese Insel ist ja ein wahres Paradies.«

»Ja«, erwiderte Harry Grant, »ein Paradies für drei arme Schiffbrüchige, die der Himmel hier behütet hat, doch es ist schade, daß die Insel Maria Theresia

nicht größer ist und daß sie sich anstelle eines Flusses mit einem Bächlein begnügen muß, auch wäre ein richtiger Hafen besser als die allen Launen des Meeres preisgegebene Bucht.«

»Weshalb bedauern Sie das, Kapitän?« fragte Glenarvan.

»Weil ich hier die Kolonie gegründet hätte, die ich für Schottland im Stillen Ozean ausfindig machen wollte.«

»Ach, Kapitän Grant«, rief Glenarvan, »Sie haben also den Gedanken noch nicht aufgegeben, der Ihnen so viele Freunde eingebracht hat?«

»Nein, Mylord, und Gott hat mich durch Sie errettet, damit ich meinen Plan doch noch verwirklichen kann. Unsere armen Brüder in Kaledonien, alle diejenigen, die Not und Entbehrungen ausgesetzt sind, brauchen einen Zufluchtsort in einem neuen Lande. Unsere geliebte Heimat muß in diesen Gewässern eine Kolonie haben, in der sie Wohlstand und die Unabhängigkeit findet, die ihr in Europa fehlt.«

»Das haben Sie schön gesagt, Kapitän Grant«, erwiderte Lady Helena. »Das ist ein guter Plan und eines tapferen Herzens würdig. Aber dieses Inselchen . . .«

»Ach, gnädige Frau, es ist ein Felsen, auf dem sich höchstens einige wenige Kolonisten ernähren könnten, während wir ein weites, fruchtbares Gebiet brauchen, das noch über alle seine ursprünglichen Bodenschätze verfügt.«

»Bravo, Kapitän, uns gehört die Zukunft!« rief Glenarvan, »und wir werden gemeinsam dieses Land suchen.«

Harry Grant und Lord Glenarvan bekräftigten diesen Entschluß mit einem warmen Händedruck, wie um damit ihr Versprechen zu besiegeln.

Dann wollten alle noch auf der Insel und möglichst hier im Hause die Geschichte der Schiffbrüchigen der *Britannia* während der zwei langen in der Einsamkeit verbrachten Jahre kennenlernen. Harry Grant beeilte sich, diesen Wunsch seiner neuen Freunde zu erfüllen. »Meine Geschichte«, begann er, »ist nicht anders als die aller auf eine einsame Insel verschlagenen Robinsons, die nur auf Gott und auf die eigene Kraft bauen dürfen; denn ständig müssen sie ihr Leben der Ungunst der Elemente von neuem abringen.

In der Nacht vom 26. zum 27. Juni 1862 scheiterte die von sechs Sturmtagen schwer beschädigte *Britannia* auf den Felsenklippen vor der Insel Maria Theresia. Das Meer war stark aufgewühlt, eine Rettung war unmöglich, und meine ganze unglückliche Mannschaft kam ums Leben. Nur diese beiden Matrosen, Bob Learce und Joe Bell, sowie ich selbst konnten nach zahllosen vergeblichen Versuchen die nahe Küste erreichen.

Das Land, auf dem wir Zuflucht fanden, war ein verlassenes, zwei Meilen breites und fünf Meilen langes Eiland, von ungefähr dreißig Bäumen bestanden, mit etwas Wiesenland und einer frischen Quelle, die glücklicherweise niemals versiegt ist. Doch als ich mich hier in diesem verödeten Erdenwinkel mit meinen beiden Matrosen allein wiederfand, verzweifelte ich nicht. Ich vertraute Gott und beschloß, hartnäckig zu kämpfen, wobei mich Bob und Joe, meine wackeren Gefährten im Unglück, tatkräftig unterstützten.

Genau wie der Robinson in dem Roman von Daniel Defoe, der uns zum Vorbild diente, begannen wir damit, das Strandgut unseres Schiffes zu bergen. Wir fischten ein paar Werkzeuge, Schießpulver, Waffen und einen kostbaren Sack mit Getreide aus dem Meer. Die ersten Tage waren schwierig, aber bald lieferten uns die Jagd und der Fischfang eine sichere Grundlage für unsere Ernährung; denn es gab im Innern der Insel sehr viele wilde Ziegen und an der Küste Seetiere in großer Menge. Nach und nach richteten wir unser Leben ein.

Mit Hilfe meiner Instrumente, die ich aus dem Schiffbruch gerettet hatte, war es mir gelungen, die Lage der Insel genau festzulegen. Die Berechnung ergab, daß wir weitab von jedem Schiffahrtsweg an Land gegangen waren und nur durch einen glücklichen Zufall aufgefunden werden konnten. Wohl gedachte ich meiner Lieben, die ich vermutlich niemals wiedersehen würde, fügte mich aber ergeben in diese Prüfung, und die Namen meiner beiden Kinder kehrten täglich in meinen Gebeten wieder.

Entschlossen gingen wir an die Arbeit. Sehr bald waren mehrere Hektar Land mit dem von der *Brittania* geretteten Korn bestellt worden; wildwachsende Kartoffeln, Endivien und noch eine Reihe anderer Gemüsesorten vervollständigten unseren Speisezettel. Wir fingen einige Ziegen, die sich leicht zähmen ließen; von ihnen erhielten wir Milch und Butter. Narden, die in ausgetrockneten Flußbetten wachsen, lieferten uns zu Anfang ein ziemlich nahrhaftes Brotmehl, daher flößte uns die Frage unserer Ernährung keinerlei Besorgnis mehr ein.

Aus den Planken der *Britannia* errichteten wir ein Holzhaus, dessen Dach die sorgfältig geteerten Segel bildeten. In seinem sicheren Schutze verbrachten wir die Regenzeit auf das glücklichste. Dort war es auch, wo wir zahlreiche Pläne entwarfen und Zukunftsträume miteinander besprachen, von denen der schönste sich heute verwirklicht hat.

Ich hatte zuerst den Gedanken gefaßt, mich mit einem aus den Brettern der *Britannia* gezimmerten

Boot auf das Meer hinaus zu wagen. Doch fünfzehnhundert Meilen trennten uns von der nächsten Küste, das heißt von der Pomotu-Inselgruppe. Ein so primitives Fahrzeug hätte eine solche Reise niemals ausgehalten. Daher verzichtete ich auf diesen Plan und erwartete unsere Rettung nur noch vom Eingreifen der Vorsehung.

Ach, meine lieben Kinder, wie oft haben wir von dem Gipfel des Felsenberges nach vorüberfahrenden Schiffen Ausschau gehalten! Während unseres ganzen Aufenthaltes haben wir jedoch nur zwei- oder dreimal ein Segel am Horizont gesichtet, das nur auftauchte und sogleich wieder verschwand. Auf diese Weise vergingen zweiundeinhalbes Jahr. Wenn wir auch nicht verzweifelten, so hatten wir doch kaum noch Hoffnung, gerettet zu werden.

Zufällig hatte ich am Abend des gestrigen Tages den höchsten Gipfel unseres Felseneilandes erklommen, als ich im Westen eine dünne Rauchsäule aufsteigen sah. Der Rauch wurde dicker, und sehr bald konnte ich die Konturen eines Schiffes erkennen. Es schien auf unsere Insel zuzuhalten. Aber würde es diese Insel, an der es keine Landungsmöglichkeit gab, nicht meiden?

Die Herzensangst, die wir den Tag über ausgestanden haben, ist kaum zu beschreiben. Mein Herz drohte zu zerspringen ... Meine Gefährten entzündeten auf einem der Gipfel ein Feuer. Der Abend kam, doch das Schiff gab kein Signal, das bestätigt hätte, daß man uns entdeckt hätte! Unsere Rettung war in greifbarer Nähe. Würden wir auch diese Hoffnung zerrinnen sehen?

Nun gab es für mich kein Zögern mehr. Es wurde dunkler und dunkler. Das Schiff konnte während der

Nacht an der Insel vorüberfahren, daher stürzte ich mich ins Meer und schwamm auf das Schiff zu. Die Hoffnung auf Rettung verdreifachte meine Kräfte. Mit fast übermenschlicher Anstrengung teilte ich die Wogen. Ich näherte mich der Jacht, von der mich nur noch etwa dreißig Klafter trennten; in diesem Augenblick drehte sie bei.

Da habe ich die verzweifelten Rufe ausgestoßen, die nur von meinen beiden Kindern gehört worden sind und keineswegs eine Täuschung waren.

Dann kehrte ich zum Ufer zurück; ich war von der Aufregung und der Anstrengung zu Tode erschöpft. Meine beiden Matrosen zogen mich halbtot an Land. Diese letzte Nacht, die wir auf der Insel verbringen sollten, war fürchterlich. Wir glaubten uns schon für alle Zeiten verlassen, als ich beim Morgengrauen entdeckte, daß die Jacht unter schwachem Dampf der Küste zusteuerte. Dann wurde das Boot heruntergelassen . . . wir waren gerettet, und – gütiger Gott –, meine Kinder, meine geliebten Kinder waren gekommen und streckten mir ihre Arme entgegen!«

Als Harry Grant seinen Bericht beendet hatte, überschütteten Mary und Robert ihn mit vielen Liebkosungen. Erst jetzt erfuhr Kapitän Grant, daß er seine Rettung dem gerade noch leserlichen Schriftstück verdankte, das er acht Tage nach dem Schiffbruch in einer Flasche verschlossen und den Launen des Meeres anvertraut hatte. Was aber waren Jacques Paganels Gedanken, während Kapitän Grant erzählte? Der würdige Geograph sann zum tausendsten Male über die Worte des Dokuments nach. Er ließ die drei verschiedenen Auslegungen, die sich nun alle drei als falsch erwiesen hatten, an seinem Geiste vorüberziehen. Wie war die Insel Maria Theresia auf dem vom Seewasser zerfressenen Dokument bezeichnet worden? Paganel konnte sich nicht mehr bezwingen. Er griff nach der Hand des Kapitäns Grant:

»Kapitän«, rief er, »verraten Sie mir endlich, was dieses kaum leserliche Dokument wirklich besagt?«

Bei dieser Frage erwachte bei allen die Neugier; denn nun sollte das Rätsel, das sie alle seit neun Monaten beschäftigte, endlich gelöst werden.

»Sagen Sie uns, Kapitän, können Sie sich des Wortlauts Ihrer Flaschenpost genau entsinnen?«

»Ganz genau«, erwiderte Harry Grant, »und nicht ein Tag ist seitdem vergangen, daß ich dieser Worte nicht gedacht hätte.«

»Und wie lauteten diese Worte, Kapitän?« fragte Glenarvan. »Bitte, sprechen Sie; denn wir sind höchst begierig, mehr darüber zu erfahren.«

»Ich werde Ihre Wißbegier befriedigen«, erwiderte Harry Grant, »Sie wissen, daß ich, um die Chancen einer Rettung zu erhöhen, drei in verschiedenen Sprachen abgefaßte Schriftstücke in der Flasche verschlossen hatte; von welchem dieser Dokumente wollen Sie den Wortlaut wissen?«

»Sind sie denn nicht gleichlautend?« fragte Paganel.

»Ja, bis auf einen Namen.«

»Dann lassen Sie uns bitte den Wortlaut des französischen Dokuments hören«, sagte Glenarvan, »es ist am besten erhalten. Nach ihm erfolgten unsere Auslegungen.«

»Es lautet wortwörtlich wie folgt, Mylord«, antwortete Harry Grant:

»Am 27. Juni 1862 strandete der Dreimaster *Britannia* aus Glasgow, fünfzehnhundert Meilen von

Patagonien entfernt, auf der südlichen Halbkugel. An Land gegangen sind zwei Matrosen und der Kapitän Grant. Sie haben die Insel Tabor betreten . . .«

»Wie bitte?« fragte Paganel.

»Und dort«, fuhr Harry Grant fort, »haben sie in ihrer ständigen Notlage das Dokument am 153. Grad Länge und 37. Grad 11 Minuten Breite ins Meer geworfen. Kommt ihnen zu Hilfe, oder sie sind verloren.«

Bei der Nennung des Namens Tabor hatte Paganel sich jäh erhoben. Er konnte sich nun nicht länger bezwingen und rief: »Wieso denn die Insel Tabor, es ist doch die Insel Maria Theresia?«

»Das stimmt, Monsieur Paganel. So heißt sie auf den englischen und deutschen Landkarten, auf den französischen aber Tabor!«

In diesem Augenblick traf Paganels Schulter ein heftiger Stoß, der ihn zusammenfahren ließ. Es muß wahrheitsgetreu eingestanden werden, daß der Major, der zum erstenmal seinen gewohnten Ernst und seine Selbstbeherrschung verlor, ihm diesen Stoß versetzt hatte.

»Sie Geograph«, sagte MacNabbs im Tone tiefster Verachtung.

Paganel hatte den Stoß überhaupt nicht gespürt. Was konnte er auch bedeuten im Vergleich zu der seelischen Erschütterung, die den Gelehrten überwältigt hatte!

Er war demnach, wie er Kapitän Grant sogleich mitteilte, der Wahrheit ziemlich nahe gekommen. Er hatte das schwer lesbare Dokument fast vollständig entziffert! Eine nach der anderen waren ihm die Bezeichnungen Patagonien, Australien und Neuseeland zur unumstößlichen Gewißheit geworden. Die Silben *Contin,* zuerst mit *Kontinent* erklärt, hatten schließlich ihren tatsächlichen Sinn *continuelle,* das heißt *ständig,* bekommen. Die Silben *Indi* hatten zuerst Indianer, dann *indigènes,* Eingeborene, bedeuten sollen und hatten schließlich ihre wahre Bedeutung *indigence,* was Notlage heißt, bekommen. Nur die verstümmelten Silben *abor* hatten den gutunterrichteten Geographen irreführen können. Paganel war eigensinnig bei der Auslegung *aborder* – landen – geblieben und nicht darauf gekommen, daß es sich um den französischen Namen der Insel Maria Theresia handeln konnte, die den Schiffbrüchigen der *Britannia* zur Zufluchtsstätte geworden war. Ein Irrtum, der sich kaum hatte vermeiden lassen, weil die englischsprachigen Karten auf der *Duncan* die Insel mit dem Namen Maria Theresia bezeichneten.

»Das ist gleichgültig«, rief Paganel, der sich verzweifelt die Haare raufte, »nein, ich hätte diese doppelte Namensgebung niemals außer acht lassen dürfen! Das war ein unverzeihlicher Fehler von mir, ein Fehler, der einem Sekretär der Geographischen Gesellschaft Schande macht. Ich bin entehrt!«

»Aber, Monsieur Paganel«, mahnte Lady Helena, »nehmen Sie sich das doch nicht so zu Herzen.«

»Doch, gnädige Frau, ich bin ein Esel!«

»Und nicht einmal ein gelehriger Esel«, erwiderte der Major, womit er den armen Paganel trösten wollte.

Nachdem das Mahl beendet war, brachte Kapitän Grant sein Haus in Ordnung. Er nahm nichts von seinem Eigentum mit; denn der schuldig gewordene Bootsmaat sollte den Besitz des ehrlichen Mannes erhalten.

Die Gesellschaft kehrte an Bord zurück. Glenarvan hoffte, noch am gleichen Tage wieder in See stechen zu können. Er gab die nötigen Anweisungen, damit Ayrton an Land gebracht werden konnte. Ayrton wurde an Deck geholt und stand nun Kapitän Grant gegenüber.

»Ich bin es, Ayrton«, sagte Grant.

»Sie sind es, Kapitän«, erwiderte der Bootsmaat, ohne die geringste Überraschung zu zeigen, daß sein Kapitän plötzlich vor ihm stand. »Ich freue mich, Sie wohl und munter vor mir zu sehen.«

»Es sieht so aus, Ayrton, als hätte ich einen Fehler gemacht, als ich Sie an einer bewohnten Küste an Land setzte.«

»Es scheint so, Kapitän.«

»Sie werden nun, an meiner Statt, diese einsame Insel bewohnen. Möge Ihnen der Himmel den Weg zur Reue zeigen.«

»So sei es«, sagte Ayrton gelassen.

Nun wandte sich Glenarvan an den Bootsmaat und sagte zu ihm:

»Ayrton, bestehen Sie auf Ihrem Wunsche, hier ausgesetzt zu werden?«

»Ja, Mylord.«

»Und sind Sie mit der Insel Tabor einverstanden?«

»Voll und ganz!«

»Hören Sie jetzt meine letzten Worte, Ayrton. Sie werden hier, fern von jeder menschlichen Behausung, leben müssen; Sie werden keinerlei Verbindung mit anderen Menschen haben. Wunder geschehen selten, und Sie werden von dieser Insel, auf der die *Duncan* Sie absetzt, nicht entfliehen können. Sie werden allein sein, unter den Augen Gottes, der in das tiefste Innere der

Herzen blicken kann. Aber Sie sind weder verloren noch verschollen, wie es Kapitän Grant gewesen ist. Obwohl Sie nicht würdig sind, daß Menschen sich Ihrer erinnern, so wird es doch Menschen geben, die Sie nicht vergessen werden. Ich weiß, wo Sie sich aufhalten, Ayrton, ich weiß, wo ich Sie finden kann, und das werde ich niemals vergessen.«

»Gott schütze Sie, Euer Gnaden« erwiderte der Bootsmaat schlicht.

Das waren die letzten Worte, die zwischen Glenarvan und Ayrton gewechselt wurden. Das Boot war bereit, und der Bootsmaat bestieg es.

John Mangles hatte schon vorher einige Kisten mit Konserven, Kleidungsstücken, Werkzeugen, Waffen und einem Vorrat an Pulver und Blei an Land bringen lassen. Die Arbeit konnte aus dem Bootsmaat einen neuen Menschen machen. Nichts fehlte dazu, nicht einmal Bücher, und auch nicht die Bibel, die englischen Herzen so teuer ist.

Die Abschiedsstunde war gekommen. Mannschaft und Passagiere standen an Deck. Mehr als einem war das Herz schwer. Mary Grant und Lady Helena konnten ihre Rührung nicht verbergen.

»Muß es denn sein?« fragte die junge Frau ihren Gatten bewegt, »muß dieser Unselige hier ausgesetzt werden?«

»Es muß sein«, erwiderte Glenarvan, »es ist seine Buße.«

In diesem Augenblick stieß das von Kapitän John befehligte Boot ab. Ayrton stand aufrecht und gleichmütig wie immer in dem Kahn, er hatte den Hut vom Kopf genommen und grüßte feierlich.

Auch Glenarvan entblößte sein Haupt und gleich-

zeitig mit ihm die ganze Mannschaft, wie vor einem Sterbenden. Während des allgemeinen Schweigens entfernte sich das Boot.

Ayrton landete und sprang auf den sandigen Strand, das Boot kehrte zur *Duncan* zurück. Es war vier Uhr nachmittags, und die Passagiere konnten von Deck aus sehen, wie der Bootsmaat mit gekreuzten Armen, reglos wie ein Standbild, das Schiff betrachtete.

»Soll die Jacht auslaufen?« fragte John Mangles.

»Ja«, erwiderte Glenarvan hastig; er war bewegter, als er es sich eingestehen wollte.

»Also los!« schrie John dem Heizer zu.

Der Dampf zischte in den Röhren, die Schraube drehte sich und peitschte die Wogen. Um acht Uhr abends war der letzte Gipfel der Felseninsel Tabor im nächtlichen Dunkel verschwunden.

XXII. KAPITEL

## JACQUES PAGANEL IST ZUM LETZTEN MAL ZERSTREUT

Elf Tage nachdem die *Duncan* am 18. März die Insel Tabor verlassen hatte, wurde die amerikanische Küste gesichtet, wo die Jacht am nächsten Tag in der Bucht von Talcahuano vor Anker ging.

Nach einer fünfmonatigen abenteuerlichen Weltreise, während der man genau dem 37. Parallelkreis gefolgt war, kehrte die *Duncan* hierher zurück. Auf dieser denkwürdigen Expedition – die Jahrbücher des ›Traveller's Clubs‹ verzeichnen nichts Gleichartiges – hatten die Reisenden Chile, die Pampas, die argentinische Republik, den Atlantischen Ozean, die Inselgruppe Tristan da Cunha, den Indischen Ozean, die Amsterdam-Inseln, Australien, Neuseeland, die Insel Tabor und den Stillen Ozean bereist. Ihre Bemühungen, Kapitän Grant aufzufinden, waren von Erfolg gekrönt.

Nicht einer dieser tapferen Schotten, die der Stimme Lord Glenarvans gefolgt waren, fehlte; alle kehrten in ihr altes Schottland zurück, und diese Reise erinnerte an die Schlacht ›ohne Tränen‹ der alten Geschichte.

Nachdem die *Duncan* ihre Vorräte erneuert hatte, fuhr sie an der Küste Patagoniens entlang, umschiffte das Kap Horn und durchquerte den Atlantischen Ozean.

Nichts Nennenswertes ereignete sich auf dieser Reise. Die Jacht barg eine Ladung Glück in ihrem Schiffsraum. Es gab an Bord keine Geheimnisse mehr; nicht einmal die Zuneigung zwischen John Mangles und Mary Grant war verborgen geblieben.

Und doch erregte noch ein Umstand MacNabbs' Neugier. Weshalb trug Paganel, seitdem sie Neuseeland verlassen hatten, seinen Anzug stets hoch geschlossen und ein Halstuch, das ihm bis an die Ohren reichte? Der Major war darauf erpicht, die Gründe für diese seltsame Gewohnheit zu erfahren. Es fiel auf, daß Paganel trotz der Anspielungen und Verdächtigungen, ja trotz direkter Fragen, die MacNabbs an ihn richtete, diese Gewohnheit nicht aufgab.

Nicht einmal, als die *Duncan* den Äquator passierte und der Teer zwischen den Schiffsplanken bei einer Hitze von fünfzig Grad zu schmelzen begann, ließ Paganel davon ab.

»Er ist so zerstreut, daß er in Sankt Petersburg zu sein glaubt«, sagte sich der Major, als er den Geographen in einen weiten Umhang gehüllt antraf, als sei das Quecksilber im Thermometer gefroren.

Endlich, am 9. Mai, dreiundfünfzig Tage nach der Abreise von Talcahuano, sichtete John Mangles das

Leuchtfeuer vom Kap-Clear. Die Jacht fuhr in den Sankt-Georgs-Kanal ein, durchquerte die Irische See und erreichte am 10. Mai den Clydebusen. Um elf Uhr ging die Jacht vor Dumbarton vor Anker. Um zwei Uhr nachts zogen die Reisenden, vom Hurragebrüll der Hochländer begrüßt, in Schloß Malcolm ein.

So war es also vorherbestimmt, daß Harry Grant und seine beiden Gefährten gerettet würden, daß John Mangles Mary Grant in der alten Sankt-Mungo-Kathedrale ehelichte, wo Pastor Paxton, der neun Monate vorher für die Rettung des Vaters gebetet hatte, nun die Heirat der Tochter mit dem Retter segnete. So war es also vorherbestimmt, daß Robert Seemann wurde wie Harry Grant und John Mangles und daß er mit ihnen unter der hohen Schirmherrschaft des Lord Glenarvan die großen Vorhaben des Kapitäns wiederaufnahm!

Aber war es auch vorherbestimmt, daß Jacques Paganel nicht als Junggeselle sterben sollte? Wahrscheinlich.

In der Tat konnte der gelehrte Geograph nach seinen tapferen Unternehmungen der Berühmtheit nicht entgehen. Seine Zerstreutheit wurde in der schottischen Gesellschaft zum Tagesgespräch. Man riß sich um ihn, und er war kaum imstande, sich der Höflichkeitsbeweise, mit denen er überschüttet wurde, zu erwehren.

Da geschah es, daß eine liebenswürdige Dame im Alter von etwa dreißig Jahren, übrigens eine Base des Majors, die ein wenig exzentrisch war, von der Eigenart des Geographen bezwungen wurde; sie bot ihm Hand und Herz an. Daß in dieser Hand Millionen lagen, wurde nicht weiter erwähnt.

Paganel blieb gegenüber den Gefühlen des Fräuleins Arabella keineswegs kühl, wagte jedoch nicht, sich der jungen Dame zu erklären.

Daher mußte der Major die Vermittlung zwischen diesen beiden füreinander geschaffenen Herzen übernehmen. Er versicherte Paganel, sich zu verheiraten sei die letzte Zerstreutheit, die man ihm gestatten werde.

Paganel geriet in schwerste Verlegenheit, weil er nicht imstande war, die schicksalsschwere Frage zu stellen.

»Gefällt Ihnen Miss Arabella denn gar nicht?« wurde er von MacNabbs immer wieder gefragt.

»Oh, Major, sie ist reizend«, rief Paganel, »sie ist tausendmal zu reizend für mich! Ich muß Ihnen ehrlich gestehen, ich wäre froh, wenn sie nicht so reizend wäre. Ich wünschte, sie hätte irgendeinen kleinen Fehler.«

»Seien Sie unbesorgt«, erwiderte der Major, »sie hat eine Menge Fehler. Auch die vollkommenste Frau hat immer eine gehörige Portion davon. Wie ist es, Paganel, haben Sie sich entschieden?«

»Ich wage es nicht«, versetzte Paganel.

»Sprechen Sie sich aus, lieber Freund, weshalb zögern Sie?«

»Ich bin nicht würdig, Miss Arabella heimzuführen«, war die ständige Erwiderung des Geographen auf die Frage.

Und dabei blieb es.

Als ihn jedoch der unerbittliche Major eines Tages in die Enge trieb, vertraute er ihm unter dem Siegel der Verschwiegenheit an, daß er durch besondere Merkmale gekennzeichnet sei, Merkmale, die, sollte er je mit der Polizei in Konflikt geraten, seine Personalbeschreibung sehr vereinfachen würden.

»Ach, das ist ja Unsinn!« rief der Major.

»Wenn ich es Ihnen aber sage«, versetzte Paganel.

»Das macht doch nichts aus, mein würdiger Freund.«

»Glauben Sie?«

»Im Gegenteil, Sie werden dadurch nur gewinnen. Es ist ein Verdienst mehr, das man Ihnen zuerkennen muß. Dadurch werden Sie erst zu der einzigartigen Persönlichkeit, von der Miss Arabella stets geträumt hat.«

Und der Major, der unerschütterlich ernst blieb, ließ Paganel in qualvoller Unruhe zurück.

Nun fand ein kurzes Gespräch zwischen MacNabbs und Miss Arabella statt.

Vierzehn Tage später wurde in der Hauskapelle von Schloß Malcolm die Hochzeit mit großem Gepränge gefeiert. Paganel sah prächtig aus, aber er war, wie immer, bis obenhin zugeknöpft. Miss Arabella war eine glanzvolle Erscheinung.

Paganels Geheimnis wäre ewig ein Geheimnis geblieben, hätte der Major es nicht an Glenarvan verraten, der es wiederum vor Lady Helena nicht geheimgehalten hatte, und diese hatte bei Mistress Mangles ein Wort darüber fallenlassen. Kurz gesagt, das Geheimnis war Mistress Olbinett zu Ohren gekommen und wurde dadurch allgemein bekannt.

Jacques Paganel war während seiner dreitägigen Gefangenschaft bei den Maoris tätowiert worden, und zwar von den Füßen bis hinauf zu den Schultern. Das Bild eines Kiwis mit ausgebreiteten Schwingen, der an seinem Herzen nagte, zierte seine Brust.

Das war das einzige Ergebnis der langen Reise, über das Paganel untröstlich war und das er den Neuseeländern nie würde verzeihen können. Das war es auch, was ihn trotz zahlreicher Aufforderungen und trotz großen Bedauerns davon abhielt, je wieder nach Frankreich zurückzukehren. Er fürchtete, durch seine

Person die ganze Geographische Gesellschaft dem Spott der Karikaturisten und Provinzblätter auszusetzen, wenn er als frischtätowierter Sekretär heimkehrte.

Die Rückkehr des Kapitäns Grant nach Schottland

wurde als ein nationales Ereignis gefeiert, und Harry Grant wurde bald die beliebteste Persönlichkeit im alten Kaledonien. Sein Sohn Robert wurde Seemann wie er und wie Kapitän John Mangles, und unter Lord Glenarvans Schirmherrschaft wurde der Plan, im Stillen Ozean eine schottische Kolonie zu gründen, mit neuem Leben erfüllt.

JULES VERNE

*Hauptwerke ungekürzt, originalgetreu,*
*mit allen Illustrationen der französischen Erstausgabe*
*in Diogenes Taschenbüchern*

*Reise um die Erde in achtzig Tagen*
Roman. Deutsch von Erich Fivian.
detebe 64/I

*Fünf Wochen im Ballon*
Roman. Deutsch von Felix Gasbarra.
detebe 64/II

*Von der Erde zum Mond*
Roman. Deutsch von William Matheson.
detebe 64/III

*Reise um den Mond*
Roman. Deutsch von Ute Haffmans.
detebe 64/IV

*Zwanzigtausend Meilen unter Meer*
Roman in zwei Bänden. Deutsch von Peter Laneus
und Peter G. Hubler. detebe 64/V–VI

*Reise zum Mittelpunkt der Erde*
Roman. Deutsch von Hansjürgen Wille
und Barbara Klau. detebe 64/VII

*Der Kurier des Zaren*
Roman in zwei Bänden. Deutsch von
Karl Wittlinger. detebe 64/VIII–IX

*Die fünfhundert Millionen der Begum*
Roman. Deutsch von Erich Fivian.
detebe 64/X

*Die Kinder des Kapitäns Grant*
Roman in zwei Bänden.
Deutsch von Walter Gerull.
detebe 64/XI–XII

*Die Erfindung des Verderbens*
Roman. Deutsch von Karl Wittlinger.
detebe 64/XIII

*Die Leiden eines Chinesen in China*
Roman. Deutsch von Erich Fivian.
detebe 64/XIV

*Das Karpathenschloß*
Roman. Deutsch von Hansjürgen Wille
und Barbara Klau. detebe 64/XV

*Die Gestrandeten*
Roman in zwei Bänden. Deutsch
von Karl Wittlinger. detebe 64/XVI–XVII

*Der ewige Adam*
Geschichten. Deutsch von Erich Fivian.
detebe 64/XVIII

*Robur der Eroberer*
Roman. Deutsch von Peter Laneus.
detebe 64/XIX

Als Sonderbände erschienen:

*Zwei Jahre Ferien*
Roman. Deutsch von Erika Gebühr

*Die großen Seefahrer und Entdecker*
Eine Geschichte der Entdeckung und Erforschung der Erde
im 18. und 19. Jahrhundert. Mit zahlreichen Stichen
und Karten. Deutsch von Claudia Schmölders

*Das erstaunliche Abenteuer der ›Expedition Barsac‹*
Roman aus dem Nachlaß. Deutsche Erstausgabe.
Übersetzung von Eva Rechel-Mertens

# Diogenes Taschenbücher

50/I o Čechov, *Die Möwe*
50/II o Čechov, *Der Waldschrat*
50/III o Čechov, *Der Kirschgarten*
50/IV o Čechov, *Onkel Vanja*
50/V o Čechov, *Ivanov*
50/VI o Čechov, *Drei Schwestern*
50/VII o Čechov, *Platonov* *
50/XI o Čechov, *Ein unbedeutender Mensch*
50/XII o Čechov, *Gespräch eines Betrunkenen*
50/XIII o Čechov, *Die Steppe*
50/XIV o Čechov, *Flattergeist*
50/XV o Čechov, *Rothschilds Geige*
50/XVI o Čechov, *Die Dame mit dem Hündchen*
50/XVII o Čechov, *Eine langweilige Geschichte*
50/XVIII o Čechov, *Krankenzimmer Nr. 6*
50/XIX o Čechov, *Drei Jahre*
50/XX o Čechov, *Die Insel Sachalin*
51 Monterroso, *Das gesamte Werk und andere Fabeln* *
52/I Flora, *Trauerflora*
52/II Flora, *Vivat Vamp!*
53 o *Über Alfred Andersch* *
54 o *Über William Faulkner* *
55/I Fellini, *Roma* *
55/II Fellini, *Das süße Leben* *
55/III Fellini, *8½*
55/IV Fellini, *Julia und die Geister*
55/V Fellini, *Amarcord* *
55/VI Fellini, *Aufsätze und Notizen* *
55/VII Fellini, *Casanova* *
55/VIII Fellini, *La Strada* *
55/IX Fellini, *Die Nächte der Cabiria* *
55/X Fellini, *I Vitelloni* *
56 o Benn, *Ausgewählte Gedichte*
57 o H. Mann, *Liebesspiele*
58 o *Das Diogenes Lesebuch* *
59 o Friedell, *Konversationslexikon* *
60/I o Busch, *Gedichte*
60/II o Busch, *Max und Moritz*
60/III o Busch, *Die fromme Helene*
60/IV o Busch, *Tobias Knopp*
60/V o Busch, *Hans Huckebein / Fipps der Affe / Plisch und Plum*
60/VI o Busch, *Balduin Bählamm / Maler Klecksel*
60/VII o Busch, *Prosa*
61 Loriot, *Tagebuch* *
62 o Saki, *Die offene Tür*
63/I o Orwell, *Farm der Tiere*
63/II o Orwell, *Im Innern des Wals* *
63/III o Orwell, *Rache ist sauer* *
63/IV o Orwell, *Mein Katalonien*
64/I Verne, *Reise um die Erde in 80 Tagen*

64/II Verne, *Fünf Wochen im Ballon*
64/III Verne, *Von der Erde zum Mond*
64/IV Verne, *Reise um den Mond*
64/V–VI Verne, *20 000 Meilen unter Meer*
64/VII Verne, *Reise zum Mittelpunkt der Erde*
64/VIII–IX Verne, *Der Kurier des Zaren*
64/X Verne, *Die fünfhundert Millionen der Begum*
64/XI–XII Verne, *Die Kinder des Kapitäns Grant*
64/XIII Verne, *Die Erfindung des Verderbens*
64/XIV Verne, *Die Leiden eines Chinesen in China*
64/XV Verne, *Das Karpathenschloß*
64/XVI–XVII Verne, *Die Gestrandeten*
64/XVIII Verne, *Der ewige Adam*
64/XIX Verne, *Robur der Eroberer*
65/I Leblanc, *Arsène Lupin – Der Gentleman-Gauner*
65/II Leblanc, *Die hohle Nadel*
66/I o Conrad, *Lord Jim*
66/II o Conrad, *Der Geheimagent*
66/III o Conrad, *Herz der Finsternis*
67/I Wells, *Der Unsichtbare*
67/II Wells, *Der Krieg der Welten*
67/III o Wells, *Die Zeitmaschine*
67/IV o Wells, *Die Geschichte unserer Welt*
67/V Wells, *Das Land der Blinden*
68 Belloc Lowndes, *Jack the Ripper* *
69/I Hammett, *Der Malteser Falke*
69/II Hammett, *Rote Ernte*
69/III Hammett, *Der Fluch des Hauses Dain*
69/IV Hammett, *Der gläserne Schlüssel*
69/V Hammett, *Der dünne Mann*
70/I Chandler, *Der große Schlaf*
70/II Chandler, *Die kleine Schwester*
70/III Chandler, *Das hohe Fenster*
70/IV Chandler, *Der lange Abschied*
70/V o Chandler, *Die simple Kunst des Mordes*
70/VI Chandler, *Die Tote im See*
70/VII Chandler, *Lebwohl, mein Liebling*
70/VIII Chandler, *Playback*
70/IX Chandler, *Mord im Regen*
71 Christie, *Villa Nachtigall*
72 Simenon, *Die Glocken von Bicêtre*
73 Stoker, *Draculas Gast*
74/I Highsmith, *Der Stümper*
74/II Highsmith, *Zwei Fremde im Zug*
74/III Highsmith, *Der Geschichtenerzähler*
74/IV Highsmith, *Der süße Wahn*
74/V Highsmith, *Die zwei Gesichter des Januars*
74/VI Highsmith, *Der Schrei der Eule*
74/VII Highsmith, *Tiefe Wasser*
74/VIII Highsmith, *Die gläserne Zelle*
74/IX Highsmith, *Das Zittern des Fälschers*
74/X Highsmith, *Lösegeld für einen Hund*
75/I Ambler, *Die Maske des Dimitrios*
75/II Ambler, *Der Fall Deltschev*

75/III Ambler, *Eine Art von Zorn* *
75/IV Ambler, *Schirmers Erbschaft*
75/V Ambler, *Die Angst reist mit* *
75/VI Ambler, *Der Levantiner*
75/VII Ambler, *Waffenschmuggel*
76 Aiken, *Die Kristallkrähe* *
77/I Slesar, *Das graue distinguierte Leichentuch*
77/II Slesar, *Vorhang auf, wir spielen Mord!* *
77/III Slesar, *Erlesene Verbrechen*
77/IV Slesar, *Ein Bündel Geschichten*
78 o Lardner, *Geschichten aus dem Jazz-Zeitalter*
79 o Sacharow, *Wie ich mir die Zukunft vorstelle*
80/I Chaval, *Zum Lachen*
80/II Chaval, *Zum Heulen*
80/III Chaval, *Hochbegabter Mann*
81 Friedell, *Die Rückkehr der Zeitmaschine*
82 Loriot, *Kleiner Ratgeber*
83 o *Das Tintenfaß, Nr. 24* *
84 Sempé, *Volltreffer*
85/I o O'Connor, *Und freitags Fisch*
85/II o O'Connor, *Mein Ödipus-Komplex* *
85/III o O'Connor, *Don Juans Versuchung* *
85/IV o O'Connor, *Eine unmögliche Ehe* *
85/V o O'Connor, *Eine selbständige Frau* *
85/VI o O'Connor, *Brautnacht* *
86 Faulkner, *Der Springer greift an*
87 Quentin, *Bächleins Rauschen tönt so bang*
88 Hare, *Mörderglück*
89 Geen, *Tolstoi wohnt in 12N B9* *
90/I o D. H. Lawrence, *Der preußische Offizier* *
90/II o D. H. Lawrence, *England, mein England* *
90/III o D. H. Lawrence, *Die Frau, die davonritt* *
90/IV o D. H. Lawrence, *Der Mann, der Inseln liebte* *
90/V o D. H. Lawrence, *Der Fremdenlegionär* *
90/VI o D. H. Lawrence, *Der Fuchs*
90/VII o D. H. Lawrence, *Der Hengst St. Mawr*
90/VIII o D. H. Lawrence, *Liebe im Heu* *
91 Price, *Der kleine Psychologe*
92 Childers, *Das Rätsel der Sandbank* *
93/I Buchan, *Die neununddreißig Stufen*
94 Siné, *Katzenjammer*
95/I-VII o Molière, *Komödien in 7 Bänden* *
96 o Schnitzler, *Spiel im Morgengrauen*
97/I o Fitzgerald, *Der große Gatsby*
97/II o Fitzgerald, *Der letzte Taikun*
98/I Millar, *Liebe Mutter, es geht mir gut*
98/II Millar, *Die Feindin*
99/I Macdonald, *Dornröschen war ein schönes Kind* *
99/II Macdonald, *Unter Wasser stirbt man nicht*
99/III Macdonald, *Ein Grinsen aus Elfenbein*
99/IV Macdonald, *Die Küste der Barbaren*
99/V Macdonald, *Der Fall Galton*
99/VI Macdonald, *Gänsehaut*
100 o *Das Tintenfaß, Nr. 25* *

| | | |
|---|---|---|
| 101 | | Gorey/Phypps, *Das jüngst entjungferte Mädchen* |
| 102/I | o | O'Faolain, *Sünder und Sänger* |
| 103/I | o | O'Flaherty, *Armut und Reichtum* |
| 104 | | Becker, *Russisch Roulette* * |
| 105 | o | Poe, *Der Untergang des Hauses Usher* |
| 106 | | Bierce, *Die Spottdrossel* |
| 107 | | O. Henry, *Glück, Geld und Gauner* |
| 108/I | | Haggard, *Sie* |
| 109 | | Hornung, *Raffles – Der Dieb in der Nacht* |
| 110/I | | Heller, *Herrn Collins Abenteuer* |
| 111 | | Hearson, *Euer Gnaden haben geschossen?* |
| 112 | o | Wollschläger, *Karl May* |
| 113 | o | Wollschläger, *Die Gegenwart einer Illusion* * |
| 114 | o | Plomer, *Turbott Wolfe* |
| 115 | o | Lessing, *Hunger* * |
| 116 | | Richartz, *Das Leben als Umweg* * |
| 117 | o | *Das Diogenes Lesebuch amerikanischer Erzähler* * |
| 118 | o | *Das Diogenes Lesebuch englischer Erzähler* * |
| 119 | o | *Das Diogenes Lesebuch irischer Erzähler* * |
| 120/I | | *Dolly Dolittle's Crime Club I* |
| 120/II | | *Dolly Dolittle's Crime Club II* |
| 121 | | Lodemann, *Anita Drögemöller* |
| 122 | o | *Das Tintenfaß, Nr. 26* * |
| 123 | | Ungerer, *Der erfolgreiche Geschäftsmann* |
| 124 | | Moss/Gorey, *Augenblicke aus dem Leben großer Geister* * |
| 125/I | o | Maugham, *Honolulu* |
| 125/II | o | Maugham, *Das glückliche Paar* |
| 125/III | o | Maugham, *Vor der Party* |
| 125/IV | o | Maugham, *Die Macht der Umstände* |
| 125/V | o | Maugham, *Lord Mountdrago* |
| 125/VI | o | Maugham, *Fußspuren im Dschungel* |
| 125/VII | o | Maugham, *Ashenden oder Der britische Geheimagent* |
| 125/VIII | o | Maugham, *Entlegene Welten* |
| 125/IX | o | Maugham, *Winter-Kreuzfahrt* |
| 125/X | o | Maugham, *Fata Morgana* |
| 126 | | Topor, *Der Mieter* * |
| 127 | | Bradbury, *Der illustrierte Mann* |
| 128 | | Kersh, *Mann ohne Gesicht* * |
| 129 | | Dumas, *Horror in Fontenay* * |
| 130/I–XL | o | Balzac, *Die Menschliche Komödie* |
| 131 | | Bellairs, *Das Haus, das tickte* * |
| 132 | | Cullingford, *Post mortem* * |
| 133 | | Armstrong, *Mein Leben in New Orleans* |
| 134 | o | Hesse, *Die Fremdenstadt im Süden* |
| 135/I | | Simenon, *Brief an meinen Richter* |
| 135/II | | Simenon, *Der Schnee war schmutzig* |
| 135/III | | Simenon, *Die grünen Fensterläden* |
| 135/IV | | Simenon, *Im Falle eines Unfalls* |
| 135/V | | Simenon, *Sonntag* |
| 135/VI | | Simenon, *Bellas Tod* |
| 135/VII | | Simenon, *Der Mann mit dem kleinen Hund* |
| 135/VIII | | Simenon, *Drei Zimmer in Manhattan* |
| 135/IX | | Simenon, *Die Großmutter* |
| 136 | o | *Das deutsche Tintenfaß, Nr. 27* * |
| 137 | o | Shakespeare/Kraus, *Sonette* |

138 o Richartz/Widmer, *Shakespeares Geschichten* *
139 o Heine, *Gedichte*
140/I–IV o Schopenhauer, *Die Welt als Wille und Vorstellung I/II*
140/V–VI o Schopenhauer, *Kleinere Schriften*
140/VII–X o Schopenhauer, *Parerga und Paralipomena I/II*
141 o Gogol, *Die toten Seelen*
142 o Melville, *Moby-Dick*
143 o Flaubert, *Briefe*
144 o Baudelaire, *Die Tänzerin Fanfarlo*
145/I–VI Hottinger, *Geschichten für den Connaisseur*
146 o Jiménez, *Herz, stirb oder singe*
147 o D. H. Lawrence, *John Thomas & Lady Jane*
148 Tschukowskaja, *Untertauchen*
150/I o O'Casey, *Ich klopfe an*
151 Andersch, *Einige Zeichnungen*
152 o *Über Balzac* *
153 o *Über Schopenhauer* *

*mini-detebes*

1 *Lektüre für Intelligente* *
2 *Cartoons für Intelligente* *
3 *Das mini-anti-Lesebuch* *
4 *Das kleine Liederbuch* *
5 *Das mini-Krimi-Kompendium* *
6 Sendak, *Zehn kleine Kerlchen* *
I–XXV *Die Diogenes mini-Bibliothek der Weltliteratur* *

*detebe-Kassetten*

K 1 o Hottinger, *Morde in 3 Bänden*
K 2 o Čechov, *Das erzählende Werk in 10 Bänden*
K 3 o Hammett, *Sämtliche Romane in 5 Bänden*
K 4 o Chandler, *Sämtliche Romane und mehr in 9 Bänden*
K 5 o Maugham, *Gesammelte Erzählungen in 10 Bänden*
K 6 o D. H. Lawrence, *Sämtliche Erzählungen und Kurzromane in 8 Bänden*
K 7 o Molière, *Komödien und Materialien in 8 Bänden*
K 8 o O'Connor, *Gesammelte Erzählungen in 6 Bänden*
K 9 Chaval, *Gesammelte Cartoons in 3 Bänden*
K 10 o Balzac, *Die Menschliche Komödie in 40 Bänden*
K 11 o McCullers, *Werke in 8 Bänden*
K 12 o Schopenhauer, *Zürcher Ausgabe in 10 Bänden*
K 13 o Busch, *Studienausgabe in 7 Bänden*
K 14 Hottinger, *Geschichten für den Connaisseur in 6 Bänden*
K 15 o Maugham, *Der Menschen Hörigkeit in 2 Bänden*
K 16 o Faulkner, *Gesammelte Erzählungen in 5 Bänden*

Titel mit * sind Erstausgaben oder deutsche Erstausgaben.
Titel mit o sind auch als Studienausgaben empfohlen.

# Diogenes Kinder Taschenbücher

1 Hoffmann, *Der Struwwelpeter*
2 Busch, *Max und Moritz*
3 Carroll, *Die kleine Alice* *
4 Leaf, *Ferdinand der Stier*
5 Brunhoff, *Die Geschichte von Babar*
6 Sendak, *Hühnersuppe mit Reis*
7 Ungerer, *Die drei Räuber*
8 Gorey/Levin, *Er war da und saß im Garten*
9 Zimnik/Axmann, *Die Geschichte vom Käuzchen*
10 Murschetz, *Der Maulwurf Grabowski*